命運操弄者

特斯卡特利波卡

佐藤究 著

王華懋——譯

テスカトリポカ

TEZCATLIPOCA

目錄

I.

臉和心臟

In ixtli, in yollotl

「只有神祇是真實的。」

——尼爾・蓋曼（Neil Gaiman），
《美國眾神》（*American Gods*）

01

ce:

墨西哥合眾國之北，越過國境就是「黃金國」。一群人如此相信，對此深信不疑。

人們朝著沙塵彼方赤褐色的黎明，在未知的路上一心一意跋涉著。不顧葬身遍布岩石與仙人掌的荒野的危險，畫十字祈禱，拖著力竭的雙腿前進。

前方有著美利堅合眾國的邊境巡邏隊在等待，但監視並非滴水不漏。國境實在太遼闊了。墨西哥與美國的國境東西綿亙三千公里，是全世界首屈一指的偷渡盛行地區。據說使盡千方百計非法越境的人，每年總數多達兩千萬人。

然而並非所有的人都能順利完成旅程。一旦被邊境巡邏隊的直升機發現，就會像羊群般遭到驅趕。這種飽受人權團體撻伐的作戰方式稱為「除塵」，以低空飛行的直升機威嚇徒步的偷渡客集團，將其趕回墨西哥境內。即使逃過直升機的驅逐，若是在嚴酷的沙漠中迷失，和同伴走散，下場如何，不言可喻。

即使如此，人們為了逃離沒有出路的貧窮連鎖，仍前仆後繼地朝向國境而來。無論如何都非走到不可。走到如太陽般熾烈燃燒的資本主義帝國——美國。

出生在墨西哥西北部太平洋沿岸小鎮的露西婭也不例外。若是能夠，她也想要翻越國境去美國。那是彷彿存在於幻想平行世界的另一種人生。然而她沒有這麼做。雖然最終她離開了墨西哥，卻不是前往北方。

一九九六年。年方十七歲的露西婭·塞普爾維達是美洲原住民與西班牙人混血的麥士蒂索人，有著一頭烏黑秀髮，以及色澤比那頭黑髮更為深沉的黑曜石般烏亮大眼。

她出生的錫那羅亞州首府庫利亞坎，看在不諳內情的觀光客眼中，應該就是一座平凡無奇的城市——儘管那種人絕對不會造訪此地。但是在這座城市，有著不同於法律的另一種秩序：暴力和恐懼。雖然並非橫屍遍地，然而這座城市卻形同戰場。這裡持續上演著一場再怎麼引頸翹盼，也等不到聯合國維和部隊介入的戰爭——毒品戰爭。

販毒集團支配了這座城市，其成員的毒梟監視著每一個角落。毒梟可不是躲在暗巷裡偷偷摸摸兜售毒品的小毒販。他們開著高級藍寶堅尼和法拉利招搖過市，個個都是突擊步槍好手，一有需要，立刻搖身成為恐怖分子。

墨西哥的販毒集團不只國內，甚至將其網絡擴張到海外，做起全球規模的生意來。他們的主力商品是「金粉」，亦即古柯鹼，除了最大的市場鄰國美國，也在加拿大、歐盟、澳洲等地獲取了天文數字的利潤。這是銷得再多，也不會被課稅的商品。

亞洲——日本、菲律賓，尤其是印尼——被視為後勢可期的新興市場。但是在這些地方，目前 Hielo 賣得比古柯鹼更好。Hielo 是西班牙話「冰」的意思，也就是冰毒——甲基安非他命。

販毒集團在哥倫比亞及秘魯等地有簽約農場，一手包辦古柯鹼的生產管理、製造、運輸甚至是分配，他們賄賂政客、官員、檢察官、警察，拉攏他們加入毒品事業，隨時都在挖空心思發明新的洗錢手段。有計畫地執行綁架、拷問、殺人等等，也是業務的一環，無數的毒梟支撐起格局壯闊的犯罪企業體系。即使沒有倒映出天空的鏡面玻璃帷幕環繞的巍峨總公司大樓，也沒有CEO召開記者會，但他們擁有足以影響世界金融的龐大資產。沒有人敢忤逆他們。言論自由對他們不管用。如果有人敢明目張膽攻擊他們，此舉將會把帶著鐮刀的死神請入家人團聚的自家客廳。

住在庫利亞坎的露西婭自幼便夢想進入首都墨西哥城的私立高中就讀，但經營一家小食品雜貨店、拮据度日的父母，根本負擔不起生活費和每個月兩千墨西哥披索的學費。露西婭知道自己八成連當地高中都讀不起。父母和毒品生意沾不上邊，總是過得苦哈哈，還背了一屁股債。露西婭沒有向父母吐露心願，放棄了升高中的念頭，開始幫忙家裡的雜貨店。

七月雨季的某一天，下午她在顧店的時候，兩名男子走進店裡來。一個拿著攝影機在拍攝。不是城裡的人。露西婭猜想是不是德州來的觀光客，但現在的庫利亞坎並不適合觀光。

兩人不是觀光客，不過的確是美國人。拿攝影機的美國人笑著對露西婭說：「Soy periodista.（我是新聞記者。）」另一個沒吭聲，拿了一包杏仁、一管防晒乳，以及兩瓶標籤上並排著兩個X的「多瑟瑰琥珀*」瓶裝啤酒，回到櫃臺付了錢，從頭到尾都沒開口。

* 品牌名稱為 Dos Equis Ambar。

聽到記者，露西婭不安起來。在這個城市，記者會採訪的對象就只有**他們**。

她的不安成真了。隔天，兩人帶著不曉得在哪裡搭上線的三個毒梟，和昨天一樣在露西婭的店裡買了多瑟瑰琥珀啤酒，把冰涼的酒瓶遞給戴棒球帽、以頭巾覆臉的毒梟們。毒梟們當場喝起啤酒，好死不死，居然就在店裡展開訪談了。

露西婭詛咒美國人的沒神經，向神祇祈禱不會出亂子。雖然她根本不想聽，但男人們低聲交談的說話聲在店內顯得格外清晰。沒有其他客人。他們賴在店裡，讓所有的人都避之唯恐不及。

皮帶裡插著手槍的三名毒梟似乎很享受鏡頭的關注。

「你們認為全世界最厲害的人是你們嗎？」美國人問。

「你是說信仰上嗎？」一名毒梟問。

「不，我是說現實中。」

「那應該是你們美國佬的軍隊最強吧。海軍陸戰隊。」

「嘿，你們這麼認為嗎？」

「我們跟這個國家的海軍槍戰過，特殊部隊那夥人，」另一名毒梟應道，「你們的海軍陸戰隊好像比他們更強，那一定很強吧。」

默默聽夥伴說話的另一個人笑了出來：「如果他們是最強的，那咱們就是死亡哨笛。」

「什麼意思？」美國人問。

「咱們只要一吹笛，死亡立刻就會降臨。」

毒梟們把空瓶留在櫃臺離開，攝影師追了上去。

Silbato de la Muerte——**死亡哨笛**。這個詞的發音在露西婭的耳底縈迴不去。

兩名美國人一路採訪到週末。露西婭才剛開始相信他們的好運和神祇的護佑，星期天一早，兩人就被發現陳屍在城郊的空地。

毒梟對兩人**吹笛**的理由不明。也許他們被懷疑是冒充記者的緝毒署探員。不管再怎麼如履薄冰地行動，一點細故就會要了小命。兩人的額頭中彈，腦漿從破裂的頭蓋骨噴出，化成膏狀黏附在棒球帽內側。攝影機和錄音機不翼而飛，錢包和身分證也不見了。攝影師的工作褲口袋裡，只剩下在露西婭的店裡買的一管防晒乳。

在報上一隅看見兩人篇幅小得可憐的死亡報導，露西婭嘆了口氣，閉上眼睛。

這就是我居住的城市。

露西婭有個大她兩歲的哥哥，胡里奧。胡里奧高高瘦瘦，肩膀很寬，當地朋友都喊他的綽號「肩哥」。

胡里奧也和許許多多的人一樣，嚮往著前往美國工作，送錢回家，讓窮困的父母好過一點。要在美國長久工作，無論如何都必須非法跨越國境。

但隻身一人不可能辦到，必須借助偷渡掮客的協助。

非法偷渡美國的路線，掌控在「蛇頭」手中。蛇頭是與毒梟聲氣相通的偷渡掮客，簡而言之，實際上就是販毒集團的一部分。

胡里奧拚命尋找蛇頭以外的偷渡掮客。即使朋友笑他這比挖到綠寶石還要難，他也不放棄。一旦求助過蛇頭，就形同被毒梟掌握，一輩子都擺脫不掉。會被迫走私古柯鹼，或擔任最底層的小藥頭，這輩子都別想再安心過日子。

胡里奧終於找到了一個自稱不是蛇頭的男子。他把命運寄託在據說是前聯合國職員的男子手中，交出了辛苦攢下的兩萬披索。這個賭注實在太魯莽了。

兩天後，一名陌生男子來找胡里奧，說：「想跨越國境的話，得再多付兩萬披索。付不出來的話，就要幫忙走私古柯鹼到美國。」

換句話說，胡里奧找到的對象理所當然也是毒梟同路人，如此罷了。

胡里奧拒絕了男子的要求。幫忙走私的話，到死都逃不掉。雖然很想要回那兩萬披索，但也只能自認倒楣了。上了當，錢被吞了——一般來說，事情應該就這樣結了。但是在庫利亞坎，事情沒這麼簡單。事情要如何了結，全看毒梟的意思。

隔天，胡里奧以面目全非的慘狀被人發現。他的雙眼被挖出，舌頭被割掉，全身赤裸地陳屍在路上，修長的手腳全都從關節的根部被砍斷了。胡里奧因為找上販毒集團以外的偷渡掮客，受到了懲罰，以儆效尤。

就這樣，露西婭的哥哥結束了他十九年的人生。

戴著包頭頭套、免得被敵方記住相貌的警方人員來到棄屍現場，拉起黃色封鎖線，拍照，迅速完成現場勘驗。接著撤去封鎖線，胡里奧的屍體被搬上車送往鑑識，前後總共不到二十分鐘。

滲入柏油路的鮮血、夾帶沙塵的風、垂頭喪氣地走過來嗅聞血腥味的瘦巴巴野狗。毒梟的私刑虐殺已經徹底滲透到日常，甚至已成了無可避免的自然現象。就和城裡的人一樣，露西婭也這麼想：不會有人來救我們了。

露西婭代替哭天搶地的父母籌措葬禮，將哥哥能換錢的遺物全數變賣，盡力不留下他任何多餘的回憶。

若要立下決斷，這是最後機會了，露西婭想。倘若現在不行動，只會被恐懼牢牢捆住，動彈不得，一輩子困在這座城市裡。

她甚至沒有留信給父母。隨便留下證據，會招來誤會，引起毒梟注意。只能默默一個人消失。她沒有告訴任何人，悄悄親吻了臥室裡的十字架，向錫那羅亞州庫利亞坎道別。

露西婭不像哥哥，她沒有去找販毒集團以外的偷渡掮客。她根本不依靠任何人。既然要前往國境之北——美國，就非得付錢給毒梟不可，那麼根本別去美國就得了。

她朝南方前進。

十七歲墨西哥女孩的冒險。

她混進搬運牛肉的卡車貨斗、裹著毯子睡在樹下、在陌生的州搭上陌生的公車，一心一意往南走。她也曾攔下跑得比乾瘦老人乘坐的牛車還要慢的農家曳引機，硬要人家載她。

不管對方的笑容有多親切，她都不會付出信任。

她在故鄉學到了這個金科玉律。即便對方是個老太婆，只要感覺危險，她隨時準備用藏在衣服底下的開山刀劈死對方。

納亞里特州、哈利斯科州、米卻肯州——經過了無數個夜晚，十七歲的女孩不斷地南下，終於來到了臨接太平洋的格雷羅州的港都阿卡普科。

我還活著。

在海風吹拂下，露西婭茫茫然地仰望著天空。我沒有被強暴、沒有被割斷喉嚨、沒有面朝下漂浮在泥濘色澤的河裡。難以置信，但我真的一個人走到這裡了。

露西婭畫了個十字，向瓜達露佩聖母獻上祈禱。然而她沒有多大的歡喜。她覺得自己似乎一口氣老了幾十歲，只是全身浸淫在類似認命的篤定之中。

九〇年代的阿卡普科，觀光客熙來攘往，街景耀眼逼人。和庫利亞坎比較起來，簡直宛如天堂。

不久後的將來，阿卡普科也將化為毒梟的戰場，觀光客從渡假飯店消失，夜夜上演殺人戲碼，但這是再一段時間以後的事。

露西婭在城裡的餐館找到工作，穿上分發的制服和圍裙，負責將酒菜端上桌。有著一頭豐盈黑髮、褐色皮膚、黑曜石般清澄大眼的女孩只會說西班牙話，但立刻成為來自全世界的觀光客的寵兒。也有些客人在停留阿卡普科的期間，三番兩次光顧店裡，只為一睹芳顏。露西婭被邀請約會的次數、拿到的小費數目，都比其他女侍還要多。

在餐館，露西婭總是表現得陽光燦爛，然而內心卻是烏雲籠罩。過去的生活太令人膽戰心驚，導致她的心房開了個洞，所有的一切就像穿過隧道般，從那個洞溜走了。她徹底隱藏對他人的警覺、冰冷的視線，對客人堆笑。

Buenas noches（歡迎光臨），她說。

燠熱的五月天下午，一名衣著考究、一看就知道手頭闊綽的年輕白人來到了餐館。他一個人來。年輕人喝著米謝拉達雞尾酒，默默切著菲力薄牛排，忽然放下刀叉，開始在桌角排起火柴棒。三根縱向並排，火柴頭是白色的，只有中間的一根軸木折斷。

發現並排的火柴，露西婭的臉瞬間僵掉了。她佯裝若無其事，為年輕人的水杯斟水，退回廚房。她叫住和她最好的同事亞莉珊卓，附耳對她說：「小心那一桌的客人。」

「怎麼了嗎？」

「千萬別被他叫住，或是被他記住名字。」

「他調戲妳嗎？」來自秘魯的亞莉珊卓蹙眉問。

露西婭緊抿嘴脣，沒有答話。

不一會兒，年輕白人用完餐，斯文地用餐巾擦拭嘴脣，留下餐費和小費離開了。亞莉珊卓瞥了眼依然戒慎恐懼的露西婭，大步走近桌邊，向露西婭使了個眼色，拿回餐費和小費。

回來的亞莉珊卓在笑。「難道妳是在說那些火柴棒？」

這回輪到露西婭蹙眉了。難道亞莉珊卓也知道那些火柴棒的含義？

「想嚇我？」亞莉珊卓依然笑著，「那記號代表毒梟來了，對吧？最近很流行。」

露西婭驚愕到說不出話來，亞莉珊卓把紙鈔揣進她的圍裙口袋：「喏，妳的小費。」

下班後和亞莉珊卓去吃晚飯的露西婭，從亞莉珊卓那裡聽到《誡命》這部連續劇的內容。這部當紅連續劇也有好萊塢影星演出，舞臺就在阿卡普科，主角是立志成為販毒集團幹部的年輕毒梟。亞莉珊卓說，連續劇裡面，留下火柴棒當信號的場面出現過許多次，令人印象深刻。那名年輕白人客人不曉得是在惡作劇還是自爽，總之都只是太迷連續劇，模仿一下罷了。

露西婭吃著飯，覺得嚇個半死的自己像個白痴。但她無法一笑置之，也沒有告訴亞莉珊卓她在故鄉看過真正的火柴棒暗號，朋友被捲入了緊接著發生的槍戰。

她想起了哥哥，想起了父母。自己背棄上帝的教誨，拋棄老父老母，離鄉背井。可是，她想，最先背叛上帝的是誰？那樣虐殺了哥哥，卻能滿不在乎地過日子的是誰？向他們買古柯鹼的是誰？電視劇？扮演毒梟自爽的觀光客？這個世界根本就是個無可救藥的大笑話。

露西婭在阿卡普科工作了一年多。某天下班後在更衣室裡，亞莉珊卓對她說「我就快辭職了」。露西婭唯一的朋友解開上班時紮起的一頭長髮，左右甩了甩頭說：「我要回故鄉秘魯一趟，然後就去日本工作。」

這話令露西婭意外。**Japón——日本**。她聽說過這個國家，但不知道在地圖的哪個位置。餐館常有日本觀光客上門，但老實說，她分不出他們和中國人有何差別。

「用短期簽證入國，趁停留期間狠撈一筆日元，」亞莉珊卓說，「日元很強。我們秘魯人跟妳們這些和美國相鄰的國家不一樣，我們都是去日本賺錢。東京、川崎、名古屋、大阪——」

對露西婭來說，這是個令人驚異的想法。確實就如同亞莉珊卓所說，墨西哥人都相信唯有去到美國，才能扭轉人生。所以才會賭上性命跨越國境。

「要是可以在那邊跟日本人結婚，那就太完美了。」脫下制服，只剩下一件內褲的亞莉珊卓把手伸進置物櫃裡，抓出掛在裡面的橘色T恤。「那樣一來，就可以永遠留在日本工作了。」

「日本在哪裡？」露西婭還穿著制服，連袖子鈕釦都還沒解開。

在套上去的T恤裡掙扎的亞莉珊卓猛地伸出頭來，應道：

El borde del pacífico——太平洋的邊緣。

02 ome

亞莉珊卓辭掉餐館後，露西婭仍留在那裡上班。她端酒端菜，向觀光客放送笑容，配合拍照留念。休息時間，她在後場抽菸。她吁出煙時，亞莉珊卓的聲音忽然在耳畔響起。

El borde del pacífico——太平洋的邊緣。這句話宛如美麗的詩詞，擁有令人難忘的音色。瓜地馬拉、哥斯大黎加、巴拿馬、哥倫比亞、秘魯、巴西——比起她所能想到的任何一個國家的名字，都更撼動她的心。

要去看看嗎？

但露西婭隨即打消了這個念頭。不可能的。她在那裡沒有朋友，也不會日語。就算想求助亞莉珊卓，也不知道如何連絡她。移工間的友情，就像萍水相逢的旅人，如同過眼雲煙。而且自己是墨西哥人，不可能打入據說日本有的秘魯人社群。

然而奇妙的是，即使如此，她對於大海盡頭的想望卻是有增無減。

為什麼呢？露西婭自問。去了日本，又能如何？

如果有答案，那恐怕不是為了追尋人生的希望或幸福，而純粹是為了自己幾乎已經空掉的心。

在那座城市長大的過程中，她就彷彿心臟被挖出來般，心上形成了一個窟窿。這個窟窿再也不可能填補，她也不想去填補。既然如此，我想要更靠近空洞。

她的心願，是活生生地化為風一般的空無。這或許意味著漂泊。遠離庫利亞坎的旅程尚未結束。在陌生的土地，成為無名小卒。不是墨西哥、不是秘魯，也不是阿根廷，而是在美洲大陸之外，更遙遠的東洋島國，或許在那裡，自己能夠忘掉一切。只要去到比沙漠更遼闊的大海的盡頭。

露西婭曾考慮跟著亞莉珊卓提過的前往日本的移工集團一起出發，但是在墨西哥的觀光勝地阿卡普科，沒有這樣的人。

離開庫利亞坎時，露西婭帶走了身分證明文件，她到阿卡普科的政府機關辦了護照，研究前往日本的短期簽證。結果她發現，墨西哥人和秘魯人或哥倫比亞人不同，不需要簽證就可以去日本。沒有簽證，最長可以停留六個月。但是超過九十天，就必須在到期前去日本的法務省辦理文件更新。

不管任何國家，露西婭都盡可能不想牽扯上官員。因為搞不好會被強制遣返。但只要放聰明點，就可以在日本待上半年。

露西婭在阿卡普科國際機場生平第一次搭飛機。沒有落得哥哥那樣的人生收場，成功越過國境，這個事實讓她遲遲難以相信。更難以置信的是從天空俯瞰的蔚藍大海。如深淵般的太平洋景色，讓露西婭戰慄不已，不知不覺間，窗外被一片白光籠罩，她花了好一段時間，才理解到飛機正置身雲中。雲的更上方，無垠的天空彼方，透出她從未見過的永恆黑暗。

一九九八年七月三日，星期五，露西婭抵達了太平洋的邊緣。她從成田機場搭乘巴士去到東京，就像在阿卡普科那樣，尋找餐廳的工作，但完全不會日語的她立刻就吃了閉門羹。別說會不會日語了，正派經營的店家，絕對不可能僱用以觀光名義入國的她。

在東京，她下榻商業旅館。在這個都市，光是呼吸，手上的錢就會不斷地消失。露西婭恐懼著高昂的物價，最後總算找到了工作。是在六本木的旅館做客房清掃，關西人老闆不看證件就僱了她。露西婭向越南員工學習工作內容，擦拭浴缸，回收被單，更換扔了保險套的垃圾桶袋子。那裡是日本人稱為「愛情賓館」的地方，是用來做愛的場所。客人有妓女、男妓、學生，以及一般民眾。

被僱用的第十七天，露西婭被老闆叫去。她以為自己要被開除了。或許老闆報警了。

露西婭提心吊膽地打開辦公室的門，只見老闆打開地圖坐在桌子前。老闆和面試那時候一樣，用日語摻雜著零碎的英語單字說話，露西婭只聽得懂英語，偶爾提問，掌握了老闆要表達的內容。在阿卡普科學會的一點英語派上了用場。

「South side，關西，大阪。Mega City，懂吧？」老闆指著地圖說，「難波 city，my friend 的店，china game，麻將，在找 woman 的 woker。Good-looking，china dress，懂吧？外國人 ok，no ID ok。在那家店端 drink，cleaning 菸灰缸，smile——」

最後老闆以並非單字的英語這麼說：

Three times the salary.（薪水三倍。）

被介紹了新職場的露西婭，在六本木買了西文版的地圖，乘坐著第一次搭的新幹線前往大阪。

深夜一點多，她在難波的巷弄裡找到了那棟住商大樓。對大廳櫃臺的管理員報出賓館老闆的名字，等了一會兒。不久後，一名男子下樓來，把露西婭帶到樓上。

住商大樓二樓的一個房間裡，就像老闆說的，有客人在玩中國遊戲——麻將。接著被帶去的四樓，卻沒有半個人在打麻將。鋪著淡綠色墊子的桌面堆滿了籌碼，男男女女沉迷於輪盤、撲克牌、二十一點。客人不全是日本人。

男子拍露西婭的肩膀，說著「It's yours（給妳）」，遞出一個大手提袋。露西婭接過來打開一看，裡面裝的不是之前老闆說的中國旗袍，而是兔女郎裝。

這裡是什麼地方？用不著說明，一看就知道是賭場。但露西婭第一次知道，在日本開賭場賭博是違法的。在墨西哥，賭場是合法事業。

露西婭提著袋子盤算起來。自己無處可去。在這裡不用身分證也能工作，薪水又是賓館清掃的三倍。

露西婭從隔天晚上開始上班。她挽起頭髮，戴上長長的兔耳，套上網襪，踩上高跟鞋。她在地下賭場為盡興賭博的客人端酒端輕食，慢慢地學習日語。薪水的金額不是騙人的，因此也逐漸攢下了許多日元。

一開始的停留期限九十天快到期時，露西婭向地下賭場的店長求助，店長給了她日語學校的在學證明書。當然是偽造的。她在地方入國管理局陳述虛假的語言留學辛苦情節，成功展延了停留資格。

露西婭沒有交到在阿卡普科認識的亞莉珊卓那樣的朋友，總是孤單一人。由於經濟寬裕了許多，她開始精通服飾和化妝品，血拼散心後，會找家酒吧坐下來喝酒。應付把妹的男人讓人心煩，她想找家可以安靜獨處的店，某天問了地下賭場的店長。

店長說：「一個人喝酒的地方？妳不會在家喝啊？不想在家喝的話，就去抽雪茄。去雪茄吧。」

她前往店長告訴她的心齋橋筋的店。雪茄吧裡全是男人，散發出「女賓止步」的默契。酒保不著痕跡地向露西婭下逐客令，但露西婭塞了一大筆小費，酒保便若無其事地微笑，遞出招待的波旁威士忌。

露西婭品嘗波旁威士忌，享受古巴雪茄的芳香。

成為常客以後，她開始點從墨西哥哈利斯科州進口的梅斯卡爾酒。她一直很好奇牆上的那只酒瓶。梅斯卡爾是龍舌蘭製成的蒸餾酒，瓶子裡面有蟲子。每次一喝梅斯卡爾，露西婭的眼睛便會泛出詭異的光采。那眼神讓酒保和常客隱隱感到害怕。其中有著令人膽寒的虛無光輝。不知何時開始，每個人都認定她是來自拉丁美洲的高級應召女郎，深信她現在應該是當地某個黑道大哥的情婦。沒有人敢搭訕她，或打探她一晚的價碼。

這個冬季，露西婭被賭場常客傳染了感冒，打電話向店長請假，店長卻不同意，叫她就算遲到也要去上班。露西婭吞了藥，上了妝，披上長大衣，纏上圍巾。因為發燒，鏡中的自己看起來黯淡無光。她抱著客人送的愛馬仕郵差包，套上馬靴，踩著虛浮的步伐離開高級公寓。

晚了一小時抵達深夜一點開店的住商大樓前，被紅光從底下照亮的建築物景象，讓露西婭停住了腳。簡直就像在燃燒，但不是發生火災。是**警察**。

大阪府警的十一輛警車旋轉著警示燈，大放光明。還有警備車。民眾圍觀看熱鬧的景象對露西婭很新鮮。難波的日本人一路擠到警方拉起的黃色封鎖線前，在庫利亞坎可不是這樣的。沒有人敢靠這麼近，都是躲在家裡或是暗處偷看。因為難保現場不會爆發新的槍戰。

被現行犯逮捕的地下賭場員工和客人在圍觀民眾目送下，逐一被送上警備車。露西婭立刻折返公寓。雖然她用假名上班，但繼續留在難波太危險了。不安與惡寒讓她顫抖著，她收拾家當，思考下一步行動。她無處可去。能夠依靠的全是和地下賭場相關的人。

投靠心齋橋筋的雪茄吧？不可能。那家店的客人，全是警方有問必答的乖乖牌。

燒得愈來愈厲害了，渾身發冷，噁心欲嘔。停留期限的六個月就快到了，這邊也必須設法才行。露西婭疲憊不堪，但還是拖著沉重的行李箱，留意有沒有巡邏中的警察，在夜晚的馬路攔下計程車。

「到新大阪站。」她告訴司機。司機說最後一班車已經開走了，沒關係嗎？她說沒關係。她打算在附近找家通宵營業的家庭餐廳打發時間，等待首班車。

車門關上，計程車往前駛去，這時一名男子的臉忽然浮現腦際。是在雪茄吧遇到的客人。難得有人向她攀談、僅有一面之緣的男子。

「妳是做什麼的？」男子問。

若是朋友，交談幾句還在容許範圍內，但雪茄吧的規矩，基本上是不能打擾他人的。難得放假，不想被男人糾纏，所以露西婭才會泡在雪茄吧裡，但向她攀談的男子打破了默契。她不理對方，兀自吞雲吐霧，瞄了吧檯裡面的酒保一眼，結果得到了靦腆的微笑。露西婭思忖起來。剛來到日本的時候，她完全無法理解那種表情是什麼意思，但現在她看得出來了。

酒保的笑容，和地下賭場店長偶爾會露出來的表情一樣。那是在表示例外，也就是說，向她攀談的男子，是店裡的座上賓。

「我在麻將間上班。」露西婭以笨拙的日語回答隔了一張椅子而坐的男子。地下賭場的店長要她如此對外宣稱。

「麻將間？妳說麻將間？」男子蹙眉，直盯著露西婭的側臉看，「在哪裡？」

「難波。」

「大姐也上桌嗎？」

「你是在問我會不會打麻將？」

「嗯。」

「No.」露西婭用西班牙話應道。

「我想也是。」男子的目光依然停留在露西婭的側臉上，搖晃肩膀笑了。男子請露西婭喝了一杯店裡最貴的波旁威士忌，默默地抽雪茄。微張的口中流洩出乾冰氣化般的白煙，在昏暗的照明下徐徐盤繞。男子不像地下賭場那些伸手捏露西婭屁股的男人，沒有粗鄙的玩笑，也不會死纏爛打地邀約。男子頭髮往後梳攏，戴著無框眼鏡。貼身的西裝八成是量身訂做，領帶夾是金色的，袖釦上有顆晶亮的黑石。

「對了，我自己也有家店，」男子說，「是一家俱樂部。如果大姐想來我這兒工作，隨時都好談。我店裡也有外國人，大姐願意來上班就太好了。不過店不在大阪。如何？要不要考慮一下？」

露西婭搖頭。男子問她名字，為了慎重起見，她報了假名「亞莉珊卓」。男子離開吧檯座，酒保立刻取出寄放的大衣遞過去。男子穿上大衣，走近還坐著的露西婭，一肘搭在吧檯上，探頭看她的眼睛。「活著真的很苦，有太多要經歷承受的事。就算是大姐這樣的大美人，一樣會被掏空。妳的眼睛是空的。」

露西婭想起只在雪茄吧見過一次的男子，在搖晃的計程車裡摸索皮包裡面，尋找他給的名片。她沒有留下半張地下賭場客人的名片，但其他地方拿到的名片，或許沒有丟掉。名片夾在記事本中。說他的俱樂部也僱用外國人的男子名片。

Club Sardis

Saiwai, Kawasaki, Kanagawa

Kozo Hijikata

露西婭翻過名片。背面有手寫的手機號碼，接著是日文：薩第斯俱樂部，神奈川縣川崎市幸區，土方興三。

印刷的英文和手寫的日文，都沒有街號或門號。真的有這家店嗎？露西婭猜疑。難道這也是一家地下賭場？不知道，但她沒有瞻顧的餘地。

等待首班車的漫長黑夜過去，露西婭在前往關東的新幹線座位閉目養神，想著土方興三這個人。兩人只交談了短暫的十分鐘左右，但他散發出一股和主宰地下賭場的男人們相同的氣質。他不是普通生意人。

露西婭在品川站換車，在抵達的川崎站月臺打了名片上的手機號碼。她不抱期待，認為一定打不通，但土方興三接了電話。

和前來迎接的男子重逢的露西婭，立刻被帶到俱樂部。俱樂部還沒有開門，但她得知真的有這家店，也會支付薪水。那裡不是地下賭場。露西婭所擔憂的一切看似都是杞憂，但土方興三就是她直覺的那種人，是黑道幹部。組織交派他經營幸區的高級俱樂部，還有川崎區的港口倉庫。

即使發現男子的身分，露西婭也沒有驚慌。這根本是明擺著的事實。她必須逃離大阪府警的追捕，停留期限也快到了。露西婭開始在川崎的俱樂部當小姐，和土方興三同居。

她是這麼想的：

管他再怎麼可怕，也好過墨西哥毒梟。

03 ëyi

土方小霜於二〇〇二年三月二十日星期三，出生在川崎區的醫院。紀錄上的出生時間是凌晨四點八分，體重四千三百公克，是個相當胖碩的新生兒。

父親土方興三是日本人，黑道幹部，母親露西婭是墨西哥人，在父親開的俱樂部上班，兩人有正式婚姻關係，因此露西婭有居留資格，兒子擁有日本國籍。

父親厭煩嬰兒哭鬧，愈來愈少回家了，二十三歲的露西婭必須獨力扶養兒子。她沒有親人，也沒有朋友。

川崎有許多移工，但來自墨西哥的人極為罕見，也沒有社群組織。結婚讓露西婭陷入更深的孤獨，即使物質上衣食無虞，她的心卻日益空洞。

這樣的空虛，正是她所冀求的。

然而人總是被自己追求的事物所傷害。

由於兒子誕生，應該已經拋棄的故鄉景色重返她的內心。眼前冒出了另一個和自己同樣孤單的小人兒，我到底該把什麼傳給他才好？他的根源在哪裡？烙印在眼底的哥哥殘破的屍體、哭喊的父母。我所擁有的，全是空虛與憎恨。露西婭想，除了罪孽的記憶，自己真的一無所有。

露西婭耽溺在過去，沒有教導以日本人身分出生的兒子日語，天天對著他讀二手書店外文書架上找到的西文版《聖經》。她也情不自禁地把墨西哥人最為敬重的瓜達露佩聖母的傳說反覆說給兒子聽，儘管這是《聖經》正典上並未記載的。

她也說了在唯一一次拜訪的首都墨西哥城，看到的獨立紀念日前夕絢麗燦爛的活動。九月十五日晚上十一點，在擠滿了憲法廣場的群眾面前，總統站在國家宮的陽臺上，敲響多洛雷斯大鐘，高呼墨西哥萬歲。群眾呼應總統：

¡Viva México!¡Viva México!（墨西哥萬歲！）

煙火衝上夜空，代表國旗的綠、白、紅三色光彩耀眼奪目，跳傘部隊凌空而下。露西婭和哥哥走在模仿巴黎香榭麗舍大道而建的雷法爾瑪大道上，徹底被數量驚人的煙火及地鳴般的歡呼聲給震懾——

著了魔似地描述過去的露西婭，眼神不知不覺間在虛空中漂移，漸漸無法區別記憶與現實了。年幼的小霜一頭霧水，淨是盯著沉醉地講述的母親的臉。

小霜沒有上托兒所，也沒有上幼兒園。就只有他和母親兩個人，偶爾父親會出現。小霜在家看電視學日語。再大一點以後，他會把收音機調得小小聲地聽廣播。雖然聽得懂，但完全不會讀寫。小霜以日本人的身分就讀當地小學，卻完全跟不上課業。同學們都笑他。

二〇一一年，神奈川縣施行了「排暴條例」——正式名稱為「暴力團排除條例」，此後土方興三的生活便一下子拮据起來了。三年前發生的世界金融危機造成的損失無法填補，在這種狀況下，與幫派有關的戶頭又接連遭到凍結。受到條例影響，土方興三也賣掉了高級俱樂部的經營權。他把心力集中在剩下的港口倉庫經營，試圖重振財政，但中國同行老早就抓緊條例這個大好機會，從橫濱攻城掠地，他被遠遠拋在後頭了。

土方興三賣掉了愛車，耽溺酒精，自暴自棄。自從升上幹部以後，他很久沒在路上幹架了，但現在又開始在街頭上演全武行，發洩壓力，毆打小混混或飆車族小夥子，逼他們脫光衣服下跪。

在拘留所過夜，一肚子火地回到家，便毫無理由地毆打露西婭。年幼的小霜就目不轉睛地看著母親遭到狂暴的父親虐打的模樣。這樣的日子持續著，露西婭的話愈來愈少，感情也愈來愈麻木，最後連三餐都不準備了。

九歲的小霜自己煮東西吃。他吃燙過的菠菜，吃在平底鍋上打蛋失敗、蛋黃破掉的煎荷包蛋。他把冷凍庫裡的雞肉放進鍋裡煮，灑鹽食用，覺得這是最好吃的一樣食物。此後他只要發現冷凍庫裡有雞肉，就一定會拿來吃。

小霜的母親雖然忽略孩子，放棄照養，但偶爾還是會出門買東西。採買最起碼的食材和日用品回家時，她不知為何總是精神奕奕。那異樣的活力超越了「朝氣蓬勃」的範疇，形容為興奮更為恰當。她甚至會歌唱、歡笑、手舞足蹈。

諷刺的是，帶給露西婭活力的，是她打從心底憎恨的毒梟的商品。然而渡海來到川崎的商品並非金粉——毒梟最為重視的古柯鹼。只要不是古柯鹼就行了。露西婭以這樣的歪理，逃避對自身的背叛。

「這不一樣，」她抓著針筒，對不明究理的小霜說，「我不會用鼻子吸。只是扎一下而已。」

小霜總是餓著肚子，也討厭上學。他沒有朋友，也跟不上課業。因為沒繳營養午餐費，每天都被老師嘮叨。

升上小四的春天，小霜從家裡走到多摩川，高高揮起裝著課本的書包，扔進河裡。隔天開始，他再也沒有去學校，但也沒有人說什麼。

大笑的母親陷入錯亂，活在幻覺當中。上一秒神情空洞地癱坐在地上，下一秒卻突然舞蹈起來。小霜從母親的錢包抽出紙鈔，去肉店買便宜的雞胸肉。用鍋子煮熟，灑上鹽巴，狼吞虎嚥。他嚼碎雞骨，連燙雞肉的湯都喝得一滴不剩。

儘管飲食簡陋，營養不均衡，小霜的個子卻一天天抽高。盥洗室的鏡子被母親扔的酒瓶砸破了，每當看見倒映在龜裂鏡面中的自己，小霜就覺得很恐怖。肩膀寬得誇張，手腳像棒子般細長。臉頰凹陷，脫下襯衫，就會露出凸出的肋骨。

即將滿十一歲的時候，小霜的身高已經超過一百七十公分了。

一整晚聽著母親在夢魘中喃喃不停的西班牙話，六點一到便起床，一樣吃雞肉當早餐。洗盤子，把拿來當水壺的空罐裝滿水。帶著那只空罐，還有從父親房間裡摸來的小刀，前往川崎區的兒童公園。這是小霜每天的例行公事。

撿拾兒童公園地上的枯枝，坐在長椅上，用小刀剝掉樹皮。把樹枝表面削得光滑之後，在上面雕刻精細的紋樣。從圓形、三角形等圖形，到狗和鳥等圖案，形形色色。

兒童公園除了小霜，也有別的常客。有個輪椅老人每天早上都一定會出現。老人戴著陳舊的毛線帽，穿著深藍色工作外套，自己推著輪椅過來。他的左手缺了小指和無名指。

輪椅老人的例行公事，是在長椅旁抽菸，讀競輪賽報。老人口中念念有詞，用紅筆圈起選手的名字。

小霜口渴就會喝空罐裡的水。兒童公園也有自來水，但手邊有水，才能專心雕刻。少年不停地在樹枝上雕刻，輪椅老人埋首看賽報。雙方互不干涉，就彷彿完全沒看見對方。長久以來，兩人從未交談過隻字片語。

這個星期六早上，六名高中生來到兒童公園尋找失物。這座公園是他們深夜流連的基地。從未在這麼早的時間來到公園的他們，注意到陌生的臉孔，停下腳步。

坐輪椅的「老頭」他們見過幾次，但長椅上的傢伙是新面孔。皮膚有點黑，黑色的眼眸比日本人更大、顏色更深。看上去像外國人。

領頭的少年穿著全新的ＰＵＭＡ教練外套，手上戴著同樣剛開箱的 Grand Seiko 腕錶。兩邊都是用電話詐騙高齡長者的錢買的。

「早，」教練外套少年以明朗的聲音招呼說，「你住這附近？」

小霜沒搭理，低頭繼續雕刻樹枝。

「你坐的那張長椅上有沒有看到耳機？我很喜歡那副耳機的。」

小霜一樣沒搭理。

教練外套少年蹲下身來，探頭看小霜的臉。「你是秘魯人？」他問著，點燃香菸。昨晚他在這座公園呼大麻，但沒傻到大白天就開抽。

「欸，」少年說，「不是有個詞叫『鹿十』嗎？你知道為什麼意思是『不甩人』嗎？外國人可能不知道吧。特別告訴你哦，日本有種紙牌遊戲叫『花牌』，花牌有各種圖案，十月的牌子，圖案是一隻鹿甩頭不看月亮。鹿加上十，就是『鹿十』，引申為不理人的意思。至於為什麼是鹿，這是賭場的大叔告訴我的，意思是『瞧不起』。不是被老虎或野狼，而是被鹿這種軟腳蝦用屁眼看你，還夠瞧不起嗎？所以了，**絕對不能被人這樣瞧不起**。我很好心對吧？還這樣跟你解釋咧。」

趁著教練外套少年滔滔不絕的時候，同夥的大塊頭少年躡手躡腳繞到長椅後面，迅雷不及掩耳地用手臂勒住小霜的脖子。姿勢很笨拙，卻是柔道中的裸絞技。呼吸道被下臂扼住，小霜掙扎起來。

「這傢伙力氣很大！」大塊頭少年大叫，「你們也過來幫忙！」

其他夥伴衝過來，四名高中生聯手壓制十一歲的小霜的手腳。樹枝和小刀從小霜的手中落下。

教練外套少年撿起小刀，伸向無法呼吸、滿臉紫脹的小霜的臉。「少給我裝沒看見。我問什麼，你就給我答什麼。聽不懂日語，就說句 hello 還是 buenas。」

少年繼續把小刀伸近小霜的臉，終於抵住了額頭。縱向割開的傷口淌下血來，興奮的少年接著又水平劃了一刀。鮮紅的瀑布沿著小霜的面龐流下。

長椅旁的輪椅老人毫不理會這番騷動，繼續讀他的賽報。而老人也就像一塊路邊的石頭，沒有人注意他。

「總之，明天繳保護費上來。」少年說，一腳踹飛小霜放在長椅上的空罐。

「別動他。」輪椅老人唐突地開口。小霜也是第一次聽到老人的聲音。

待少年們的視線聚集上來，輪椅老人從賽報抬起頭來：「他是土方先生的兒子。」

壓制小霜的少年們都一臉驚愕，立刻放手。壓迫氣管的手鬆開，小霜淚眼汪汪，難受地嗆咳。

「老頭，」教練外套少年逼近輪椅老人，「少唬爛了。」

「覺得我在唬爛，你們就繼續啊。不關我的事。」

「你有證據嗎？」

「還證據咧，」輪椅老人說，「把那孩子帶去黑道事務所問問就知道了。要我陪你們一起去嗎？」

輪椅老人舉起缺了兩根指頭的左手大笑，少年臉色大變，不吭聲了。如果老頭說的是真的，不是被揍個半死就沒事的。可能連家都回不去了。

六名少年撇下嗆咳不止的小霜，就像比賽前圍成一圈的選手那樣，腦袋湊在一塊，細語黑道幫派的名號。

小霜也聽見了，但不管是黑道的名號，還是父親，都與他無關。他調整呼吸，慢慢地站起來，走向剛才勒住自己脖子的大塊頭。對方是高中生，但論身高，小霜更勝一籌。小霜右手一把揪住大塊頭的頭髮，不理會驚訝的對方劇烈抵抗，直接把他整個人拽倒在地上。那幾乎是把人往地上砸的狠勁。

從那乾巴巴的身材完全無法想像的蠻力，讓其他五人張口結舌。小霜的指間纏滿了從大塊頭頭皮扯下來的頭髮。

被仰向拽倒的大塊頭後腦撞地，一動不動了，教練外套少年反射性地朝小霜扔石頭。石頭砸中小霜的臉頰，發出悶沉的聲響。右頰皮開肉綻流了血，嘴巴裡面也咬破了。被疼痛更進一步激怒的小霜目射凶光，逼近少年。

教練外套少年就和小霜一樣，在川崎長大，親眼看過許多亂七八糟的大人。「坐牢仔」——這是無法控制暴力衝動的最底層小弟，在黑道兄弟裡面也特別受人厭惡。這類人會不斷地坐牢又出獄。有個「坐牢仔」只是在夜總會被人撞到肩膀，就把對方小混混揍了十幾拳，還拿膠帶封住對方嘴巴，開車載到多摩川，捆住對方的手腳，獨力把人丟上釣魚用的手划小船，推進多摩川裡放水流。小船在河口附近被人發現，沒有漂到東京灣去，小混混撿回了一條命，但被逮捕的「坐牢仔」滿不在乎地對刑警說：我要殺他的話，根本不會把他丟到船上，我哪裡有錯？

此外，少年還知道叫做「超人」的，是嗑藥嗑到完全失去理智的超級毒蟲。有個女的

「超人」從堀之內的公寓三樓跳下來，赤腳在柏油路上著地，然後拖著斷骨刺出皮肉的右腳走進對面咖啡廳，把手伸進自動門旁邊的魚缸裡，抓出裡面的金魚，嬉皮笑臉地吃光了缸裡每一隻金魚——

現在站在少年面前的，是和那些大人一樣，絕對不可能打得過的對手。淋漓的鮮血讓他的眼神散發熠熠紅光，露出的牙齒也染得一片殷紅。就彷彿一頭非人的猛獸，才剛襲擊完某人，濺了一身的血。

少年除了撿來的小刀，還有自己的折疊刀，但他本能地察覺到危機。對方是「坐牢仔」和「超人」的同類。

不妙，少年心想。雖然父親也是個問題，但這傢伙本身才是問題。要是跟他對幹，絕對無法全身而退。這傢伙會拚上老命。畢竟他根本瘋了。

「Te mato.（我宰了你。）」小霜用西班牙話說。

「嗳，等等。」少年被駭人的殺意震懾，拚命壓抑想要拔腿就逃的衝動，擠出聲音說。「是我不好。」

整個人嚇壞的少年咬了咬牙，掏出身上的一些錢，揣進小霜身上廉價連帽衣肚子上的口袋裡。這是撤退的信號。少年們丟下倒地的夥伴要逃，卻被輪椅老人怒喝，其中兩人無可奈何地留下來，試著扶起昏倒的夥伴。但大塊頭實在太重了，怎麼也扶不起來。小霜單手就拽倒的高中生，體重超過八十公斤。過了三十秒左右，大塊頭恢復意識，一臉茫然地交互看著兩個夥伴。他似乎不記得發生了什麼事。大塊頭在夥伴攙扶下，搖搖晃晃地離開兒童公園。

小霜撿起折斷的樹枝，把掉在地上的小刀和空罐輕輕地放在長椅上排好，走到公園的自來水那裡，扭開水龍頭。他沖洗著額頭和臉頰的傷口，思考輪椅老人的事。

回到長椅時，輪椅老人主動出聲了。「真倒楣呢，」老人說，「不過你果然有幹架的天分。你父親遺傳給你的。」

「你知道我是誰？」

「知道啊。你媽是墨西哥人吧？」

「痛死了。」小霜觸摸額頭的傷口喃喃道，接著撫摸臉頰，用西班牙話說：「Me duele aquí.（這裡好痛。）」

「回家用冰塊冰敷吧。」

「嗯。再見。」

「啊，等等，」老人叫住小霜，「小朋友，他在你肚囊裡塞了多少？」

「肚囊……」

「肚子上的口袋啦。」老人看著小霜，指著自己的肚子說。

小霜甩掉指間大塊頭的頭髮，摸索口袋裡面，抓出皺巴巴的三張萬元鈔票。老人伸手過來，動作就像診療病患的醫師般自然，拿走小霜手上的紙鈔，將其中兩張揣進自己的口袋裡，剩下一張還給小霜。

「小賺了一筆呢。」老人說，面露賊笑。張開的嘴巴裡，幾乎不剩半顆門牙。「下星期小朋友要不要也來賭競輪？」

04 nāhui

額頭和臉頰好了一半的傷暴露在秋風中。小霜一如往常，坐在兒童公園長椅上，專注地雕刻著撿來的樹枝。

長椅旁停著輪椅，但老人並沒有在讀競輪賽報。他盯著用上週賭贏的錢新買的隨身電視機螢幕，聽著耳機裡的聲音。

小霜專心一意地動著小刀，這時一道影子突然籠罩上來，他抬頭一看，輪椅不知何時移動到前面來了。

「手真巧，」老人盯著小霜手上的樹枝說，「你在刻麻雀嗎？」

「Cuervo，」小霜用西班牙話回答，接著改成日語，「是烏鴉。」

「看錯了，歹勢，」老人說，「不過在那麼細的樹枝上雕刻，刻得手都快斷了吧？怎麼不刻粗一點的木頭呢？」

「手斷？才不會呢。手怎麼會斷？」

小霜繼續雕刻。他喜歡挑更細的樹枝雕刻。全神貫注的期間，連飢餓都可以忘記。

老人轉動輪椅右車輪變換方向，接著忽然想到似地，九十度旋轉，側身對著小霜說：

「川崎這兒的娛樂，只有競輪和賽馬，不過丟球也很好玩哦。小朋友，你看過嗎？」

不待小霜回答，輪椅老人便拔下耳機，出示剛買的隨身電視機螢幕。小小的螢幕裡，身形高大的男人們在爭奪一顆暗橘色的球。一個人把球往地上拍，球反彈之後又繼續拍，邊拍邊往前跑，接著猛然高高躍起，在空中閃過對方阻擋的手，把球扔進頭頂的網子裡。

「漂亮！」輪椅老人微笑，喝了口口袋瓶威士忌，暖和一下被秋風吹涼的身體。「要是這玩意兒也能賭錢就好了。」

小霜探出身體，注視著小螢幕。記得以前在小學課堂玩過類似的遊戲，但連叫什麼都忘記了。

跟那個一樣嗎？可能不一樣。

小霜把場上縱橫馳騁的高大選手們，和倒映在鏡中的自己的身影重疊在一起。但是搶奪暗橘色球的男人們，應該比自己更龐大、更迅速，也更有力。攻守眼花繚亂地變換、得分，時間一眨眼就過去了。小霜不停地看著，看得目不暇給。選手衝撞在一起，一人倒地，還站著的一個俯視倒地的對方。一道笛聲響起，插入短暫的中斷，比賽又開始了。相撞的兩人怎麼沒有打起來？小霜感到匪夷所思。褪了色的銀杏葉飄到緊盯著小螢幕的小霜頭上。

「很精采吧？」輪椅老人說。

「這些人，」小霜問，「是什麼人？」

小霜想問運動的種類，輪椅老人卻說出一家電子公司的名稱。總公司在川崎的那家企業，是老人支持的企業隊名稱，但小霜誤會那就是這種運動的名字，就像念誦聖經禱文似地喃喃默念著那企業名，看完了比賽的後半場。

輪椅老人離開後，兒童公園裡只剩下小霜一個人。日落時分，他總算收起小刀，帶著花了一整天雕刻好的四根樹枝，前往機械零件工廠的廢墟。影子長長地拖在小霜行走的路上。受到金融風暴波及而倒閉的工廠，備品和設備都被搬光了，但建築物本身沒有拆除，化成了廢墟。周圍豎起禁止進入的看板，鐵絲網圍繞，無法輕易闖入。輪椅老人說，那個地方「入夜以後，藥頭和毒蟲會從有刺鐵絲網的破口進去，在裡面交易」。

小霜知道自己的母親也吸毒。這是母親自己說的。她在手上打古柯鹼以外的毒品。小霜想：Madre也會來這裡買毒嗎？

廢墟西側的水泥磚圍牆半倒，從那裡可以稍微靠近建築物一些。小霜把手上的樹枝朝著骯髒的鐵皮屋頂扔上去。

樹枝堆積在生鏽的鐵皮屋頂上，那模樣讓人聯想到鳥巢。每一根都是小霜的作品，上面的新樹枝色澤明亮，但底下的已經褪了色。刻上圖樣的樹枝，他全部丟到工廠廢墟的屋頂上。這是小霜自己定下的規矩。

離開半倒的圍牆，小霜摸索連帽衣的口袋，掏出表情快哭出來的高中生給他的一萬元鈔票，盯了半晌。

他想，這錢或許可以買輪椅老人告訴他的比賽的球。那種比賽，奔跑搶球投進網子裡的運動。

哪裡有運動用品店？小霜想了一下，從新川大道往西走，穿過境町的天橋，進入馬路對面的巷子。

小霜走進一對老夫妻經營、生意清淡的運動用品店，吸著鼻子，說出電子公司的名字。老夫妻告訴他附近的電器行。小霜在那家電器行提出相同的問題，結果老闆帶他到陳列著各種燈炮的貨架，小霜不解怎麼會這樣，呆呆地站在那裡。

沒買到球，小霜失望地踏上歸途。從境町的天橋折返的路上，他和一群小學生擦身而過。我愛川崎，愛的城市。小學生在唱「垃圾車之歌」。小霜也知道這首歌。其實這首歌的歌名就叫〈我愛川崎，愛的城市〉，但垃圾車都播放這首歌，因此對小孩子來說，它就是「垃圾車之歌」。小學生們唱著歌，突然衝到天橋柵欄邊，探身看底下。他們發現騎腳踏車的同學，停止唱歌，齊聲大喊：

你要去哪裡！

騎腳踏車的男孩嚇了一跳，按住煞車，抬頭仰望天橋。小霜聽著小學生的笑鬧聲，一個人走下階梯，朝家的方向走去。

公寓房間裡，母親正在看電視。父親賣掉了高級俱樂部的經營權，但母親在其他俱樂部找到了工作。

Madre 要去上班嗎？小霜想。母親難得醒著。

母親挽起頭髮，化了妝。美麗的衣物、甜蜜的香味，指甲也修整過。母親比小霜還要乾瘦，顴骨銳利突出。但沒有嗑藥的時候，母親真的很美。

平常的話，小霜會默默從母親的錢包裡拿錢，但母親清醒著，因此他向母親討零用錢。就算母親拒絕，他也歪纏不放。

「¡Qué pesado!（你有完沒完！）」

就算惹來母親厲聲訓斥，小霜也心滿意足。他想要的不是零用錢。

05 mäcuilli

隨著個子愈來愈高，小霜學會偷竊各種物品。停在路上的腳踏車、家庭賣場的衣服、鞋子，還有雕刻刀。他不太會偷食物。他可以從母親的錢包拿錢買雞肉。

小霜十二歲時，他們搬家了。遭到排暴條例層層限制，父親的收入更進一步減少，他們負擔不起原本住的川崎區的公寓了。一家人搬到同樣在川崎市的高津區的老公寓，父親學生時期的朋友在一樓開五金行，把二樓出租，賺取房租收入。

一家人免押金禮金*，搬進了空樓層，但土方興三一如過往，幾乎不回家。他似乎也不把那裡當成自己家，偶爾露面，也不會拿生活費給妻子。

母親用在俱樂部上班的薪水付房租，剩下的錢不斷地消失在買毒。俱樂部的同事賣毒給母親。

比以前的家更狹小的住處堆滿了垃圾，母親的衣物四處亂丟。每當有大卡車經過老公寓附近的府中街道，沿著地面傳來的震動就會讓窗戶嘎嘎亂響。

* 日本慣例上，在租屋時會付給房東一筆禮金，和押金不同，解約後不會歸還禮金。

在五金行二樓醒來的早上，沒辦法去熟悉的兒童公園，也見不到輪椅老人，讓人有點寂寞，但小霜習慣孤獨了。他立刻找到了別的樂子。

他騎著偷來的腳踏車前往中原區的等等力綠地，穿過寬闊的綠地，朝「等等力體育館」前進。他在窗口買票看比賽。拿母親的健保卡去，就可以買中小學生票入場。比賽的名字叫做「籃球」，輪椅老人告訴他的，只不過是總公司在川崎的電子公司的球隊名稱。搬到高津區的小霜，後來靠著自己理解了這件事。

十二歲的小霜，身高已經超過一百八十公分了。在等等力體育館大廳擦身而過的人，每一個都相信他是當地的籃球少年。然而小霜連籃球都沒有摸過，連規則都一知半解。但他還是很喜歡看籃球賽。

體育館的觀眾席很空。業餘社會球隊多半只有企業相關人士會來觀賽，沒什麼一般球迷。小霜總是深深地罩上帽兜，一個人坐在二樓座位的暗處。這些人好高大，小霜心想。總有一天，我也能變成他們那樣嗎？

小霜最喜歡的，是一個看上去就像棵巍峨巨木的黑皮膚巨漢。凱利．杜卡斯，身高二一〇公分，體重一二〇公斤，位置是中鋒。這天，電子公司的隊伍靠著後半上場的杜卡斯大顯身手，拿下了逆轉勝。小霜離開體育館後，騎著自行車前往中原區的大型體育用品店。兩天前，他已經在店內勘察過了。他趁著店員點貨時，拿起合成皮的七號籃球。生平第一次摸到的比賽用籃球，小霜可以像大人一樣用修長的手指一手抓起。小霜正大光明地走出店門口，將戰利品丟進腳踏車籃子裡，騎得比平常快一些，享受著迎面而來的風。

隔天他起了個大早，跑去以前住的川崎區。小霜沒有一個人坐過電車或公車，都是騎腳踏車移動。

他去了兒童公園，想讓輪椅老人看看他的籃球，但公園裡只見鴿子遊蕩，沒有半個人影。小霜坐在長椅上等了一會兒。等到中午，老人依舊沒有現身。他沒帶用來雕刻樹枝的小刀。因為無聊，他模仿運球動作，並把球丟向銀杏樹幹，當做投籃，自得其樂。一直等到天快黑了，老人都沒有來，小霜只好把籃球丟進腳踏車車籃，踩著踏板回去高津區的老公寓。

就在小霜久違地來到兒童公園的六天前，輪椅老人遇到車禍，已經死了。他喝口袋瓶威士忌喝到醉，在操作輪椅時不慎摔落穿過川崎區的第一京濱——國道十五號——的路面，被運載大量沙石的十噸卡車連同輪椅輾個粉身碎骨，支撐著老人體重的鐵製框架在一瞬間扭曲變形。彈飛的螺絲和螺栓射到對向車道去，在柏油路上彈跳，晶亮地反射著陽光。

神奈川縣警第一交通機動隊和機動巡邏隊封鎖事故現場，交通搜查課在陸續通過旁邊車道的大卡車捲起的廢氣煙塵中進行鑑識工作。十噸卡車的煞車痕、車頭燈碎片、威士忌口袋瓶的殘骸、破碎的肉片。逐一拍照，仔細地回收。

警方暫時封鎖對向車道，撿拾散落的輪椅零件時，一名交通搜查課人員找到奇妙的樹枝。樹枝上精細地雕刻了鳥的圖案和一些幾何花紋。也許是老人的東西，如果是的話，必須交還家屬才行。

前提是老人有家屬的話——交通搜查員心想。

拍照後撿起樹枝，小心地裝進證物袋裡保管。

得到七號籃球的小霜，自己規劃了新的一日行程。在五金行二樓醒來後，便帶著小刀、籃球、水煮鯖魚罐、裝了自來水的寶特瓶，走到多摩川岸邊。他不會馬上就玩籃球，而是先撿樹枝，雕刻到中午。小霜沒有錶，肚子餓了，就代表時間到了。他把雕刻到一半的樹枝藏到草叢裡，隔天再繼續。

吃完水煮鯖魚罐，喝寶特瓶裡的自來水，然後在河岸午睡。傍晚時分，再抱著籃球前往溝口綠地。和以前一樣，即使天氣很冷，小霜也會在外面待到傍晚。反正就算提早回家，也無事可做。

放學回家的國中生和高中生都竊竊私語：那傢伙是誰？小霜在他們的指指點點中走到溝口綠地，進行連基礎都不懂的運球。他模仿凱利．杜卡斯的灌籃動作跳起來，整個人掛在頭頂的櫻樹粗枝上，烏鴉嚇得驚叫亂飛。小霜就這樣暫時掛在枝椏上，搖晃懸空的兩條腿。

穿過溝口綠地去上補習班的小學生們，幫暮色中玩球的高個兒取了個綽號：魔像。

你看到魔像了嗎？

看到了。

他一個人在幹麼呀？

打籃球吧？

那是在打籃球嗎？看他一直掛在樹枝上而已啊。還會跟鳥說話，大概是腦袋怪怪的吧。

06 chicuacé

溝口綠地被蟬聲所籠罩。前往綠地前方圖書館的人，都快步從小霜身後經過。天色還很明亮，但快到閉館時間了。

十三歲的小霜偶爾瞥幾眼去圖書館的人，繼續玩自己那一套運球。他沒有進過圖書館。圖書館有種和討厭的學校類似的氣氛，而且就算打開書本，他也看不懂漢字。繪本和圖鑑好像很有趣，但要他混在幼童裡面一起讀，他敬謝不敏。

沒多久，圖書館關門了，西方天際染成了紅色。就好像有顆無聲的炸彈落在街上，炸出一大片火焰一般。覆蓋整片天空的紅，無聲無息地摻進了暗黃與橘色，也有一絲綠色。拉長的雲朵，看上去就像怪物的利爪在天空刨挖出來的傷痕。

夕陽沉得更深，綻放的紅光轉為濁黑的血色，天上的雲染上破裂的內臟那種血腥。雲朵的隊伍描繪出殘酷的畫作，整齊地飛翔，向西前進。小霜在籃球化入自己的影子看不清楚之前，打道回府。他撩起T恤衣擺抹去額頭的汗。悠閒地拍著球，穿過綠地。攀附在頭頂樹木的蟬執拗地鳴叫著，烏鴉飛過昏暗的天空。

踏上歸途的小霜，腦中浮現的是在五金行二樓的房間裡，夢囈似地喃喃著西班牙話的母親。母親現在有時候會全身赤條條地倒在玄關，或是在廚房失禁。偶爾還會發出尖叫。

來到車多的府中街道，小霜停止運球。他還沒有自信絕對不會讓球跑到馬路上去。籃球是他最好的朋友。左手、右手，他輪流單手抓球往前走。

一樓五金行的燈還亮著。老闆房東也替人磨菜刀，天黑以後，常有在附近餐廳上班的人拿菜刀來磨。

小霜只有剛搬來的時候進去過五金行一次。據說是父親朋友的老闆抽著菸，簡短地對小霜「哦」了一聲。小霜輕輕點頭，草草掃視了一下貨架，尋找有沒有可以用來木雕的雕刻刀。有的話他想偷一把來用，但架上只有料理刀。他空虛地看了看其餘的廉價金色水壺、業務用大湯鍋，然後就走了。

小霜胸前抱著籃球，走上建築物的戶外梯，前往二樓住處。門沒有鎖，屋內傳來慘叫聲。小霜開門，看見一個月不見的父親正在踹倒地的母親。母親抱著什麼東西，試圖保護臉對著榻榻米，雙手藏在肚子底下，長長的黑髮垂蓋著。父親蹲身抓住母親的手。

「好痛！」母親用日語叫著，「不要！」

「煩死了，」父親啐道，「連手砍下來算了。」

小霜鞋子也不脫，站在玄關看著兩人，想起母親拚命隱藏的手臂上瘀青的注射疤痕。Padre 在氣 madre 打針嗎？小霜想。可是 madre 從很久以前就這樣了，現在才在生氣，太奇怪了。

小霜目不轉睛地看著，察覺了父親的意圖。父親不是在氣母親注射毒品，而是想要搶走她的戒指。母親的左手無名指上，戴著鑲寶石的戒指。

土方與三打算在露西婭把戒指賣掉前，自己拿去換錢。

露西婭哭喊著：「這是你送我的戒指啊！」

但土方與三知道她在撒謊。她的手上沒有婚戒。老早就被她賣掉了。

露西婭的無名指上綻放光采的，是仲見世大道的俱樂部客人送她的禮物，上面並排著五顆尚比亞產的〇．〇八克拉綠寶石。那個客人特別喜歡拉丁美洲女人，露西婭沒有告訴客人她是土方與三的妻子。

遭遇露西婭意想不到的強烈抵抗，土方與三一臉疲憊地抽起菸來。他沒用菸灰缸，隨手扔下菸蒂，菸灰灑在榻榻米纖維上。

一道尖銳的笛聲突然響起，小霜嚇了一跳。土方與三也一樣。廚房瓦斯爐正燒著不鏽鋼咖啡壺。咖啡壺噴出白色蒸氣，扯著喉嚨尖叫著。

土方與三發現兒子抱著籃球站在玄關，眼神陰沉地命令：「去關火。」

小霜脫鞋入內，轉動開關熄火。

「過來，」父親說，「按住這女人的手。」

小霜假裝沒聽見，不理他就要去盥洗室。父親粗壯的手指揪住了兒子的肩膀。垂著頭轉身的小霜和父親面對面了。

「喂，」父親開口，一臉傻眼地仰望兒子，「你又長高了？你都吃些什麼啊？狗飼料嗎？」

好小，小霜俯視著父親想。要是跟凱利・杜卡斯排在一起，應該就像個小孩子。

過去害怕得甚至不敢對上眼的父親，每一次見面，氣魄就消失幾分。父親一百七十六公分高，個子絕對不算矮，手腳脖子都很粗壯，胸膛也非常厚實。然而單論身高，小霜早已超越父親了。變的不是父親，而是小霜。在連自己都沒有自覺的情況下，小霜笑了出來。

浮現在兒子臉上的侮蔑神色，讓父親勃然大怒。父親怒吼，朝小霜臉上就是一巴掌。他並未手下留情，但仍以僅存的理性克制自己，沒有握拳招呼上去。要是動拳頭，可能會把對方打死。

他應該全力摑掌了，然而兒子毫不退縮，仍站在原地。連懷裡的籃球都沒有掉落。而且他還在笑。父親僅存的一點理性煙消霧散，他就像在鬧區跟人幹架那樣，握拳毆打兒子。

即使如此，兒子還是沒有倒下，撐在原地不動。兒子回敬，猛地伸出抱著籃球的長長的雙臂，一把推開父親。

父親跌了個四腳朝天，屏住呼吸，發不出聲音。他大大地張口，好不容易喘過一口氣，慢吞吞地撐起上半身，仰望臉頰紅腫的兒子，呆了好半晌。他無法相信發生了什麼事。他從來沒有被幹架的對象推倒過。再怎麼強悍的對手，都從來沒有過。

這傢伙臂力非比尋常，父親想。是我的遺傳嗎？還是毒蟲母親的血統？原本還在嗆咳的父親迅速起身，粗魯地打開廚房櫥櫃。他在找菜刀，卻找不到半把。這個家裡沒有菜刀。嗑茫的母親會拿菜刀亂砍，所以小霜把菜刀全丟了。用來雕刻樹枝的小刀和雕刻刀藏在壁櫥深處。

直到幾年前都片刻不離身的短刀，早已不在父親懷裡。時代不同了。別說短刀了，就連文具美工刀，被警察逮到都是攜帶刀械罪一條。這年頭都改拿催淚瓦斯當傢伙了。江湖兄弟居然淪落到拿這種東西護身，父親覺得簡直是惡劣的玩笑。

父親奮力一腳踹飛廚房櫃門，橫眉豎目地出去了。小霜聽著快步衝下樓梯的聲音，盯著手中的籃球。Padre 會回來，他想。

小霜猜的沒錯，窮凶惡極地回來的父親，手上抓著從五金行拿來的菜刀。那是附近餐館請老闆打磨的刀長二十公分的主廚刀，剛磨過的刃紋，宛如傍晚驟雨前的積雨雲般隱隱泛光。

兩眼充血的父親一把刺出主廚刀，被小霜冷靜地後退閃過。比起拿刀亂揮一通的母親，父親的動作更容易預測。

父親完全失去了理智。他想砍死兒子。

小霜伸出手中的籃球，砸向朝自己的肚子刺來的刀尖。主廚刀深深刺入，貫穿了合成皮，籃球「砰」一聲爆裂消風，掉到地上，就像死掉了一樣。

排山倒海的憤怒襲捲了小霜。父親把主廚刀從籃球抽出，繼續攻擊。兩人扭打在一起，父親砍了小霜的脖子。傷口不深，但血濺在榻榻米上，形成圖樣。小霜伸出左手掐住父親的喉嚨，以強大的握力勒住頸動脈，一隻手就把父親舉了起來。父親的雙眼因驚愕和痛苦而暴睜，兩腳懸在半空中。小霜毫不留情——就和父親一樣。

為什麼殺死我朋友？小霜說。

父親的腦門被砸向天花板，電燈破碎，碎玻璃閃爍，燈光消失了。父親粗壯的脖子內側傳出骨頭折斷的聲音。

化成一團漆黑的和室裡，露西婭在朦朧中看見的，是兒子單靠左手舉起丈夫的黑影。丈夫的腳尖無力地垂下，一動也不動。

難以承受的現實，和慣用的毒品幻覺混合在一起，襲擊了露西婭。她汗流如瀑，陷進了虛構的現實裡。眼中看到的不是丈夫和兒子。**胡里奧**。肩膀寬闊、個子高瘦，大家都暱稱他肩哥，懷念的哥哥，哥哥就在那裡。哥哥親手將天誅地滅的毒梟執行了絞刑。露西婭歡天喜地，變回了十七歲的少女。

彌漫在四周的，是龍舌蘭莖的香氣。酒。龍舌蘭酒、梅斯卡爾酒的香氣。

哥哥成功報仇了，大家要一起慶祝才行。露西婭正要準備設宴，視野忽然化成一片漆黑，哥哥的身影消失了。

露西婭撩起汗溼的頭髮，凝目細看黑暗。死在那裡的是哥哥。露西婭再次被推入絕望的深淵。哥哥果然被殺死了。她望向自己手上的戒指。對了，她想。我被人追趕，戒指差點被搶走。不能把戒指交給他們，我要把戒指換錢，離開這個鬼地方。快點，得快點才行。

露西婭抬頭準備要逃，發現眼前堵著一尊可怕的巨人背影。巨人似乎在看哥哥的屍體。巨人回頭了。

露西婭感覺到生命危險，望向掉在乾稻草上的小開山刀。是離開庫利亞坎時帶在身上的武器。露西婭披頭散髮，抓起開山刀，猛地撲向虐殺十九歲哥哥的毒梟。

看見母親撿起掉在榻榻米上的主廚刀殺過來，小霜嚇了一跳，反射性地打了她。因為才剛和父親衝突，他無法拿捏力道。母親整個人撞在後方牆上，一屁股坐倒，接下來就像斷了線似地，垂頭癱軟。

小霜開口：

Madre.

五金行老闆被搶走剛磨好的主廚刀，猶豫著該不該報警。他一根又一根地抽著菸，豎耳留心二樓的動靜。腳步聲當中摻雜著某種破裂音。總不會是槍聲吧？安靜下來後，駭人的光景兀自浮現在老闆的腦海裡。

傳來下樓腳步聲，店門打開了。老闆原以為現身的會是殺死全家、渾身浴血的土方興三，沒想到是高個子的混血兒子。兒子兩手空空，T恤上有一灘血。

「你挨刀了？」老闆問。

「Solo un poco.（一點點。）」小霜答道，指著脖子上的傷。

「你爸呢？」

「Llama a la policía, por favor.（叫警察。）」

「什麼？」

神智不清的小霜沒發現自己在說西班牙話。他氣對方為什麼聽不懂，一次又一次說：

Llama a la policía, por favor.

警笛聲層層疊疊地穿過府中街道，紅色警示燈將五金行門口染成了明亮的血色。走下警車的警察打開二樓房間門時，十三歲少年正坐在牆邊，把消了氣的籃球扔向半空中。沒有燈光的房間裡，並排著父母的屍體。

「你會說日語嗎？」警察出聲，以手電筒冰冷的強光照射著少年。

07 chicôme

案發後傳播開來的是不正確的傳聞：「有外國人侵入民宅殺死日本人，被警察抓了。」從命案現場回來的刑事課警車一出現在高津南署，媒體的攝影機鏡頭全都對準了黑色車窗，閃光燈起此彼落。除了黑色車窗，什麼都拍不到，即使拍到，未成年少年的長相也無法公開，但載著殺人犯的車輛本身就具有報導價值。

小霜被銬上手銬，繫上腰繩，進入署內，包紮傷勢不深的脖子傷口後，警察要他喝水，採尿驗尿。接著他被帶進偵訊室。穿制服的警官把小霜的腰繩固定在桌腳後，這才解下他的手銬。

兩名男女刑警進入偵訊室，坐到小霜對面。男的是刑事課的寺嶋延彥警部補，女的是生活安全課的葛西紀子巡查。葛西巡查負責少年犯罪。

「這是你本人沒錯吧？」寺嶋警部補把文件遞到小霜面前問。

「應該不是。」小霜看文件，歪頭表示疑慮。上面有他沒看過的漢字。

「這是你的名字吧？」葛西巡查平靜地說，「是你戶籍上的本名。戶、籍，你知道什麼是戶籍嗎？」

小霜再次看文件。

土方小霜

葛西巡查說：「等一下會要你在幾份文件上面簽名，你要簽這個名字，不是寫片假名，懂嗎？」

「土方」兩個字小霜認得，也會寫。可是底下那兩個漢字他不認得。他直盯著那兩個漢字看。

這兩個漢字就是我的名字 **Koshimo** 嗎？

小霜在偵訊室第一次知道，原來自己的名字有漢字。

小學的時候，我把書包丟進多摩川，後來就沒去學校了——葛西巡查提問，從小霜口中一點一滴獲得資訊，很快就發現小霜搞錯自己的年齡了。

「土方，」葛西巡查說，「你是二〇〇二年出生的，不是二〇〇〇年。所以你不是十五歲，是十三歲哦。」

「十三，」小霜點點頭，「Trece.」

「可以告訴我你爸爸叫什麼名字嗎？」

「興三。」

「你知道他是做什麼工作的嗎？」
「黑道。川崎的暴力團。」
「那你媽媽呢？」
「Madre.」小霜搔了搔鼻頭。
「對。」少年淡漠回應的態度，讓葛西巡查的表情嚴峻起來。
少年的父母都死了。父親的死因推定是頸椎骨折及頸髓斷離，母親則是頭部外傷。雖然必須等驗屍結果出來，但從現場狀況來看，兩人都是當場死亡。
「Madre 是露西婭，」小霜說，「露西婭・塞普爾維達，Koshimo y Lucía.」
「這是什麼意思？」
「小霜和露西婭。」

Koshimo y Lucía.

小霜告訴製作筆錄的葛西巡查西班牙文怎麼拼。
「你知道你媽媽是哪一國人嗎？」葛西巡查問。
「México，錫那羅亞的庫利亞坎。日本話就是墨西哥。」
「好，墨西哥，」葛西巡查點點頭，內心悄悄嘆氣，「今天晚上你一直在家嗎？」
「天黑了，所以我回家了。」

「幾點的時候？」刑事課的寺嶋警部補加入對話。

兩人想要記錄少年殺害父母的過程，然而少年對於時間方面的供述完全無法參考。少年平日生活完全不看時鐘，甚至不知道傳統時鐘怎麼看。

刑警們把話題拉回少年的父母身上。少年對於父親所知不多，問到母親時，他說：

「Madre 喜歡 hielo。」

兩名刑事尋思了一下。Yellow？少年是在說他的母親喜歡男人，而且是黃種男人嗎？

「意思是亞洲人、黃種人嗎？」葛西巡查問。

「不是啦，是冰。」

「冰？」

「嗯。可是，那是冰，又不是真的冰。」

「Ice 嗎？」寺嶋警部補做出用針扎手臂的動作，「你媽媽在打的。」

「Sí.（對。）」小霜用西班牙話回應。

兩人在署內向同仁確認後，得知以冰毒這個俗稱聞名的甲基安非他命，在拉丁美洲稱為hielo（冰）。

「土方，」葛西巡查說，「你有沒有用 hielo？」

「No.」小霜搖搖頭。

一陣敲門聲，偵訊室的門開了。神奈川縣警的組織犯罪對策本部人員吉村剛時警部站在門外。

吉村警部聽到指定暴力團「石崎心道會」的幹部土方興三遭人殺害的消息，立刻從縣警本部趕到高津南署。他向警察學校同期的寺嶋警部補招呼了一聲，兩人出去走廊。

小霜靠在折疊椅椅背上，眼神呆滯地仰望著天花板。被留下的葛西巡查注視著少年，思考他的未來。父親是黑道、母親是毒蟲、混血兒、父母放棄育兒、失學——在川崎，於這樣的環境長大的少年，的確應該要補償他弒親的罪過，卻也不應該單方面受到責備。她只能這麼想：這孩子運氣太壞了。

吉村警部和寺嶋警部補回到偵訊室來。吉村警部俯視小霜，沉聲說：「讓我看你的手。」

「哪隻手？」小霜問。

「你掐住你爸脖子的手。」

他是在找打針的痕跡嗎？小霜想。我又沒有打針，為什麼不相信我？

小霜身上穿的是在署裡換上的T恤，他把從袖口伸出來的左臂懶散地擱到桌上。掌心向上，讓刑警看見手肘內側。

但吉村警部並不是在找注射痕跡。在組織犯罪對策本部累積資歷的這名刑警，感興趣的是少年的手本身。吉村警部說：「用力。」

小霜面無表情地看刑警。他完全不懂對方想要做什麼。他無奈地彎曲手指，握緊拳頭。

少年細長的手臂一眨眼就變了個樣。不光是上臂，前臂也整個隆起，浮現粗壯的血管。

三名刑警瞠目結舌。**那就是一隻手**。沒有刺青、沒有注射疤痕，也沒有自殘痕跡的男孩的手。然而卻具備與在川崎扣押的槍械同等的氣勢。少年的手，就宛如突然現身在偵訊室的大蛇。凶猛、暴力的可能性。三名刑警心想：光是透過交談，不可能釐清這名少年的本質。

吉村警部逮捕過無數以幹架身手為傲的暴力團團員。裡頭真正厲害的只有四、五人，他們可以分類成幾種類型。但眼前的少年予人的印象，卻迥異於這些人。甚至與他的生父也大相逕庭。

被害者土方興三國中住在橫濱市鶴見區，在這時候學了相撲，升上川崎市的高中後，加入了美式足球隊。位置是跑衛，是關東地區響叮噹的優秀選手。

幹架的厲害身手，也讓他聲名在外。他就像個美式足球選手，咬著護牙套保護自己的牙齒，興趣卻是打斷對手的牙。找不到幹架對象時，就在路上假裝喝醉，主動去撞人，低聲下氣地道歉，若對方找碴，就喜孜孜地翻臉揍人。

當時吉村就讀橫濱市的高中，偶爾會聽到這個小他一年級的傢伙名號。吉村參加柔道社，是個相當厲害的選手，甚至曾經打進全國高等學校綜合體育大會的重量級。選手嚴禁暴力行為，吉村也潔身自愛，但聽到不良少年們愚蠢的行動，還是會和朋友們一起嘲笑取樂。只要待在柔道社的社辦裡，可以聽到太多神奈川縣內流傳的這類事蹟。其中與人幹架百戰百勝的土方興三的傳聞，完全超出「狂暴分子」的範疇，聽著他的傳聞，會覺得簡直不像是一個十六歲的高中生。

某天土方喝得爛醉，闖進不是會員的健身房，不聽工作人員勸阻，在沒有人輔助的情況下，仰臥推舉舉起了一百五十公斤重的槓鈴。雖然血管破裂，鼻血狂噴，但接著就這樣鼾聲大作睡著了。然後他被接獲通報趕來的警察叫起來，渾身是血地被扔出健身房。

聽到這件事的吉村，在社辦和朋友討論：「喝醉又沒有人輔助，有可能舉起一百五十公斤重的槓鈴嗎？」最後的結論是，就像沒釣到的魚特別大，這傳聞一定是被灌水了，但即使只舉起了九十公斤，要在酒醉的情況下成功，仍需要驚人的力量。

土方還有這樣的傳聞：七月的某個夜晚，結束美式足球隊的魔鬼訓練後，土方直接前往堀之內，和奈及利亞人的拉客小弟發生口角，演變成鬥毆。對方是身高近兩公尺的退休拳擊手。土方不僅打斷對方的牙齒，還抓住他揮來的拳頭，折斷指骨，甚至想要把手指扯下來。警方和救護人員趕到現場時，中指和無名指關節錯位的奈及利亞人，正看著自己如橡皮筋般伸長垂晃的手指慘叫不止。

土方原本靠著美式足球的推薦被大學錄取，卻在高三暑假因為持有大麻，被現行犯逮捕，推薦遭到取消。土方主動從高中退學，變得比過去更加狂暴。

吉村大學畢業，進入神奈川縣警時，土方已經成為指定暴力團的成員，進出川崎市的黑道事務所。

高中時期無緣一會的兩人，成年後以警官和黑道的身分成了對頭。土方聽都沒聽過吉村這個人，但是在現場遇到土方的吉村，無法克制腎上腺素狂飆。

土方的傳聞是真的。吉村和土方在黑道事務所發生推擠，土方退讓，讓吉村上了手銬。

但光是短暫的推擠，就讓吉村理解到土方的肉體那非比尋常的強大。就連柔道高手當中，也絕少這麼高強的人。而且土方還不是動真格的。他老神在在，面帶笑容，就像只是在跟吉村小打小鬧。沉睡在刺青底下的粗壯強韌的肌肉甚至沒有醒來。若是在沒有支援警力的地方，吉村絕對不想跟土方狹路相逢。要是遇上了，就只能動槍了。

土方的凶暴，在黑道之間也赫赫有名。除了和警方打鬧之外，他與人幹架，沒有一次落敗。

這樣一個男人，居然一下就掛了。

送去驗屍的屍體，身高一七六公分，體重一〇二公斤。一個超過一百公斤的男子，被人一手抓起懸空，腦袋砸在天花板上，撞斷頸骨。這讓現在仍會在縣警本部的柔道場揮汗訓練的吉村警部無法相信。他覺得不可能有人有如此驚人的力量。這到底需要多強的握力、臂力、背肌力？還需要爆發力。而且對手還是土方興三。

如果年僅十三歲的少年以這樣的手法殺了人，只能說是怪物了。警方知道土方有兒子，但沒有案底，因此也未曾鎖定追蹤。

沒想到他居然養出這樣一個怪物來。吉村警部內心想著，說：「可以了，放輕鬆吧。」

小霜卸去手臂的力道。

「站起來。」吉村警部說。

「為了慎重起見，還是上個手銬吧。」寺嶋警部補說。

「不用。」吉村警部回絕寺嶋警部補的建議，看著小霜的臉說：「聽著，你要安安分分的。站起來。」

小霜滿臉不服氣，把折疊椅往後推，製造出刺耳的摩擦聲。腰繩與桌腳綁在一起，他慢慢地站了起來。身高超過一八八公分，腦袋不斷地朝天花板伸去，看著偵訊室門口的視線，超越站在他正面的吉村警部的頭頂。吉村警部抬頭仰望少年。

「我會被判死刑嗎？」小霜問。

吉村警部沒有回答。他凝視著小霜的眼睛，接著說：「你要去醫院檢查，然後接受審判。根據結果，應該會送去少年院。」

十三歲，應該是第一種*吧，吉村警部想。接受矯正教育，幾年後出院。但是如果能夠，**最好不要再讓他出來**。

「對了，」小霜說，「我可以打籃球嗎？」

吉村警部瞪小霜：「說話前，先想想你幹了什麼好事。」

「是padre不好，」小霜說，「他殺死籃球。籃球是我的朋友。」

沉默籠罩了偵訊室。三名刑警看著少年，思考十三歲往後漫長的人生。

最近都沒看到那傢伙耶。

對呀，他跑去哪裡了？

＊指「第一種少年院」，收容身心無重大障礙、十二歲至二十三歲的受保護處分者及少年受刑人。

二〇一五年八月，小霜被送進相模原少年院的時候，日暮時分經過溝口綠地的小學生們注意到「魔像」不知何時消失了。

喜愛的都市傳說角色突然不見，小學生們感到很失落。「魔像」應該是住在下水道，從人孔爬出地上的。用籃球砸樹幹，是為了把昆蟲和鳥震下來吃。

雖然消失了，但「魔像」好陣子仍會出現在小學生的話題當中。也有些小孩模仿他，踢足球去撞樹幹。

漸漸地，「魔像」的名號不再被人提起，當「住在多摩川的四眼鱷魚」的新傳說傳播開來時，已經完全被人遺忘了。

08 chicuéyi

處刑、暗殺、死人——

吊在橋上的無頭男女、在肅穆舉行葬禮的墓地被衝鋒槍掃射的神父與參加者、**現實**。

殺人、報復、犧牲——

熊熊燃燒的學校巴士、嚎啕痛哭的父母、盤旋的直升機、**現實**、在通學路上加速前進的警方裝甲車。

惡夢、慘劇、屍體——

被炸毀的大樓、滿地的手腳、掉出肚腹的腸子、**現實**、背對黑煙揚長而去的滿載古柯鹼的皮卡車。

塔毛利帕斯州新拉雷多，墨西哥東北部的戰場，成了詛咒著這個國家的**現實**——「毒品戰爭」中最慘烈的一區。絕望籠罩了居民，大街小巷呼嘯著殘酷的死亡之風。兩個販毒集團爆發激戰，將市區變成了地獄。

國境另一邊的美利堅合眾國，總公司位於德州南部都市聖安東尼奧的《聖安東尼奧日報》（*San Antonio Journal*），在二〇一五年九月十一日的早報上刊登了以下的報導：

歷時兩年的最新一場毒品戰爭即將迎來終局。就如同墨西哥西北部錫那羅亞州的庫利亞坎，東北部塔毛利帕斯州的新拉雷多，如今亦成了無法地帶。在此地，市民生活、貓狗遊蕩、汽車行走，十字路口的紅綠燈也在閃爍，然而街上卻是危機四伏。

隔著國境，與本州比鄰的新拉雷多，與黃金「三十五」相連在一起。州際公路三十五號線。從墨西哥走私到美國的毒品，有四〇%都透過這條一路延伸至明尼蘇達州的漫漫長路進入國境。這帶給了販毒集團天文數字的利潤。即使東北部的毒品戰爭結束，古柯鹼的走私數量也不會減少分毫。改變的只有勢力版圖，以及販毒集團的門面。

支配墨西哥西北部的勢力，正對這場發生在東北部的毒品戰爭坐壁上觀。以錫那羅亞州為據點的他們，掌管著從墨西哥走私出去的毒品總量的一半。他們樂見競爭對手自相殘殺。要是殺個兩敗俱傷，就是他們擴張「地盤」的大好機會。

東北方昔日的王者「卡薩索拉兄弟集團」正屈居下風。他們應該會像暴龍那樣步向滅絕。往後將是「杜高犬集團」的天下。

古柯鹼的走私量不會改變。另一個不會改變的現實，就是美國是它最大的市場。

維拉克魯斯州出身的卡薩索拉兄弟來到墨西哥東北部，耗費了二十年歲月打造出巨大的

「卡薩索拉兄弟集團」。然而迅速抬頭的新興勢力「杜高犬集團」侵略他們的地盤，雙方於二〇一三年爆發戰爭。

在東北部，已經許多年無人膽敢反抗卡薩索拉兄弟集團了。這一場新毒品戰爭不只是墨西哥當局，亦引來了美國緝毒局及中央情報局的強烈關注。

杜高犬集團的首領並非土生土長的墨西哥人，而是阿根廷出生的移民，率領的集團名號，來自於連美洲獅都能咬死的鬥犬「阿根廷杜高犬」。

就如同被選為象徵的世界最強鬥犬，杜高犬集團擁有極強大的戰鬥力，一旦咬住卡薩索拉兄弟集團，不論遭受多大的反擊，也絕不鬆口。

兩個集團連日在新拉雷多市區進行槍戰，血流成河，他們將彈殼灑滿柏油路，散播死亡。不分場合，只要看到敵人就開槍，殃及市民。

有一次，超過五十名毒梟展開市街戰，半徑五十公尺內的建築物都變得千瘡百孔，行經的小巴士車窗及車體側面被射穿，車中十八名乘客死於非命。前途看好的棒球選手乘坐的廂型車也遭到流彈擊中，兩人死亡。選手所屬的隊伍舉行追悼比賽，卻沒有任何選手指責販毒集團。他們甚至避諱提到集團的名號。

毒品戰爭愈演愈烈，當地報社的言論也遭到封鎖。報上為犧牲者哀悼，卻沒有半篇報導抨擊元凶的毒品集團。

Los Casasolas y Cartel del Dogo（卡薩索拉兄弟集團與杜高犬集團）。

應該要天天躍上頭版的標題，卻屈於報復的恐懼，從未印成鉛字。

阿傑瑟．魯比亞雷斯，五十四歲，報社記者。

托馬斯．帖傑切亞，四十一歲，報社記者。

佩爾佩杜亞．盧西延特斯，三十三歲，新聞記者。

比比亞諾．富利亞斯，二十七歲，作家，部落客。

安赫爾．賈爾薩，三十八歲，電視臺製作人。

滿懷勇氣譴責毒品戰爭，卻招來毒品集團恫嚇，慘遭處刑的人多不勝數。這些人的聲音被埋葬在地底，在街上日復一日橫流的鮮血中，法律秩序與新聞精神蕩然無存。

擁有自己的情報網和豐富識見的暢銷作家卡西米羅．聖馬丁，向來嚴厲抨擊卡薩索拉兄弟集團與當地警方的勾結，他的死亡成了壓垮媒體的最後一根稻草，成為讓媒體對販毒集團噤聲的契機。

全天二十四小時保護的十一名保鏢被輕易殺掉，卡西米羅．聖馬丁遭到卡薩索拉兄弟集團綁架，五天後在辣椒加工廠被人發現。屍體慘絕人寰的模樣，就連深知毒梟殘虐的偵查人員都不忍卒睹。

雙手雙腳，全都不留原形。驗屍結果發現，七十三歲的老作家被活生生地**冰凍**手腳之後，以類似堅硬鐵槌的物體擊碎。死因是失血性休克，但是在這之前，恐懼和痛苦恐怕就已經讓老作家的心臟停止跳動了——**應該**。因為即使想要調查，也沒有心臟。老作家的胸口開了個窟窿，心臟被挖走了。

卡薩索拉兄弟集團的毒梟，用榴彈發射器炸翻了杜高犬集團成員搭乘的吉普車防彈玻璃。後續車輛來不及閃避爆炸掀倒的同伴的吉普車，接連衝撞上去。卡薩索拉兄弟集團成員立刻賞他們一陣彈雨，狂扣扳機，並追加手榴彈。手榴彈丟完後，走近車子，揪出還一息尚存的人，拖出車外，剝下他們的衣服，割斷頸動脈。拍下處刑場面上傳網路是家常便飯。杜高犬集團也如法炮製。但是在如此激烈的戰鬥狀態下，也無暇悠哉攝影，只能在敵人的援軍抵達前速戰速決。就像殺牛、踩死螻蟻一般，埋頭宰殺還有氣息的人。終極的暴力、無限的恐怖。地獄是無底深淵，道路化成血海。

警方的特殊部隊到場後，卡薩索拉兄弟集團會和警方互射一陣，但基本上立刻就會撤退。他們會毫不吝惜地送子彈給對手，但認為對警方這麼做是「浪費錢」。這反映出販毒集團的一大特色——務實。一切都是生意。

和配戴安全帽、防彈背心、全副武裝的特殊部隊火拚，需要好幾萬發子彈。但只要趁警察單獨上班的路上、或回家路上發動攻擊，少少幾發子彈就可以解決。他們會派殺手去做這件事。

把指揮官一個個暗殺，把他們的家人也殺了。販毒集團一年三百六十五天的狙擊，讓警察聞風喪膽，戰意全失。與他們作對的檢察官、法官也被逼上絕路，直到他們辭職逃亡到美國佬的國家那一天。否則，就是再增加一具屍體。

卡薩索拉兄弟集團的首領是四兄弟。

「金字塔」——伯納德・卡薩索拉。
「美洲豹」——喬瓦尼・卡薩索拉。
「粉末」——瓦米洛・卡薩索拉。
「手指」——杜利歐・卡薩索拉。

敵對的杜高犬集團打造出媲美美國緝毒局的通訊監聽系統，查出卡薩索拉兄弟潛伏的地點——郊外某棟住宅的座標，以四人意想不到的方法發動奇襲。

二〇一五年九月九日凌晨四點，杜高犬集團執行了美軍在中東多次使用的無人機轟炸。

摸黑飛來的是大型無人機，機翼全長八公尺。無人機在卡薩索拉兄弟潛伏的地點投下軍用五百磅（二二七公斤）炸彈，轟掉了整幢房子。第一次的轟炸中，長男伯納德・卡薩索拉及次男喬瓦尼・卡薩索拉身亡。過後只剩下燃燒的殘破肉片，沒留下可供埋葬的屍體。

因為睡不著而離開臥室，邊抽菸邊和護衛大門的步哨聊天的三男瓦米洛・卡薩索拉僥倖逃過了第一次轟炸。他回望被轟掉的房子，疑心是被扔下了空對地飛彈。在看到部下跑過來朝上方大叫之前，瓦米洛就已經抬頭望向天上。

看見仍在月亮及星星散發光輝的夜空中盤旋的無人機龐大黑影，瓦米洛想到遭受海軍特殊部隊偷襲的可能性，但軍隊的目的是逮人，不可能不先警告就直接轟炸。

那麼，是那群狗崽子嗎？瓦米洛心想。

妻兒們都躲藏在屋子地下。逃脫用的地道崩坍，被混凝土堵住，四男杜利歐・卡薩索拉決定把家人帶出地面。

瓦米洛看見弟弟滿頭鮮血地大叫。杜利歐抱著美國製的衝鋒槍 AR-18。杜利歐的興趣是把抓來的敵人手指活生生地拿去餵豬，因此被取了「手指」這樣的綽號，受人畏懼。

「¡Pinche Cabrón!（他媽的王八蛋！）」杜利歐咒罵著，讓所有兄弟的家人坐上防彈車。一輛 **Grand Cherokee**，三輛荒原路華。杜利歐大叫：**「¡Vamos! ¡Vamos!（快走！）」**

「¡No, alto!（不，停下來！）」瓦米洛揚聲制止，但第二次轟炸撲天蓋地而來，天搖地動，暴風拂倒樹木。火柱衝天，杜利歐的身影消失了。

載著瓦米洛妻兒的車子千鈞一髮開了出去。第二臺大型無人機追趕上去。無人機的追蹤精確無比，**Cherokee** 車上的卡薩索拉成員探出身體，扔出俄製反坦克手榴彈，但無人機已經在縝密計算的座標投下炸彈了。四輛車子震上天空，刨挖地面的衝擊消滅了一切生命。

瓦米洛手上的無線電接到連絡：「杜高犬集團的車隊接近中。」但通知來得太晚了。成排的車頭燈光已經進入眼簾。

瓦米洛搜刮找得到的手槍和手榴彈，跳上皮卡車 Ram 1500，在逼近背後的槍聲追趕下，開過黎明前的林道。他踩著油門，思考大型無人機應該有配備的高解析度鏡頭。

它能識別我的臉嗎？應該可以。那它一定會追來。

瓦米洛逃到距離原先潛伏的大宅約二十公里外的空地，把皮卡車藏進廢棄倉庫裡。暴露車頂，會淪為絕佳的標靶。瓦米洛無暇為家人的死哀悼，走出倉庫，警覺十足地趴在草叢裡觀察四周，同時用無線電連絡部下安德烈斯・梅希亞。

不久後現身的安德烈斯，帶著望遠鏡，背包裡裝滿 C-4 塑性炸彈。安德烈斯將望遠鏡朝上，觀察在開始泛白的天空悠然飛翔的大型無人機。

「是軍用無人機——」安德烈斯說，「但不是空軍的。看上去很像『波音 X-45』。」

墨西哥陸軍退伍後成為毒梟的安德烈斯，擁有豐富的兵器知識。安德烈斯把望遠鏡遞給瓦米洛，瓦米洛窺看鏡頭。全寬八公尺、無窗的詭異灰色無人機在新拉雷多的上空盤旋。杜高犬集團在搜尋的獵物是什麼，昭然若揭。

他們一清二楚地看見了我逃走的影像。

El Polvo——粉末。不光是毒梟及執法者，世人也都如此稱呼瓦米洛。他是主宰卡薩索拉兄弟集團的四兄弟裡最凶暴的一個。杜高犬集團除掉了四兄弟中的三人，但還有最後一個漏網之魚。

躲過大型無人機搜索的瓦米洛和安德烈斯移動到市中心。無人機應該不會追到這裡。乘上 Ram 1500 發車，不到五分鐘就被杜高犬集團的車隊發現，遭遇激烈的槍擊。皮卡車的防彈玻璃被打成一片白色，宛如降霜，雖然擋下了子彈，但很快就碎裂了，輪胎中槍爆胎，車子猛烈打滑。

瓦米洛和安德烈斯下車反擊。安德烈斯一面開槍，一面丟擲手榴彈，但右肩立刻中彈了。噴出的血花濺到瓦米洛的臉頰上。安德烈斯跌倒，爬行逃走，敵人的子彈在柏油路上反彈，擊中道路標誌，爆出一連串尖銳的聲響。

瓦米洛無法搭救安德烈斯。他撈起掉在地上裝著C-4的背包，朝安德烈斯的反方向逃。跑向國道的路上，他發現路肩停著一輛豐田卡車。年輕的農夫剛用帆布蓋好堆滿辣椒的貨斗。瓦米洛射穿農夫的腦袋，把屍體丟到路肩角落，搶走他的帽子戴上，儘量遮住臉。

坐上駕駛座，副駕上坐著農夫的妻子。瓦米洛一槍射中她的額頭，開門把屍體踹下去。他迅速跳下卡車掀開帆布，檢查貨斗。他原本懷疑貨斗可能坐著農夫的兒子，但沒有人，只有堆積如山的辣椒。瓦米洛再次乘上駕駛座。

瓦米洛開進自助加油站。

把卡車停在加油站角落，在自動販賣機買了口香糖。接著打開背包，確定C-4引爆裝置上的電話號碼。引爆裝置以電線和一臺智慧型手機相連，只要打電話到這支手機，裝置就會啟動。開槍或引火，都不會讓C-4爆炸，引爆裝置不可或缺。背下手機號碼後，便在其中一個獨立包裝的黏土狀塑性炸彈插入雷管，塞進貨斗的辣椒山裡，離開加油站。

瓦米洛開著卡車往東走。發現要找的民藝品店，把車停在路肩，稍微抬起農夫帽帽簷，觀望周圍，連絡安德烈斯的無線電。

「到民藝品店來，」他說，「仙人掌招牌那裡。」

安德烈斯八成已經中槍身亡，或是遭到拷問而死。瓦米洛的訊息，是說給回收無線電機的杜高犬集團聽的。

下午一點多，雨季烏雲密布的陰天底下，瓦米洛．卡薩索拉眼角餘光盯著掛有仙人掌招牌的民藝品店，對著豐田卡車駕駛座後照鏡檢查額頭的傷口。他嚼了幾下自動販賣機買來的口香糖，很快便取出來貼在傷口上，免得血流進眼睛裡。

深深吸氣，吐氣。瓦米洛四十六歲了，但體力和精神仍在巔峰，否則不可能以毒梟身分在墨西哥存活下去。即使兄弟、部下、妻子、兒女遇害，他也不會仰天呼喊神明，或是在教堂裡啜泣。會做這種事的，是毒梟以外的普通老百姓。

家人被殺的那一刻，復仇的歲月便揭幕了。我的神祇，不是赦罪的神祇，瓦米洛想。是甚至超越地獄的戰神，夜與風、奴役我們的這一位、吐煙鏡*。

瓦米洛將兩把槍擱到腿上，檢查殘彈數量。奧地利手槍克拉克19剩下四發，瑞士戰術衝鋒槍TP9還剩下三發。兩邊使用的子彈規格相同，都是九×十九公釐帕拉貝倫彈。

瓦米洛取出戰術衝鋒槍的殘彈，裝進克拉克19的彈匣裡。衝鋒槍子彈初速較快，射程也較遠，但考慮到接下來的行動，還是應該把七發子彈集中到易於操作的手槍較好。

瓦米洛握好手槍，靠在座椅上調整呼吸。左耳失聰了。轟炸震破了他的耳膜。頭暈目眩。可能內耳和三半規管受了傷，失去平衡感了。自從哥倫比亞的那一夜以來，這是他第一次感覺這麼糟。

七年前，瓦米洛和哥倫比亞販毒集團一起乘坐他們準備的小型潛水艇。小型潛水艇在叢林裡建造，載了六個人和古柯鹼在海中潛航。艇內空間和監獄懲罰室一樣小，氧氣愈來愈稀薄，在墨西哥灣海底前進途中，一名哥倫比亞人嘔吐昏倒了。艇內立刻充斥著嘔吐物的惡臭。海上有墨西哥海軍在監視，不能浮上海面，也無法換氣。嘔吐的男子不久後恢復意識了，但哥倫比亞人同夥大怒，上陸後一槍把他斃了。

當時的鋼鐵棺材爛到了家，但至少還在水中前進，瓦米洛想。現在比那時候更糟。

El barco se hundió.（船已經沉了。）

船就是他的毒品集團。他所有的一切都在船上。所有的一切。

瓦米洛深深地坐在卡車駕駛座上，看著仙人掌招牌等待。過去有段歲月，那家民藝品店擠滿了來買亡靈節慶祝用品的外國觀光客。骷髏娃娃、靈壇、骷髏頭糖果。即使是離十一月的遊行甚遠的季節，色彩斑斕的骷髏頭一樣受歡迎。但現在根本沒有觀光客了。民藝品店偌大的樓層空空蕩蕩，會上門光顧的只有當地居民。人們在那裡購買老闆進貨的清潔用水桶、水管和掃把。

---

* 夜與風（Yohualli Ehécatl）、奴役我們的這一位（Titlacauan，提特拉卡萬，或譯「我們是他的奴隸」）、吐煙鏡（即「特斯卡特利波卡」之意譯），以上皆為特斯卡特利波卡（Tezcatlipoca）的名號。

一輛車子開進民藝品店的停車場。停車下來的是一對老夫妻，還有他們的小孫子。孫子是年約七歲的男孩，抱小狗似地抱著一臺「蝙蝠車」。那臺剷惡除奸的「蝙蝠俠」專用的超級戰車，以玩具來說尺寸相當大，瓦米洛目測，粗獷的輪胎直徑約有切片的柳橙那麼大。也許是遙控車。

老人張望了一下，催促妻子和孫子，穿過仙人掌招牌底下的門。這時，載著杜高犬集團毒梟的五輛車子現身，就像在嘲笑這三人短短一分鐘後的不幸命運。狙殺「粉末」的武裝男子們魚貫進入店內，留下三人在外面監視。

瓦米洛發動卡車引擎，朝民藝品店踩下油門。監視者從正門開槍，他便壓低頭部，蜷起身體，打開駕駛座車門跳車。

年輕時候，瓦米洛便有多次從行駛中的車子跳車的經驗。墨西哥廣為人知的毒品走私方式之一，就是將滿載古柯鹼的皮卡車從懸崖開下去，讓動力小艇上的交易對象撈起浮在浪間的商品。瓦米洛他們總是彼此下注，比賽誰能撐到最後，握著皮卡車方向盤直到墜海前一刻。也就是懦夫遊戲。他們會在跳車的地點用粉筆做記號。

瓦米洛翻滾到民藝品店的停車場，立起單膝起身，一邊扣下克拉克19的扳機，一邊倒數殘彈數量。

Siete, seis, cinco（七、六、五）——

他擊中閃避直衝而去的無人卡車的一名監視者，再擊中連射MP5的另一人頭部，第六發子彈擊中第三人的腹部。中槍的對手仍挺身對抗，但瓦米洛沒有反擊，而是按下手機撥號鍵。

卡車衝進民藝品店，同時藏在辣椒山裡的C-4爆炸了。窗玻璃炸飛，柏油路震顫。黑煙滾滾升起，仙人掌招牌燃燒著坍塌。遭到破壞的民藝品店裡猛地衝出一隻老鼠。老鼠化身火球，在停車場奔竄了一陣，來到瓦米洛的腳邊，不停地繞著圈子，可怕地燃燒著。瓦米洛發現那不是老鼠，而是玩具蝙蝠車的輪胎。

09 chiucnähui

手槍只剩下一發子彈，自少年時期以來，他就再也沒有以這麼少的彈數在外面晃蕩過。這狀況太離譜了。瓦米洛轉乘公車，在車上打電話到德州某地。沒有交談，就只是打過去。卡薩索拉兄弟集團在許多地方都有據點，像是美國佬稱為格蘭河的大河布拉沃河對岸的拉雷多，還有德爾里奧、奧斯丁、達拉斯。

潛伏地點遭到摧毀，兄弟全遭屠殺，恐懼著無人機轟炸的男子，會從新拉雷多逃到哪裡去？北邊。杜高犬那夥人會這麼推測，瓦米洛想。敗逃的「粉末」會逃去美國。

國境近在新拉雷多咫尺，德州比卡薩索拉兄弟的故鄉維拉克魯斯還要近。逃進美國的話，至少就不必擔心遭到在市區恣意飛行的大型無人機追捕了。瓦米洛布置好障眼法，讓竊聽通訊的杜高犬集團搜捕塔毛利帕斯州與德州邊境，然後將手機丟進巷子裡。

在新拉雷多的小肉鋪工作的十六歲的「洛洛」——西奧多·福克，是崇拜卡薩索拉兄弟集團的男孩之一，有時也會在街上販毒，雖然不被視為販毒集團的一分子，但在街上的地下社會小有名氣。洛洛必須扛起家中生計，窮得連一把槍都買不起。但他還是夢想著有朝一日加入卡薩索拉兄弟集團，成為毒梟，日進斗金。

洛洛的父親原本是賽馬飼養員，被捲入毒品糾紛，慘遭杜高犬集團的桑喬殺害。洛洛打算復仇，但桑喬很快就死了。

好像是「粉末」殺了他，毒販前輩告訴洛洛說。那麼桑喬肯定遭到了那種拷問，你父親這下也瞑目了。粉末──瓦米洛殺死桑喬是事實，不過理由和洛洛父親之死毫無瓜葛。但洛洛的心靈依然得到了救贖。畢竟為他的父親報仇的，可是墨西哥販毒集團裡面最強的卡薩索拉兄弟集團的四兄弟幹部之一。

當高不可攀的「粉末」毫無預警地現身眼前時，洛洛連眉毛也沒動一下。因為他根本不認得瓦米洛。

「那輛機車是誰的？」瓦米洛問。店前停著一輛印度製的 Bajaj CT 100。

「是我的。」洛洛說。

瓦米洛掏出紙鈔。看見金額，洛洛內心竊喜。今天吹的是什麼風？這下就有錢買槍了。不是借來的，而是屬於我自己的槍。可以跨出成為毒梟的第一步。

「拿去買新的機車，」瓦米洛說，把錢遞給洛洛，「安全帽是全罩式的嗎？我也買下了。還有，給我喝的水。」

瓦米洛用洛洛給他的杯水潤喉，打溼頭髮，避免額頭傷口裂開地洗了臉。然後他接下鑰匙，跨上買下的機車，檢查油量。

洛洛小聲問：「先生，您還需要什麼嗎？需要古柯葉嗎？」

瓦米洛搖搖頭，戴上全罩式安全帽，遮住臉後，發動引擎。「Hasta Luego.（再見。）」他說。

瓦米洛沿著布拉沃河宏大的河流，循墨西哥聯邦高速公路二號線不斷地南下。他注視著流過安全帽護罩外的風景，內心描繪著逃亡地圖，思考往後永無止境的歲月。不管逃到任何地方，都要東山再起，向屠殺他全家的杜高犬集團復仇。把求饒的人也全殺了。要奪回地盤，復興集團，需要漫長的歲月。但我要實現這一切。

絕望這個詞對瓦米洛沒有意義。他要接受世界的殘酷，把鮮血獻給神祇，以戰士的身分，行過地獄般的每一天。痛楚他早已習慣。也習於向阿茲特克的神祇祈禱，與痛苦為伍。

騎了兩百六十七公里，抵達雷諾薩後，瓦米洛前往市場。把機車停在熙來攘往的入口，脫下全罩式安全帽，招搖地掛在把手上。鑰匙也插著沒拔。走進市場沒多久，回頭一看，只見一個穿著舊兮兮T恤的年輕人匆匆忙忙偷走了機車。

偷得愈遠愈好，瓦米洛想。

他對賣仙人掌種子的小販說「我弄丟手機了」，給了小費，借用舊款黑莓智慧型手機。他打了電話給刑警米格爾．楚巴。米格爾是任職於雷諾薩警局的販毒集團眼線。

告知刑警會合地點後，瓦米洛刪掉通話紀錄，把黑莓機還給小販。

經過熱鬧的市場，買了攤販預做的三明治。瓦米洛沒有拿回找錢，而是要了一副料理用塑膠手套，他一邊品嘗牛肉和酪梨的滋味，一邊在人群中前進。

買了更換的襯衫長褲，在另一家店買菜刀，又在另一家店買了中國製的廉價手電筒。

愈往西走，行人愈少，來到一片閑靜之處，出現一座教堂。瓦米洛走進禮拜堂告解室，拆下地板，走下通往地底的階梯。

從雷諾薩往東延伸的地道，卡薩索拉兄弟集團的幹部稱為「庫耶茲帕林」，意指蜥蜴，是「納瓦特爾語」，已經覆滅的阿茲特克王國的語言。墨西哥現在仍有些地區使用這種語言，瓦米洛的祖母也來自這樣的地區。

卡薩索拉兄弟集團擁有連接塔毛利帕斯州與德州的地道，不過在著手進行大規模挖掘工程前，先在雷諾薩試挖了一條，就是這條全長七十公尺的庫耶茲帕林。

瓦米洛以手電筒照亮黑暗，低著頭前進。高一．五公尺的地道裡冰冷徹骨。他買衣服就是為了進地道。爬出地面時，全身會沾滿泥土。

瓦米洛爬上掛在盡頭處的繩梯，來到地面。那裡是帽子倉庫，大量堆積著市場販售的五顏六色帽子的紙箱。

瓦米洛發現在倉庫等待的刑警米格爾．楚巴，輕拍雙手，接著拂去衣物上的泥土。

楚巴憑靠在一輛休旅車上，是準備好供瓦米洛逃亡，追查不到車號的福特 Explorer。楚巴抽著應該戒了很久的菸。

「你女兒好嗎？」瓦米洛說。

「很好。」楚巴點點頭笑道。他自己也很清楚這笑容假得無可救藥。

卡薩索拉兄弟集團已經沒有活路了。新的時代到來了。楚巴很苦惱。我應該在這裡殺了「粉末」——瓦米洛．卡薩索拉嗎？要動手的話，機會只有現在了。倘若卡薩索拉兄弟集團只有瓦米洛一個人倖存，殺了他，一切都結了。但這件事無從確定。假設他還有手下躲藏在某處，我當然要遭到報應。會有殺手被派往住在墨西哥城的女兒那裡，將她推進生不如死的地獄。

警佐楚巴靠著為卡薩索拉兄弟集團擔任眼線，買了新車，養育五個女兒，籌到了讓老母住院的錢。多虧了集團的金援，他才能負擔長女在墨西哥城就讀私校的學費。

在倉庫裡，楚巴隨時都能對瓦米洛開槍，但他甚至無法掏出手槍。他把逃亡車輛的鑰匙和假身分證遞給瓦米洛，告訴他在南方維拉克魯斯州安排好的冷凍船船名及出港時間。

「累死我了，」瓦米洛把鑰匙收進口袋，嘆了一口氣，「我想擦個汗，你有毛巾嗎？」

「我有手帕。」

瓦米洛接過手帕抹了抹臉。然後說「Gracias por todo（多謝照顧了）」，走近楚巴，右手環住他的背。這是墨西哥式的單手擁抱。楚巴也用右手輕拍瓦米洛的背。

瓦米洛的左手像魔術師般倏地攤開借來的手帕，蓋在楚巴頭上。這樣就不會被血濺到了。右手抽出手槍，按在楚巴的太陽穴上，扣下扳機。一連串動作如行雲流水。槍聲在倉庫裡迴響，瀆職刑警的鮮血和腦漿弄髒了手帕，人癱倒在混凝土地上。

即使不在這裡斃了他，他遲早也會被杜高犬集團宰掉。他會被追查到、被囚禁、被拷問，吐出「粉末」的去向。即使不知情，等著他的也只有死。瓦米洛看著屍體心想。你是個好傢伙，幹得好。

瓦米洛丟掉子彈用盡的克拉克19，從瀆職刑警的槍套裡取走新的槍，脫下屍體身上的襯衫。戴上向小販要來的料理用塑膠手套，用同一處市場買來的菜刀刺進屍體裸露的胸膛。縱向剖開，使勁鋸斷胸骨。斷骨的聲響在倉庫裡迴響著，屍體的頭隨之左右搖擺。堅硬的胸骨上下分家，瓦米洛把礙事的肋骨也切下，手伸進大開的洞穴裡。還有體溫。心臟在動。左手抓住心臟，右手的菜刀割斷粗血管。瓦米洛在泉湧的鮮血中俐落地取出心臟，擺在屍體的面龐上，接著以納瓦特爾語祈禱：

In ixtli, in yollotl.（臉和心臟。）

迷惘的愚者，臉和心臟合而為一，米格爾・楚巴成為犧牲，被獻祭給神祇。

瓦米洛信仰的不是耶穌基督，也不是所有的墨西哥毒梟皆信奉的死亡聖神。在西班牙人摧毀阿茲特克王國前、基督教傳進來更久遠以前，便根植於這個國家的力量，這才是他所信仰的神。

10 mahtlactli

瓦米洛沒有逃往美國，而是從塔毛利帕斯州南下。不是走毒品集團主力商品古柯鹼的走私路線，而是循著次要商品——冰毒的走私路線銷聲匿跡。

瓦米洛騎著機車、走在雷諾薩的地道裡，在腦中建構出縝密的逃亡計畫。

古柯鹼幾乎全都朝著最大的市場美國北上，但此外的毒品，有一部分亦流向南方。其中代表性的就是冰毒。

冰毒——甲基安非他命，興奮劑的一種。不同於以自然界的古柯葉為原料的古柯鹼，冰毒是人工毒品，於一八九三年從麻黃鹼合成出來。最先合成成功的是日本藥學家，東京帝國大學教授長井長義。一九三〇年代，發現它具有刺激中樞神經的興奮作用，其後在德國以「Pervitin」、在日本以「Philopon」的商標名稱販售。安非他命被發現具有破壞大腦的危險性，列為禁藥後，仍以全球規模大肆交易，滋潤黑市經濟。

卡薩索拉兄弟集團在塔毛利帕斯州的工廠生產的冰毒，主要有兩條走私路線。兩邊都走海路。

第一條路線從墨西哥灣出海，自加勒比海南下，在委內瑞拉上岸後，經陸路運往巴西。

第二條路線則是自加勒比海南下，橫越巴拿馬運河，出太平洋後在智利上岸，經陸路運送到阿根廷。在首都布宜諾斯艾利斯再次裝船，跨越南大西洋，運送至澳洲。但旅程並未在這裡結束。毒品資本主義與自由市場的原理就如同銜尾蛇一般頭尾相連，銷路不斷擴大，產自墨西哥的興奮劑甚至運往印尼和日本。

逃離杜高犬集團追殺的瓦米洛，打算走第二條路線藏身。他開著米格爾．楚巴準備的福特 Explorer，在雷諾薩往南走，前往維拉克魯斯——楚巴安排好的冷凍船等著他的港都。

維拉克魯斯州，維拉克魯斯，卡薩索拉兄弟生長的城鎮。這裡是瓦米洛的原鄉，對現代墨西哥的誕生來說，亦同樣是根源的土地。墨西哥的歷史由此展開，並為阿茲特克的歷史帶來破滅。

一五一九年，一名西班牙人率領武裝軍隊，從現在的墨西哥灣上岸了。是臉孔灰白、蓄著薄鬚的征服者。

埃爾南．科爾特斯時年三十四歲。科爾特斯在沿岸建立起殖民都市，命名為「真十字架的豐沃村莊」，這便是日後的維拉克魯斯的原點。

獲得基地的科爾特斯部隊，在他們西班牙人稱為「大陸」的未知大地朝西前進。途中遭遇的部族，全都屈服於科爾特斯軍隊的近代兵器，同時卻也執拗地發出警告：西方王國不可侵犯。你們全都會被殺掉。

科爾特斯懷抱著野望，那是連古巴總督迪亞哥．貝拉斯克斯都不曾想望的壯闊計畫，也就是征服大陸上最受人畏懼的阿茲特克王國。科爾特斯打算把原住民之王的黃金全部占為己有。

「其實最早稱自己為『墨西加人*』的，是阿茲特克人，」祖母這麼告訴幼小的瓦米洛，「西班牙人殺死阿茲特克人的君王，還摧毀了神廟。他們鏟平了首都，在上面蓋起宮殿和憲法廣場。你猜那裡是哪裡？沒錯，就是墨西哥城。在古時候，那個地方有一座如夢似幻的美麗城市，叫做特諾奇提特蘭。所有的一切都被奪走了。即使如此，阿茲特克依然沒有落入征服者的手中。征服者惹怒了阿茲特克可怕的眾神。阿茲特克的眾神假裝被納入白人的文明，四處撕咬他們的內臟、砍下他們的腦袋。你看，毒品戰爭不就永無休止嗎？那是詛咒啊。最先帶來鴉片的是東方人，但那也是阿茲特克的諸神召來的。聽著，阿茲特克偉大的諸神帶來的災禍是漂洋過海，無遠弗屆啊！」

九月的維拉克魯斯氣溫超過三十度。進入雨季後，已經過了四個月。上午沒有下雨，墨西哥灣波光粼粼。瓦米洛乘上前往巴拿馬運河的冷凍船，解開兩顆襯衫鈕釦，抹去額頭的汗水。熾烈的陽光讓他瞇起眼睛，深深吸入滲透船身的魚腥味和海潮香。

在甲板飛舞的蒼蠅一路跟到海上來。蒼蠅停在瓦米洛的襯衫上，隨即飛起又停下。瓦米洛聽著蒼蠅嗡嗡聲，眺望了大海半晌。左耳依然聽不見。這是養精蓄銳的時光。瓦米洛緩緩閉上眼睛。在夢中，美洲豹奔馳，老鷹飛翔，在沙漠煙塵中爬行的蛇抬起頭來。

深愛著瓦米洛和其他兄弟，像母親一樣照顧他們的祖母，名叫莉貝爾妲。這個名字是她小時候——應該是三、四歲的時候，親戚為她取的西班牙名字。因為要活在現代，有個西班牙名會方便許多。

在得到莉貝爾妲這個名字以前，家人和村人都用納瓦特爾語的「雨」——綺雅維特兒這個名字叫她。有時也用來自她阿茲特克太陽曆生日的「二雨」——奧美・綺雅維特兒稱呼她。但這些都是綽號，她真正的名字是「鏡雨」——特斯卡綺雅維特兒。

莉貝爾妲是出生在維拉克魯斯州卡特馬科的原住民，面對湖泊的土地上，居住著滅亡的昔日王國奧爾梅克、馬雅以及阿茲特克的末裔。這些人過去被稱為「indio†」，但隨著時代變遷，漸漸被改稱為「indígena‡」。理由是「indio」一詞帶有歧視貶義。但莉貝爾妲和眾多村人都對白人和麥士蒂索人自稱「indio」。

莉貝爾妲生長的村子，現在仍傳承著阿茲特克儀式，巫師們混用西班牙話和納瓦特爾語，每晚述說阿茲特克王國的神話，燃起篝火，焚燒柯巴脂§，舉行不會遭到墨西哥當局取締的簡單儀式。因為若是施行**真正的**阿茲特克儀式，村人很可能遭到逮捕。

即使只是微火淡香，只要巫師神聖的力量寄宿在上面，在幼小的莉貝爾妲眼中就是莊嚴

---

* Mexica，納瓦特爾語為 Mēxihcah，指墨西哥谷使用納瓦特爾語的原住民族群。曾經創立阿茲特克文明。

† 西語 indio 為指稱美洲大陸原住民的名稱，原意為「印度人」。

‡ 「原住民」之意。

§ 納瓦特爾語為 copalli，「香」的意思。提煉自柯巴樹（copal tree）。

的情景。她可以看見在失落的神廟中熊熊燃燒的篝火，也看得見繚繞著偉大神像的祭壇香煙漩渦。巫師低沉吟唱的聲音重疊其上，阿茲特克的宇宙在莉貝爾妲眼前擴展開來，這一切滋養著她的靈魂。

能夠感應到真正神聖力量的莉貝爾妲，痛恨每一座村子都在舉行的招攬觀光客的假儀式。虛有其表，內容空洞，也感覺不到通往神祕夢幻世界的門扉。莉貝爾妲找上靠表演賺錢的巫師家裡，站在門口，用西班牙話咒罵：「¡Mentiroso!（騙子！）」順帶也用納瓦特爾語罵：「伊斯特拉卡特奇！（騙子！）」「你們最好統統被阿茲特克的神吃掉！」

巫師從窗戶伸頭出來，朝她扔擲占卜用的可可豆和乾草根，趕走小小的告發者。

莉貝爾妲家境極為貧困。辛苦養大的家畜因傳染病而全數死亡的那一年，為了支援收入斷絕的家計，滿十六歲的莉貝爾妲離開了村子。

一名前來卡特馬科湖度假的白人男子對莉貝爾妲一見鍾情，向她求婚。對方來自維拉克魯斯，名叫卡洛斯．卡薩索拉，是墨西哥出生的純西班牙人。卡洛斯繼承祖父創辦的貿易公司「卡薩索拉商行」，在維拉克魯斯港擁有多艘船隻。莉貝爾妲選擇了和卡洛斯結婚，換取對家中的經濟支援。在墨西哥，混血通婚爆炸式地增加，但卡洛斯的家族從來沒有摻雜過原住民的血統，心照不宣地遵守著白人至上主義。卡洛斯是家族中第一個娶原住民為妻的男子。

莉貝爾妲沒什麼嫁妝，甚至沒有像樣的衣物可以帶去維拉克魯斯的大宅。離開卡特馬科的她一起帶走的，只有一些零錢、用來回憶娘家的房屋土坯、裝在麻袋裡的老舊哨笛、巫師送給她的黑曜石刀。她原本想帶上祈禱用的龍舌蘭棘刺，但人家說維拉克魯斯的市場也有賣龍舌蘭，於是她滿臉不安、不甘不願地把棘刺拿起來，留在了娘家。

在維拉克魯斯發跡致富的卡薩索拉家，翻開族譜，可以追溯到一五二一年毀滅阿茲特克王國的征服者。關於這段史實，莉貝爾妲事前已經從卡洛斯那裡聽說了。但她嫁入卡薩索拉家、幫助留在村裡的家人的意志依舊不變。征服者的末裔，這種人在墨西哥是滿坑滿谷，她想。不管總統如何滿口平等，這裡依然是他們的國家。

莉貝爾妲必須習慣離開村子後的新生活。丈夫卡洛斯允許她每星期去港都一趟，增廣見聞。人聲、西班牙話、英語、從未聽過的語言、賺錢的機會、荒誕不稽的傳聞、來來去去的各國水手、商人、貨運工，以及巨大的市場——只是稍微走走，就讓人眼花繚亂。

看見和自己一樣的原住民女孩在這裡賺皮肉錢，教人難受。她們來自卡特馬科以外的其他土地，來到港都賺錢。和有錢白人在一起的莉貝爾妲的傳聞很快就傳遍大街小巷，惹來一些人眼紅，有時會在擦身而過時朝她扔東西。

但其中仍有性格豁達的女孩，莉貝爾妲和其中幾個人成了朋友。她們會坐在咖啡廳角落，喝著玉米粉調成的熱飲阿托雷*，抽抽菸、聊聊彼此的故鄉，偶爾潸然落淚。臨別之際，莉貝爾妲為賣春求生存的女孩們進行阿茲特克式的祈禱。

* 西語 atole，墨西哥傳統熱飲。

她捏起從市場買來的龍舌蘭拔下來的棘刺，用前端扎刺自己的耳垂。將滲出的血珠灑在煙上，袚除惡運，向神祇獻上祈禱。不是柯巴脂的香煙，而是用菸灰缸裡香菸的煙霧，十足現代化，但莉貝爾妲的心與覆滅帝國的人民相連在一起。龍舌蘭是象徵阿茲特克的植物，也是釀酒的原料，具有神聖的力量。當她覺得眼前的賣春女孩被極度的不幸纏身，需要更多的力量時，她會毫不猶豫、更深地弄傷自己的指頭或手腕，灑上更多的血在香煙上。

回到屋子，卡洛斯問她為何指頭包著繃帶，莉貝爾妲便說是煮魚時弄傷的。

「又來了，」卡洛斯說，「妳真是笨拙。」

在港都維拉克魯斯，餐桌上會出現在墨西哥灣卸貨的魚。卡洛斯喜歡旗魚湯。

在嫁給白人以前，莉貝爾妲從未嘗過加了砂糖的固體巧克力。在她生長的村子，巧克力是從阿茲特克時代就沒有變過的傳統飲品，是以可可粉、玉米粉和辣椒混合而成的黏稠液體。和丈夫一起上街，在糕餅店第一次吃到巧克力時，那土塊般堅硬的口感和異樣的甜膩把莉貝爾妲嚇了一跳，忍不住吐了出來。

儘管經歷了許多難以置信的驚奇，但都市生活從未讓莉貝爾妲感到快樂。在窮困中喘息的人們，看起來比村裡的人更要悲傷，世界看起來比村子還要混亂。

每次遇到地震，維拉克魯斯的居民都會一臉蒼白地逃出戶外，不安地與鄰人議論紛紛，但他們談論的都是「震度」、「震源」，沒有人提到「歐林」，讓莉貝爾妲感到匪夷所思。歐林在納瓦特爾語中有「搖晃」的意思，表示地震。是阿茲特克使用的曆法中，二十種日符的第十七個。

不管大地是否搖晃，阿茲特克的曆法從一開始就囊括了地震。這才叫做曆法、這才是時間，莉貝爾妲心想。**這個國家真的把阿茲特克忘得一乾二淨了**。

太陽照亮被基督教徒征服者踐踏的大地，月亮寂寥地照亮歡唱西班牙語歌曲的筵席。神廟遭破壞而深埋地底。每一個角落，都散發出諸神無可衡量的憤怒。必須獻上鮮血給太陽和月亮。無人獻上鮮血，諸神的憤怒與日俱增。這樣災禍是不可能平息的，只會不斷地蔓延擴散。

昔日坐落著阿茲特克的首都——湖上都市特諾奇提特蘭的國家。殘酷地掩埋了那座湖泊、在其上建立起新墨西哥市的國家。其中的居民幾乎全部接受了基督教的洗禮，成了天主教徒。

莉貝爾妲的丈夫也是個虔誠的天主教徒，相較於他那個年紀的男人，他對妻子管束不多，但唯獨不允許她在別人面前表現出她對邪教阿茲特克信仰的熱愛。他找到的年輕貌美的妻子，應該要表現得像個虔誠的天主教徒。

莉貝爾妲在教會接受洗禮，神父嚴加規勸「妳要捨棄以招來災禍的語言所取的『鏡雨』這個名字」、「真心信仰天主，脫胎換骨」、「永遠將真身是惡魔的阿茲特克神祇之名從記憶中刪除」。

維齊洛波奇特利、特拉洛克、希佩托特克、米克特蘭特庫特利、特拉爾特庫特利、修洛特爾、科亞特利庫埃、魁札爾科亞特爾——還有許許多多的神祇。無論被如何詆毀為未開化的邪教，莉貝爾妲都沒有忘記諸神。

阿茲特克的神話宛如迷宮般錯綜複雜，一個神祇會變身為另一個神祇，一人多角，是白人難以理解的世界。神話中所描述的情節，只憑單純的善惡對立或神祇系統，實在不可能解釋。在夢的地層、充斥的混沌中，窺見超越人類智慧的無限法則、撼動人類的神祕力量，這些就是「歐林」，是與地震相同的力量，神話為人類帶來破壞與重生。

人類過著各自的白晝與黑夜，清醒復又入眠，入眠復又清醒，在這樣的輪迴當中觸碰到夢的世界，但是對於遠比個人的夢境更要遼闊的世界——諸神的領域，只能透過曆法來窺其堂奧。

阿茲特克王國同時使用兩套曆法：二百六十天的「神聖曆」，以及三百六十五天的「太陽曆」*。

神聖曆每月有二十日，一年有十三個月。

20×13=260

而這套二百六十日的曆法，又以每十三日為一週，依序由二十種象徵的日符所支配，人們以此占卜自己的吉凶，極為重視。

太陽曆用來計算年與月，每月二十日，一年由十八個月構成。

$$20\times18=360$$

這三百六十天再加上「曆數之外[†]」的五個凶日，一年為三百六十五天。每二十日便舉行一次神祇慶典，換言之，一年到頭都在舉行儀式，但只有最後多餘的五天，全國人民都在沉默當中度過，宛如服喪。

神聖曆二百六十天，太陽曆三百六十五天，這兩套曆法周而復始，需要漫長的一段時間。二百六十與三百六十五的最小公倍數為一萬八千九百八十。

$$18980\div365=52$$

——五十二年。

* 神聖曆（Tonalpohualli），一年有二六〇日，分為二十「週」（trecena，即「十三日」之意，或譯為「旬」），每週有十三日，以數字和符號組合記日，類似干支記日法。每週以第一天為代表，各週有相對應的守護神。太陽曆（Xiuhpohualli），或稱「季節曆」，一年有三六五日，分為十八個月（veintena），每月有二十日，最後五日被視為多出來的凶日。兩套曆法形成五十二年週期的世紀（century），在結束時舉行新火典禮。

† Nemontemi，沒有名字的多餘五日，或稱為無用之日。

相當於阿茲特克人最大的曆法週期的最後一日，就如同基督教徒所恐懼的審判之日，或是比它更具毀滅性的深淵。

這天意味著**時間竭盡之日**。屆時，世界將迎向死亡。接下來的時間——新的五十二年能否存續下去，沒有人知道。就連諸神也不知道命運。

五十二年週期的曆法結束的這天，人們會拋棄所有的家私，清空屋子，特諾奇提特蘭的祭司們將諸神的舊神像拋入特斯科科湖。太陽下山後，阿茲特克王國全土的燈火一概熄滅。舊火必須全數撲滅才行。

充斥著無盡恐懼的夜晚，時間終結的午夜降臨。這並非單純的黑暗。連時間本身都燃燒殆盡，無從捉摸的虛無張大著嘴巴等待。女人和小孩戴上驅魔面具，躲在穀倉裡，顫抖著祈禱不會被異界的惡魔給抓走。

男人徹夜不眠，保護家人，祭司在首都東部的伊斯塔帕拉帕丘陵上的神廟觀測天體。他們緊盯著宿昂星團的光輝。當它的光輝通過天頂，呈現出下一個五十二年的時間逐漸起始之徵兆，祭司便會挖出人牲的心臟，在胸膛的窟窿點火。宇宙依賴人類奉獻的鮮血維持運行。只要人牲的胸口燃燒起熊熊烈火，太陽就會顯現。但如果火苗熄滅，時間就不會回歸，超越人類智慧的破壞將覆蓋天空，惡魔與受詛咒的怪物會出現在大地，屠殺人類。

當火在祭品的胸口燃燒起來，祭司便將火苗移至祭壇的火爐，將挖出來的心臟拋入熊熊閃耀的光與熱之中。以此火點燃許多火炬，分送到所有的神廟。被黑暗籠罩的王國亮起一盞又一盞新火。但眾多的人民仍在黑暗中承受著恐懼，屏聲斂息。

終於，太陽自東方天際現身，王國全土上下人民得知新的五十二年開始了，在首都特諾奇提特蘭迎接黎明的二十萬人，更是歡喜沸騰。人們流淚慶祝，感謝諸神，取出先前藏起來不被惡魔找到的慶典服飾。家私都扔進湖裡了，唯獨留下了慶典服飾。人們以翡翠和魁札爾鳥的羽毛裝飾頭部，穿上華服，衣上點綴的綠松石，色澤宛如自岸邊眺望的水面般美麗。孩童們戴上綠岩耳環，披上鹿皮，手拿棒子，模仿祭司的神杖。這時沒有貧富之分。貴族和奴隸並肩歌唱、舞蹈。

鼓聲響起，戰爭之神維齊洛波奇特利——「左方之蜂鳥」的戰士們，穿上象徵「夸特利*」的戰服，舉起以其羽毛覆蓋的盾，在特諾奇提特蘭的市區行進。「夸特利」是納瓦特爾語，即天空翱翔的老鷹，也是十三日的日符之一。

人們享用以玉米粉做的「托拉斯卡利」——後來征服者稱其為墨西哥薄餅†，暢飲發酵的普爾克酒‡，焚燒柯巴脂，以龍舌蘭的棘刺扎破耳垂，將血滴在煙上，讚頌允許新的曆法再次運行的諸神。

在神廟——群立的巨大階梯狀金字塔，塔頂從天亮起便不停地進行儀式。祭品被獻給諸

---

* 納瓦特爾語為 cuauhtli。

† 墨西哥薄餅的英文 tortilla，語源即來自納瓦特爾語的 tlaxcalli。

‡ 納瓦特爾語為 pulque，以龍舌蘭的樹液發酵製成的傳統酒。俗稱的龍舌蘭酒（Tequila）是以蒸餾法製作。

神。正午過後，儀式仍在持續，完全沒有要結束的跡象。祭品一個接著一個被宰殺。能把血和心臟獻給神祇，成為宇宙的饗食，是無上的光榮與美好。在戰爭中落敗被俘的他國戰士，若不成為祭品，就只能墮入地獄。沐浴淨身後的他們被帶上神廟。

祭司們把挖出心臟後的屍體推落金字塔。受饗而胸膛開洞的屍體滾落長長的石階，在底下接住的人砍下其首級。首級也是供品。人們圍繞著無頭屍，砍下手腳。諸神享用心臟，但人類僅允許食用手腳。根據阿茲特克嚴格的戒律，人們火烤祭品的手腳食用。燒烤人肉的同時，也在一旁烤著食用的犰狳。

人們精心挑選祭品的手臂中特別精美之物，獻給面龐塗成黃色與黑色的祭司。祭司服侍的神祇除了人類的心臟，最喜歡手臂。

祭司接過手臂，率領超過百名的奴隸，走上神廟漫長的石階。侍從吹奏死亡哨笛。他們將祭品的心臟和手臂，獻給無從得見、也無法觸摸的駭人存在。

慶祝新的五十二年揭幕的人民，看到祭司與奴隸，開始莊嚴地呼喊神祇的名字。奴役我們的這一位、夜與風、雙方的敵人，這些指的都是同一位神祇。那就是永遠青春，倒映並支配一切黑暗的**吐煙鏡——特斯卡特利波卡**。

11 mahtlactli-huan-cë

儘管儀式的規模遠遠不及榮華巔峰的阿茲特克王國時代，但即使是一串辣椒這般渺小的獻禱，也必須不忘獻祭諸神。

莉貝爾妲瞞著丈夫，以阿茲特克的神聖曆計算週與日，緬懷著諸神。她以太陽曆計算年與月，其實應該要每個月——即每二十日就舉行一次祭典，但當然不可能做到。

一年當中最為燠熱的五月，是莉貝爾妲最為重視的月分，其重要性好比俗人的獨立紀念日所在的九月，或聖誕節的十二月。無雨的乾季總算接近尾聲，墨西哥——阿茲特克的太陽更加凶猛地灼烤大地，就彷彿要把自身亦燃燒殆盡。天空蔚藍閃耀得近乎可怕，不斷地從土地奪去水分。難耐的酷熱、為作物帶來死亡的乾燥，這些達到巔峰的五月，就是特斯卡特利波卡所君臨的月分。昔日為了這位神祇而舉行的大祭，會花上一整年精心籌備，就和五月的名稱一樣，稱為「托希卡托*」。

以前莉貝爾妲還住在卡特馬科時，六歲的某一天，老村長把她叫了過去。

* 納瓦特爾語為 Toxcatl，乾涸之意。

兩人一同在湖邊散步，村長的腳步愈來愈慢，最後終於停步，這麼說了起來：

「妳的祖先，是在阿茲特克王國侍奉特斯卡特利波卡的祭司。不僅如此，還是率領豹戰士團的部將。身兼祭司與戰士是莫大的光榮，等同成為特拉托阿尼——君王。」

「特斯卡特利波卡——」莉貝爾妲喃喃道。她從巫師那裡學到了許多神祇的事，卻是第一次聽到這位神祇。她覺得聽起來和自己的本名很像。

「妳也知道，阿茲特克人會打磨黑曜石製作鏡子，」村長說，「鏡子叫做『特斯卡特爾』，黑色叫做『特利爾提克』。煙呢——」

「是『波波卡』。」

「妳真是個聰明的孩子。特斯卡特利波卡的名諱，就是這三個詞所組成的。以前我聽到來到這座村子的美國考古學家，把特斯卡特利波卡稱為『Smoking Mirror』。那些人真不像話，什麼東西都要用自己的話來取名字。好了，莉貝爾妲，妳的名字鏡雨——特斯卡綺雅維特兒，裡面的『特斯卡』，就是妳繼承了祖先血統的證據。除此之外的人，是不能隨便把『特斯卡』一詞放進名字裡面的。妳家確實很窮，妳爸妳媽都吃了很多苦，但妳們家族是特別的。就算窮，也不能忘了這件事。」

莉貝爾妲回家後，找到正汗流浹背地照料牲畜的父親，把村長的話告訴他。聽到六歲的女兒說出「特斯卡特利波卡」一詞，父親頓時臉色大變，丟下飼料桶，東張西望，確定四下無人，沒有人聽見。父親把女兒帶進倉庫深處，注視著那雙幼小的眼睛說：

「不可以說出那位神祇的名諱。」

雖是輕聲細語，但父親動怒了。父親為何生氣，莉貝爾姐一頭霧水。父親應該要為了偉大的祖先感到驕傲才對。沒有理由對神祇諱莫如深。

父親繼續注視著女兒的臉。小孩的天性，就愛跟大人唱反調。父親叮囑：

「如果無論如何都要提到那個名字，就小小聲地說『夜與風』。這是同一位神祇的名字。知道了嗎？不可以把真名說出來。要放在心裡面，深深地鎖起來。」

一直到很後來，莉貝爾姐長大以後，才總算理解了父親的心情。父親與其說是生氣，更是畏懼。他擔心女兒說出**特斯卡特利波卡**的名諱，會把被征服者封印的可怕神祇自地底下喚醒，再次得到力量。那位神祇覺醒的話，乾季尾聲的大祭「托希卡托」也會復活，女兒的心臟可能會被挖出來。如果神祇透過巫師之口，索求女兒的心臟，他絕對不可能拒絕。因為祂是「提特拉卡萬」──**奴役我們的這一位**。

但老村長並非一時興起講起古來，而是在透過女兒，暗中建議父親：「只要祭祀特斯卡特利波卡，就能獲得力量，你們家也能擺脫赤貧。」

然而莉貝爾姐的父親並不想要那種力量。他認為與其讓那個殘酷的阿茲特克神祇自古代覺醒，他寧願窮苦一輩子。

進入五月，莉貝爾姐戴上帽子，前往維拉克魯斯的市場，買了活的公雞。販子把公雞裝進鐵絲歪扭的廉價籠子裡，讓莉貝爾姐提回去。接著她買了素陶缽。直徑約十公分，側面有著阿茲特克風格的骷髏浮雕。這種商品叫做出土器物複製品，是賣給觀光客的紀念品。

莉貝爾妲把激烈拍打著飛不動的翅膀、刺耳地啼叫不休的公雞拎到大宅後院，打開結婚時從卡特馬科的娘家帶來的麻袋，取出黑曜石刀。雖是如石器時代器物般粗獷的工具，但要用來砍下公雞的頭，是綽綽有餘。莉貝爾妲頭下腳上地拎起宰殺的公雞放血。流出的血用白鐵桶接住，拔掉公雞的羽毛。黑曜石刀按在雞胸上，深深刨挖進去，挑出比鵪鶉蛋更大一號的雞心。

點燃素陶缽上的柯巴脂，待香煙瀰漫開來，將牲禮的心臟放到上面。把白鐵桶裡的血灑在心臟和香煙上，唱誦神祇的名字。除了「夜與風」這個名字，神祇也被稱為「雙方之敵」，或「奴役我們的這一位」。這個名字揭示了此神對阿茲特克人有多麼地偉大。這不是神自稱之名，完全是人類對祂的呼告。換言之，**神甚至不需要報上名號**。只是人類在禮讚神祇，祝禱，表達服從。

在柯巴脂完全融化之前，莉貝爾妲把黑曜石刀放到缽前，喃喃神祇真正的名字，獻上祈禱。

特斯卡特利波卡。

萬物乾涸的季節告終，

請您讓雨神特拉洛克再次行走於天際。

請賜予阿茲特克的末裔生存的糧食。

請允許我們迎向光榮死去的那一天。

您是偉大的夜與風。
奴役我們的這一位。
特斯卡特利波卡。

短暫吹奏從麻袋裡取出的死亡哨笛，結束儀式後，莉貝爾妲把雞心連同盛著它的缽埋進土裡，免得被卡洛斯發現邪教的痕跡。萬一被發現，丈夫一定會大發雷霆，咒罵莉貝爾妲是女巫，請神父到家裡驅魔，並且再也不許她一個人上市場。

將供物埋進土裡，一點都不浪費。地底是米克特蘭特庫特利的居所。雖然力量不及特斯卡特利波卡，但這位神祇支配著徬徨的靈魂墜落的冥界。

把烤全雞端上晚飯餐桌，卡洛斯動著刀叉，毫不起疑。莉貝爾妲一口也沒吃，只為丈夫切肉，自己一直喝湯。剩下來的雞肉都進了女傭們的胃裡。

莉貝爾妲上鎮裡的教堂，虛情假意地劃十字，就在這樣的日子當中，她有了身孕。第一個是男孩，兩年後生了女孩，隔年又生了女孩。

長子伊西德羅受到父親寵溺，看雇主眼色的女傭們也都驕縱他，讓他養成了凡事依靠別人的性情。這是在村中長大的莉貝爾妲無法想像的環境。伊西德羅將來實在不可能一肩扛起貿易公司的生意，莉貝爾妲心想這孩子一定會吃苦，成天嘆氣，為兒子的將來憂心忡忡。

但伊西德羅懶歸懶，觀察力卻很敏銳，有時尖酸刻薄，這一點倒是很像父親卡洛斯。他發現母親崇拜著阿茲特克諸神，便故意自言自語地說給她聽：「好討厭啊，以後我一定會下地獄。因為我媽居然在搞黑魔術。」

莉貝爾妲為了避免惹丈夫生氣，同時也不想招來閒言閒語，對孩子們絕口不提阿茲特克的神話故事。

某天，莉貝爾妲帶著兩個女兒去市場，女兒停下腳步，站在坐在巷子邊的原住民男子前面。

男子在一塊四十公分見方的板子上雕刻著精細的紋樣。不只是觀光客，連外國水手都對男子精湛的技術看得目不轉睛，作品還沒有完成，就已經有人開價了。

「好厲害，那是什麼？」女兒問母親。

被女兒這麼一問，莉貝爾妲滿臉困窘地側了側頭：「不曉得耶，是什麼呢？」

她在內心如此回答：

「他雕刻的是特拉爾特庫特利，可怕的大地怪物。祂比往來維拉克魯斯港口的任何一艘商船都還要巨大，比鯨魚還要大。祂非常凶暴，沒有人治得了祂，話也說不通。祂甚至在大海上和化身戰士的特斯卡特利波卡展開廝殺，結果被大卸八塊。不過這樣還是沒有死掉。祂很強，甚至咬掉了特斯卡特利波卡的一隻腳。雖然是怪物，但祂也是阿茲特克的神祇——」

男子靈巧地雕刻出神祇的形姿。莉貝爾妲有股衝動，想要找機會和他聊聊，但這是她最後一次看到這個重現蒙特蘇馬二世玉座裝飾、販賣出土文物複製品的人。

卡洛斯・卡薩索拉順利壯大事業版圖，前景一片光明。他健康無病，就算偶感風寒，也一下子就好了。

死亡的預兆唐突地到來。送別滿載大量白銀與綠松石的卡薩索拉商行的船隻出港後，卡洛斯在歸途上被一隻衝出巷子的野狗咬傷了右手。

傷口不深，卡洛斯自己簡單包紮了，但借了漁夫的撈網抓住野狗的水手說「這隻狗最好抓去給獸醫檢查看看」。水手覺得野狗看起來有病，而他深知那種病有多可怕。

野狗被送到相關機構，很快地，維拉克魯斯市的衛生單位連絡了卡薩索拉商行。職員說：「那隻狗有狂犬病，正處在狂躁期。」

卡洛斯去醫院重新消毒傷口。病原體存在於狗的口水中。儘管醫學進步，仍無法抵擋狂犬病毒的死亡鐮刀。

向神祇祈禱的一個月潛伏期過去，卡洛斯病發了。他發起類似感冒的高燒，傾訴被咬傷的傷口疼痛，昏迷過去，被送進醫院。在病房醒來後，延腦受病毒侵蝕而產生的幻覺讓他尖叫狂號，瘋狂掙扎。

唾液橫流、彷彿被惡魔附身般大吼的丈夫被穿著防護衣的護理師們拖走了。目睹此景，莉貝爾妲心想：丈夫被阿茲特克的神祇詛咒了。

看看曆法就知道了。卡洛斯在港口被狂犬病的野狗咬傷的那天是「死」，也是受骷髏頭的象徵所支配的十三日的第一天。換言之，死神降臨了。

染上狂犬病的人，會由於喉嚨肌肉過度痙攣，飽受吞嚥障礙所折磨。任何吞嚥動作都會導致劇痛，到最後光是看到杯子裡的水，都會陷入恐慌。也因此狂犬病亦被稱為恐水症。不用說，看到驅魔的神父潑灑的聖水、聖水的容器，都會出現抗拒反應。卡洛斯看見不聽醫師制止闖入病房的神父胸上的十字架，本能地聯想到聖水。他的臉因恐懼而扭曲，痛苦掙扎，啞著嗓子懇求：「不要來！不要靠近我！」接著痛罵神父。

幻覺、錯亂、無止境的口渴。卡洛斯在極盡痛苦之中，甚至無法向家人道別，就此斷氣。莉貝爾姐看了曆法，毛骨悚然。這是神祇的詛咒、祖先的憤怒。丈夫死亡的那天，是以「蛇」為象徵開始的十三日的第六天，六犬日。這天的守護神，是死神米克特蘭特庫特利。換言之，卡洛斯的靈魂被死神派來的狗，拘提至「米克特蘭」——地底世界去了。原本那裡是壽終正寢的靈魂結束旅程的終點，地下空間的最底層。徬徨的靈魂會在此消滅。但米克特蘭特庫特利應該會把卡洛斯驅逐至沒有出口的無限迷宮，讓他在永恆受苦的異界沉淪。

還有其他可怕的吻合。那就是丈夫過世的那一週，十三日整體的象徵是「蛇」。莉貝爾妲以前從卡特馬科小村莊的老村長和巫師那裡，聽說過侍奉特斯卡特利波卡的他們祖先的名字。君王，也就是最高位「發言者」特拉托阿尼，蒙特蘇馬二世賜予他們祖先光榮的名字，那就是特斯卡科亞特爾——鏡蛇。

如同母親所擔憂的，長子伊西德羅成了一個紈絝子弟。他依照父親存放在保險箱裡的遺囑，繼承了卡薩索拉商行。卡洛斯的部下都質疑伊西德羅的經營能力，但他意氣風發地去辦公室，虛應故事地工作一下，然後夜夜笙歌。

明明沒事，伊西德羅卻以工作當藉口跑去外地，在瓦哈卡州遊玩時，認識了當地麥士蒂索人的富家女艾絲托蕾婭。半年後，伊西德羅和艾絲托蕾婭結婚，陸續生了五個孩子。全是男孩。

年紀輕輕便成了祖母的莉貝爾妲很寵愛五個孫子，孫子們也都和奶奶很親。

伯納德。

喬瓦尼。

瓦米洛。

杜利歐。

雨果。

丈夫過世以後，莉貝爾妲必須扮演天主教徒的場面減少了許多，但她一樣沒有把阿茲特克的神話告訴孫子們。因為兒子和媳婦都很排斥。為了避免與兩人發生摩擦，和五個孫子在一起時，她也儘量不說納瓦特爾語。

天主教節日時，孫子們圍繞著莉貝爾妲，歡鬧著拉扯她的手喊：

「奶奶！我們去參加慶典！」

莉貝爾妲微笑著搖搖頭，說著「你們好好玩吧」，送孫子們出門。

阿茲特克的諸神，最好只深藏在自己的心底。

這個想法改弦易轍，是因為么孫雨果和丈夫一樣，被染上狂犬病的狗攻擊，在痛苦中死去了。

因為只有么孫雨果還沒有見過外祖父母，母親艾絲托蕾婭把他帶去瓦哈卡州。當時剛好是七月的慶典「格拉格札*」在首府瓦哈卡市舉行的時期。

格拉格札是各地原住民雲集的大型慶典，有許多觀光客會來參加。莉貝爾妲也知道這個慶典，但不感興趣。她認為那只不過是在成了基督教國家的墨西哥舉辦的娛樂表演活動，絕對不是讓古代諸神復活的儀式。

雨果的母親看著身穿色彩繽紛的民族服裝舞蹈的女人們，完全沒發現有狗衝過來，也沒聽見兒子的哭聲。她只聽見充斥街道的歌聲和鼓聲。也有其他觀光客被咬，直到人群吵鬧起來，她才察覺兒子出事了。

可憐的雨果被狗咬的日子是「一犬」日，死亡之犬又再次現蹤了。

潛伏期過去後，雨果和祖父一樣病發，滿身大汗，雙眼因痛苦和恐懼而暴睜，連水都嚥不下去，最後連聲音都發不出來，只是嘴巴張得大大地，無聲地嘶吼，在被咬之後的第四十四天晚上氣絕身亡了。

那是「水」支配的十三日的第五天，在此週背後發揮力量的神祇是查爾丘托托林——翡翠火雞。這也是特斯卡特利波卡所化身的鳥。而雨果死去的「五蘆葦」日，支配這一天的神祇就是特斯卡特利波卡。

面對神祇毫不留情的憤怒，以及曆法所揭示的事實，莉貝爾妲輾轉難眠。她後悔沒有把阿茲特克的神話傳承給孫子們，哭求神祇的赦免。

我比任何人都更深地背叛了阿茲特克，莉貝爾妲想。神祇把我的罪愆報應在孫輩身上了。丈夫過世的時候，我就該發現那是警告了。是米克特蘭特庫特利奉特斯卡特利波卡的命令，派來了冥界之犬傳達訊息。

雨果的父母伊西德羅和艾絲托蕾婭激烈地對罵，聲音甚至驚動鄰居報警。兩人為兒子的死悲傷欲絕，但莉貝爾妲再也沒有流淚。

莉貝爾妲的眼中，倒映出阿茲特克的首都特諾奇提特蘭的神廟熊熊燃燒的篝火。她所遭受到的絕望之痛過於巨大，反而化成了陶醉，曆法告訴她丈夫和孫子死亡的意義，做為阿茲特克諸神活生生的聲音，宛如血管中的鮮血般馳騁體內。

就是為了傳達這件事，冥界派來了狗。我心愛的雨果，你成了特斯卡特利波卡的祭品，你獲得了無上光榮的死。託你的福，我才終於領悟了神祇的旨意。我的五個寶貝孫子裡，只有你被帶走，留下了四人。我也明白這意味著什麼。這一切都是命中注定。

＊ Guelaguetza，為薩波特克語。

12 mahtlactli-huan-ōme

面對埋葬著小雨果棺材的十字架墳墓，莉貝爾妲再也不劃十字了。小雨果死後過了一個月，天主教的追悼彌撒昨天才剛結束。

莉貝爾妲帶著四個孫子造訪墓地，看著四人的眼睛對他們說：「伯納德、喬瓦尼、瓦米洛、杜利歐，不要再傷心了。從今以後，你們四個人就是一個人，卡薩索拉四兄弟就是一個人。懂了嗎？你們要好好聽仔細。」

以壓抑嗓音說著西班牙話的莉貝爾妲，語調中有著引人入勝的音色。那是巫師的嗓音。

莉貝爾妲把長子伯納德叫到近旁，說：「伯納德，保護你的是北方的黑色特斯卡特利波卡。你身在宇宙的盡頭，再過去就沒有任何人了。你必須保護三個弟弟。」

接著她叫來喬瓦尼：「喬瓦尼，你是次子，保護你的是西方的白色特斯卡特利波卡。西邊就是墨西哥城的大神廟面對的方向，所以你不能忘了向阿茲特克的神祇祈禱。」

她叫來瓦米洛，說：「瓦米洛，你是三子，個性謹慎，而且早起。這是好事。所以守護東方的紅色特斯卡特利波卡會陪伴著你。你要比別人起得更早，比任何人都更早站在拂曉的夜色中，保護兄弟。」

她叫來杜利歐，說：「最後是你，杜利歐。你是四男，南方的青色特斯卡特利波卡守護著你。還有戰爭之神維齊洛波奇特利。你雖然個子小，但一定很快就會變強了。」

這是十月天的正午時分。死者的十字架林立的天主教墓地裡，洋溢著雨季降雨前的陽光。四人感覺到祖母對他們說了某些重要的事，賦予了他們某些角色，但不管怎麼想，都不解其意。

雲朵的陰影落在墓地上。瓦米洛仰望莉貝爾妲，被陽光刺得瞇眼，問：

「¿Qué es Tezcatlipoca?（什麼是特斯卡特利波卡？）」

隔天早上，莉貝爾妲戴上帽子，帶著四個孫子出門前往市場。卡薩索拉家有自用車，也有司機，但莉貝爾妲選擇搭乘街上的小型公車。必須讓孫子們學習市井生活，否則他們會變成父親伊西德羅那種紈絝子弟。

莉貝爾妲在市場買了活的公雞。四人開心極了，搶著要提裝公雞的籠子。然後五人一起吃了路邊攤的塔可餅，搭小型公車回家。莉貝爾妲堂而皇之地把公雞籠提上車，完全不在乎其他乘客的目光。司機知道她會給小費，所以什麼也沒說。

回到家以後，莉貝爾妲把公雞放到後院。四人追逐東奔西竄的公雞遊玩，接近午餐時間時，莉貝爾妲結束了他們的遊樂。

莉貝爾妲抓住掙扎的公雞，用黑曜石刀一口氣切下雞頭。無頭雞拍打翅膀，沾了血的羽毛漫天飛舞。這突如其來的慘劇把四人嚇得瞠目結舌。雨果死後，成了么兒的杜利歐哭了起來。掉在草地上的雞頭、嘩啦啦流入白鐵桶的鮮血、祖母手中泛著黑光的凶器，一切都宛如惡夢。其他三人也一副隨時要放聲大哭的表情。

「創造這個世界的，是雙神奧梅特奧特爾，」莉貝爾妲用白鐵桶接著雞血說，「祂是原初的神祇，從**空無一物之處**誕生。祂自己創造了自己。做得到這種事的，就只有這位神祇。」

「《聖經》裡面有寫嗎？」長子伯納德臉色蒼白地問。

莉貝爾妲沒有回答。她沒有說對或不對。住在同一個屋簷下的四人父母是虔誠的天主教徒，若是否定基督教，會埋下爭執的火種。

莉貝爾妲檢查了一下雞脖子的斷口，再次把雞倒吊放血。其實她很想不砍頭，直接取出還在跳動的心臟，但為了事後拿去烹煮，必須放血處理。莉貝爾妲繼續說下去：「奧梅特奧特爾從空無一物之處創造出自己以外的事物。首先祂準備了世界的容器，四個方位，在那裡安放了四位神祇。那就是東西南北的特斯卡特利波卡。特斯卡特利波卡是四位一體，成為夜與風，支配著這個世界。」

四人想起了祖母在雨果的墓前告訴他們的內容。黑、白、紅、青，四兄弟為一體——年幼的杜利歐沒辦法完整說出特斯卡特利波卡的名字，祖母說會保護自己的戰爭之神維齊洛波奇特利，他也只記得好像叫什麼波奇特利。

莉貝爾妲注意到雞脖子的血流完了，著手拔羽毛。「創造出世界和居住在世界的神祇後，奧梅特奧特爾就消失了。沒有人知道祂去了哪裡。也許是這個宇宙的時間之外。太初的神祇不在了，因此特斯卡特利波卡成了最古老的神祇。祂是『特洛克納瓦克』——當下近旁之王，神祇中的神祇，特斯卡特利波卡在諸神之中，也是特別的。現在我就要把祭品的心臟獻給祂。」

莉貝爾妲以黑曜石刀割開無頭雞的胸膛，取出心臟。四人看著祖母掌心上的心臟。那小小的倒三角形，他們有印象。很像母親身上的綠松石的形狀。

莉貝爾妲在素陶缽焚燒柯巴脂，把公雞的心臟置於甘甜的香煙之中，一點一點地灑上白鐵桶裡的血。莉貝爾妲念誦禱文的時候，不明究理的四人就像在教堂裡那樣，閉目垂頭。祈禱結束，四人睜開眼睛一看，血淋淋的黑曜石刀在陽光下熠熠生光，宛如黑冰，景象恐怖。

莉貝爾妲似乎察覺了四人的感受，撿起黑曜石刀說：「這個國家在過去是屬於阿茲特克的。周邊也有其他國家，但都微不足道。最強大的國家就是阿茲特克。阿茲特克人打磨從火山誕生的這種黑曜石，製成刀子、箭簇、鏡子。鏡子叫做『特斯卡特爾』，是只屬於王和祭司的神聖之物。支配黑暗的特斯卡特利波卡偉大的神力會出現在鏡中。這世上沒有比黑曜石更黑的事物，黑曜石會倒映出人類的命運。就如同特斯卡特利波卡能夠自在變換形姿，黑曜石也有多重面貌。有時可以砍下敵方戰士的首級，有時可以挖出祭品的心臟，有時可以成為鏡子。」

戰爭、犧牲、命運、神祇——漆黑之石綻放出來的光芒，同時帶有人類的虛渺，以及擴展在燦星彼方的永恆黑暗。雖然祖母說的全是無法理解的事，但看在四人眼中，那種礦物就好像從另一個世界落入祖母手中的物體。

用完烤全雞晚餐後，莉貝爾妲把四人叫進房間，要他們坐在燭光搖曳的桌前。昏暗之中，她抽著菸，薰著柯巴脂，在桌上打開一張紙。四人從來沒有看過那種紙，就和阿茲特克時代一樣，是由樹皮所製成。

莉貝爾妲將白鐵桶裡剩餘的雞血滴在菸灰缸，用羽毛筆的筆尖蘸血。被燭光幽幽照亮的金剛鸚鵡的羽毛之美，讓四人的眼睛都亮了起來。在拉丁美洲的古文明中被視為珍寶的這種鳥，現在成了宏都拉斯共和國的國鳥。

「四周圍全是湖泊。」莉貝爾妲說著，在紙上畫出特斯科科湖的輪廓，並畫出一直到十六世紀都還漂浮在湖面的壯麗都市。她下筆快得驚人。在四人眼裡，雞血就好像凝聚成線，自動浮現紙面一般。

「特諾奇提特蘭，」莉貝爾妲說，「意思是『仙人掌岩石之地』。這裡就是阿茲特克的首都。湖上有許多神廟，諸神、國王、祭司、貴族、戰士、商人、俘虜、奴隸都在這裡生活。特諾奇提特蘭沒有農民。你們知道為什麼嗎？就和現在的大都市是一樣的。有數十萬人居住在這裡，外國民族也會前來做生意，所以都市裡的人可以依靠農業以外的工作過活。阿茲特克就是個如此富庶、龐大的國家。」

消滅之王國的地圖逐漸填滿紙上的空白。湖上都市星羅旗布的水路、堤防、橋梁、在蘆葦筏上栽種的湖上菜園，以及遭到西班牙人搗毀、現已面目全非的大神廟的原貌——那巨大的金字塔頂端，祭祀著兩位神祇。

面西的神廟右側，畫著「左方之蜂鳥」——戰神維齊洛波奇特利的神廟，它的壁板以密密麻麻串滿頭蓋骨的「頭骨架*」裝飾。左側是雨神特拉洛克的神廟，莉貝爾妲在它的入口畫了考古學家稱為「查克穆爾†」的人像。躺臥的人像懷裡抱著用來承接祭品鮮血和心臟的容器。

「去墨西哥城就可以看到嗎？」喬瓦尼問。

「只剩下殘骸和博物館了，」莉貝爾妲說，「美麗的湖泊也消失了。因為科爾特斯——征服者的隊長胡搞灌溉工程，讓湖水全枯竭了。好了，你們聽著。你們的奶奶呢，雖然出生在維拉克魯斯，但祖先就住在特諾奇提特蘭這裡，地位不凡。你們身上也流著祖先的血。來，把手放在這張紙上，閉上眼睛。我現在就帶你們看看特諾奇提特蘭的模樣。」

四人把小手放在用雞血繪成的圖畫上，閉上眼睛。紙張冰涼的觸感、柯巴脂的薰香。莉貝爾妲滔滔述說著，她低沉的嗓音，喚醒了阿茲特克王國的榮景，恍若現實。

「我們要從特諾奇提特蘭乘上小舟往北行。大家都上船了嗎？首先看到的，是叫做特拉特洛爾科的城市。有一座大到難以置信的市場對吧？納瓦特爾語裡面，市場就叫做『提安奇斯特利』。這裡比起你們知道的維拉克魯斯的市場更要大上好多好多倍，什麼都買得到。連

* Tzompantli，亦譯為頭骨牆。

† Chacmool，中美洲常見的一種人物雕像。阿茲特克的查克穆爾像呈現雨神特拉洛克的形貌。

第一次踏上這塊土地的西班牙征服者都驚訝萬分，懷疑自己是不是在做夢。因為它的規模比他們在羅馬或君士坦丁堡看到的市場都要大上太多了。一天會有兩萬人來訪，每五天舉行一次的特別市集，會有六萬人來共襄盛舉。

「好，我們在市場逛逛吧，跟我來。有很多賣水果的女人對吧？珠光寶氣、不可一世地走來走去的是貿易商，他們叫『波奇特卡』。有男人在賣裝滿柯巴脂的香筒，也有賣藥的女人在賣混合的蜂蜜和龍舌蘭。從這裡到湖岸，全部都是市集攤販哦。玉米、辣椒、火雞、鴨子、小狗、公雞、母雞、響尾蛇、菜豆、可可豆、火炬、松脂，還有來自南方的一串紅。四處打聽『恰爾奇維特爾』的男人是在找翡翠，到處詢問有沒有『席維特爾』的女人，是在找綠松石。

「攤子還沒完呢。有黃金、白銀，也有綠岩。有耳環、織品、腰布、香草果實、仙人掌果實，也有阿茲特克重要的食物『瓦烏特利』，也就是莧菜。市場有只有貴族才能買的魁札爾鳥的羽毛，也有金剛鸚鵡的羽毛。我用的羽毛筆，也是用這種鳥的羽毛做成的。普爾克酒你們應該也知道，但你們沒看過水獺的皮吧？也有獾皮和鹿皮哦。斧頭、陶器、壺、你們的手正摸著的樹皮紙，還有種類數不清的染料。也買得到男女奴隸，奴隸會在貴族家過上好日子，甚至還有人主動想當奴隸呢。會讓奴隸像畜牲一樣操勞到死的，就只有征服者而已。

「喏，你們看到對面圍了一群人對吧？是高明的工匠正在對客人展現手藝。有人在『特克帕特爾』——燧石刀上雕刻花紋，也有人在黑曜石刀上鑿刻。買得起的只有貴族。怎麼樣？逛著特拉特洛爾科的市場，簡直沒完沒了對吧？一天實在是逛不完。可是，這座城市不光是這樣而已。就和特諾奇提特蘭一樣，這裡也有大神廟。喏，張大耳朵仔細聽。」

莉貝爾妲在閉上眼睛的四人面前開始敲打桌子。起初靜靜地，接著愈來愈強勁。**來自神廟的鼓聲**。

「看見了嗎？那座山一般高大的神廟開始舉行儀式了。正要獻上祭品給特斯卡特利波卡。看見祭品被放在石臺上了嗎？四名祭司按住了祭品的手腳。」

莉貝爾妲更用力地敲打桌子。

「另一名祭司舉起黑曜石刀了。你們四個，不可以別開目光。」

莉貝爾妲敲打桌子。節奏愈來愈快。神廟的鼓聲。

「看，從祭品的胸口取出紅光四射的寶石了。你們知道那是什麼嗎？」

「是心臟。」瓦米洛說，其他三人也閉著眼睛點點頭。

「你們真聰明，」莉貝爾妲微笑，「沒錯。在阿茲特克，心臟叫做『約洛特爾』。記好，心臟被取出來後，就會升上天空。看見了嗎？這不是處刑，而是在獻上食物給神祇。」

「就像塔可餅嗎？」喬瓦尼問。

「對啊。人類的心臟，就是神祇的薄餅。祭司們把祭品的身體推下石階了。身體滾下來，就好像流下瀑布的水一樣。咦，是誰在哭？是杜利歐嗎？不用害怕，因為祭品支持著人類生活的世界啊。他們的靈魂升上天界，留下來的身體只是空殼。好了，張開眼睛吧。」

張開眼睛的四人覺得彷彿自己的心臟被挖出來一樣，在昏暗之中按住胸脯，確定上面是不是開了個洞。

13 mahtlactli-huan-ëyi

伊西德羅．卡薩索拉察覺了變化：莉貝爾妲再也不向四個孫子隱藏她的邪教愛好。妻子艾絲托蕾婭也不安地央求丈夫：「拜託媽不要亂教我們的孩子好嗎？」

艾絲托蕾婭出生在有許多原住民的瓦哈卡地方，自認對於傳統文化相當包容，但她就和幾乎所有的人一樣，在天主教信仰中成長。她的想法是這樣的：不論是馬雅、奧爾梅克還是阿茲特克，這些滅亡的文明記憶，應該以裝飾品、祭典等娛樂形式傳承下去，而不該視為真正的信仰，在現代重生。

「媽不是天主教徒嘛。」伊西德羅對艾絲托蕾婭丟下這句話，躲進書房關上了門。他點燃香菸，在烈酒杯倒了龍舌蘭酒一飲而盡，重重地嘆了口氣。

母親從以前就教人摸不透心思，唯有對阿茲特克的執著從未改變。他自小看著母親因此觸怒父親，招來掌摑，但母親依然沒有拋棄阿茲特克。後來父親染上狂犬病，受盡痛苦折磨死去。父親的死狀看在她的眼中，肯定就如同「阿茲特克神祇降怒」。在一旁看著就明白了。再加上雨果也同樣染上狂犬病而死，母親不可能安之若素。

伊西德羅再灌了一杯龍舌蘭酒。信仰虔誠是好事，他想。但墨西哥是天主教國家。阿茲特克的君王——什麼「蒙特蘇馬」、「夸烏特莫克」，那些是出現在課本、路名、酒名上的歷史人物，大神廟也是供觀光客參觀的遺蹟。真心去崇拜那種東西，會被懷疑神智不正常。我也能體會艾絲托蕾婭的不安，可是，我又能怎麼辦？

對伊西德羅來說，母親不只是難以理解，更是難以親近的可怕對象。母親從未嘮叨訓話，也從來沒有打過他，那麼他害怕什麼？答案只有一個。伊西德羅害怕母親深信不疑的神祕咒術，然而他又不願意承認自己害怕這種東西。世上不可能有什麼詛咒，要是真的有，阿茲特克王國早就把征服者打回去了。

然而，兒時一度滋長的恐懼，是無法用邏輯思考抹消的。伊西德羅總是用鄙夷的眼神看待卡特馬科出生的鄉巴佬母親，就是來自於恐懼的反作用力。即使長大成人，他也從未當面規勸過母親什麼。

伊西德羅再喝了一杯龍舌蘭酒，抹了抹嘴尋思。就像艾絲托蕾婭說的，母親這樣的行為或許多少會帶給兒子們不好的影響，但所謂的知識都是這樣的。就算是化學實驗，若是濫用，也會變成殺人的知識。換句話說，重要的是適可而止。目前兒子們還沒有批評聖母馬利亞或瓜達露佩，應該也很尊敬墨西哥獨立之父伊達爾戈神父，也會乖乖上教堂參加彌撒。若是兒子們抗拒不想去彌撒，表示莉貝爾妲灌輸的知識已經逾越了容許範圍。到時候就該出面干預了。雖然對媽很抱歉，但若是鬧到這地步，就不能再讓她繼續留在這裡了。就在鄉下租個便宜的地方，讓她搬去那兒獨居吧。

籌思已定，伊西德羅放下烈酒杯，走出書房，招呼在其他房間待命的司機備車。他不想待在這屋子裡。雖然很想去賭場豪賭一把，但沒錢讓他賭。他叫司機把車開到港都的辦公室。

在父親寵溺下長成一個紈絝子弟的伊西德羅，相信自己是個傑出的企業家。然而，父親僱用的老員工都不願意公平地肯定他的實力，令他不滿。

伊西德羅在二十七歲時，依照父親的遺囑繼承了卡薩索拉商行，絞盡腦汁，設法迎合新的時代，增加公司收益。

他想到的是除了從曾祖父那一代就有的白銀與綠松石出口貿易外，開始批發自己用這些原料加工而成的飾品。以翡翠和羽毛組合而成的首飾、鑲嵌綠松石的銀戒指、手鐲——設計靈感來自莉貝爾妲喜愛的阿茲特克藝術，伊西德羅向買家如此宣傳：

「這些驅邪飾品是在瓦哈卡的工房，由說著納瓦特爾語的原住民工匠親手製作，徹底保留阿茲特克時代的原貌。」

實際上工房位在維拉克魯斯，員工沒有半個純原住民，幾乎都是麥士蒂索人，此外還有兩個玻利維亞來的黑人，和一個來自智利的中國移民。沒有人知道什麼阿茲特克神話，也不會說納瓦特爾語。他們進入工房工作，全是為了扶養家人。

一九六〇年代後半，嬉皮文化在美國掀起熱潮，「原住民製作的阿茲特克文明飾品」極為搶手。卡薩索拉商行的船滿載著各種飾品，從維拉克魯斯港出發，在墨西哥灣北上，將商品運往美國。

除此之外，伊西德羅也開始將美洲豹和美洲獅的毛皮銷售給白人富人。賣標本的時候，也沒忘記舉辦拍賣會，抬高價錢。

伊西德羅自認展現了實力，然而裝飾品和毛皮的業績，僅占了商行整體收益百分比的個位數，事業的基礎依舊是白銀和綠松石出口。

卡薩索拉商行的生命線，是由曾祖父、祖父、父親代代建立起來的，與墨西哥國內礦主的密切關係。沒有這些礦主，船就無貨可載。

和父親卡洛斯一起打拚過來的老員工，看不慣伊西德羅與礦主談生意時那種狗眼看人低的傲慢嘴臉，一再勸他改掉觀念，伊西德羅卻充耳不聞。

當瓜納華托州銀山的礦主受夠了卡薩索拉商行，斷絕往來後，各州礦主亦群起效尤。白銀和綠松石的供應來源被其他公司搶走，卡薩索拉商行的收益一落千丈，不得不變賣多艘商船，員工亦紛紛離開，倒閉也只是時間的問題。

九月十五日，獨立紀念日前夕。若是往年，伊西德羅都會和朋友前往首都墨西哥城，這時間已經在擠滿了群眾的憲法廣場喝得爛醉，高呼：「墨西哥萬歲！」然而此時他卻一個人留在人去樓空的卡薩索拉商行辦公室，從窗戶眺望著維拉克魯斯港。

燈火輝煌的船隻無聲無息地在夜晚的海上往來交錯，偶爾響起的汽笛聲劃破寂靜。

伊西德羅抽著菸，喝著梅斯卡爾酒，撫摸著桌上的手槍。那是一把老舊的柯爾特左輪手槍，是父親的遺物，小時候伊西德羅一直相信這是征服者的祖先留下的傳家寶，長大之後，才知道這把槍是征服者消滅阿茲特克王國的十六世紀幾百年後才開發出來的東西。

伊西德羅把拿起來的左輪手槍又放回桌上，仰望掛在辦公室的曾祖父肖像畫。畫框裡的曾祖父滿臉不悅，定定地俯視著不成才的曾孫，彷彿知道卡薩索拉商行扛了多少債務。

犯不著一槍轟掉腦袋吧？伊西德羅心想。喝個爛醉，跳進海裡，一切就結束了。

辦公室的電話響了。

是紐約的客戶打來抗議訂的貨怎麼還沒消息。伊西德羅努力辯解之後掛了電話，接著又接到來自西班牙巴塞隆納的討債電話，剛掛了這通電話，又是希臘比雷埃夫斯、舊金山、然後是紐約另一名客戶，全是討債電話。

伊西德羅一手拿著斟了梅斯卡爾酒的水杯，睏倦地揉了揉眼睛，接起不曉得第幾通響起的電話，結果話筒傳出妻子的聲音。

「我受夠了！」艾絲托蕾婭說，「我看到那幾個孩子在後院燒火，你猜他們在做什麼？他們居然用仙人掌的刺扎自己的手！把流出來的血滴在煙上！簡直是瘋了！怎麼看都是黑魔術啊！難得今天獨立紀念日，全被他們給糟蹋了。都怪你不肯好好勸阻莉貝爾妲！都是你置之不理，事情才會發展到這種地步。我受不了了，把莉貝爾妲趕出去！否則我要帶孩子們回去瓦哈卡！」

「那不是仙人掌的刺。」伊西德羅說。

「什麼？」

「那不是仙人掌，是龍舌蘭。妳也知道吧？拿來釀酒的那個。」

「你在說什麼？」

「有工作電話進來了。我要掛了。」

伊西德羅遠離艾絲托蕾婭氣憤的叫聲，輕輕放下話筒，寂靜壓上了他的肩頭。伊西德羅喝光梅斯卡爾酒，抓過酒瓶，把酒倒進水杯裡。

電話響了。

「Bueno.（你好。）」伊西德羅說。

「怎麼這麼暮氣沉沉的？」對方說，「我要找伊西德羅．卡薩索拉。」

「我就是。」

這通電話改變了伊西德羅的未來。對方提到的，不是抗議，也不是討債，而是一項全新的生意。

長達四代從事海上運輸，在維拉克魯斯港擁有船隻和倉庫的卡薩索拉商行，正風雨飄搖，即將破產。

毒梟不可能放過這個消息，他們一直在窺伺接觸伊西德羅的機會。

第一次委託的內容，是把哈希什走私到紐約港。

哈希什是大麻花穗的樹脂，伊西德羅花了兩個月，成功走私這批毒品，贏得了販毒集團的信任。他們接著委託走私古柯鹼。在派來指導的毒梟教導下，伊西德羅學會了將古柯鹼藏在木材堆裡的方法，還親自登船監督，順利將商品送達巴塞隆納。

藏古柯鹼的地方多得是，除了木材，還有冷凍魚的魚肚、標本的眼珠、裱框畫的後方等。商行讓勉強沒有賣掉的唯一一艘船不眠不休地航行，載運各種名目上的貨物，漸漸地，商行的財政就像伊西德羅本人所感覺的，宛如「拉撒路復活」般起死回生了。

鈔票彷彿從天而降、從地面汩汩湧出。

為什麼不從一開始就幹這一行？回首過往，伊西德羅覺得匪夷所思極了。過去的一切都毫無真實感，至今為止的日子，只是受夢魘侵擾的惡夢，現在眼前的世界才是現實。

對於扛起商品運輸之責的卡薩索拉商行，販毒集團用酬勞的數字來表達敬意。雖然毒梟視古柯葉農家、街頭毒販如螻蟻，但是在擴大與維持運輸途徑方面，投資毫不手軟。他們得到了遠遠超出投資的回報。

巨額金錢滾滾湧入，辦公室裡愈來愈多新面孔。負債消失，伊西德羅聘請了販毒集團推薦的會計師，買了遊艇消磨空閒時間，載女人出遊。

根本沒必要向那些與時代脫節的礦主低聲下氣。卡薩索拉向新的礦主收購白銀與綠松石，像過去那樣以船隻出口海外，但礦物的運輸量只剩下過去的三分之一。即使如此，破產邊緣的卡薩索拉東山再起的消息仍立刻傳播開來了。

伊西德羅年輕的時候，也曾在派對上嘗過別人塞過來的哈希什和古柯鹼，但從沒想過自己來賣。那些東西再怎麼說，都是在黑巷裡偷偷摸摸、見不得光的生意，和視察遼闊的採礦工地，與礦主交易，出口大量白銀和綠松石的事業，規模完全沒得比——他一直這麼以為。

如今，這樣的認知從根本顛覆了。**毒品事業**。伊西德羅在深受衝擊的同時，如此改觀——毒品事業最重要的不是生產，而是運輸。海路就是黃金的通道。若非親身參與，否則就算聽到其中有如此龐大的金額在流動，也絕對不會相信吧。我所經驗到的事，遠遠超越了「賺錢」這種單純的觀念。這天文數字般的金錢流動，與其說是企業利潤，更像是稅收。沒錯，應該稱為稅收才合適。看不見的「毒梟之國」跨海擴張版圖，全世界的國民都在向她繳納毒品稅。

有時候人面對危機，會為了生存而改頭換面，展現出宛如脫胎換骨的行動力。然後一看危機遠離了，又會輕易變回過去的自己。

重振卡薩索拉商行的伊西德羅，在覬覦他的財產而聚集的人逢迎吹捧下，開始像過去那樣揮霍無度起來。他相信將事業從破滅的深淵拯救出來、把公司的商船數量恢復到全盛時期的自己，有充分的資格紙醉金迷。

他沉醉於自己的財力，買了鑽石戒指，買了鑲祖母綠的腕錶，訂做了幾十套西裝，身邊美女如雲，花天酒地。

他不想回去瘋狂信仰阿茲特克的母親和天主教徒的妻子反目成仇的家裡。他輪流住在五名情婦家，拋下兒子們，工作、遊玩、睡覺、醒來，然後工作。

只要讓巧妙藏了古柯鹼的船隻從維拉克魯斯港出海，很快就會有天文數字的金錢進帳。

伊西德羅忘了對販毒集團的敬畏，過著燈紅酒綠的日子，他這種態度早就引起了組織的注意。伊西德羅自己從來沒有殺過人，卻自負也是毒梟之一，是一號人物。

伊西德羅開始要求販毒集團增加報酬，不僅如此，還因為專斷獨行，搞砸了工作。

預定在西非港口卸貨的走私船，卻在入港前折返了。原因是伊西德羅捨不得花錢賄賂海巡隊，主張自己的船是來做生意的，但這樣處理是大錯特錯。若非岸上的其他毒梟察覺異狀，事先警告船上，那麼當船隻糊里糊塗地進港，超過一百五十公斤的古柯鹼可能就要被抄了。屆時損失的金額至少高達四十四億墨西哥披索。

此後風向大變。掌舵的老大是誰？「警告」終於透過伊西德羅發出了。販毒集團的警告不是給本人，而是給他身邊的人。理解警告含義的是往後打交道的人，而不是本人。沒有學到教訓、重新來過的機會。

墨西哥的販毒集團連絡生意夥伴——哥倫比亞的販毒集團，告知：「我們要幹掉卡薩索拉的老闆，但海上運輸照舊。」接著派出殺手。

與伊西德羅要好的富人朋友們，即使私下得知他即將面對的命運，也沒有半個人覺得他倒楣。反倒覺得「這傢伙運氣好得難以置信」。

因為憑伊西德羅那副德行，居然還能在那個世界混了那麼多年。

莉貝爾妲在屋子後院將公雞獻祭給神祇後，以指頭掬起白鐵桶裡的血，各滴了一些在四

枚小碟子上，對四個孫子說：「來，把它們灑在大門前。」

這時是清晨六點。四人捧著小碟子，嗅著怒放的大理花香，小心不讓血潑出來地慢步前行，走向屋子正面。

鋼鐵製的大門前倒著一具屍體。

看起來就像有人惡作劇丟了一具人偶在那裡。光溜溜的人偶。頭、手、腳都和身體分了家，個別掉在地上。斷面泛黑，皮膚各處變成了紫色。是瘀青。

正好經過大門前的女人見狀發出尖叫，尖叫聲消失後，是一片異樣的死寂。四人默默地站著。

聽到尖叫聲的女傭現身察看，蹙著眉頭慢慢地拉開內開門。女傭走到馬路上，一看到屍體的臉，當場便昏了過去。但四人依然捧著滴了雞血的小碟子，一動也不動。不久後，瓦米洛把小碟子擱到腳邊，跑到後院，向在井邊洗手的莉貝爾妲報告。

莉貝爾妲看著瓦米洛問：「真的嗎？」

瓦米洛點點頭。

「確定沒錯嗎？」莉貝爾妲再次問。

「Es verdad.（是真的。）」瓦米洛回答，「Ese es mi padre.（就是爸爸。）」

莉貝爾妲長長地嘆了一口氣，但沒有驚慌失措。她和瓦米洛一起走到大門前，依序看了看屍體、三個孫子，還有昏倒的女傭。已經開始有人聚過來圍觀了。

莉貝爾妲要孫子們把伊西德羅的屍塊搬到後院。

伯納德和喬瓦尼抬擔架似地抬著胴體，哭哭啼啼的杜利歐撿起兩條手臂。莉貝爾妲對瓦米洛說「你拿頭」。四人進入屋子的土地後，莉貝爾妲拖著剩下兩條沉重的腿，關上大門，上了門閂。

四人把父親分家的身體部位擺在原有的位置，努力讓斷面合在一起，卻怎麼做都不順利。頭、手、腳，沒有一樣聽話，朝不對的方向亂滾。看著面目全非的父親，杜利歐以外的三人終於也哭了起來。

父親幾乎不回家，但他們卻不停想起昔日父親陪伴他們玩耍的笑容和笑聲。悲傷油然而生，不甘心的情緒湧上心頭，這些化成了深刻的憎恨。

雨果和爸爸都不在了。

「是誰幹的！」伯納德大喊。

「是毒梟幹的啊。」莉貝爾妲說。

四人以哭腫的眼睛仰望莉貝爾妲。

莉貝爾妲平時總是鼓勵在港都求生存的原住民妓女們，如果她們需要，就免費幫她們占卜運勢。她經常從她們那裡聽到傳聞，關於伊西德羅打交道的對象。

「這死法不好，」莉貝爾妲說，「很不好。」

「為什麼？」瓦米洛哭著問，「爸爸不是像雨果那樣，變成了獻神的祭品嗎？」

「對啊，」伯納德說，「爸爸是和敵人作戰，才會被分屍，爸爸是阿茲特克的戰士。他變成神的糧食，阻止了世界毀滅。」

「你們的父親不是奮勇作戰而死的，」莉貝爾妲說，「他是不聽忠告，捅了妻子，才會被殺。而且，伊西德羅才不認識阿茲特克的諸神。」

「那爸爸會墮入地底世界米克特蘭嗎？」伯納德害怕地說。

「地底世界和天主教的地獄不一樣，是一片黑暗的土地，沒有被獻神的靈魂在那裡行旅並且學習。在旅程最後，靈魂就會消滅。若是能去到那裡還好，但伊西德羅沒辦法吧。他會被帶去完全不一樣的地方，面臨可怕的遭遇。」

「莉貝爾妲，救救爸爸啊！」杜利歐哭求說。

「方法——」莉貝爾妲沉默片刻，聲音低沉地說，「只有一個方法。就是再殺一次。」

四人照著莉貝爾妲的指示，按住父親的胴體，莉貝爾妲以黑曜石刀刺入胸膛。剖開，挖洞，斷骨，挖出早已停止跳動的心臟。

「讓你們爸爸的臉面對正上方。」莉貝爾妲說。

把首級拿到後院的瓦米洛隱約察覺這是自己的職責。他用雙手夾住側倒的伊西德羅的雙頰，讓臉對著正上方。死不瞑目、無光的雙眼倒映出晴朗的天空。

莉貝爾妲把挖出來的心臟放在伊西德羅的臉上。四人困惑起來：奶奶在做什麼？

「就這樣撐好。」莉貝爾妲指示瓦米洛，接著手伸入麻袋，取出某個東西，形似義大利人吹奏的陶笛。沒看過陶笛的瓦米洛聯想到酪梨的形狀，但是看著陽光底下黯淡的白色輪廓，他發現那支笛子和骷髏頭一模一樣。是約莫嬰兒頭尺寸的小骷髏頭。

莉貝爾妲往笛子吹氣，笛子發出女人啜泣般的音色。聲音愈來愈大，化成窗外低低呼嘯的風聲，接著轉為遭烈火炮烙之人的慘叫，最後迸出地獄傳來的死者尖叫。

嘶啞的笛聲實在太駭人了，瓦米洛以外的三人都無法忍受，摀住了雙耳。撐著父親首級的瓦米洛也很想這麼做，他嚇到都快尿褲子了。但若是放手，父親的頭會傾倒，心臟會從臉上掉下來。瓦米洛拚命耐住恐怖。

「風笛」。

讓十六世紀的征服者聞風喪膽的阿茲特克笛子。能夠發出如此令人膽寒的音色，這世上怕是沒有第二種樂器了。與征服者同行的西班牙傳教士也將它稱為「死亡哨笛」，忌諱萬分。此笛一旦吹奏，風便會被召來，死亡自地底探出頭，最後，一切黑暗的支配者「夜與風」就會降臨。

吹完笛子後，莉貝爾妲說：

In ixtli, in yollotl.（臉和心臟。）

「你們的父親已經再死一次了，」莉貝爾妲以右手拿起心臟，環顧四人說，「如此一來，你們父親的靈魂就會升上諸神所在的天界，而不是墮入無人知曉的可怕地方了。你們的父親必須死兩次，是因為他犯了過錯，所以他第一次死得很慘。你們必須知道父親犯了什麼錯，好嗎？聽清楚了。你們的父親，是『阿維庫帕・奇克・維卡』。」

四人仰望莉貝爾妲。

「『有它卻無它』，」莉貝爾妲說，「意思是渾渾噩噩地帶著胸膛裡神聖的心臟。不知道自己在做什麼，也不知道活著的意義，只知道成天遊玩。」

「爸爸是個笨蛋嗎？」伯納德問。

「沒錯。伯納德、喬瓦尼、瓦米洛、杜利歐，你們不可以變成『阿維庫帕・奇克・維卡』。」

「要怎麼樣才能不變成那樣？」喬瓦尼問。

「把你們的手按在你們小小的胸膛上，感覺得到裡面正在怦怦跳動對吧？沒錯，裡面就是心臟——『約洛特爾』。你們還沒有找到它，因為你們還太不成熟，沒有和神祇連結在一起。你們是用臉——『伊希特利』在感知世界，對吧？因為目光寄宿在臉上。但臉並不知道生命的意義。像你們這樣的小孩子，或是你們父親那種遊戲人間的人，臉和心臟是分離的。所以也沒有真正的臉。」

沒有真正的臉。四人忍不住觸摸自己的臉確定。

「戰士為了神祇而戰死，祭品為了獻身神祇而死。當你們為神祇付出犧牲時，你們的臉才能第一次明確地將這個世界盡收眼底，並找到神聖的心臟。你們的父親不明白這一點。但你們是阿茲特克的戰士。你們一定要好好得到真正的『臉和心臟』，彼此扶助活下去。」

艾絲托蕾婭安頓好在大門前昏倒的女傭，回到屋子裡，用發抖的手拿起電話筒，打電話報警。鄰居已經有人報警，警車正趕往卡薩索拉家。

抵達的警察們看到大門前的血跡，問艾絲托蕾婭：「屍體跑去哪裡了？」她還沒回答，繞到後院的一名警察就呼叫同仁了。

遭到分屍、連心臟都被挖出來的伊西德羅・卡薩索拉的屍體旁，站著一名原住民女子和四個孩子。女人手上拿著石刀。警察拔槍對準她，命令她丟下刀子，將她反手銬上手銬。

被推進警車的莉貝爾妲坦坦蕩蕩，沒有半句抗議。

在外花天酒地、最後慘遭毒梟分屍的丈夫。在孫子們面前滿不在乎地毀壞屍體、甚至挖出心臟的原住民婆婆。靈魂被惡魔奪走的孩子們。永無止境的邪教儀式。

四兄弟的母親艾絲托蕾婭再也沒辦法待在維拉克魯斯的卡薩索拉家，幾乎要發瘋了。她歇斯底里地尖叫，亂丟東西，推倒椅子，拋下一切，一個人回去故鄉瓦哈卡了。

若是莉貝爾妲挖出「已經下葬的伊西德羅」，加以冒瀆，她最長可能會被判五年徒刑，但她用黑曜石的刀子剖開胸口的，是「下葬前的伊西德羅」。從狀況來看，被害人遭到販毒集團殘殺是一目了然，因此依據聯邦刑法，莉貝爾妲被科處罰金，拘留四天後就釋放了。

回家一看，客廳亂成一團，餐桌上丟著吃過的盤子。

「Abuelita（奶奶），」發現莉貝爾妲回來的瓦米洛跑下樓呼喊，「媽媽走了。米拉也不見了。」

米拉是在卡薩索拉家做了四十年的女傭。

「你沒有跟你媽媽一起走嗎？」

「Sí.（嗯。）」

「伯納德、喬瓦尼和杜利歐呢？」

「在家，」瓦米洛說，「我們要跟莉貝爾妲在一起。因為我們是阿茲特克的戰士。」

莉貝爾妲賣掉家產，將過去免費的占卜定了價碼，靠占卜的收入購買食物，扶養四兄弟。維拉克魯斯港的卡薩索拉商行辦公室還在，但事業完全被販毒集團侵占，莉貝爾妲連一披索都拿不到。

我們要向殺死爸爸的人復仇。

四人內心的想法，莉貝爾妲能夠理解並尊重。沒有人知道生命的目的，只是「有它卻無它」的存在。堅定不移的意志，才能讓這種渾渾噩噩的人清醒過來，將其引導至與神祇連結的道路——「臉和心臟」。

每天夜晚，四兄弟都會聆聽莉貝爾妲講述失落的王國的故事。

不管聽上多少遍都不厭倦。他們從恐怖中學到了許多，透過了解恐怖，學到了面對現實的智慧。這些故事實在太精采了，他們甚至不需要花錢去電影院。尤其是美國人拍的恐怖片，內容跟莉貝爾妲說的故事一模一樣。

一九七五年夏天，長子伯納德和學校的朋友一起去電影院，看了每個人都說很恐怖的《德州電鋸殺人狂》。朋友們有的摀住臉，有的看到一半逃出電影院，但伯納德一點都不覺得恐怖。他只是納悶極了：「為什麼大家要花錢看這種東西？」殺人魔「皮臉」所做的事，和阿茲特克的神祇希佩托特克一樣，而且手法粗劣得完全無法相比。剝皮神希佩托特克會漂亮地剝下活生生的奴隸的皮，挖出眼珠，穿著剝下來的人皮生活。崇拜希佩托特克的阿茲特克人，在太陽曆的祭典上一樣會剝下奴隸的皮，接下來二十天連續穿著那皮，舞蹈並追逐人們。

自從看了《德州電鋸殺人狂》以後，伯納德就對恐怖電影失去了興趣，後來《十三號星期五》上映時，他也沒有去看，並對弟弟們說「看那種東西是浪費錢」。一年後的續集《十三號星期五2》中，戴面具的殺人魔抓著開山刀攻擊受害者的造型蔚為話題，但不管是面具還是凶器，從眾人談論的形容聽來，都只是在廉價地模仿真實存在的阿茲特克戰士。

莉貝爾妲述說的口吻宛如法術，但是與死亡相關的部分，卻又逼真無比。夢幻的故事當中，烙印著絕對的「死亡刻印」。人會死，人死了不會復活。如果死法是好的，靈魂就會回歸天上，但那並非現在的自己。也就是說，沒有死後另一個世界的生活。靈魂會轉生。但是轉生之前，靈魂會變成鳥，因此不會記得前世的自己。不記得過去，又怎麼能叫做轉生呢？

風笛駭人的音色。坐在神廟頂端，大啖祭品的手，眺望沉入夜色的特諾奇提特蘭的特斯卡特利波卡。蛇皮鼓的鼓聲。崇拜戰爭之神維齊洛波奇特利的祭司，將祭品的心臟託付給老鷹，老鷹叼著心臟翱翔，飛上共有十三層的天空世界，把心臟放到神聖石器的凹處，魁札爾科亞特爾會將石器運送至太陽。完成任務的老鷹俯衝而下，不知不覺間變身為禿鷹，在總共九層的地下空間不斷地俯衝。在牠的旁邊，未能獻給神祇的人類靈魂倒栽蔥地墜落下去。靈魂在黑暗的九層地下空間旅行，花上四年的時間，抵達冥府的最深處地底世界。靈魂會在那裡遇到面貌為可怕骷髏的死神米克特蘭特庫特利，這時才總算「消滅」，從無休無止的徬徨黑暗旅程中獲得解放。

「我說過很多次，重要的是怎麼死，」莉貝爾妲在柯巴脂的香煙中說，「重要的是，你們要如何用盡自己的生命。」

透過滅亡的王國血統及神話，四人接觸到宇宙的秩序與現實的殘酷，思考光明與黑暗，了解到意志力的重要性，這讓四兄弟的情感變得更加團結。

四人打聽處決父親、奪走高祖父創立的卡薩索拉商行的販毒集團情報，開始認為「墨西哥聯邦刑法沒辦法制裁這夥人」。毒梟是法外之徒。換言之，即使他們當上警察或檢察官，也只是白費力氣。

通往復仇的捷徑，就是成為**敵人的敵人**。只要加入奪走父親性命的販毒集團的敵對組織就行了。

四人浸淫在阿茲特克的記憶當中，纏綿難分地成長，逐步靠近復仇的世界——自己也成為毒梟的未來。

在聚集了維拉克魯斯全州狠角色的販毒集團當中，卡薩索拉兄弟的凶殘亦是登峰造極。四人的名聲很快就傳遍了大街小巷。

逮到敵方幹部，挖出心臟，獻給阿茲特克神祇的瘋狂信徒。

在槍戰當中，他們總是身先士卒。若有同伴即將被擄走，他們就衝入敵陣瘋狂開槍，在肉搏戰中則以手斧砍下敵人的手。還有遭人帶走，注定要被拷問並慘遭虐殺的幾十名毒梟，都被卡薩索拉兄弟以驚人的勇氣所拯救。那與其說是勇氣，更接近天不怕地不怕的瘋狂。

就連同一個組織的殺手都害怕這四人。許多年輕人因為太崇拜四兄弟了，在身上刺青大神廟和鷹戰士等象徵阿茲特克的圖案，並以納瓦特爾語刺上意味「戰爭」的「箭與盾」文字。甚至有人放棄天主教信仰，再也不參加教堂彌撒。

四人完全不涉足聲色場所，也從不落入敵對販毒集團利用高級妓女悉心布下的情報網。

終於查出殺父仇人後，四人在光天化日之下發動槍戰，把殺手活捉回來。但瓦米洛和杜利歐射出的子彈打中對方的肚子，腸子從破口流了出來，殺手奄奄一息。瓦米洛聞著滲染在手上的硝煙味，打電話問莉貝爾姐：「我該把這傢伙帶過去嗎？」

「不，你們動手吧，」莉貝爾妲說，「不過，事後把他的心臟和左手帶過來。」四人殺死哭喊的殺手，帶著挖出來的心臟和砍下的左手回家。在家中等待的莉貝爾妲用後院的井水仔細清洗心臟和左手，用布擦乾，放進冷凍庫裡，關上庫門。

一年後的五月，被殺的殺手的心臟和左手再次被取出。每逢太陽曆的托希卡托，都會舉行特斯卡特利波卡的慶典，將祭品獻給神廟。莉貝爾妲在這個季節打開冷凍庫，取出心臟常溫解凍，左手則用鐵槌敲得粉碎，說「讓特斯卡特利波卡容易食用」。

瓦米洛笑著看祖母處理那些東西，靈機一動，想到了讓敵人深陷恐懼的拷問方法。

那就是後來使他名震四方，也成為他外號的拷問方法。「粉末」是毒品交易的黑話，比方「金粉」指的就是最高級的古柯鹼，但瓦米洛的這個外號，除了表示毒品，還有更多含意。

他會把擄來的人活生生地用液態氮凍結手腳，再用鐵槌打碎。也就是逼迫犧牲者眼睜睜看著自己的手腳被粉碎。

對殺手復仇後，卡薩索拉仍陸續殺害敵對販毒集團的毒梟。每當以幹部的心臟獻神，祭品死去，他們便感覺寄宿在身上的神聖力量又更強大了一分。

殺人、販毒、買武器、再接著殺人，有時把錢送給在港都工作的貧窮原住民妓女。妓女們用龍舌蘭的棘刺扎破耳垂，把鮮血灑在香煙上，滿懷感激地為莉貝爾妲的孫子卡薩索拉兄弟祈禱。

莉貝爾妲罹患肺炎病倒時，四人為了她包下五人病房。他們拚命地用魁札爾鳥的綠色羽毛和美洲豹的毛皮，裝飾整個人瘦成皮包骨的莉貝爾妲的病榻。他們還搬來黃金和祖母綠，派武裝警衛二十四小時守護病房入口和周邊。

孫子們的禮物當中，莉貝爾妲最中意的是瓦米洛向盜墓者買來的黑曜石鏡子。那是埋沒在遺蹟裡的阿茲特克時代的鏡子，特斯卡特利波卡的分身。

莉貝爾妲發起高燒，變得更加瘦弱，在「雨」所司掌的十三日的第五天，「五屋」日過世了。

四人領了莉貝爾妲的遺骸，輕輕地將她安放在特別訂製的棺木中，並放入五彩繽紛的羽毛、毛皮、裝飾品，以及黑曜石鏡子。

太陽西沉的時候，四兄弟把祖母埋葬在收購的維拉克魯斯市郊外的小丘上。沒有任何十字架，是專屬莉貝爾妲一人的墓地。

沒必要挖出心臟。莉貝爾妲不是「有它卻無它」，她從一開始就是「臉和心臟」。四兄弟的一切知識，都是她所傳授的。

莉貝爾妲的棺木旁，埋葬著另一名死者的棺材。裡面裝的是瓦米洛射殺的莉貝爾妲的主治醫師。奪走醫師的性命，並不是因為他沒能救治他們心愛的祖母，而是為了讓他陪伴莉貝爾妲孤單的靈魂。在抵達天界的旅程路上，她需要侍從。

在阿茲特克，貴人過世的時候，會把侍從和獻神的供品一起埋葬。老鷹和猴子會一起下葬，戴著綠松石耳飾的狗也會一起下葬。動物死後會成為侍從，但最有價值的侍從還是人類。瓦米洛選擇了主治醫師擔任莉貝爾妲的侍從。

棺木被泥土覆蓋時，鮮血般的夕照將整座山丘染成了緋紅。四下空無一物。四兄弟佇立在山丘上，直到星星現身。風吹過黑夜，他們靜靜地閉上眼睛。

卡薩索拉兄弟沉湎於殺戮戰爭，彷彿要揮去莉貝爾妲離世的傷痛。

暴力升級，四兄弟將被竊占的卡薩索拉商行辦公室破壞殆盡後，接著把停泊在港口的商船也炸毀，將敵對販毒集團趕盡殺絕。不光是與競爭對手作戰，四兄弟也毫不留情地把槍口對準同組織內與他們作對的毒梟。

戰爭日復一日，四兄弟以血洗血，把製造的鮮血獻給神祇，用阿茲特克的曆法過日子。

不只是維拉克魯斯州，將北方的塔毛利帕斯州也納入掌中後，四人宣告新的集團「卡薩索拉兄弟集團」誕生。

他們成為墨西哥當局、美國緝毒局和中央情報局緝捕的對象，美國人的偵查資料裡，如此標註新興販毒集團的幹部：

通緝要犯——

伯納德・卡洛斯・卡薩索拉・瓦德斯（綽號：金字塔）

赫蘇斯・喬瓦尼・卡薩索拉・瓦德斯（綽號：美洲豹）

瓦米洛・馬可斯・卡薩索拉・瓦德斯（綽號：粉末）

范・杜利歐・卡薩索拉・瓦德斯（綽號：手指）

二〇一五年，晴朗的九月天，自維拉克魯斯港出發的冷凍船，從墨西哥灣前往加勒比海，穿過巴拿馬運河，在太平洋南下，進入智利首都聖地牙哥，準備載運鮭魚。

瓦米洛下了冷凍船，前往港口附近的中古車行，檢查了幾輛車子的輪胎狀況。買了之後就沒空換輪胎了。他以現金買了一輛車體沾滿泥濘、但車胎狀況不錯的三菱 Pajero，付錢給在路上替人擦車窗賺小費的男孩，要他盡快清除車身上的泥濘。

駕駛 Pajero 經陸路來到國境，用假護照進入阿根廷。接下來要走空路。瓦米洛丟下 Pajero，搭上破舊的螺旋槳客機，一路從阿根廷的西邊飛到東邊。整段航程機體劇烈顛簸，直到降落在首都布宜諾斯艾利斯的「飛機場*」。

在遭到杜高犬集團——首領來自阿根廷的組織追殺的情況下，踏入首領的家人及協助者居住的國家，是莫大的賭注。

瓦米洛也可以搭上從智利前往太平洋的船，立刻遠離拉丁美洲。但他刻意不這麼做，目的當然是為了攪亂敵情。

瓦米洛在布宜諾斯艾利斯港連絡過去多次協助卡薩索拉兄弟集團走私冰毒的貨櫃船船員。船員不認得瓦米洛，瓦米洛也用了假名。瓦米洛用三萬美元的價碼說定讓他乘上貨櫃船偷渡。如果船員知道眼前的人是誰，一定會開出三倍的價碼。

從船員那裡拿到要求的智慧型手機後，瓦米洛表明要以加密數位貨幣付款。一名烏拉圭工程師利用舊有的系統改造成「巴帝斯塔」數位貨幣，成為哥倫比亞販毒集團愛用的交易手段。

隱藏在一串文字與數字中的密碼分成三部分，與GPS的定位資訊相連結。瓦米洛搭乘的船確定出港後，就會傳送第一個公鑰，船員可以使用私鑰領取相當於報酬總額一成的加密貨幣——也就是三千美元。船隻入港目的地後，船員會以相同的流程拿到報酬總額的四成——也就是一萬兩千美元。船員要打開最後的公鑰，領取報酬總額三萬美元的剩餘一半——一萬五千美元，必須同時取得上岸抵達目的地的瓦米洛加密後的位置資訊，以及瓦米洛預先登錄的密碼片語。密碼片語會從瓦米洛設定好的目的地傳送給船員，因此**條件當然是瓦米洛人必須活著**。但如果瓦米洛什麼都沒做，他上岸二十四小時後，公鑰也會自動傳送出去，船員可以拿到餘款一萬五千美元的三成，四千五百美元，交易就此結束。

「巴帝斯塔」系統減輕了非法交易中雙方支付頭金尾款的風險，極大化地遏止了抵達前的背叛及抵達後的殺人行為，讓對方乖乖按契約運送毒品和武器，完全是符合毒品資本主義的發明。

做好偷渡準備，等待夜深的瓦米洛在布宜諾斯艾利斯的牛排館吃飯，隔壁桌的白人老夫妻向他詢問歌劇院的位置。瓦米洛笑著應答，同時警覺地觀察兩人。應該年過八旬的老夫妻相信瓦米洛是當地人，或者他們是如此偽裝的杜高犬集團的協助者。

「我們是瑞士來的，」妻子用西班牙話說，「明天就要去委內瑞拉了。」

＊即喬治．紐伯里機場，當地人俗稱「飛機場」（西文Aeroparque）。

瓦米洛點頭微笑：「祝兩位一路順風。」

委內瑞拉，瓦米洛想。那個國家是知名的通緝毒梟潛伏地點，但僅限於逃離美國緝毒局等偵查機關追捕時的情況。如果追兵是熟悉拉丁美洲的販毒集團，那裡絕對不是個好藏身處。

瓦米洛離席，再次對老夫婦微笑。「Adios.（再見。）」他說，「Que tengan una linda noche.（祝你們有個美好的夜晚。）」

午夜零時，瓦米洛在船員引路下，登上巴拿馬船籍的貨櫃船。整艘船塞滿了二十英尺及四十英尺兩種規格的鋼鐵貨櫃，委託人付了加成海運費的貨物放在船艙內，此外的就堆在甲板上。如果能夠，瓦米洛想要躲在船艙內的貨櫃裡，但因為委託太臨時，船員來不及安排，只能躲在甲板上的貨櫃裡。

貨櫃船的目的地是西非，賴比瑞亞的首都蒙羅維亞。橫越大西洋進入蒙羅維亞，大約二十日航程，甲板上的貨櫃持續暴露在風雨及海水當中。在烈日灼烤下，貨櫃內部會是什麼狀況，瓦米洛從一開始就一清二楚。在無窗的密室中隨著波浪起伏，瓦米洛握著手槍，在沒有椅子也沒有床鋪的環境中捱過這段時間。走私自己的嚴酷船旅開始了。

每天兩次，船員會送水和食物過來瓦米洛躲藏的貨櫃。瓦米洛喝水，吃魚罐頭。沒有龍舌蘭酒、沒有咖啡，沒有菸、也沒有大麻。他把貨櫃裡的農藥罐放倒排列，睡在上頭。日出前的大海就像沙漠夜晚般寒冷，他用毛毯裹住身體。醒來就在塑膠容器裡排泄，蓋上蓋子。

整整一天，在黑暗中呼吸。

晒不到陽光，因此沒有白晝黑夜之分，卻能感受到太陽。海上熾烈的陽光將貨櫃內部變成灼熱地獄。貨櫃船繼續靠近赤道，朝非洲大陸航去。

這是隨時都有可能中暑熱死的環境，瓦米洛卻熬過來了。雖然痛苦，但他沒有恐懼。瓦米洛想，如果死在這裡，就只是把我的心臟獻給特斯卡特利波卡而已。如果我沒有死在這裡，就只是在抵達的土地，準備好祭品的心臟獻給特斯卡特利波卡而已。紅色的特斯卡特利波卡跟著我。剝皮神希佩托特克也在這裡。

瓦米洛以船員送來食物的次數計算三種曆法。阿茲特克的神聖曆和太陽曆，以及基督教的格里曆。

喝下變溫的水，立刻就會化成汗水流光。嚼碎抗生素錠，在熱得矇矓發昏的意識中，被漫無邊際的昔日記憶所擺布。是逼真如現實的渾沌漩渦。

在後院被宰殺的公雞、前往談判的秘魯農場、古柯樹、三級防彈車、古柯葉農家男子、古柯鹼提煉業者；有人在大喊：「¡Vamos! ¡Vamos!（快走！）」顯示古柯鹼噸數的計算機、響個不停的電話；祖母的聲音——「重要的是怎麼死！」GPS座標、柏林市街、用三百二十萬歐元賣給投資家的十四公斤液態古柯鹼、血淋淋的浴缸、部下的背叛、慘叫、女人們、上傳網路的拷問影片、懇求饒命的檢察官、手腳被冷凍死去的作家、吊在橋上的部下、德州的飯店、以一磅九千美元銷出的冰毒、液態氮桶、鐵鎚、藏在冷凍魚肚裡的古柯鹼；被無人機炸飛的兒子、女兒、妻子、兄弟；升起的柯巴脂香煙，走過特諾奇提特蘭，乘上小舟，在特拉特洛爾科下船；化為血瀑的神廟石階、金字塔；特斯卡特利波卡，夜與風，奴役我們的這一位；他用洪水毀滅了這個世界；四水日；又是祖母的聲音——「你們聽好了，阿茲特克的戰士會割下每一個戰俘的耳朵，獻給庫爾瓦坎的王！」我們是阿茲特克的戰士，我們來自傳說之地阿茲特蘭，我們和西班牙人的血混合在一起，而我們的一切都被剝奪了，但我們還沒有消失，我們提著戰俘的頭顱行進；我們的力量，散彈槍，死亡哨笛，黑曜石刀；祭品的手臂獻給神祇；神祇貪婪地吃著柔軟的手掌，就如同我們吃掉公雞，我們吃掉公雞，我們……。

橫越大西洋的航程結束，貨櫃船抵達了西非。在賴比瑞亞的首都蒙羅維亞的港口，瓦米洛藏身的甲板上貨櫃和其他貨櫃一樣，被吊車卸下，他在船員的協助下離開貨櫃，染上熱病似地搖搖晃晃，躲進倉庫，用顫抖的手掬起桶子裡的水清洗臉龐和身體，穿上廉價T恤和牛仔褲。二十二日的航海讓他體重大減，必須勒緊腰帶，否則牛仔褲會滑下去。

太陽沉入赤道時，瓦米洛混在下班回家的港口工人間，前往市區。

把身上的錢換成賴比瑞亞元，買了襯衫、長褲和皮鞋，打理好外表，入住街上的飯店。進入房間後，先從緊急逃生梯下樓，走出飯店外，凌厲地掃視四周，接著進入巷弄裡的廉價旅舍。他在旅舍房間透過聲紋認證進入加密貨幣系統，完成與船員的約定。巴拿馬船籍貨櫃船上的男子，這下就可以拿到餘款的一萬五千美元，一切加密過的位置資訊都會清除。

瓦米洛在廉價旅舍硬邦邦的床上睡得像灘爛泥，醒來的時候已經是早上了。瓦米洛走到大馬路，招了計程車，用英語說：「到馬德羅國際。」

馬德羅國際是總公司位在蒙羅維亞的貿易公司，直到十九世紀初期，名稱都是「阿岱爾&馬德羅商行」，靠著販賣黑人奴隸和武器致富。

六年前，馬德羅國際開始協助卡薩索拉兄弟集團洗錢，瓦米洛也拜訪過總公司兩次。對他來說，賴比瑞亞的首都並非陌生的土地。

卡薩索拉兄弟集團以「法蘭西斯科・馬丁尼茲」的假名租了馬德羅國際的地下出租保險箱。瓦米洛接過鑰匙，取出保險箱裡的現金，以及左右一對的拐杖。

拐杖看上去很普通，就是鋁和橡皮材質，實際的重量卻是相同拐杖的兩倍。它是用玻璃纖維和液態古柯鹼混合而成的合成樹脂製作的，運用了製作走私用的假行李箱的技術，只要徹底將完全混合在整支拐杖的古柯鹼分離出來，可以賣到五百萬美元。

瓦米洛拄著拐杖走出建築物，攔了計程車。和行李箱不一樣，拐杖不會有人問：「要不要幫您拿？」是可以隨身攜帶的魔杖。

瓦米洛不打算在蒙羅維亞久留。他在腦中打開只有毒梟才能掌握的世界地圖，大膽地持續移動。

首先乘上環境保護團體的調查船，從幾內亞灣南下，進入南非共和國的開普敦。瓦米洛搭乘的團體船隻在非洲的盜獵者之間相當有名，只要付錢，也會幫忙運送《華盛頓公約》禁止貿易的動物。這艘船也會載運毒品和難民。

瓦米洛很快就離開了開普敦港，再次展開嚴酷的貨櫃船航程。在烈日灼烤的貨櫃內部的黑暗裡，嚼著抗生素錠，度過全心全意忍耐的每一天。

橫越印度洋的貨櫃船，在澳洲的珀斯靠岸了。瓦米洛拄著拐杖經過港都，人們都親切地讓道。

從維拉克魯斯開始，瓦米洛已經移動了超過地球半周以上的距離，但他依舊腳不停歇。瓦米洛想，活在充斥著各種危險的毒梟世界裡，時刻都不能忘了用自己的腳布下迷陣。若是懈怠了這件事，就會遭到新拉雷多那樣的轟炸。

澳洲西端的珀斯，比遙遠的東部首都坎培拉更接近東南亞，許多亞洲人住在這座都市。瓦米洛在亞洲人社群裡灑錢蒐集情報，獲得可信任的協助者，繼續進行偷渡準備。

杜高犬集團現在仍在美國與墨西哥國境尋找在新拉雷多追丟的獵物。這時瓦米洛早已離開澳洲，消失在東南亞的渾沌之中。

II.

毒梟和醫師

Narco y Médico

「十九世紀初，由於在南美洲被當成戰利品的乾製人頭在歐洲大受歡迎，甚至引發南美洲部落間的戰爭。這段事實被深埋在歷史之中。」

——史考特・卡尼（Scott Carney），
《人體交易》（*The Red Market*）

「德勒茲與伽塔利說，資本就是一幅『人們過去所相信的一切的雜色畫』，亦即超現代與古代的奇妙混合體。」

——馬克・費雪（Mark Fisher），
《資本主義現實主義》（*Capitalist Realism*）

14 mahtlactli-huan-nähui

瓦米洛調節在墨西哥千錘百鍊的觀察力鏡頭，使其配合雅加達這個都市的尺寸。語言當然很重要，但即使不透過語言，仍然可以看出無數端倪。只要小心謹慎地走在路上，分析景色，光是這樣就能得到大量的資訊。毒蟲們都聚集在何處？誰是街頭毒販？從事夜晚工作的女人們上班前都在哪裡吃飯？強盜殺人案特別多的地區是哪裡？貪瀆的警察會把警車停在哪座高架橋底下？

位於爪哇島西北岸的雅加達，是人口超過一千萬人的港都，這個遠比卡薩索拉兄弟集團根據地所在的塔毛利帕斯州更巨大的都市，風貌日新月異，蜂擁而至的資本主義浪潮激發出無邊無際的熱力。

雅加達不用說，這整個國家，都是毒梟不能放過的市場。印尼共和國是個巨大的島嶼國家，由許許多多的島嶼構成，國土幅度相當於從美國東岸到西岸的距離，面積為東南亞各國中首屈一指，人口排名世界第四，二億六千萬人在此生活。這個多民族國家，成了亞洲熊熊燃燒的全新資本主義太陽。新的太陽投射出新的陰影，帶來新的黑暗。

資本主義就是現代的魔法陣。透過它的魔術，原本沉睡在黑暗冥府的一切欲望都被喚醒，現身於現實的光明處。就連原本絕不能喚醒的事物都醒來了。

化身各種形態的資本主義魔法陣當中，毒品資本主義的魔法陣圖形應該是威力最為強大的。對於一直置身其中心的瓦米洛來說，要理解他挑選為潛伏地點的印尼這個國家、以及雅加達這個都市的黑暗面，是輕而易舉。

這個都市的特色之一，就是可怕的塞車。

遙無盡頭的汽車長龍鳴著喇叭，不斷地排出廢氣，沒有前進分毫。「計程機車」慢吞吞地穿梭其間，被困住的三輪車「巴駕」上的乘客向司機抱怨著，有專用道的「快捷巴士」則望著停格的車陣，悠然駛過被磚頭隔開的專用車道，揚長而去。若急著在地面移動，搭快捷巴士會比較方便嗎？瓦米洛望著車龍心想。

塞車過於嚴重的地區，導入了「三人上路」的高乘載管制。也就是「一輛汽車必須有三名乘客以上，才能通過管制區域」，但這個意圖緩解塞車的新規定，卻帶來了新的商機。一群人聚在管制區域前面的路上，一發現不滿三人的車子，便敲門迅速跳上車，讓車子有足夠的乘客經過管制區域。下車時，會向駕駛索取兩萬印尼盾，這些人被稱為「便車仔」。

兩萬印尼盾換算成美元，連二美元都不到，但對便車仔來說，是寶貴的收入。其中也有抱著嬰兒的女人，她們熟知三人上路的人數裡面也包括了嬰幼兒。嬰兒不會要錢，兩人一起上工，可以一人獨占報酬。甚至有些女人看中這一點，向別人借嬰兒來做生意。

由於人們求生的智慧，塞車狀況完全無法改善。

瓦米洛前往管制地區附近，觀察便車仔的工作狀況，物色能為自己效力的人。

瓦米洛聽說那裡什麼名牌都有賣，便前往雅加達市內的高級購物中心買香水。藏身廉價旅舍的時候不需要，但有事必須前往三星級飯店時，昂貴的香水是用來包裝自己的有效工具。就如同馬克・吐溫知名的童話，他在毒梟的世界學習到，必須準備好隨時都能扮演富人與窮人。

購物中心的停車場裡停放的全是賓士、BMW、保時捷、法拉利這些高級車，客層一目了然。宛如現代美術館般擁有大片玻璃窗的入口設有安檢，以防範恐怖攻擊。

瓦米洛沒有攜帶摻入液態古柯鹼的拐杖，沒必要特地從飯店房間帶出來。瓦米洛舉起雙手，讓購物中心警衛以手上的金屬探測器檢查全身，同時看著在熱帶太陽照耀下的停車場高級車，回想起還是販毒集團底層小弟的自己。

每次被老大叫去家裡，都會像這樣用金屬探測器檢查身體呢。

經過香奈兒、古馳、伊夫・聖羅蘭的直營櫃位前，穿過高級腕錶和珠寶賣場，來到香水區。一身稱頭衣著的瓦米洛完全融入這個空間。瓦米洛以英語提問，年輕店員也以英語應答。

買完香水，瓦米洛去了專賣手機的購物中心。店名叫「ITC洛西馬斯」，裡面的賣場全是販賣手機和相關商品。

印尼國內的手機普及率超過總人口一三〇％，在這個國家，智慧型手機做為生活必需品的地位，遠遠超越任何國家。就連路邊的雜貨攤都在賣SIM卡，買的時候不必出示身分證，只要付錢，就可以買到門號。

這對瓦米洛非常剛好。他在ＩＴＣ洛西馬斯買了Galaxy、ＯＰＰＯ、黑莓這三牌智慧型手機，向哈雅姆烏魯克街上的攤販買了印尼大型電信業者——Indosat、Telkomsel、ＸＬ——的ＳＩＭ卡。

瓦米洛找到會說英語的「便車仔」，透過他找到會說西語的雅加達街頭毒販。他向毒販買了哈希什，和他閒聊，巧妙打聽出街上的情報，並且花時間學印尼話。從全世界語言的角度來看，印尼話是十分簡單的語言，比起牢記毒品交易使用的複雜密碼及解碼，學會日常對話程度的印尼話，對瓦米洛是不費吹灰之力。

他把在澳洲換的一部分美元換成印尼盾，付錢給街頭毒販介紹的業者，要他準備一些假文件。他更僱用那名業者當口譯，拜訪總管雅加達攤販的老大，高明地談判，買了一臺在當地叫做「卡奇利馬」的移動式攤車，自己當起了攤車老闆。

攤車擺在東西貫穿雅加達鬧區的芒加貝薩爾大道東邊。菜單只有「眼鏡蛇沙嗲」、「星牌啤酒」以及兩種紅茶，紅茶是賣給不喝酒的伊斯蘭教徒。居住在印尼的伊斯蘭教徒，人數是地球上最多。

不過當地的伊斯蘭教徒幾乎不會光顧瓦米洛的攤子，貢獻眼鏡蛇沙嗲營收的，是外國觀光客。

瓦米洛自稱來自秘魯，使用兩個假名，但他找來顧攤子、原本是便車仔的兩名年輕人都用西語叫他「El cocinero」（大廚）。雖然叫這個名號，但瓦米洛本人卻絕少親自烹調活眼鏡蛇，攤子都交給兩個年輕人打理。

Selamat malam.（晚安。）

兩人用當地話熱情地向好奇靠近攤子的觀光客寒暄。

原本在三人上路的管制地區坐上別人的車子、孜孜矻矻地賺小錢的兩人，一副已經在這行做了好幾年的派頭，俐落地屠宰活生生的眼鏡蛇。他們一個是當地爪哇人，另一個是蘇拉威西島的異他人。

眼鏡蛇沙嗲雖然遠遠稱不上高級料理，卻是雅加達不可或缺的在地美食。眼鏡蛇料理不是哪裡都吃得到的。

接到點單後，店員先把活眼鏡蛇從籠子裡抓出來，緊緊按住蛇頭，接著故意敲蛇頭，於是被激怒的眼鏡蛇會齜牙咧嘴地威嚇。這是街頭即興表演，收費也包括了這樣驚險刺激的體驗。不過絕對不能輕忽大意，因為接連有人遭到路邊攤賣的珍饈狠咬而送醫。

讓客人享受眼鏡蛇的凶猛後，店員砍斷蛇頭。雖然也可以用一般菜刀，不過瓦米洛的攤子讓店員使用叫做「庫利斯」的爪哇島傳統短劍。小道具很重要。刀片宛如蛇體般起伏，充滿異國情調的短劍揮下，眼鏡蛇瞬間身首異處。被斷頭後，蛇身仍持續蠕動，那種驚悚感讓客人表情扭曲，同時又興奮得雙頰潮紅。客人情不自禁地望向怨恨開合著的蛇口，以及當中閃耀的濡溼毒牙，說：「我要拍照！」

請，店員說。不過請小心，就算只剩下頭，還是會咬人的。也有人被蛇頭咬到而死掉。

還有，蛇頭會噴出唾液，也請小心。

店員抓起翻滾扭動的無頭眼鏡蛇，倒吊之後，用烈酒杯盛接斷口泉湧的蛇血。蛇血也是重要的商品，是獨一無二的生猛飲品。有些人受不了它的腥味，連一滴都碰不得；也有人出於好玩，一口氣乾杯。

放血後的眼鏡蛇被掛上鐵鉤剝皮，在砧板上被一刀兩斷。把肉一塊塊串起來，放在鐵網上燒烤，盛盤上桌。

寡言的秘魯老闆「大廚」的攤車，從來不會強硬拉客，也不會故意不找零錢，腳踏實地在街上賣著眼鏡蛇沙嗲。顧攤的總是年輕的爪哇人和異他人，很少有人知道來自拉丁美洲的男子才是老闆。就算知道，這也是毫無價值的情報。雅加達的攤販多如繁星，總管攤子的老大也就罷了，如果只是擁有一臺攤車做生意，一整天的營收可想而知。

擺攤賺不了錢，這事不言可喻。瓦米洛並沒有想要靠眼鏡蛇沙嗲賺錢。他隱身在小攤背後幹著其他生意，但他也沒打算靠這邊的生意賺錢。這些都只是用來更深地潛入都市黑暗的手段罷了。瓦米洛睜大眼睛，張大耳朵。

15 caxtölli

潛伏在雅加達之後，迎來的第一個旱季，瓦米洛遇到了那個日本人。

二〇一六年六月六日，星期一，這是伊斯蘭教徒的「齋戒月」開始的日子，日常生活總是塞得水洩不通的雅加達大馬路，這時卻空蕩得宛如鬼城。計程機車與巴駕就像快捷巴士一樣暢行無阻，平時無法加速的直線道路上，華僑和澳洲生意人這些異教徒駕駛的跑車炫耀似地飛馳而去。望著這幕景色的瓦米洛，也是不受齋戒月管束的異教徒之一。

芒加貝薩爾大道也受到齋戒月影響，許多攤販都收攤不做生意，瓦米洛僱用的年輕爪哇人和巽他人也因為信仰因素而休息。

雖然也不是假裝勤勞做生意，但這是享受清靜的雅加達的好機會。瓦米洛戴著印有印尼大型ＩＴ企業商標的棒球帽，坐在歪斜的圓凳子上，喝著星牌啤酒，抽著紅色包裝的印尼菸「Djarum Super 16」，悠哉地顧著攤。看看經過眼前的野狗，仰望色澤與墨西哥不同的蔚藍天空。腳邊的菸蒂愈積愈多，時間點滴流逝。

白人觀光客靠了過來，兩女一男。三人害怕地看著籠子裡大量蠕動的眼鏡蛇。

「沙嗲真的是烤這些蛇嗎？」女人問。

「嘗嘗看啊，」瓦米洛用英語回應，「很滋補的。」

「都是眼鏡王蛇嗎？」

「是爪哇眼鏡蛇，」瓦米洛回答，「剛從爪哇島抓來的，很新鮮。各位是哪裡來的？」

「加拿大。」

「那最好別錯過。只有這裡吃得到哦。」

「那——」另一個女人說。

「妳說真的嗎？」男人說，聳了聳肩。

瓦米洛從籠子裡拉出一條眼鏡蛇，敲頭激怒，讓蛇齜牙咧嘴好好地嚇唬了三人一番後，用短劍砍下蛇頭，從斷面擠出鮮血，倒入紅茶杯：「請用。」

三人皺著眉頭挑戰蛇血的時候，瓦米洛一口氣剝下掛在鐵鉤上的蛇皮，用短刀把蛇肉切塊，串成一串，細心地用碳火燒烤。

來自加拿大的三人離開後，又恢復了寂靜。紅茶杯裡殘留著幾乎沒喝的活血，瓦米洛以指頭蘸取，一點一點地灑在綻放紅光的木炭上。他向阿茲特克的神祇祈禱，緬懷逝去的兄弟，想起兒女、妻子以及祖母的臉。杯子空了以後，用炭火點了菸叼起來，望著芒加貝薩爾大道。

兩名黑影般的穆斯林女子快步經過瓦米洛前面。女人不是穿著用布遮蓋全身的罩袍，而是戴著只包住頭髮的頭巾。低視快步離去的她們身上，散發出正在過齋戒月的肅穆。

齋戒月啊，瓦米洛心想。沒想到城裡的景象會變得這麼多。阿茲特克王國也有這種齋戒的日子嗎？

禮讚耶穌基督的狂歡祭典，他自小在墨西哥看得多了，但這個國家的齋戒月並非單純的慶祝狂歡。對於神祇，人類付出了齋戒這樣的犧牲。

「Malam.（嗨。）」

正吞雲吐霧地沉思的瓦米洛聽見親切的招呼聲，回過神來。

一名黃皮膚男子站在攤子前。只有一個人。戴眼鏡，白色開襟襯衫，五分褲，赤腳穿皮鞋，是在熱帶的雅加達活動的生意人典型穿著。但瓦米洛察覺男子身上散發出來的血腥味，滲染在男子的靈魂當中、無論如何都無法抹去的一種氣質。

中國人嗎？瓦米洛注視對方。

「眼鏡蛇沙嗲一份，」男子表情沉穩地用印尼話說，「現在是齋戒月，不過這裡有開吧？」

「我是天主教徒，」瓦米洛說，「如果我是穆斯林，從今天開始就可以休攤了。」

瓦米洛用短劍砍斷眼鏡蛇的頭，同時思考。男子說的印尼話聽不出北京話或廣東話的腔調，那麼也許是雅加達土生土長的華僑。

瓦米洛抓住扭動的無頭眼鏡蛇倒吊，等待蛇血流光。看到盛著蛇血的烈酒杯遞過來，男子把手伸進開襟襯衫的胸前口袋。瓦米洛以為男子要用手機拍照，但他猜錯了。男子從口袋裡掏出五千印尼盾紙鈔，捲成筒狀，插進擱在攤車桌上的那杯蛇血裡。

街頭的毒品買賣都有「祕密暗號」，這是全世界共通的規矩，而男子知道在瓦米洛的攤子買毒的暗號。若不是帶著某種明確的意志，或表演領賞的魔術師，人是不會把紙鈔插進眼鏡蛇的血裡的。

瓦米洛停下剝蛇皮的手，望向吸著蛇血逐漸下沉的五千印尼盾。雖然表情不變，但雙眼散發出暗光。瓦米洛重新打量東方男子。

年約四十多歲，梳著兩側推高的油頭，雖然頭髮摻了白絲，但並不顯老。黑框眼鏡是高檔貨，鏡片底下，以東方人來說算大的雙眼皮眼睛正熠熠生輝。身高約一六五公分，個頭嬌小，但肌肉結實，從短袖商務襯衫露出來的手臂和脖子上沒有刺青，五分褲熨出摺痕，皮鞋光可鑑人。

是新面孔。瓦米洛沒見過這個人。

「常客」的臉，瓦米洛每一個都記得。雖然是一下雨就會漏水的粗製濫造移動攤車，但屋簷底下藏著日本製監視器，拍下每一個來買毒的顧客面孔。

掛在鐵鉤上、皮剝到一半的無頭眼鏡蛇還在扭動。瓦米洛努努下巴催促男子，離開小攤車，進入建築物之間的巷弄。察覺人類腳步聲的老鼠倉促逃離。

「沒見過你吧？」瓦米洛靠在暗巷牆上，用印尼話問。

男子立刻聽出瓦米洛的腔調，用西班牙話問：「Mucho gusto. Por cierto, puedo pagar con tarjeta?（咱們是初次見面，幸會。對了，可以刷卡嗎？）」

「No.」瓦米洛說，對男子的玩笑話陪笑，同時迅速掃視周圍。男子有可能是臥底的偵查人員。

對於瓦米洛的笑容，男子也回以天真無邪的笑。「我聽你有西班牙腔，說西班牙話比較好吧？印尼話是很簡單，但彼此溝通起來都很辛苦。除了母語，我最擅長德語，再來是英語，然後是西班牙話，好久沒說西班牙話了。」

「你從哪裡聽到我的事的？」

「戴那裡。」

聽到男子的回答，瓦米洛心想：原來是那傢伙。

戴圭明是住在雅加達的三十二歲中國人，也是「九一九」的成員，自稱是幹部。九一九是中國黑幫之一，名稱來自於子彈規格：九×十九公釐帕拉貝倫彈。

戴是在瓦米洛的攤子買快克的顧客之一。他戴著18K的純金耳環，喜歡穿印尼傳統蠟染襯衫。他在芒加貝薩爾大道自己開了家夜總會，手頭似乎相當闊綽，但瓦米洛推測他絕對不是九一九的幹部。那只不過是吹噓。如果是幹部，不可能會向擺攤的毒販買快克。

瓦米洛眼中的戴，是對金錢與權力飢渴，卻不被黑社會放在眼裡，只能待在矗立的金字塔狀組織的第二層或第三層，高不成低不就的傢伙。而快克就是這種等級的人會用的毒品。

「我不知道戴跟你說了什麼，」瓦米洛用西班牙話對東方男子說，「但我這兒沒有你這種生意人會喜歡的古柯鹼。我賣的只有便宜的快克。」

瓦米洛向雅加達的馬來西亞毒販買來freebase——去除鹽酸鹽的游離態古柯鹼——和小蘇打、發粉等混合在一起，做成約珍珠粒大小的丸狀快克，在攤子加減販賣。毒品生意最底層的毒販若擅自摻進其他東西做成「混合物」，會引來殺身之禍，但瓦米洛以繳交營收六成給馬來西亞人為條件，獲准販賣混合物。

賣快克的底層毒販並不少。快克比古柯鹼粉末便宜太多，在毒品資本主義的世界裡，屬於薄利多銷的商品。即使雅加達有人知道「粉末」的名號，也絕對不會相信他本人居然在賣快克。曾經身為販毒集團幹部的毒梟，怎麼可能在當個小藥頭賣快克？這就如同石油大王轉換跑道在路邊賣糖果。攤販老闆和快克藥頭的身分徹底掩蓋了瓦米洛的真實身分。

「快克就好，」男子說，「我要買。」

「那好，」瓦米洛說，「需要菸斗嗎？我有好貨，挑一支吧。」

快克的吸食方法，是把快克粒放進玻璃菸斗加熱，吸食散發出來的煙。瓦米洛先返回攤子，端來藏在眼鏡蛇籠底下的整箱菸斗，再次回到巷子裡。警戒對方，匆匆忙忙想盡快完成交易，是三流的做法。愈是感覺危險的對象，愈是必須主動積極交談，打探出情報。

「你真會做生意，好吧。」男子物色了幾支瓦米洛展示的菸斗，選了其中一支。「我要這個。」

「你是中國人嗎？」瓦米洛收了九粒快克和玻璃菸斗的錢，邊數鈔票邊若無其事地問。

「雅加達市民啦，」男子應道，「對了，下回光顧的時候該怎麼做？每次都要拿鈔票塞進眼鏡蛇血嗎？」

「連絡我吧。我會預先備好貨。」瓦米洛把鈔票揣進口袋，掏出手機，問了男子的電話號碼。他打到那支電話，響了一下之後掛斷。「打這支號碼就行了。那，怎麼稱呼？」

「叫我『Tanaka』（田中）吧。」男子回答。

「Tanaka——原來你是日本人？」

「以前也假冒過華僑，可是裝不下去，」男子輕推眼鏡鼻架笑了，「我北京話說得太爛了，在被黑社會的兄弟識破前就不幹了。你猜的沒錯，我是日本人。」

「這樣啊，日本車最讚了。難道你是日本汽車公司的員工？」

田中沒有回答。他只留下一句「Adios（再見）」，便往芒加貝薩爾大道西邊走去。這時對面走來一群巡邏中的警察。在印尼，毒品犯罪刑罰非常重，持有當然也是重罪。然而田中不露怯意，和警察擦身而過，甚至散發出奇妙的自信，消失在雜亂林立的夜總會霓虹燈中。

瓦米洛一直盯著男子，直到他的背影消失。自稱日本人的男子，滲透到骨子裡的血腥味，有著與拉丁美洲毒梟或中國黑幫都不同的某種氣息。是新型的日本企業幫派嗎？如果不是，果然是臥底偵查人員嗎？

瓦米洛看看腕錶。不知不覺間，已經下午四點了。他把鐵勾上的眼鏡蛇剝皮，將蛇肉切塊串起。在鐵網上燒烤後，放進塑膠盒裡，端到在芒加貝薩爾大道西邊賣榴槤的攤子。印度教徒的老闆最愛吃眼鏡蛇肉。瓦米洛打折賣給他，老闆便拿了一份厚切榴槤。

「喂，大廚，」老闆說，「拿去吧，我這兒也沒生意。」

瓦米洛輕輕擺手謝絕榴槤，穿過大街回去自己的攤子。

16 caxtōlli-huan-cē

田中每隔三天來一次。他再也沒有點眼鏡蛇沙嗲，而是事先連絡之後和瓦米洛碰面，在離攤子一段距離的巷弄裡買快克。

「換抽一下菸斗也很重要。」田中遞出紙鈔，以流利的西班牙話說。

瓦米洛默默點頭，點數鈔票。

「老是用鼻子吸，遲早會融掉，」田中愉快地說，「我認識的人裡面，有個就吸到tabique nasal（鼻中隔）穿孔了。他去找密醫重建軟骨，好像花了一大筆錢。對了，大廚，雅加達市內有沒有好吃的秘魯菜？最好是可以帶客人去的餐廳。日本菜和中國菜，我自己都吃到膩了。」

瓦米洛第一次聽到西班牙話的「鼻中隔」這個詞，但大概猜得出意思。他介紹田中自己常去的秘魯餐廳，接著問：「是什麼客人？」

田中摘下眼鏡擦了擦鏡片，對著空中檢查是否乾淨。他露出笑容，留下一句「Hasta luego（拜）」便離開了。

成了常客的日本人似乎很中意攤車老闆。

瓦米洛對他的印象也不差。田中就像個日本人，彬彬有禮，也不會做出當場吸食快克的舉動，對於建立信賴的閒話家常，也必定奉陪。田中說，除了向瓦米洛買的快克，「我也常吸古柯鹼」。

東南亞的古柯鹼吸食者，很多人都維持著正常社會生活。瓦米洛知道這件事。他們自詡是「古柯鹼愛好家」，就像品酒家或癮君子，與「毒蟲」涇渭分明。他們相信是有這樣的界線的。

瓦米洛不在自己的攤子販賣在印尼具有極大市占率的海洛因、安非他命和冰毒，是因為想要這類毒品的人，經常會把別人扯進麻煩。相較之下，快克的用戶安分一些，古柯鹼的客戶更是君子。東南亞的古柯鹼零售價十分昂貴，用戶幾乎都是有錢人。那些有錢有地位、自稱「古柯鹼愛好家」的人，會巧妙地避開地雷——毒品偵查的地雷區。不管再怎麼危險的地區，只要不踩到引信，遊戲就能繼續下去——直到早晚會踩到引信的那一刻。

某天，來買快克的田中提到自己的哥哥。

「他是個聰明人，」田中說，「在日本全國的模擬考裡面，每一科成績都在前十名以內。可是他死掉了。你猜我哥為什麼會死？因為他沒通過醫師國考，就這樣而已。考試前一天他食物中毒，整個人脫水，根本沒辦法應考。他對自己氣死了，騎車在路上狂飆，結果車禍一頭撞死了。雖然聰明，但倒楣斃了。不過他現在一定正在地獄裡嘲笑現在的我吧。大廚，你有兄弟嗎？」

「No.」瓦米洛回答。他想起了大哥伯納德。伯納德從祖母那裡獲得了黑色特斯卡特利波卡的力量，在左胸刺了祭品首級的圖案，背上則刺了美麗的神廟。以「金字塔」的外號受人畏懼的卡薩索拉兄弟的長子。擘劃卡薩索拉兄弟集團的大事業藍圖，向來是伯納德的工作。

長達一個月的齋戒月結束，七月的夜晚，整座城市被「開齋節」的喧囂所籠罩，瓦米洛在芒加貝薩爾大道的秘魯餐廳吃宵夜。秘魯餐廳位在五層樓出租大樓的一樓，除了三樓的水煙店，其餘樓層全是特種行業。

吃著檸汁醃魚生的瓦米洛發現田中坐在對面深處的桌位。田中帶了一個人。打領帶的那名東方男子醉得很厲害，對著田中大聲嚷嚷。瓦米洛聽不懂，應該是日語。

男子終於整個人醉倒，趴伏在桌上，盤子被震得跳起來，摔到地上碎掉了。田中用西班牙話對來收拾殘局的秘魯店員道歉，結果本以為醉昏過去的男子緩緩地抬起頭來，在桌上吐了，吐完頭又猛地倒下去。田中苦笑著，遞錢給店員，再次賠罪，撐起渾身嘔吐物昏睡的男子的頭，鬆開他頸間的領帶，解開幾顆襯衫釦子。接著用手掐住雙頰，打開男子的嘴巴，用筆型手電筒照射口腔內部檢查。

瓦米洛盯著田中這一連串迅速的動作。那是很清楚人會因嘔吐而窒息死亡的動作。不是一般的親切或照料，是急救人員確保氣道暢通的動作。

這傢伙。瓦米洛的眼神變得凌厲。這個叫田中的日本人。

田中靠到椅背上，用毛巾擦拭自己的雙手，就像演奏前的鋼琴家那樣，伸展十指，接著慢慢地朝內側彎曲。他用手帕抹去額頭和脖子上的汗，不經意地環顧店內。田中的視線捕捉到瓦米洛了。

田中拎著冰涼的小瓶啤酒，以及向店員借來的開瓶器，走到瓦米洛的桌位。桌上並排著兩個「星牌啤酒」的標籤。

「好巧啊，大廚，」田中說，「啊，也不算巧呢，這間餐廳本來就是你介紹給我的，你會在這裡也是天經地義？」

「醉鬼照顧起來真麻煩呢，」瓦米洛望向深處的桌位說，「你的同鄉？」

「我自己是很努力不要打壞日本人在雅加達的名聲啦，」田中說完笑了，「結果被沒有自制力的傢伙給毀了。讓你見笑了。」

開瓶之後，兩人也沒說乾杯，喝起各自手上的啤酒。大馬路上傳來的，是慶祝開齋節的歌聲。假冒秘魯人的墨西哥人、假名田中的日本人，兩人拿著小酒瓶，側耳聆聽歌聲。

趴在桌上的日本男子突然抬起頭來。他滿臉疑惑地瞪著半空中，虛軟地捏起沾滿嘔吐物的領帶，環顧周圍，發現正在和瓦米洛喝酒的田中，搖搖晃晃地站了起來。

「新朋友嗎？真好，」走近兩人桌位的男子以日語說，「田中先生在這兒聊天吧，我要去找女人尋樂子了。」

男子手上拿著地圖。地圖上標記著芒加貝薩爾大道的一些店，去那裡就可以帶指名的小姐出來。也有些夜總會或按摩店可以讓客人帶小姐出場，或是在店裡玩。

「對了，田中先生，」正要跨步的男子又停步，回頭問，「『跟我上床』的印尼話怎麼說去了？」

「Mari jikijiki.」田中盯著瓶身上的紅色星星回答。

男子邋遢地拍了一下田中的肩膀：「讚哦！還有『妳好漂亮』怎麼說？不，還是『我愛妳』比較好？」

「你想知道哪一個？」

「那，『我愛妳』好了。」

「Aku cinta padamu.」

男子口中喃喃著田中教他的句子，搖搖晃晃地走向門口。結果田中也站了起來，把錢拿給店員，也不找錢，追上男子。

他的背影看起來像是被想要夜遊的上司搞得焦頭爛額的上班族，也像是抓住有錢客人介紹妓女的當地掮客。不過，瓦米洛心想，兩邊都不是那個男人的本質。

田中隱瞞著某些事。瓦米洛有必要探一探這個來買快克的常客的真面目。

隔天下午，儀容煥然一新的瓦米洛經過雅加達的主要街道，看到路上的報攤，買了英文報紙《雅加達紀事報》，前往「印尼廣場」。印尼廣場是與「印尼大酒店」比肩的知名市內購物中心。瓦米洛通過安檢後，進入美食廣場的咖啡廳，點了冰咖啡和墨西哥餡餅。餡餅的味道和在維拉克魯斯還有新拉雷多吃到的不同，但只要把它當成餡餅的一種，也不是無法接受。

打開英文的《雅加達紀事報》，瀏覽社會版。

「印尼國家警察於泗水和海洛英走私集團發生槍戰，射殺一名中國黑幫成員。」

「東爪哇州警以持有及吸食海洛英嫌疑，逮捕下榻峇里島小屋的現行犯英國音樂家。嫌犯為國際知名小提琴家。」

「BNN（國家毒品委員會）與印尼海軍的聯合偵查小組，於巴淡島海上破獲走私一噸安非他命的菲律賓籍貨船。」

「雅加達特別州警方圍捕躲藏在城區站附近的毒販。攻堅時射殺五名嫌犯，一名偵查人員遭犯罪集團使用的巴基斯坦製手榴彈炸死。」

只是邊喝冰咖啡邊迅速瀏覽早報，就能感受到在這個國家地下，如熔岩般竄流的毒品買賣熱度。

瓦米洛思考讀到的報導內容。

「印尼國家警察於泗水和海洛英走私集團發生槍戰，射殺一名中國黑幫成員。」

遭到射殺的「一名黑幫成員」，是「新義安」的人嗎？新義安是中國黑幫中勢力最大的組織，但也許被殺的是九一九的人。瓦米洛在墨西哥見過新義安的人三次。他們也做偷渡掮客生意，就像蛇頭那樣，跟想去美國工作的中國人收錢，讓他們從墨西哥偷渡到美國——

「東爪哇州警以持有及吸食海洛英嫌疑，逮捕下榻峇里島小屋的現行犯英國音樂家。嫌犯為國際知名小提琴家。」

國際知名的英國音樂家，這種人會跑來這個國家，因為海洛因遭到警方逮捕，意味著在這個國家可以弄到如此高檔的海洛英。絕對是來自「金三角」的海洛因。嘻哈、搖滾、古典，不管是哪種音樂類型，能夠舉辦世界巡迴演奏等級的音樂家，也熟知世界各地的毒品，就如同掌握每個國家不同的美食——這個國家首推古柯鹼、那個國家的海洛因最好。那名小提琴家在亞洲被逮捕，一定正嚇得發抖吧？是遭人告密嗎？不管怎麼樣，這趟休假的代價實在太昂貴了——

「BNN（國家毒品委員會）與印尼海軍的聯合偵查小組，於巴淡島海上破獲走私一噸安非他命的菲律賓籍貨船。」

「雅加達特別州警方圍捕躲藏在城區站附近的毒販。攻堅時射殺五名嫌犯，一名偵查人員遭犯罪集團使用的巴基斯坦製手榴彈炸死。」

這兩則報導應該合在一起看。菲律賓籍的貨船、巴基斯坦製的手榴彈，看到這裡，連三歲小孩也看得出背景。這意味著伊斯蘭極端組織正積極參與東南亞的毒品事業，將它視為資金來源。菲律賓有「阿布沙耶夫組織」（ASG）等，巴基斯坦則有繼承賓拉登遺志的「蓋達組織印度次大陸」（AQIS）——

瓦米洛把托盤放到餐具歸還處，將疊起來的《雅加達紀事報》蓋在吃剩的墨西哥餡餅上。離開咖啡廳，乘上購物中心的手扶梯，一面往樓下移動，一面尋思。

東南亞最大的國家，人口超過二億六千萬的印尼，對毒品資本主義而言，是魅力無可抵擋的市場。古柯鹼雖然有來自西亞阿富汗的貨源，但缺點是品質不佳。若是銷售越海而來的拉丁美洲的商品，零售價格又高不可攀，無法大量流通，難以確保庫存。所以才會成為極少數顧客的高檔精品。

市占率極高的海洛因、安非他命、冰毒之中，產自金三角的海洛因又格外特別。在寮國、泰國、緬甸三國圍繞的地區生長的罌粟，以化學方式使其變化為非水溶性的濃縮鴉片粉，再加工成海洛因。俗稱「四號」的世界最頂級海洛因讓人趨之若鶩。

要在東南亞的毒品事業致富，就必須販賣「四號」，但是就如同它的別稱「中國白」所示，簡而言之，它在中國黑幫的掌握之中。未加入組織的我這種孤狼，連碰都碰不到吧。若是博得那些人的信賴就另當別論，但我沒有時間當中國黑幫的小弟，靠著浴血屠殺獵物打進上層。再說，那夥人根本不可能相信我，因為我不是中國人。就算走大門進去，甚至不會讓他們留下比一隻蒼蠅更深的印象。但不管怎麼樣，總得跟他們打交道，否則弄不到錢。毀掉杜高犬集團需要錢。金錢會帶來力量。為了錢，我必須擠出某些嶄新的發想。

瓦米洛下了手扶梯，這時口袋裡的OPPO手機響了。

打電話來的是雅加達市內一個即將安非他命成癮的澳洲人，巴瑞．格羅塞。表面上是英語會話教師的這個人，在雅加達的地下社會小有知名度，理由是他擅長背景調查。巴瑞．格羅塞在故鄉澳洲墨爾本當了很久的徵信業者，運用這份專業，在雅加達接受地下社會委託，進行各種調查，藉此獲得安非他命的供應。這個人沒有善惡之分，什麼樣的委託都接。只要能拿到安非他命，就算他的調查工作會害死人，也照樣心安理得。

「田中的報告出來了，」格羅塞用英語說，「他長期住在商務飯店，住超過一年了。應該沒有公司宿舍或自己家。他住的商務飯店離你的攤子不遠，都在芒加貝薩爾大道。」

「這樣。」瓦米洛壓低聲音，邊走邊仰望出口標示。長期住飯店的商務人士並不罕見。一走出「印尼廣場」，眼前就是一大片人潮。「黑還是白？」瓦米洛問。

「白，」格羅塞回答，「不是臥底偵查人員。」

「確定嗎？」

「我從別的途徑塞錢給飯店的新進清潔人員，讓我進去他的房間，但後來他也沒有特別的反應，表示房間裡沒有裝監視器吧。如果他真的是臥底，未免太漫不經心了。我把他的房間滴水不漏全拍起來了，回頭再傳影片過去。」

「嗯。」

「我還費了一番工夫，查到了他的本名。之前你說查到本名的話，要另外追加五千美金的『苯尼』給我。」

「沒錯。」瓦米洛應道。苯尼是安非他命的黑話之一。

「OK。那麼，算你一萬美元的苯尼好了。」

「強勢是好事，但我還沒有說要買。」

「你會買。這可是才剛撈上岸的新鮮第一手情報。我查到田中的信用卡號碼，循此查出他用的假護照名字。然後再連絡偽造那本假護照的集團裡的女人，塞錢要她調查。我下了重本，賣價當然要加倍，雖然我覺得有三倍的價值啦。我還跟日本國內的紀錄比對過了。」

「影片先傳過來再說。」

瓦米洛掛了電話，看起巴瑞．格羅塞傳來的影片。清潔人員手中的智慧型手機，將芒加貝薩爾大道上的商務飯店房間一覽無遺地收進鏡頭。雙人床客房，鏡前丟著脫下來的開襟襯衫，床頭几上堆著德文雜誌、寫有雅加達市內妓女花名的清單。

鏡頭進入浴室，拍到用膠布貼在馬桶水箱蓋內側的玻璃菸斗。處處沾上煙灰的菸斗，證明了田中真的在吸快克。這若是正牌刑警，除非是要欺騙眼前的目標，否則不會主動去吸毒。素質良莠不齊的美國警察也就罷了，會被任命為臥底人員的印尼刑警，極不可能像這樣玩忽職守。

看完影片後，瓦米洛確信田中真的不是偵查人員。說起來，雅加達警方根本沒必要冒充日本人。即使田中是從日本派來的刑警，日本人在這個國家也沒有偵查權，沒辦法像從德州直闖墨西哥的美國緝毒局人員那樣單獨行動。

瓦米洛對格羅塞的調查內容算是滿意，掏出看影片的OPPO以外的另一支手機，一邊走向總統府默迪卡宮，一邊打電話給車攤僱用的爪哇年輕人。

年輕人接到指示，跨上載有知名「馬利金」外送箱的機車出發。外送箱裡有裝著剛烤好的眼鏡蛇沙嗲的塑膠盒，以及相當於一萬美元的安非他命。

在沙哇勿剎站附近開英語會話教室的巴瑞．格羅塞檢查「馬利金」送來的東西後，付了眼鏡蛇沙嗲的錢。

揮手目送機車遠離後，格羅塞回到房間裡，啃著竹籤上的爪哇眼鏡蛇肉，將整理了田中本名和過去經歷的英文文件檔加密，傳送到瓦米洛指定的手機電子信箱。

17 caxtōlli-huan-ōme

正走在西雅加達人潮中的末永充嗣，做夢都沒想到自己的本名已經被快克的藥頭掌握了。

穿戴著「EFFECTOR」手工黑框眼鏡、購物中心剛買的短袖開襟襯衫、郊狼棕五分褲，赤腳踩皮鞋，他一副平時打扮，一手拎著螢光橘的運動鞋，鞋帶是亮綠色的。

雨季的天色底下，足以匹敵東京二十三區人口密度的都市人潮綿延無際。末永透過眼鏡鏡片，觀察譚林大街的塞車狀況。

為了解決塞車問題而想出來的三人高乘載管制辦法，結果只催生出便車仔這種新型的街頭生意，很快就廢除了。新登場的「奇偶數」制度，是利用車牌號碼的尾數，在交通管制區內，奇數日只有車牌尾數奇數的車輛可以通行，偶數日只有尾數偶數的車輛可以通行。

在注視著譚林大街的末永眼中，新制度似乎比高乘載管制有效。不同於乘車人數，車牌號碼沒得造假。但也不是沒有漏洞可鑽，應該很快又會出現新的問題。

末永背對譚林大街跨步走去，拐進單行道巷弄。走了一段路後，發現一輛三輪巴駕迎面而來。他水平伸出拎著運動鞋的手攔車。攔巴駕或計程車時，手不是往上舉，而是水平伸出，這是印尼式做法。

乘上巴駕，告訴司機目的地，開始對車資討價還價。剛來到雅加達時，末永被當成肥羊宰，但現在他殺得比當地人還凶。相較於目睹過許多次的地下社會交易現場，和司機談價錢，根本只是耍嘴皮遊戲。

末永在行駛的巴駕上搖晃著，望著擦身而過的人車。座位很窄，擠一擠是塞得下兩個人並排，但基本上是單人座。末永吸著摻雜車輛廢氣的空氣，搧著開襟襯衫的衣領和衣襬。

今晚總算可以取出商品了。

回想起這一週的辛勞，嘆息溜出口中。末永在晃動的巴駕裡體會著寂靜的解放感。

山垣康這個人預定要從肚子取出右邊的一顆腎臟。願意非法摘取器官的雅加達密醫每一個都預約滿檔，找不到人手，末永只得陪著從日本來的山垣四處尋歡作樂，直到手術日期定下來。

商品不能暴露在任何危險當中。其實末永很想叫山垣戒酒，把他關在飯店裡，但會在國外賣掉自己腎臟的人，就算叫他不要喝酒，也不可能聽得進去。

喝得爛醉的山垣昏睡嘔吐時，末永為他確保氣道暢通，免得窒息。山垣跑去找小姐時，就教他猥褻的印尼話。

山垣的腎臟，已經由恐怖組織——印尼國內的伊斯蘭極端組織——以換算成日幣約一百六十萬元的價格買下，他們會把這顆腎臟以更高價轉賣出去。末永知道，最高可以賣到四百萬日元。這些利益，會拿來做為他們的活動資金。

在東南亞，器官買賣的熱潮方興未艾，末永親眼看過各種現場。他看到非法的骯髒手術室，見到利用暗網散播器官買賣訊息的人。

比起大人腎臟的進貨價，小孩的腎臟更便宜。貧窮的孩童會把腎臟賣給掮客，連喊價都不會。孩童賣掉左右兩顆腎臟中的一顆，用這筆錢買手機。不是為了玩，而是沒有手機或平板電腦，在都市裡找不到工作。孩童認為，要籌到買手機的錢，賣器官是最便捷的方法。要不然就是賣身給戀童癖。

被吊銷醫師執照的密醫忙得不可開交，手術預定排得比正派大醫院還要滿。手術多到應接不暇，末永的工作也受到了影響。因為一直找不到執刀醫師，只能任由山垣四處玩樂。

執刀醫師——想到這個詞，末永笑了。在雅加達認識的密醫們的臉孔浮現腦海，他想起他們拙劣的技術。

那根本不能叫做執刀醫師，末永心想。說得好聽點，也就是拆除業者。腎臟的話，我隨時都可以取出來。

末永的工作，是隱身於巨大都市雅加達的黑暗中，替日本國內的器官掮客與印尼國內的伊斯蘭極端組織牽線。器官買賣協調師——末永明白自己被賦予的這個職責，恪守本分，絕對不會揭露自己過去也是個外科醫師的事實。

心臟血管外科醫師——這個頭銜，在器官買賣的世界裡具有等同於鑽石的光輝。末永也心知肚明，若是不慎被發現他過往的經歷，黑暗世界的那夥人絕對不可能放過他。恐怖分子、中國黑幫、日本黑道，他的生意夥伴候選人，每一個都不是好惹的，一旦發現他的經歷，當場就會把他綁走。

用自己的腳運送商品——**腎臟的容器**，是三十九歲的日本人山垣康，他任職於總公司設在東京都港區的防盜設備廠商，職位是會計課長。山垣請了有薪假，住在芒加貝薩爾大道的商務飯店。

四年前，三十五歲的時候，山垣透過暗網，第一次買了合成毒品ＭＤＭＡ——搖頭丸。他原本只想試個經驗，沒想到一試成主顧。不管是錠劑還是片狀，只要吞下ＭＤＭＡ，就能聽見來自四面八方的聲音，彷彿浮遊在天際。嗨茫成了他的生存意義，他好幾次召妓，一起分享ＭＤＭＡ。

合成毒品的買賣在世界各地被嚴格取締後，市場流通量便一落千丈，零售價格則是一飛沖天。服用頻率增加的山垣毫不吝惜地掏錢買毒，但到了今年，他的戶頭終於見底，雖然試過便宜的大麻，卻無法滿足，他覺得無論如何都必須弄到ＭＤＭＡ不可。

山垣想到的不是借錢，而是賣器官。網路上有許多人賣腎臟買ＭＤＭＡ。這些人認為比起借錢，賣腎臟更好。個中理由，與人類的欲望密切相關。一旦決定要賣自己的器官換錢，便會帶來一種自虐式的「死亡悅樂」作用。能夠享受這種恐懼的人，愈接近手術日期，愈能夠「自然嗨」。當然，手邊有毒品是再好不過的。

但山垣與其說是追求「死亡悅樂」，更單純只是害怕欠債。他不想搞到不可收拾，弄到個人破產。他不想失去會計課長的職位。

山垣寫電郵向認識的藥頭說他想賣腎臟，雙方討論了幾次，藥頭確定山垣心意已決，回信說「那我介紹『後巷』給你」。

山垣不懂什麼是「後巷」，後來才知道是來自英文的「Back-alley」，Back-alley doctor就是密醫。藥頭告訴他的密醫工作室在神奈川縣川崎市。

與末永充嗣合作的日本密醫，就是據點設在川崎市的野村健二。找上野村的顧客絕大多數都是已經出現戒斷症狀的毒蟲，或是即將成癮的毒品慣用者。這類患者若是被驗出體內的毒品成分，或是發現注射疤痕，醫師當場就會報警，因此根本無法跨進正規醫院的大門。

遭到警方追查的顧客，則會來要求全身換血。這種稱為「洗藥」的委託相當多。野村光是要隨時備妥充足的換血用血庫，就得煞費苦心，每天都忙得暈頭轉向。

替長年靜脈注射毒品的顧客進行血檢、檢查心肺功能、開退燒藥、幫用毒過量昏倒而被朋友搬來的顧客急救——不同於當正牌醫師的過往，野村沒有護理師，一切都得親力親為。

但野村原本並非那種為個人診療的醫師。

成為密醫以前，野村是在關西的大學醫院擔任副教授的麻醉科醫師。

他利用自己的身分盜取醫療藥品，私下賣給其他醫院的醫師賺小錢。賣出去的藥品被當成毒品使用，因此野村大概也算是醫界裡的藥頭。近年危險性被廣為報導的吩坦尼，他自己早就用過幾次，也賣給其他醫師。吩坦尼是心臟外科手術用的麻醉藥，因此身為麻醉科醫師的野村可以輕易弄到手。

親自體驗到吩坦尼效果的危險性後，野村改為嘗試古柯鹼。醫院裡沒有古柯鹼，因此他從真的毒販那裡弄來。但野村不是付錢買毒，而是拿醫院裡的各種藥品以物易物。藥頭也歡迎這種做法。

許多人會用捲成筒狀的紙鈔，從鼻子吸食古柯鹼粉末。野村則是把手術預定表影本剪成細條，捲起來使用。很快地，古柯鹼成了野村生活的一部分。

古柯鹼吸食過量，分隔左右鼻腔的鼻中隔開始穿孔時，他整天戴著外科口罩遮掩，但鼻子繼續變形後，野村身為現任醫師，卻只能求助於密醫。

野村趁著假日前往神戶，付了一大筆錢給韓國密醫，進行鼻中隔重建手術。

二〇〇九年十月，野村被逐出了醫院。他盜賣藥品的事曝光，大學醫院的高層著手掩蓋事實。不能讓政客和官員也會來住院療養的醫院招牌蒙塵。院方沒有對野村提出刑事告訴，也沒有向媒體揭發。野村以自願離職的形式，被永遠放逐了。

野村健二的名字登上全國醫師私下流傳的黑名單，他再也不可能從事正規醫療行為。

這時野村想到的，是在神戶求助的韓國密醫。看著浴室鏡中密醫替他重建鼻中隔的鼻子，野村心想：這傢伙技術很不錯，他應該也有一段精采的過去。被大學醫院放逐，離開大阪後，野村流落到神奈川縣川崎市，開始做起密醫行當，沒多久就有當地黑道成員抬屍體進來了。他要在此地開業的事，已經跟黑道拜過碼頭，現身的黑道成員是他認識的人。

「醫生，把他的腎臟拿出來，」黑道說，看了一下手錶，「他兩小時前才剛死，還可以用吧。」

野村看著新鮮的屍體。是自殺、他殺還是意外？只看一眼無法判別。

「我是麻醉科醫生，」野村說，「基本上麻醉醫生不動刀，頂多只能充當一下內科醫生。」

「很會說嘛，醫生，」黑道說，「瞧你這麼振振有詞的，一點都不像剛開業的菜鳥。額外費用晚點再跟我們請。」

黑道笑著離開，把屍體留給了野村。

野村無奈地沖了杯咖啡，無奈地拿著馬克杯，無奈地看著屍體。他對器官買賣市場並非完全無知。就算立刻下海有些困難，但若要當個賺錢的密醫，遲早還是要踏進這一塊。為了那個時候，他已經預備好所需的工具了。手術刀、天然橡膠手套、固定切口的固定器、彎盆、附滾輪的器械臺——不只是蒐集工具，他也會在家一邊喝酒，一邊連上德國外科醫療網站，觀看各種器官的切除手術。切除手術本身，過去他以麻醉科醫師身分在現場觀看過許多次。即使沒有說明，他也能理解螢幕裡正在做些什麼。

丟著不管，也只會腐爛嗎？野村看著黑道留下的屍體心想。這也許是跨出第一步的好機會。

為了儘量保持新鮮度，他打開冷氣，降低室內溫度。脫掉屍體的衣物後，他忽然想到，檢查脈搏，觀察瞳孔，確定有無呼吸。萬一人還沒死透，等於是自己動手殺了他，感覺實在很差。確定那千真萬確是一具死屍後，野村拿起手術刀抵在屍體的皮膚上，以腹部正中切開的術式，一口氣割開皮膚和底下的肉。

不久後回來的黑道成員戴著釣具廠商的帽子，肩上掛著保冷箱。他把野村切除的兩顆腎臟裝進塑膠袋，收進鋪滿保冷劑的箱子裡說：「像醫生這樣的人啊，果然是讀過《怪醫黑傑克》，嚮往變成那樣嗎？」

「《怪醫黑傑克》啊？」野村應聲，「這麼說來我沒讀過耶。」

「真假？」黑道一臉傻眼，「醫生居然沒讀過手塚大師的漫畫？」

「只讀過一部，」野村說，「讀醫大的時候，因為沒趕上末班車，在漫畫咖啡店過了一晚，那時候讀了一部。是哪一部去了？啊，是《外國佬》*。」

「只看過那部？而且那部沒完結不是嗎？」

黑道抬起保冷箱，留下器官切除費的信封離開了。

自從這天晚上以後，野村便開始從送來的屍體摘除腎臟，或摘取可以賣得高價的角膜。

透過藥頭介紹的山垣康出現在眼前時，野村只為他做了簡單的健康檢查，其他完全無從下手。他沒有足以摘除活生生人類腎臟的外科技術，更重要的是，日本的器官買賣常識是：如果賣器官的人還能走動，就應該自己去東南亞動手術。

讓賣器官的人偽裝出國旅行，取出器官後再把人送回國。

這個方法受到歡迎的主要理由是，日本即使有像野村這種可以從包括屍體在內的「捐贈者」身上摘出器官的密醫，也幾乎沒有可以將其移植到「受贈者」身上的密醫。

摘出與移植，技術層次天差地遠，移植更要困難太多，但器官買賣必須雙方配合，才有錢賺。就算光有器官，沒有人要移植，生意也做不成。

東南亞有許多能做移植手術的密醫。那麼，與其辛苦走私摘出的器官，讓捐贈者這個「容器」自行坐飛機移動更為合理。

野村拿了山垣康的護照，訂購廉航機票，連絡雅加達的協調師。假名田中的日本人名叫末永充嗣，原本是心臟血管外科醫師，以前曾向野村購買吩坦尼。末永也因為某個事件，和野村一樣被醫界放逐，並遭到日本司法機關追緝。

心臟血管外科醫師是所有外科醫師的頂點，要讓一場困難的手術成功，心臟血管外科醫師與麻醉科醫師就宛如命運共同體。由於任職的醫院不同，野村從未和末永搭擋，卻在後來以這種形式合作，讓人無法不感覺到人生的諷刺。

原本在才華與前途方面，末永是個遠遠凌駕野村的醫師。他這個人簡直就是為了動心臟

＊《外國佬》（グリンゴ／GRINGO）是手塚治虫未完的漫畫作品。

外科手術而生。

❖

載著末永的巴駕停在西雅加達市的抱石場前。末永付了車資，打開低矮的車門外出。開始下雨了。

場內空調很強，十分舒適，播放著印尼長紅的「噹嘟[*]」大眾音樂。一連串新曲後，偶爾會加入一九七〇年代的曲子，羅馬·伊拉馬[†]高唱起來。他是在蘇哈托政權中出道的國民歌手，號稱「噹嘟之王」。

櫃臺人員配合羅馬·伊拉馬的歌聲微微搖頭晃腦，對熟悉的日本人微笑。末永用假名的會員證結帳後，記得他衣服尺寸的櫃臺人員便取出出租運動服遞給他。末永在更衣室換了衣服，穿上帶來的螢光橘運動鞋，綁好亮綠色的鞋帶。和運動服不一樣，任何時候，末永都不會租運動鞋。末永穿的不是追求方便的魔鬼氈式運動鞋，而是可以進行微調的鞋帶款式。

印尼國內的抱石人口日漸成長，會員人數也比末永入會那時候增加了許多。場內的抱石壁上布滿了五顏六色的岩塊，就彷彿潑灑了顏料的調色盤，初學者尖叫著掉落軟墊。末永看著這幕景象，完成暖身運動，握住粉袋。用白色的碳酸鎂粉沾滿手指後，著手攀爬幾乎垂直的壁面。不用腳，全靠臂力拉起全身。他主要挑選近期訓練目標的側拉岩塊，不到一分鐘就爬到天花板了。他以倒帶般沒有絲毫多餘的動作往下爬，回到墊子上。接著遵守禮節，離開岩壁，到角落補給水分。等待旁邊的壁面空出來。這回全部挑選揑點岩塊，一樣幾乎全靠臂力就爬完了。

熱身之後，他爬完高難度的 Slab 俯角岩點，接著挑戰 Overhang——仰角。一百四十度的傾斜，與求學時在自由攀岩中爬過許多次的當地「屋頂」十分相似。日本的登山家如此稱呼仰角崖壁。

壓制屋頂，在墊子上著地的末永重新握住粉袋，盯著自己染白的指頭深呼吸。接著仰望旁邊傾斜角度更深的仰角岩壁。傾斜的終點處，前方有著一百八十度的世界在等待。也就是與地面平行的岩壁，若不是上頭固定著五顏六色的岩塊，根本就只是普通的天花板。這家抱石場沒有人會爬到那裡，也沒有人在等那邊的壁面空出來。

違抗重力，在仰角牆面移動，抵達稱為 Roof 的天花板岩壁，末永完全背對地板了。他揮灑著汗珠，全靠指頭、手臂和體幹的力量爬過天花板。抱石場的工作人員和常客都叫末永「拉巴拉巴」。起初他被取了個意思是「蜘蛛人」的印尼話綽號「馬努西亞・拉巴拉巴」，不知不覺間省略成了「拉巴拉巴」。

末永從天花板回到仰角區，一邊確定自己的手腳動作，一邊慢慢往下爬。雖然身體透過吊帶連在繩索上，但末永從來不會離開壁面，以懸吊的方式下降。

---

* Dangdut，印尼的流行音樂類型，特色為演奏時的鼓聲。

† Rhoma Irama，印尼當紅流行樂歌手，曾參加競選。

做完伸展操，擦乾汗水，前往抱石場三樓的休息區。在飲料吧點了巧克力口味的蛋白飲品，補充說：「不要牛奶，用水調。」

工作人員取出塑膠雪克杯，倒入以量匙舀起的巧克力口味蛋白粉，注入冰涼的礦泉水，蓋緊杯蓋後，以右手規律地搖晃。

等待蛋白粉溶化的期間，末永在雙腳的股四頭肌使力，撫摸雙臂的肱二頭肌，拱肩隆起斜方肌。結束之後，一根根彎曲手指，最後同時活動十指，就像在玩沒有繩索的翻花繩。

為了回歸過去身處的領域，砥礪指尖的感覺、鍛鍊全身肌肉，以便能夠承受漫長的緊張狀態，是絕對不可或缺的。

心臟血管外科手術曾是末永的一切。

手術有時候超過十小時，不管對精神還是肉體都是極為嚴酷的挑戰，首席執刀醫師必須以完美的刀法回應每個人的期待，讓患者遠離逼近的死亡。而實現這一點的，就是強韌且纖細的手指。同時還需要強壯的體幹。若肉體撐不住而求饒，光是這樣就會降低專注力。

末永不允許自己的肉體墮落到再也無法回歸心臟血管外科手術現場的地步。

外科手術的巔峰，末永在它的現場將許多本應消逝的生命從鬼門關救了回來，備受讚譽。然而「拯救生命」或「病患的感謝」對他本人沒有絲毫的吸引力。末永追求的是力量。

他想要的是不同於權力與暴力的力量。

只要心臟停止跳動，任何人都會死。心臟是依靠竇房結發出的電信號來運作的幫浦，由此開始的血液循環維持著生命體。如此複雜的幫浦是如何誕生的？只能說是奇蹟。「神」是否存在，末永沒有答案，但至少心臟這個裝置的完成度，只能說是出自「神」的手筆。摸透神祕的心臟原理，摘除病灶，讓病患遠離死亡，對末永來說，就形同挑戰「神」的行為。

淋漓盡致地發揮畢生技術，在手術視野的戰役中，末永感應到這個世界的神祕，同時也感受到自身所擁有的特別力量。

末永坐在抱石場三樓的休息區窗邊，喝著蛋白飲品，俯視著雨後的西雅加達市的人潮。喝完後，用紙杯裡的水將肌酸片沖進喉嚨裡。他不會做出把快克或古柯鹼帶進運動場的蠢事。

末永目不轉睛地望著窗外。熙攘的群眾、多元的民族、多元的性別、多元的年齡，他可以透視每一個人胸口深處的**心臟**。心臟反覆著收縮運動，每一顆都宛如太陽般耀眼。充滿肺部的血，左心房、左心室、右心房、右心室，鮮紅的血液滔滔不絕地循環全身，冠狀動脈、頭臂動脈幹、上腔靜脈、二尖瓣、三尖瓣——

末永望向忽然在人群中停步、把手機按在耳邊講起電話的年輕人，他俯視穿著花俏如夏威夷衫的蠟染襯衫的年輕人頭頂，喃喃道：

可以讓我把你的心臟摘出來嗎？別擔心，我會再把它恢復原狀。

笑著的末永目光對著窗外，但沒有把人群看進去，而是注視著在記憶中發光的手術刀。記憶，只有心臟血管外科醫師才能看到的景象，無影燈冰冷的燈光，那光線所照亮的手術視野，映照出一切的命運。末永以針縫合著細線，漸漸地進入恍惚。末永想，這傢伙的生死掌握在我的手中，力量與我同在，我正與神祕的上帝分庭抗禮。

雖然被逐出日本，淪為器官買賣協調師，但末永抱定了總有一天要回去的念頭。他不打算就這樣在東南亞東奔西逃，就此埋沒。我有技術，所以我一定要回去。他懷抱著這樣的信念。能夠感受到自我力量的領域、心臟血管外科醫師的手術臺，才是自己的歸屬。

末永用毛巾擦掉手指殘餘的白粉，解鎖在雅加達被視為高級貨的 iPhone，找到山垣康的號碼打過去。

等了一陣，但山垣沒接。他先掛斷，等了五分鐘再撥。聽著空虛響個不停的鈴聲，末永回想起昨晚和山垣交談的內容。

「知道嗎？明天晚上就要動手術了。」

「知道啦，」山垣說，「叫我不要吃飯對吧？」

「對。」

「吃一點沒關係吧？又不是胃要動手術。」

「我不是醫生，」末永笑道，「所以不會叫你不要吃飯。你要吃也沒關係，但有人會在全身麻醉的時候，胃裡的食物逆流，堵住氣管，窒息死掉。站在我的立場，只要能拿到商品就好了，你說呢？還是你要吃飯，然後為了安全考量，用局部麻醉摘出腎臟？」

聽到局部麻醉，山垣臉色大變。他把僅有的日元全部換成印尼盾，盡情享受雅加達的夜生活，但這時完全換了副態度，乖乖說：「明天我會禁食。」

不管打過去多少次，山垣都沒有接聽。是這星期從來沒有過的情形。

末永一陣不安，一離開休息區，立刻衝下樓梯。他在更衣室火速換了衣服，衝到大馬路上，攔下計程機車。傍晚的夕照將本田機車上的騎士影子拉得長長的。

末永說出芒加貝薩爾大道上的商務飯店名。山垣下榻的飯店，就在末永長居的飯店對面。

「車資加倍，」末永對騎士說，「盡快載我過去。」

18 caxtōlli-huan-ēyi

住雙人房的山垣有兩張房卡，一張交給末永。末永沒敲門，直接感應卡片打開四一二號房門。

應該一整天待在房間裡禁食的山垣不見人影。

跑掉了嗎？賣腎臟的人裡面，也不是沒有人事到臨頭怕了起來，溜之大吉，但這種情況很罕見。因為只有想錢想瘋了的人才會來賣腎。

末永滴水不漏地檢查四一二號房。查看浴室和衣櫃，趴到地上查看床底下。毒蟲都喜歡鑽進狹窄的地方。

室內很整齊，看來不太可能是被捲進麻煩事。是自己出門去附近散步了嗎？

末永從客房打電話，山垣一樣沒接。

末永自稱是四一二號房住客的顧問律師，拿了山垣的照片給商務飯店的櫃臺人員看。日本律師在雅加達並不罕見，反而是愈來愈多。律師們常駐在法律事務所，處理日本企業在當地分公司的問題。

櫃臺人員對末永毫不懷疑，看著 iPhone 螢幕上男子的臉說：

「這位先生出去了。和一位跟先生您一樣的日本人——」

末永蹙眉。日本人？他一直和山垣一起行動到昨晚，除了自己，山垣在雅加達應該沒有其他熟識的日本人才對。

「他或許遇到詐騙了，」末永向櫃臺人員解釋，「我想知道他和誰出去了。雖然應該交給警方處理，但分秒必爭，否則他會被騙錢。可以讓我看看監視器錄影嗎？」

櫃臺人員收下末永遞過去的十萬印尼盾，獨自進入警衛室，分了一些錢給值班警衛，要他播放錄影，然後用自己的手機錄下兩人走出大廳的身影，再回去找末永。末永看到影像，難掩驚訝。

山垣和戴圭明走在一起。

戴圭明自稱中國黑幫九一九的幹部。在雅加達的地下社會，幾乎所有的人都認為戴就算是九一九的成員，說他是幹部也是唬爛。戴是個會出於虛榮而如此吹噓的蠢蛋，但非常有錢。是任何國家都有的那種人，處在接近黑色的灰色地帶。

末永目不轉睛地盯著影片。戴並未以刀槍威脅山垣，兩人很自然地肩並肩穿過大廳。戴八成是自稱器官買賣的相關人士。

末永想，照這樣看來，這傢伙或許是亮出我的名字，博得山垣的信任。但我並未對戴揭露自己器官走私協調師的身分。山垣也不可能透露，而且他跟戴根本沒有機會接觸，戴怎麼會跑來這裡？他調查了我的事？如果是，從什麼時候就在打探我？

如果有玻璃菸斗和快克，末永實在很想當場哈一管，鎮定情緒。當然，古柯鹼也可以。

會在今晚這種節骨眼把山垣帶走，理由只有一個。末永握緊了拳頭。雖然不願相信，但我的商品被劫走了。戴知道了一切，打算把山垣的腎臟賣給其他買家，或是已經賣掉了。如果已經交貨，差不多就玩完了。但雅加達的器官摘除手術行程早已爆滿，末永也是好不容易才約到今晚的密醫。劫走商品的戴不可能立刻就找到動手術的地方。不管怎麼樣——

冰寒的汗水淌下末永的背脊。

無論真相為何，如果無法在今晚把山垣搶回來，違約的我——

會被伊斯蘭之雷懲罰。

那夥人不接受辨解。他們一定會認為自己受騙、戰士的榮耀遭到了踐踏。就算我提出用自己的一顆腎臟做為補償，他們也絕對不會放過我，一定會說「無恥的騙子，把你另一顆腎臟也交出來」。不僅如此，他們甚至會說「把所有的器官都交出來」。

末永在櫃臺斜對面的大廳沙發坐下，手指抵著下巴，閉上眼睛。他第一次遇到這種狀況。他研究了所能想到的一切善後對策，但感覺都行不通。

令人駭懼的死神鐮刀正確實地逼近自己的喉嚨。已經無路可逃了。儘管意識到危機，同時卻又湧出一股懷念的感覺，讓末永感到奇妙極了。

很快地，他想到了這種感覺究竟是什麼。是他過去體驗過無數次的、即將以首席執刀醫師身分踏進手術室前，那種緊繃至極限的空氣。

末永體會著過去與現在重疊在一起的感受，仰望著大廳天花板的眼前，浮現一名男子的臉。

接到田中連絡，瓦米洛來到芒加貝薩爾大道的攤車。爪哇和巽他年輕人汗流浹背、馬不停蹄地宰殺眼鏡蛇，在彌漫的煙霧中串肉燒烤。這星期的營業額不錯。田中一現身，瓦米洛便抓起星牌啤酒的瓶子喝著，一如往常地走進巷弄裡，在暗處賣出田中要求數量的快克粒。

「大廚，」田中把紙鈔遞給瓦米洛說，「我想委託你一件工作。」

瓦米洛定定地看著田中的眼睛。田中完全沒發現自己被人搜底了。

「我想拿回被偷的東西。」田中說。

「我看起來像警察嗎？——似乎沒空開這種玩笑呢。」瓦米洛灌了口星牌啤酒說。

「我重要的商品被戴偷走了。」

「戴——戴圭明嗎？」

「我想拿回商品。不是東西，是人，簡而言之是我的客人。」

「客人嗎？我記得之前問過——」

「如果你願意幫忙，我自有一份心意。」

瓦米洛從口袋裡掏出Djarum Super 16的紅色菸盒，叼了一根，用打火機點火。「你說客人，是什麼客人？」

「Riñón（腎臟）。」田中回答。

聽見多年沒聽到的西班牙文單字，瓦米洛靜靜地抽著菸。雖然早已透過巴瑞．格羅塞的調查知悉，但他假裝考慮好半晌，慢慢地吐菸。

「原來你是器官掮客？」

「有點不一樣。正確地說，是走私協調師。」

「半斤八兩，」瓦米洛笑道，「要見戴很簡單。他每天晚上都會去他的夜總會上班。你也知道吧？那傢伙不放心把錢交給別人管。去那兒跟他談就行了。」

「會偷別人客人的人，會那麼容易招出來嗎？」

「說的也是，」瓦米洛假惺惺地正色說，「可是，你怎麼會想到要來找我？我只是個攤車老闆，是只知道賣眼鏡蛇和廉價快克的秘魯人。」

「就剛好想到你，」田中摘下眼鏡，抹去額上的汗珠，「這是個賭注。不管籌備得再怎麼萬全，人還是無法避免一賭。人生就是這麼一回事吧？」

「好哲學啊。那，你賭了什麼？」

田中沒有回答，而是微笑，伸出食指在自己的脖子前面水平畫了一刀。

瓦米洛再次注視田中的眼睛。拿出性命下注，卻能面不改色，**這傢伙值得合作**，他想。他就是為了找到這樣的人，才會買下攤車，販賣快克。

「你叫什麼名字？」瓦米洛問。

要試探對方的誠意，再也沒有比這更簡單的測驗了。答案只有一個，而瓦米洛想要知道答案。

「末永充嗣，」末永回答，「這是我的本名。是真的。」

迎視大廚陰暗的眼神，一股奇妙的不安掠過末永的腦海：我可能會當場被這個人殺掉。這是難以解釋的奇妙感覺，但末永真的這麼覺得。他依然沒有把目光從秘魯人的眼睛移開。

「Entiendo.（我知道了。）」瓦米洛將菸蒂彈落，「告訴我狀況。」

毒梟與醫師在擠滿了當地客人的巴東菜餐廳對桌而坐。瓦米洛知道末永的底細，而末永仍然相信對方是秘魯人。

戴開的夜總會晚上七點開門。身為老闆的戴，會晚一個小時出現。必須在那之前擬定好對策。

伊斯蘭教徒開的巴東菜餐廳不供應酒類，瓦米洛和末永喝著蘋果西打，一會兒後店員過來，任意將菜餚擺到桌上。這家餐廳採用的方式是客人挑愛吃的菜吃，最後再結帳。

瓦米洛用漂著檸檬片的洗指碗洗手後，把炸魚撕碎，在盤子上和米飯混合，再加上大量的參巴醬——一種辣椒醬——拌勻。末永則看也不看桌上的菜，只是啃著炸蝦片。

瓦米洛滿不在乎地吃著觀光客肯定會被辣得嚇嚇叫的參巴醬，對末永的態度頗感佩服。就算只是薄薄的炸蝦片，但還吃得下東西，就算相當了不起了。很多人光是遇到性命交關的狀況，就會嘔吐一整天。

「你的客人——你的商品，」瓦米洛把捏了炸魚油膩膩的指頭浸到洗指碗裡問，「是從哪裡來的？準備送去哪裡？」

「與其說是商品，正確地說，是商品的容器，是日本的密醫送過來的。」末永說。

「是指活生生的人？」

末永點點頭。「從東京南邊一個叫川崎的都市送來的。那個川崎的密醫是當地日本黑道底下的醫生，送來的容器由我在雅加達保管，找到動手術的密醫，把腎臟交給客人，最後收取仲介費。」

「你把商品搞丟了，會被日本黑道宰了嗎？」

「只要待在雅加達，就不怕日本黑道，」末永壓低聲音說，「會把違約的我宰掉的是買家，Guntur Islami。」

末永接下來的內容，是巴瑞．格羅塞的情報網也沒有網羅到的未知情報。

Guntur Islami——這是印尼話，意為「伊斯蘭之雷」。

「第一次聽說。」

「你知道『伊斯蘭祈禱團』這個組織嗎？」

「聽過。」瓦米洛這麼回答，但其實他擁有遠超出「聽過」的知識。販毒集團熟悉恐怖組織，反之亦然。雙方都是美國的國際偵查機關的死敵，也算是半個鄰居。

欲在東南亞建立理想伊斯蘭國度的「伊斯蘭之家」分裂後，一九九三年，伊斯蘭祈禱團——Jemaah Islamiyah 誕生了。二〇〇二年十月，該組織被美國國務院指定為恐怖組織。

該組織主要透過在菲律賓的軍事訓練提高成員的戰鬥力，在印尼國內發動多起恐怖攻擊。二〇〇九年七月十九日，以高級外資飯店為目標的「雅加達酒店爆炸案」，也是由該組織的分支所發動。二〇〇九年以後，組織潛伏多年，但二〇一四年，位於中爪哇省的武器工廠被警方破獲，促成了組織的崩壞。

這是瓦米洛所知道的情報。

離開伊斯蘭祈禱團的成員，集結為新的組織「伊斯蘭之雷」，正在印尼展開活動，這件事瓦米洛從末永的話中第一次得知。

「你見過組織幹部嗎？」瓦米洛問。

「沒有。」

「我想也是。」

「連絡人叫馬特諾。」

「要怎麼連絡他？」

「可以打電話。」

瓦米洛用湯匙舀起灰色的湯送入口中，湯上浮著沒見過的野草。「戴那傢伙知道你的交易對象是誰嗎？」

「要是知道，就不會發生這種事了。這是戴的獨斷獨行。」

「確定嗎？」

「我向九一九查證過了。就算中國黑幫和伊斯蘭極端組織在雅加達對幹，也沒有人有任何好處。如果因為戴那傢伙而造成損失，要負起腎臟管理責任的人是我。」

瓦米洛點點頭，喝光蘋果西打，詢問腎臟的賣價。末永回答後，他接著問轉賣價格，末永也回答了。相較於古柯鹼生意，不管是賣價還是轉賣價，都微不足道。

瓦米洛聳了聳肩。「你剛才說你『賭了一把』，那如果你贏了這場賭注，能得到什麼？保證今晚可以保住小命，明天也繼續活下去嗎？你想要的是什麼？」

末永在德國慕尼黑取得醫師執照，回到日本後，進入「東北心血管醫療中心」的心臟血管外科，成為首席執刀醫師，在手術室裡一臺接著一臺開刀。

末永完成了許多高難度手術，像是由於接受急診病人的疏失，而必須同時為兩名病人進行「冠狀動脈繞道手術」，以及國內極為罕見的「艾森門格症候群」病患的心肺同時移植。不允許失敗。絕對不行。

末永靠著吸食古柯鹼，來承受首席執刀醫師都必須背負的沉重精神壓力。他平日便謹慎地抹去吸毒痕跡，除了從鼻子吸食，有時也會使用玻璃菸斗和注射器，這些工具每三天便會丟進高度安全等級的醫療中心廢棄物裡處理掉。

他第一次接觸毒品，是在留學的慕尼黑，向一個說著「Schnee（雪）」走近的毒販買來的。地下噪音音樂震耳欲聾的俱樂部廁所裡，每個年輕人都在哈「雪」。

回國後，末永聽到了關西某家大學醫院的麻醉科醫師的傳聞。私賣偷來的吩坦尼的野村健二，在渴望擺脫沉重精神壓力的醫師之間是個知名的「藥頭」。

末永一開始也是買吩坦尼，但一段時間後便問：「有沒有古柯鹼？」後來野村便轉賣自己弄來的古柯鹼，兩人維持這樣的關係。

日本的古柯鹼零售價是德國的約四倍，透過野村，價格更是跳到六倍，但比起跟街頭毒販打交道，更要安全許多。

當野村盜賣醫藥品的事東窗事發時，末永非常害怕。那傢伙會不會不甘心自己倒楣，把客人拉下去陪葬？

但末永的不安沒有成真，野村完全沒有洩露他的醫師客群。這件事維護了野村的信用。雖然只有醫師才能輕易弄到手的吩坦尼無法穩定供應了，但先前野村轉賣古柯鹼的醫師們，後來也繼續和野村交易。末永也是其中之一。

由於大學醫院高層決定把盜賣事件壓下來，野村自願離職，只是離開職場，並未被吊銷醫師執照。由於事件本身不存在，因此也沒有理由吊銷執照。但野村的名字登上了流傳於全國醫院的黑名單，實質上形同永久被醫界放逐了。

末永把古柯鹼的款項匯入人頭帳戶，內心嘲笑野村步上的命運。完全就是笑話一樁。擁有醫師執照，卻淪為密醫，這還不夠好笑嗎？

末永用鼻子吸著野村用小包寄來的古柯鹼，就像挑戰抱岩那樣，持續挑戰心臟血管外科手術的高牆。

二〇一三年四月二十九日星期一，破滅突如其來地降臨了。

末永結束長達十四小時的「擴張型心肌症」病患的心臟移植手術，脫下滅菌手術衣、沖過澡，乘上停在醫療中心停車場的車子。是紅色的保時捷 718 Cayman。

他一發動引擎，便拿出古柯鹼，在儀表板上倒出一條線，用鼻子吸了一點，然後踩下油門，開出醫療中心，駛過仙台市內。等紅燈的時候又吸了一點。

末永在花京院大道撞到了一個騎自行車的男孩。凌晨四點四十七分。從左側筆直騎過來的自行車飛上半空中，落地後在柏油路上劇烈翻轉。看起來彷彿炸開了一團火花。

末永的腳從油門放開了，但保時捷 718 Cayman 依據慣性法則持續前進。結果末永一次也沒有踩煞車。等他回過神時，男孩和自行車都在後照鏡裡變成了小點。末永再次加速。

完成長時間手術後的極度疲勞、古柯鹼帶來的亢奮、車禍衝擊的記憶。

末永在黎明前的仙台市逃逸著，一邊心想：

我熬了一整夜，完成心臟移植救了一個人，就算害死一個人，也可以——沒辦法一筆勾銷吧。這算危險駕駛致死罪嗎？絕對會被吊銷醫師執照。手術就是我的一切，卻再也沒辦法回去當醫師了。既然如此——**我有什麼必要彌補？**

遭到肇逃死亡的十四歲男孩正要去仙台港釣魚，當時正騎過綠燈路口。

看過交通監視器畫面後，宮城縣警向全國通緝三十八歲的心臟血管外科醫師末永充嗣。嫌疑為危險駕駛致死罪，根據二〇〇一年通過的新法，最高可處二十年徒刑。

社會的撻伐之聲滾滾沸騰，警方布下天羅地網，但末永持續逃亡。他向古柯鹼藥頭——

川崎的密醫野村健二求助，依他的指示從八戶港上船，前往神奈川縣。他把錢交給在川崎港會合的野村，由野村替他安排逃往東南亞的路線。末永搭乘高速艇偷渡到韓國，換乘貨櫃船，經過臺灣，朝赤道正下方的國家南下。

我的願望，是恢復心臟血管外科醫師的身分。

瓦米洛在巴東菜餐廳的嘈雜聲中聽到末永的表白，儘管早已透過巴瑞．格羅塞的背景調查得知末永的過去，但他故意裝出驚訝的反應。

末永也明白自己不可能再成為正牌醫師。末永希望的，不是當個躲在郊區的落魄密醫，而是在如同過去那種擁有最新設備的最完善環境裡，對心臟動刀。所以他靠著在雅加達當器官買賣協調師的經驗，已經策劃出一門大生意。

正在尋找知音、協助者的，不只有瓦米洛而已。末永也是一樣，從他以田中的身分購入快克的那天開始，他便直覺大廚是值得拉攏的人。而且末永擁有瓦米洛所沒有的明確願景。

醫師述說著，毒梟聆聽著。伴隨著暴力的預兆，兩個命運交會了。這是從未有人想到過的、精妙絕倫的大事業。

毒梟——Narco，正確的說法是Narcotraficante（毒品私梟）。日後，對於參與末永發明之生意的他們，瓦米洛如此稱呼：Corazóntraficante（心臟私梟）。

19 caxtōlli-huan-nāhui

戴乘坐的捷豹XJ剛在芒加貝薩爾大道的夜總會前面停下，孩子們便從巷子裡衝出來，往車子後面丟石頭。

孩子們依照付錢的瓦米洛指示，只瞄準後保險桿扔，沒有丟到車窗。瓦米洛如此指示的理由是，如果後車窗被砸破，戴會以為遭到槍擊，不敢下車，而是踩油門逃亡。

聽到東西敲到後保險桿的聲音，戴嘴裡咒罵著，走下捷豹XJ。他就像平常那樣，兩耳戴著18K金耳環，穿著昂貴的短袖蠟染襯衫。這時，戴著黑色滑雪面罩的瓦米洛偷偷靠近繞到車子後面的戴身後，用裝了石頭的麻袋毆打他的後腦。麻袋不會反光，因此不惹眼，又會吸收撞擊聲。

瓦米洛把麻袋裡的石頭當場倒掉，用空麻袋罩住往前栽倒的戴的頭，用束帶綁住後剪的雙手，把人拖到夜總會監視器拍不到的位置。將昏倒的戴塞進預先停在死角的雪佛蘭運動型多功能休旅車Trailblazer後，緊急發車。

Trailblazer用的是假車牌。自從雅加達為了解決塞車問題而施行交通政策「奇偶數」制度以來，車牌及登錄證的偽造生意大為興旺，更容易取得了。

末永在後車座盯著戴，握著方向盤的瓦米洛將 Trailblazer 開往東南方。來到靠近「賈蒂內加拉贓市」的巷弄裡，停下車子。

「賈蒂內加拉贓市」裡面擠滿了無數的攤販，什麼都有賣。滿坑滿谷的雜貨、工具，尤其動物品類豐富，貓頭鷹、兔子、鬣蜥、鴨子、青蛙，各類物種從籠子裡注視著顧客，或是製造噪音、發出叫聲，這些聲響甚至傳到市場外面來。

Trailblazer 停下的巷弄裡，停著一輛豐田 Hiace。黑色車身，旁邊站著一個男人。是瓦米洛熟識的馬來西亞毒販，Hiace 是瓦米洛託他準備用來換車的。瓦米洛下了 Trailblazer，和馬來西亞人簡短交談了幾句，探頭查看 Hiace 車內。是在檢查他訂的工具是否都準備齊全了。

瓦米洛付錢給馬來西亞人，和末永一起將戴拖下 Trailblazer，推進 Hiace 的後車座。罩著麻袋的戴小聲呻吟著，似乎稍微恢復意識了。

載著三人的 Hiace 往市場東邊開了約一公里，這段期間，末永為大廚從換上假車牌的車子更進一步換車的謹慎感到佩服。

Hiace 停在主要堆放著廢棄家電的倉庫前。瓦米洛在電子鎖輸入密碼，打開倉庫鐵門，整輛車開進倉庫裡。

被麻袋蒙蔽視力、雙手被束帶綁住的戴，在被拖出 Hiace 的時候大喊大叫，掙扎起來。瓦米洛從麻袋上方毆打戴的頭，接著揍他的鼻子部位，粗魯地把他拖下後車座。戴趴在混凝土地面，踢蹬雙腳嚷嚷著。束帶堅硬的塑膠勒進手腕，皮膚磨破，滲出血來。

瓦米洛把戴托起來，讓他坐到倉庫裡廢棄的椅子上，用工業繩俐落地把他的腳綁在椅腳上。躲在廢椅子後面的蜈蚣倉皇逃離。

瓦米洛摘下麻袋，戴以憤怒扭曲的表情瞪著兩人。「我要宰了你們，」他用印尼話說，「把你們的家人也碎屍萬段。」戴用北京話又說了同樣的內容。

瓦米洛一派輕鬆，用印尼話問山垣在哪裡。

戴露出狂妄的笑。

瓦米洛戴上皮手套，毆打戴的臉。右、左、右。眼角、鼻子、顴骨、太陽穴、嘴脣、下巴。每一拳打下去，戴的臉頰就跟著皮開肉綻，鮮血濺在椅子四周圍。右眼腫成烏青色，堵住了眼睛，鼻子歪成古怪的角度。

末永只在一旁看著。大廚就像在攤子殺蛇那樣，淡淡折磨著人類。這是他做不到的事。

「我要宰了你，」戴啐出鮮血唾沫，「九一九會把你們全宰了。」

即使臉被揍到變形，戴仍繼續逞強。

瓦米洛停止拷問，脫下皮手套，喝了帶來的星牌啤酒。接著用西班牙話對末永說：「打成這樣還不肯說的話，一般來說，是不會招了。真教人意外。」

「那怎麼辦？」末永沉聲問。

戴居然受得住這樣的折磨，末永也大感意外。雖然不曉得是自詡為惡徒的自尊心作祟還是怎樣，總之相當了不得。若非事前已經調查過，否則可能真的會相信九一九在背後為他撐腰。戴劇烈地喘著氣，黏稠的鼻血淌到破裂的嘴脣上，流過下巴滴落，在色彩鮮豔的蠟染襯衫描繪出新的花紋。

「鬆開他的右手。」瓦米洛說。

末永接過美工刀和膠帶，美工刀就算了，但他不懂膠帶要做什麼。不過他隨即悟出用意。如果一下子割斷束帶，左右手獲得自由，渾身是血的戴會瘋狂掙扎起來。末永先用膠帶把戴的左手腕和椅腳綁在一起，接著再用美工刀割斷綁縛雙手的束帶。

戴空虛地揮舞著獲得自由的右手。瓦米洛從倉庫深處搬來桌子，擺在戴的前方，留下一句「按住這傢伙的右手」，返回車子那裡。

戴鬼吼鬼叫反抗著，末永使盡全力把他的右手按在桌上。他心想這傢伙就要被拔指甲了。雖然在電影上看過，但他從未實際目睹這種拷問方法。

戴精疲力盡，垂頭喃喃著：「我要宰了你們。就算求饒也沒用。」

戴圭明偷了伊斯蘭之雷要買的腎臟。

如果這話出自一介器官走私協調師的日本人口中，九一九會充耳不聞。但若是出自同為黑幫一大勢力的「新南龍」口中，他們也不得不理會了。

新南龍是一群出生在印尼的年輕中國人，在二〇一一年組成的組織。他們擁有新時代的創新生意頭腦，以雅加達為中心，迅速擴大地盤，勢力幾乎直逼以香港為根據地的新義安或「14K」。成員身上都有科摩多龍的刺青，做為組織一員的證明。這種大型爬蟲類僅棲息在印尼東努沙登加拉省的科莫多島，是組織源流的象徵。

他們與同樣以印尼雅加達為據點的新興恐怖組織伊斯蘭之雷關係密切，在使用加密貨幣交易的毒品及偷渡市場等領域互助合作，獲得資金。

末永在雅加達成為器官走私協調師後，便一直小心謹慎地觀察雙方的活動。販賣腎臟給伊斯蘭之雷的過程中，雖然是一點一滴，但逐漸累積情報，他細心分析這些情報，尋找門路，終於結識了新南龍的幹部郝景亮。對末永來說，這是一大前進。

二十八歲的郝，財務方面的能力受到新南龍內部的器重，但過去他是個殺手，曾經除掉幾十名敵人，也率領過組織裡的戰鬥部隊。郝的興趣是登山，這個共同話題對末永十分有利。郝對末永說：「因為登山這個興趣，我可以輕鬆扛著屍體翻山越嶺。你懂吧？」

末永向新南龍的郝說明狀況，得以在事前請他把戴的事轉達九一九。

郝直接向九一九的幹部確認後得知，戴把山垣帶走並非九一九的指示，而是戴的獨斷獨行。郝說：「這樣的話，要搶回你的商品，就只能綁走戴了。」

九一九的高層原本就對戴毫不信任，原本打算如果夜總會上繳的規費少了一點，就以此為藉口除掉戴。

「咱們跟他們是對手，」說完九一九的狀況後，郝對末永說，「但託你的福，賣了個人情給他們。畢竟他們也不想成為自殺恐攻的目標。」

戴在毫無自覺的情況下遭到組織除名，九一九拜託郝「收拾善後，免得在九一九和伊斯蘭之雷之間留下禍根」。

善後工作落到末永頭上，然後末永委託大廚協助。這就是綁架行動的背景全貌。末永沒有放過這個機會，企圖在新南龍與伊斯蘭之雷之間建立起自己的地位。他夢想中的事業，實現的希望都在這裡了。

眼前鮮血淋漓的戴，掌握著未來的關鍵。

總得乾坤一擲，末永心想。無論如何都非要戴吐出山垣的下落不可。

大廚從車子行李箱取來的東西，並非末永猜想的拔指甲工具，而是個像拉長的滅火器般的細長氣瓶，表面是金屬綠。

瓦米洛拖來印有「液態氮」字樣的氣瓶，腰間插著一把鋼鐵製的工業鐵鎚。兩樣都是託馬來西亞人準備的工具。

瓦米洛把液態氮瓶擺在桌上、戴被末永按住的右手旁，製造出放下岩石般的聲響。他取下軟管，扭開瓶子開關，將管子的噴口靠近戴的右手。

「住手！」

戴驚恐大叫，但瓦米洛面無表情。他就像噴殺蟲劑那樣，毫不猶豫地噴射出液態氮。零下一百九十六度的超低溫氣體噴射出來，暴雪般的冷氣瞬間覆蓋了整張桌子。空氣中的微粒子凍成白色，末永反射性地放開抓住戴的手指，否則他應該也已經受了嚴重的凍傷。

整條右手熊熊燃燒起來般的劇痛，讓戴發出不像人類的吼叫，雙眼暴睜。暴露的兩顆眼珠盯著空中的一點，再也沒有動彈，彷彿也跟著凍結了似的。戴的右手失去了感覺，皮膚變成詭異的顏色，細胞遭到破壞，血液連同血管全部凍結了。

「看好。」

瓦米洛用西班牙話說，一把抓住戴的頭髮，讓戴抬起頭後，從腰帶間拔出工業用鐵鎚，一把砸向凍結的右手。一陣砸破雪塊般的奇妙潮溼聲響後，右手肘以下輕易碎裂了。沒工夫慢慢折磨他了。

短短幾秒右手就被粉碎的戴，哭著招出了一切。

去年，二〇一五年二月，一個叫元木大地的日本人來到戴在芒加貝薩爾大道的夜總會。喝醉的元木讓小姐們陪酒，趁著跟他一起來的田中離席的空檔，悄悄告訴戴：「那傢伙在幹器官買賣。」

戴早已認得田中這個人，但不知道他的底細。

洩露祕密的元木就和山垣一樣，是末永保管的來自日本的商品容器。元木依照預定摘除一顆腎臟，拿了錢回日本去了。

換句話說，戴從一年前就知道末永的工作。

然後，今晚戴亮出田中的名字，搏取山垣的信任，把他帶走，準備把他的腎臟賣給正在洗腎的新加坡投資家。先綁架山垣，等投資家乘高速船抵達巴淡島之後，再把人帶去密醫那裡就行了。他是這麼盤算的。

但他沒設想到事情之間的關連性，看不見背後盤根錯結的黑暗深淵。他過度評價自己，深信自己聰明過人，是能想出天衣無縫計畫、巧妙賺大錢的人。

中國人說，「人無遠慮，必有近憂」。這完全就是戴圭明這個人不受黑社會信任的理由，也是他遭到瓦米洛拷問，差點送命的理由。

戴招出一切後，瓦米洛扯下他雙耳上的耳環，確定純度，用戴身上的蠟染襯衫擦掉耳環沾到的一點血。接著用毛巾紮緊戴的右手殘肢根部止血，手肘前端用塑膠袋套起來，免得血弄髒車子，和來時一樣，用麻袋罩住他的頭。

末永協助瓦米洛把戴拖進Hiace的後車座，慎重起見問：「要把他帶去嗎？」

「如果他敢扯謊，」瓦米洛說，「下一個就是左手。」

把戴塞進車子裡，關上滑門後，瓦米洛拿著十字起子，繞到前保險桿，著手更換車牌。

末永注視著這個萬無一失的男子背影。目光轉移到戴的右手被粉碎的桌上，悶熱混濁的倉庫空氣裡，冰沙狀的血肉和骨頭正逐漸融化。

驚心動魄，末永心想。這是秘魯式的拷問嗎？——大廚，這傢伙是個完全不遜於新南龍或伊斯蘭之雷的毒蛇。他在流落到雅加達之前，究竟做過什麼？我不知道他的過去，但也沒空慢慢調查了。現在只能把賭注放在他的表現上了。

瓦米洛換好新的車牌，把卸下的車牌丟向堆在倉庫角落的廢棄家電山裡。尖脆的金屬聲反彈了好幾下，逐漸轉小。很快地，現場回歸寂靜。

20 cempōhualli

Hiace在城區站直通雅加達灣的直線道路上前進，停在一棟七層樓的住商大樓前。瓦米洛和末永進入六一三號室，如同戴所說的，山垣康就在那裡。山垣一臉不安地躺在填充物露出皮革裂縫的沙發上。

「怎麼這麼慢？」山垣說，「我什麼都沒吃，還以為要餓死在這裡了。」

看到末永，山垣放下心來，貧嘴了幾句，但看見從背後現身的瓦米洛，嚇得閉上了嘴。瓦米洛用黑色頭巾包住臉，只露出銳利的眼神。生意已經開始了。不能讓預定摘出腎臟後活著回去日本的男子看到自己的臉。雖然在秘魯餐廳見過一次，但那個時候山垣喝得爛醉，應該不記得他。瓦米洛對山垣毫無興趣，迅速掃視單調的房間。

坐上Hiace後車座的山垣，表情因為更強烈的恐懼而扭曲。車子裡已經有人了，而且那個男人的右手斷了。套著斷面的塑膠袋裡積滿了血。仔細一看，是來商務飯店接他的人。

「田中，這是怎麼回事？」

「就像你看到的，」末永回答，「他受傷了。我們現在要去密醫那裡，所以順便帶他過去。比叫救護車快多了。」

「等一下，真的嗎？我不會有危險吧？」

「山垣先生，」末永說，「我看起來像小毛頭嗎？」

「什麼？」

「我問你我看起來像小毛頭嗎？我沒跟你說過，但我年紀比你大多了。」

滑門關上，Hiace 往前開去。

山垣在密醫的手術室被摘出右側腎臟後，人被挪到牆邊的床上。等他從全身麻醉中醒來後，會被送回芒加貝薩爾大道的商務飯店。

手術完畢，密醫離開後，瓦米洛和末永仍留在現場。他們並非單純在等山垣醒來，而是在等更重要的事——等待聆聽末永事業計畫的男人們前來。

手術室位在新穎的出租大樓地下二樓，地上是有正式營業許可的牙科診所和醫美診所。並沒有祕密通道前往大樓地下，搭電梯就可以下來，很普通。

一小時前躺著山垣的手術臺上，現在躺著別人。全身赤裸仰躺在那裡的，是右手被砸碎、失血過多而死的戴圭明的屍體。

伊斯蘭之雷的連絡人馬特諾出現在地下手術室了。接著現身的是組織司令部的男子，男子名叫祖爾曼德利。末永第一次見到伊斯蘭之雷的幹部。不過祖爾曼德利也和末永旁邊的瓦米洛一樣，用頭巾包住面龐。

恐怖分子抵達後不久，新南龍的幹部郝景亮帶著保鏢現身了。看見不約而同用黑色頭巾遮住面目的祖爾曼德利和瓦米洛，郝摸了摸自己的臉苦笑：「早知道我也戴個迦樓羅面具。」

迦樓羅是印度神話中的神鳥，也是印尼的國徽。

瓦米洛、末永、祖爾曼德利、郝這四個男人圍著手術臺上的屍體，連絡人和保鏢後退。

男人們用英語對話，談了一陣後，末永離開手術室。

等待末永回來的時候，郝把臉湊近戴一團糊爛的右手斷面，興致盎然地問瓦米洛：「不是炸爛的，這用了什麼？」

「液體氮。」瓦米洛在頭巾底下回答。

郝哈哈大笑，這時末永回來了。他戴上水藍色帽子，穿著滅菌手術衣，戴上乳膠手套，臉上是綁帶式而非掛耳式的手術口罩。

末永將在齊聚一堂的幾個怪物面前，展現他心臟血管外科醫師的技術。他揭露本名，也說明在日本的經歷，連他在雅加達接受眼睛和鼻子整形手術的事都說了。為了得到信任，讓他們投資，必須開誠布公。要贏得怪物們的信賴，最後一哩路就是展現真正的技藝。

其實他原想披露高超的心臟移植手術，但是密醫的工作室沒有麻醉科醫師，也沒有負責灌流的醫師，不可能執行。最重要的是戴已經死了。不是腦死，而是全身功能完全停止。沒有呼吸，換言之，心臟已經不會動了。停止跳動的心臟無法成為商品。

代替心臟移植手術，末永展演的是運用屍體的摘除模擬手術。不是單純地取出，而是以戴處於腦死狀態為前提，摘除心臟供移植使用。

伸出戴手套的手，打開手術臺正上方的ＬＥＤ燈。雖然不是無影燈，但比白熾燈好多了。用剃刀刮去屍體胸上的毛，蓋上滅菌手術鋪單。不用密醫多次使用的手術刀，而是握住預先準備的德製全新手術刀，以銳利的刀片垂直剖開胸膛，接著用電鋸迅速鋸斷胸骨。

注視著末永動作的瓦米洛心想：原來如此。我取出心臟時，是用刀子水平割開胸骨，但專業的外科醫師，是像這樣垂直割開嗎？

這是瓦米洛第一次親眼看到心臟血管外科醫師的「胸骨正中切開」術。

沒有護理師幫忙遞器械。末永自己拿起排在盤子上的手術器械。

開創器、骨鉗、鑷子、肌鉤——

人手不足，並不讓他感到困擾。即便只是使用屍體的模擬手術，但他總算又回到這裡了。手術刀割開心包，看到心臟，雞皮疙瘩爬滿了末永的手臂。他陶醉在古柯鹼也無法帶來的亢奮之中，手術的動作愈來愈快。

想像力。屍體的心臟正強而有力地跳動著，運送出血液。聽見噴槍清除手術視野中血液的聲音。

那種緊張感。那種熱度。

末永用日語說：

上腔靜脈結紮。

迅速完成這項處置後，接著說：

準備摘除肺部，以止血鉗綁住下腔靜脈切開。

堵住流入心臟的血液，觀察不存在的血壓計螢幕，確認大動脈壓下降。找到升主動脈與頭臂動脈幹分岔的位置夾住，指示負責灌流的醫師注入心肌保護液。

這是一場雖未使用實彈，但無限接近實戰的模擬戰鬥。這場從頭到尾充滿緊張感的器官摘除模擬手術結束後，來自伊斯蘭之雷司令部的祖爾曼德利滿意地點點頭，新南龍的郝則報以掌聲。

他們兩人找到的，是如假包換的心臟血管外科醫師，並認可他有實力做為往後的生意夥伴。

郝和祖爾曼德利陸續離開手術室後，連絡人馬特諾靠近末永，附在耳邊說：「祖爾曼德利同志要我傳話──『我學過外科手術，原本打算只要你的動作有任何一點虛假的演技，就當場把你殺了，摘除你全部的器官。』」

對於這段聽似惡劣玩笑，但應是真實無虛的話，末永苦笑點點頭。

戴的屍體前方，只留下了瓦米洛和末永。

五分鐘後，新的腎臟容器送進了同一間手術室。爪哇密醫喝光一罐「紅牛」能量飲料，把口香糖扔進口中，著手摘除全身麻醉而昏睡的女人的腎臟。

不懂外科手術的瓦米洛也看得出來，滿頭大汗地操作手術刀的男子，和末永的技術是天壤之別。

末永摘出的心臟，放在叫做 Basin 的盤子裡。

「這液體是什麼？水嗎？」瓦米洛問。

「是濃度〇・九％的食鹽水。和人體血液及組織液的滲透壓一樣。如果心臟『活著』，實際摘除時會連著盆子一起浸泡在冰水裡冷藏。」

末永看著大廚一把抓起泡在食鹽水裡的心臟。彷彿拿起一顆蘋果般，稀鬆平常，動作相當熟練。

他該不會要吃掉吧？

末永皺眉，但大廚做出更令人意想不到的行動。

大廚把心臟放在死去的戴的臉上，小聲喃喃著什麼。

聽到的發音不是西班牙話，也不是英語或印尼話。

「你說什麼？」末永問。

「向神祈禱。」瓦米洛回答。

21 cempōhualli-huan-cē

心臟就是人體當中的鑽石啊，大廚。

鮮血資本主義。在這個血紅市場裡，流通的各種商品當中，就數心臟的價碼最高。

新鮮的心臟位在金字塔的頂端。

如果地下社會有哪個傑出的醫師能夠摘除，甚至是移植心臟，絕對可以賺到幾千萬美元。對中國黑幫和恐怖分子來說，會是不擇手段想要得到的人才。如果我是他們的人，我也想要這種人才。我要抓到這樣的醫師，以暴力讓他屈從，讓他整天只顧著動手術。

腎臟不是有兩顆嗎？腎臟和心臟的不同之處，當然在於心臟只有一顆。每個人就只有一顆。世上沒有人有兩顆心臟。所以移植心臟的話，獻出心臟的那個人就得送命。

在一般社會，心臟只能從判定腦死的捐贈者身上取得。希望移植心臟的受贈者，只能痴痴等待捐贈者現身。換句話說，只能等待有哪個捐贈者腦死。而腦死判定有嚴格的準則。

即使條件全部符合，也不是說心臟立刻就會送來。

一名捐贈者的前方，是數量數不清的受贈者行列。在排隊等待的期間，還沒輪到自己就已經死了，這是家常便飯。

不過呢，大廚。在這個世上，有一群人拒絕「等待」。這群人就是比有錢更有錢的超級有錢人。他們最討厭「等待」，甚至到了憎恨的地步。不管任何事，他們都想用金錢的力量抄捷徑。

若是自己的兒子或女兒處在「只要能移植心臟，就能活命」的狀況，他們絕不可能乖乖「等待」輪到他們。不可能受得了。畢竟任何情況都有捷徑可抄。所以他們會對器官掮客這麼說：「我要買心臟。」

但準備心臟不是這麼容易的事。和向活人買一顆腎臟天差地遠。

一定要有人犧牲性命。

但超級有錢人沒辦法等到有人腦死。

換句話說，他們只好殺掉某個人。

我成為器官走私協調師後，看過太多了。父親把罹患心臟病受苦的兒子從自己的國家帶過來，在雅加達接受心臟移植手術，為了兒子續命的奇蹟感動哭泣，歡天喜地回國去。

父親買的是東南亞某地的孩童心臟。

賣掉孩童心臟的人，可以賺到一大筆錢。他們賣的當然是貧民窟的孩童心臟，有些是如何掙扎都無法脫離貧窮的連鎖，靠著竊盜或賣春賺錢，販毒、甚至受僱殺人的孩童。

這樣的孩童被更邪惡的大人逮住，兩三下就被肢解，送進鮮血資本主義的市場販賣。

一切都有價碼。

頭髮可以做成假髮，頭蓋骨可以當成裝飾品，血液也一滴不剩，統統可以賣。

完全就是弱肉強食。有張死亡金屬音樂專輯《頂級掠食者——容易上當的人》（*Apex Predator–Easy Meat*），死亡金屬哦，沒有旋律地吼叫、節奏很快的那種，你知道嗎？我想也是，大廚，你沒聽過吧。

總之，事情就像那張專輯的名稱。就如同外星人的飛碟來到地球，把人類吸上去那樣，在這個世界的金錢，是「由下往上」流動。

心臟也是一樣的路徑。

商業模式早已完成了。沒有質疑的餘地。

我一直這麼以為，但其實倒也未必。

做著器官走私協調師這一行，我漸漸看出一點門道了。

剛才我說的心臟移植，舉「兒童器官買賣」當例子，就是有一群有錢人，為了讓自己的孩子活下去，用錢買了東南亞貧民窟的孩童心臟。

因為這樣，自己的孩子活下來了，所以他們應該也心滿意足了。一般會這麼想。可是呢，大廚，他們未必就這樣滿足了。

什麼意思？很單純，問題出在商品的品質。

他們買的是會偷東西、會賣春、會吸毒酗酒，甚至為了錢而殺人的孩童的器官。心臟的來歷，不會逐一告訴有錢人買家。但有錢人也清楚自己買的絕對不是「幸福圓滿家庭的兒童的器官」。

簡而言之，那些器官的來源，是來自對他們來說就像野狗、溝鼠這種等級的人體。

心愛的兒女身上流著自己的血、將來會繼承自己的財產和事業、肩負著光榮家族的未來，然而自己竟然在他們體內放進了野狗、溝鼠的器官，這讓那些有錢人後悔得要命。

這樣的想法沉澱在他們的潛意識深處，深深地扎根。這成了被害妄想的原因，成了反覆侵擾他們的惡夢秧苗。

是「生物感傷」的一種。Biosentimentality——所謂的生物感傷，是接受器官移植的本人或家人，偶爾忽然想像起捐贈者是怎樣一個人、度過了怎樣的一生，沉浸於感傷的現象。尤其心臟移植的情況，由於是以捐贈者的死亡換來自己的活命，更容易陷入嚴重的感傷。他們會不由自主地想像不曾見過的器官主人。

聽好了，大廚。我計畫中的新事業，首要關鍵就在這裡——生物感傷在移植後造成的影響。

第二個關鍵，則隱藏在「物理汙染」這個問題當中。

有錢人這樣想：「雖然買了心臟，但難保捐贈者吸食的毒品或酒精將來不會在我的孩子體內造成不良影響。就算提供心臟的孩童沒有吸毒喝酒，但那些在貧民窟長大的孩子，不是吸了滿滿的廢氣嗎？」

空氣汙染是破壞現代有錢人心靈平靜的重大問題。

尤其是中國有錢人，處心積慮要遠離化學物質「PM2.5」。

有一次我查了一下全世界的空汙狀況。真是太讓人驚訝了。能呼吸到正常空氣的國家，世界上居然沒有幾個。

一次就好，你可以讀一下世界衛生組織的報告書，真的會讓人笑出來。那沒辦法放在宣導用的電視廣告上呢。全世界每年有七百萬人死於空汙影響，我們現在正處於地球規模的危機當中。

歐盟、北美這些先進國家空汙程度較低，受害最嚴重的是非洲和亞洲各國，死於肺癌等呼吸器官疾病的人，超過九成以上都住在這些地區。

但亞洲也有唯一的例外。有個國家空汙程度很低。

那就是日本，大廚，我的國家。

我讀著報告書，看著地球儀，在其中發現了新的器官事業的可能性。

伊斯蘭之雷和新南龍那些人，都還沒想到像我這麼厲害的事業。

重要的是生物感傷，以及沒有物理汙染的品質，亦即「產地」的問題。

我的願望是再次親手執行心臟手術，說穿了就只有這樣，錢是其次。但既然要做，我想用最先進齊全的設備來進行。我絕對不要在陰暗的倉庫裡，在別人的監視、威脅下，用不曉得用過多少次的手術刀動手術。再說，會像這樣被逼著動手術的密醫，技術水準都跟肉攤子的打工仔沒兩樣。

我不是那個層次。所以我必須自行構思自己的事業，籌資執行。

用再生細胞製作心臟的技術？

哦，我知道啊。可是大廚，這個問題應該已經有答案了。也就是：「這種技術何年何月才會實現？」明天嗎？明年嗎？十年後嗎？我說過了，我們的顧客，最痛恨「等待」。

哦，你說在豬的體內製造人類器官的研究啊。真意外，你滿跟得上科學新知的嘛。難道你會看BBC節目？

總之，你看看這家店的菜色，豬肉在哪裡？不可能有豬肉。顧客都活在信仰當中。不用我再解釋了吧？來自人類的「商品需求」，永遠都不會消失。

心臟正逐漸成為鮮血資本主義中最璀璨的鑽石。上帝製作的電氣幫浦持續運作，其價值堅不可摧。所以，我們即將要開始的事業也具有無限的可能性。

大廚，別嫌我囉唆，這是我第一次向別人吐露這個計畫。我相信你。這是我的賭注。如果你不是我想像的那種人，現在就割斷我的脖子殺了我吧。算我輸了。既然失敗了，不如早死早超生。

說我猴急得好笑？

是啊。坦白說，我這人也最痛恨「等待」了。

22 cempōhualli-huan-ōme

東京都品川區的「小山台光明幼兒園」是政府立案的幼兒園，除了園長，還有八名職員，十一名保育員，共十九名人員。但園裡默認違反勞基法的加班工作，而且還有園長的權勢騷擾問題。

一名職員看不下去，向園長發難。這名女職員是退休小學老師，才剛二度就業。

指責園長的聲浪在職員與保育員之間擴散開來，園長持續做出辯解，卻沒有提出任何明確的改善方案。十四名員工為了抗議，發起罷工，要求園長辭職。

實行罷工的只有十四人，有兩名職員和三名保育員繼續留下。

宇野矢鈴也是留下的保育員之一。從岡山縣來到東京的她，進入專門學校取得保育員資格，一開始在世田谷區的幼兒園打工。短暫的僱用期結束後，她通過了小山台光明幼兒園的面試，獲得錄取。當時正好是她滿二十歲的春天。工作非常辛苦，她大小錯不斷，但總算是工作了四年，看顧著喊她「矢鈴姐姐」的孩子們成長。

十四人罷工後過了兩天，這天下午預定召開「家長說明會」。

矢鈴前往幼兒園附近的 7-Eleven，買了大量的瓶裝飲料，準備提供給出席說明會的家長。礦泉水、綠茶、烏龍茶、柳橙汁、四十個紙杯，還買了自己午餐要吃的沙拉和咖啡凍。雖然簡單，但她實在吃不下更多了。

從 7-Eleven 回去的路上，仰望晴朗藍天中的雲朵，應該是耀眼光明的景象，所有的一切卻都呈現黯淡的灰。

家長會憤怒也是難怪。矢鈴雙手提著塑膠袋心想。我也成了憤怒矛頭的目標之一。明明我這麼拚命。

矢鈴也聽到傳聞說，有實行罷工的職員接受週刊採訪，全盤托出一切。如果這是真的，那麼風波將愈演愈烈。

園裡有三十二名園童。這家幼兒園被媒體盯上，很快地除了違反勞基法以外，恐怕還會蒙上違反兒童福利法的汙名，實在不可能留住現在每一個園童，然而目前她們暫時得一個人照顧十人甚至更多人。即使園童會離開，也不是這一兩天的事。因為不可能一下子找到可以轉學的幼兒園。

一個人要顧十個幼童，這非常危險，可能引發重大事故。頭頂的天空看起來更陰沉了。

回到幼兒園，穿過辦公室前面，進入掛著「教室一」牌子的房間。把 7-Eleven 買來的瓶裝飲料排在櫃臺桌上。平常總是一堆小朋友吵吵鬧鬧的「教室一」，現在卻悄然無聲，只有排得整整齊齊的折疊椅。

望著幾小時後應該會充滿家長嚴峻眼神及咆哮的房間，矢鈴嘆氣，吃完只有沙拉和咖啡凍的午餐。她發現萵苣葉掉在黑褲上，連忙用指頭捏起來。園長指示要儘量讓家長留下好印象，所以矢鈴穿了求職學生會穿的那種黑色套裝。

她沒有參加罷工，繼續來小山台光明幼兒園上班，最大的理由不是對職場的留戀，而是出於照顧孩子們的使命感。反正自己做不了什麼大事。我這樣就好了。這樣才適合我。

不出所料，在教室一舉辦的家長說明會場面火爆。在道歉中不忘自我辯護的園長的說詞，完全激怒了把小孩託給幼兒園的家長。不只是園長的態度，原本有十一名的保育員只剩下三名，「暫時由這三人放棄休假，照顧園童」的方針，雖說是為了應付緊急狀況，仍招來強烈的抨擊。

會搞成這樣，都是你們害的！這是犯罪！我們怎麼可能把小孩交給這種地方！又沒辦法馬上轉到別的幼兒園！我跟外子都要上班，今天也是從公司早退過來的，卻給我說這些？到底要怎麼處理？要怎麼負責？現在要怎麼辦？

咆哮聲此起彼落，一名母親站起來尖叫，抓起裝著柳橙汁的紙杯朝園長扔去。但那名母親以揍人的動作甩出紙杯，失去準頭，紙杯砸在園長旁邊的矢鈴臉上。柳橙汁潑得到處都是，淋溼了矢鈴的頭髮。矢鈴滿臉錯愕地盯著滾過地面的空紙杯。

總是守在門口的七十二歲老警衛和職員合力安撫激動的母親，被抓住雙手的母親尖叫「不要碰我」，反抗得更凶，接著哭了起來，大喊：「叫警察來！」教室內雞飛狗跳，發給家長的資料掉在地上，被任意踐踏。髮梢滴著柳橙汁的矢鈴只是茫茫然地旁觀著這場騷動。

我為什麼會來做這種工作？

想要幫助小孩——自己懷抱著這種願景進入專門學校的身影，逐漸遠離，變成消失在水平線彼端的小小黑點。頭好痛，好想吐。

最後決定改日再次舉行說明會，矢鈴和其他保育員陪同滿臉憤怒的家長前往大門口，拚命鞠躬陪罪。被潑了柳橙汁的頭髮黏答答的，凝固成奇妙的形狀。離開的家長沒有任何人安慰矢鈴。就連跟她特別要好的「小正」和「小香」的媽媽們，都一語不發地走過她前面。

最後一名家長離開後，矢鈴衝進廁所隔間吐了。全部吐完後，她走出隔間，在洗手臺漱口。接著脫下外套，彎腰把頭湊近水龍頭，沖洗被潑了柳橙汁的頭髮。她從手提包裡取出毛巾，擦拭溼髮，再次回到隔間，關門上鎖。她哭著打開隨身鏡盒，將古柯鹼粉末灑在鏡面，用指頭撥成一條線，接著一口氣吸進鼻子裡面。

閉上眼睛深呼吸。深深地沉入海底，接著浮上。

心情逐漸亢奮起來，不安逐漸遠離。從受到拉丁美洲的陽光滋養成長的古柯樹萃取出來，透過自硝煙與血腥瀰漫的戰爭中脫穎而出的毒梟，出口到日本的生物鹼成分，自二十四歲女子的鼻腔黏膜朝腦神經邁進。

另一個世界，另一個美夢。覓得通往那裡的道路之後，矢鈴才能夠承受艱難的每一天。她再也不會埋怨，也不會拿理想和現實比較，為其間的落差而痛苦。沮喪的時候，有多沮喪就用多嗨來彌補就行了。真正的我和這些粉末同在。什麼都不用擔心。

23

cempöhualli-huan-ëyi

對小山台光明幼兒園的園長發起罷工的職員接受週刊採訪，發生在品川區幼兒園的混亂被攤開在陽光底下。報導也登上網路新聞，很快地成為電視新聞談話節目的主題。雖然只登上兩次專題節目，但宣傳「黑心幼兒園」汙名的效果出類拔萃。

園裡開始收到充滿惡意的郵件。雖然可能是假的，但郵件上有寄件人的住址姓名，因此也無法直接拒收，職員只能提心吊膽地拆封。園裡收到用紅墨水如血字般潦草寫著「天譴」的信件、大量的美工刀刀片、塞滿小包郵件的黑色頭髮，無聲電話也一天比一天多。

閉園時，走出大門外上鎖的矢鈴頻頻按住太陽穴。這陣子一直頭痛。感覺左臂似乎也在痛，但她自己也不是很確定。不過頭痛是真的，過了一星期都沒有消退，讓她愈來愈不安。

或許是那東西害的。

由於幼兒園問題接踵而來，矢鈴身心磨耗殆盡，為了追求一點變化，她不是像平常那樣用鼻子吸食，而是嘗試透過靜脈注射攝取古柯鹼。那是上星期二的事。

她用藥頭給她的針和針筒，這輩子第一次用針扎自己的血管。與用鼻子吸食的差異是一清二楚，比起透過鼻腔黏膜，注射的效果快多了。矢鈴在涼風吹拂的草原上舞蹈。從令人忘懷煩惱的陶醉中醒來後，她發現左臂上殘留的烏青色注射痕跡，忍不住蹙眉。是注射技術太差嗎？

打針那個星期二以後，矢鈴就一直頭痛。她用的是全新的針筒，也確實消毒過才打，所以不可能是感染。但那是她第一次施打，或許遺漏了某些注意事項。

應該多做一點功課的，矢鈴喃喃道。從來沒試過，卻貿然挑戰靜脈注射，簡直是瘋了。她安撫自己，試圖鎮定下來，卻是白費工夫。也沒有人可以求助，一個人愈想愈不安，終於失眠了。食欲也減退了。原本就已經因為幼兒園人手不足而疲倦萬分，這樣下去搞不好會過勞死。

矢鈴深呼吸，拿起手機，打給藥頭。

「妳想太多了啦，」聽完矢鈴傾訴，藥頭笑道，「針筒是全新的耶。」

「可是搞不好不是新的啊。」

電話另一頭的藥頭還在笑，卻沒有更強烈地否定矢鈴的不安。古柯鹼慣用者會變得愈來愈病態偏執。這不是什麼罕見的事。

「妳家在哪？」藥頭問，「大田區？那我告訴妳附近的後巷。」

「後巷——？」

「就密醫啦。妳去預約，叫醫生幫妳做血檢什麼的。不過要花點錢就是了。」

矢鈴拚命處理前景不明的幼兒園工作，星期六也上班，總算等到可以休假的星期天了。連要從床上爬起來都艱辛無比。矢鈴整理好儀容，跨上五十cc的本田速克達發動。「就算身體不舒服，也絕對不要搭計程車。」藥頭警告過她。

騎過第一京濱公路，從大田區南下，經過六鄉橋。她跨越流過東京都與神奈川縣境的多摩川，沿著河流往東騎，前往離川崎市中心稍遠的町。

川崎區旭町的巷子裡，是成排批發業者的倉庫。文具、泳衣、海苔、滑雪板、寵物玩具、打火機、電子菸……這類商品的倉庫最裡面，有一間醫療器械的倉庫。業者把倉庫旁邊的三樓透天也租下來，各樓層一樣保管著大量商品。矢鈴依照藥頭指示，把速克達停在醫療器械倉庫專用的停車場角落，對著倉庫鐵門旁邊的門鈴對講機說出預約的名字。於是另一頭傳出男聲，指示：「搭隔壁大樓的業務電梯，上來二樓。」矢鈴搭電梯上了二樓，困惑地經過堆著紙箱的陰暗空間，紙箱上印有德文、韓文、中文等文字。她看到一名穿工作服的男子正在開箱驗貨，疑惑不知道能不能問這個人。萬一是無關的人——

「妳找醫生嗎？」工作服男子說。有韓語腔。矢鈴嚇了一跳，點點頭，男子說：「這邊盡頭右轉。」

聽到密醫，矢鈴想到的是一個坐在髒亂得可怕的房間裡的人。雖然對自己貧乏的想像力覺得傻眼，但除此之外，她無法做出其他想像。穿著泛黃皺巴巴白袍的鬍子臉男子，脖子上掛著聽診器，臭著臉抽菸。桌上的菸灰缸裡是堆積如山的菸蒂，同一張桌子上，就像原子筆或尺那樣隨意擱著手術刀和鉗子，倒著威士忌空瓶，地上的垃圾桶裡，沾了血的紗布滿出來——

然而打開房門，矢鈴看到的卻是截然不同的景象。就彷彿踏進攝影布景一樣，突然冒出了一個診間。牆壁、地板和天花板都一片潔白，散發著清潔的空氣。沒有菸臭味，也沒有沾血的紗布。相反地，她看到的是嶄新的血壓計，以及半掩的隔簾裡面的診療床。

符合矢鈴想像的，就只有密醫穿著白袍，以及脖子上掛著聽診器而已。但白袍並沒有皺巴巴。密醫蓄著鬍鬚，不是想像中那種髒亂的鬍碴子，而是在下巴處修得整整齊齊。

好像一枝削尖的鉛筆——這是矢鈴對醫師的第一印象。她想起只參加過一陣子的高中女校美術社，剛入社的時候被要求削了好幾枝素描用的鉛筆。可能是因為密醫的臉頰削瘦，異常尖細的下巴又蓄了鬍子的關係。頭髮用推剪理到約三公釐長度。這也賦予了男子一種尖銳的氛圍。

密醫在辦公桌上滑平板。矢鈴在椅子坐下來，密醫眼睛仍盯著螢幕，問：

今天有什麼問題嗎？

矢鈴有種來到正牌醫院的錯覺。詢問坐下來的病患的時機、聲音的抑揚頓挫、親切卻又公事公辦的口吻，完全就是個醫師。

可是，這裡不是合法醫院，矢鈴想。如假包換，是**地下診所**。

包括在合法醫院說不出口的隱情，矢鈴一五一十說出自己的症狀。光是傾吐，身體便慢慢輕鬆起來了。矢鈴沒有任何願意好好聆聽她說話的對象。

到了密醫要用聽診器聽心音的時候，她第一次不安起來。這裡只有面貌宛如削尖鉛筆的這個男人和自己而已。萬一他做出不安好心的指示，或是亂摸——

「外套不用脫，」密醫說，「請打開讓聽診器可以進去的寬度就行了。」

矢鈴雙手提起外套裡面的襯衫衣襬，密醫從那裡伸手進去，將聽診器按在胸口，臉色完全不變，也沒有用奇怪的動作摸奶等行為，聽完有沒有心雜音後，便迅速收回聽診器。

接著密醫測量矢鈴的血壓，確定數字正常，說：「接下來要抽血。」

密醫以抽血用的止血帶輕輕紮住矢鈴的左臂，問她吸食古柯鹼的頻率。

「一天三次，」她回答，「一次大概〇．〇一克。」

密醫把針扎進矢鈴的左臂，將血液吸進連著管子的採血管。「會想要吸更多嗎？」

「這——」矢鈴遲疑，但決定從實招出，「是很想，可是手頭愈來愈緊了。沒得吸的時候，我會在家喝白蘭地加黑咖啡忍耐。」

「工作順利嗎？很多時候，身體不適是來自於生活習慣和壓力。」

「工作——」矢鈴說到一半沉默了。她直盯著被吸入採血管的自己的血。片刻後她說：「其實我在幼兒園工作。我很喜歡小孩。我喜歡小孩，可是最近園裡很多問題，倒不如說，全是問題——」

將用來檢驗血清、血糖、全血細胞計數的採血管放進保管盒後，密醫說：「那我們來測心電圖吧。」

野村健二一面在躺到診療床上的宇野矢鈴身上黏貼電極貼片，一面想應該是心因性問題。是壓力造成的不適。在血檢結果出來前無法斷定，但從女子的描述聽來，幾乎不可能是從古柯鹼的注射針頭感染到某些病原體。

「深呼吸，」野村說，「身體放輕鬆。」

在關西大學醫院擔任麻醉科副教授以前，過去實習累積的各種經驗，讓野村能夠輕鬆勝任一定範圍的內科診療，關於用藥也有豐富的知識。

野村明白，醫療行為有一大半都是安慰劑效果。比方說，替只能求助密醫的病患進行心電圖檢查，光是這樣就能增加病患的安心感。機器和檢查結果都是真的，但野村的目的與其說是正確檢測，更重視心理層面的效果。

野村俯視躺在診療床上深呼吸的女子。二十四歲，保育員，工作的幼兒園發生問題，又成為週刊爆料的目標。他已經從介紹女子的藥頭那裡聽說背景了。

這個女人或許適任。野村看著心電圖螢幕思忖。

在醫院完成重大手術後，第一個去探視送回病房的病患的不是執刀醫師，而是麻醉科醫師的任務。假裝問候幾句，觀察術後狀態有無異常。這時麻醉科醫師會一個人去探視。如果一群人殺到病房，病患會認定手術一定出了某些問題。熟練的麻醉科醫師必須具備媲美問案老手的刑事分析能力。

野村利用這種分析能力，探索宇野矢鈴這個人的內心。

簡短的對話就讓他摸透了。野村想，這個女人缺乏自信心，為了自尊心低落而痛苦，在自卑感中掙扎。然而心底深處卻又相信「自己是更有價值的人」、「我應該可以有另一番成就」。她夢想著不同的人生，認為自己在職場受到不公平的對待，感到憤怒。這個女人的好笑之處在於嘴上說著「我喜歡小孩」，卻完全沒有提到自己這種吸食古柯鹼的毒蟲照顧著別人家小孩的荒謬狀況。想要幫助別人的想法，和不惜觸法的自私欲望，在這個女人的內在毫無牴觸地同居在一起。簡而言之，這個女的在還沒染毒之前就已經壞掉了。就是這點好。這點可以利用。只要同時給這個女的貢獻社會的冠冕理由，和加量的古柯鹼就行了。如此一來，她就會變成優秀的獵犬，為我們叼著獵物回來。獵犬只能是女的。男的太惹眼了。

野村身邊，巨大的商機已蠢蠢欲動起來。潛伏在印尼的末永向野村表明計畫，野村一聽到伊斯蘭之雷和新南龍加入，立刻付諸行動。

野村想到的是在大田區休眠中的某個非營利組織。

二〇〇九年成立，並取得非營利組織資格的兒童福利機構「光輝兒童之家」，在二〇一五年因為資金調度困難而停止運作。這個休眠中的非營利組織被黑道盯上了。幼兒園可以成為他們絕佳的偽裝，值得進行投資，派自己人擔任理事，掌握實權，預備在將來派上用場。

成為「光輝兒童之家」新任代表理事的人，是以川崎為據點的甲林會，旗下的仙賀組幹部——增山禮一。

增山被組織交派的任務之一，就是把遊民和卡奴等送到密醫野村那裡，讓他安排送到印尼，主要在雅加達摘取腎臟。增山就和野村一樣，也對器官買賣生意瞭若指掌。

聽到人在雅加達的末永說明計畫後，野村徵得末永本人的同意，把計畫的概要也告訴了仙賀組幹部增山。不管是採取什麼樣的形式，若要在日本這個國家從事器官買賣，就一定得向黑道拜碼頭。末永也理解這個規矩。

聽到計畫後，增山答應把自己擔任代表理事的「光輝兒童之家」從休眠中喚醒，參與**新的器官事業**。至於事業的主導權，將會另覓時間，由伊斯蘭之雷、新南龍及仙賀組三方會面討論。

「可是野村，」增山說，「真虧你找得到能動心臟手術的日本醫生。是你去找的嗎？」

「不，聽說雅加達有個這樣的醫生。」野村回答。他沒有說出末永的名字。

聽到回答，增山注視了野村片刻。這個計畫太誘人了，總覺得有什麼蹊蹺，但恐怖分子和中國黑幫也在其中軋了一腳，這是不容忽視的事實。「好吧，我的回答暫時是同意。我會在可以透露的範圍內，也跟咱們總部說一聲。」

向仙賀組打過招呼後，野村必須找到可以成為非營利組織職員的人才。職員和幾乎不會拋頭露面的理事不同，沒辦法派兄弟去擔任。

最好是舉止斯文的正派良民。符合「光輝兒童之家」這個名稱、喜歡小孩、最重視兒童權益、想要為社會貢獻心力的人。

初診後一個星期過去，矢鈴再次前往川崎區旭町的倉庫看血檢報告。

診間裡的密醫配合矢鈴前來的時間泡了咖啡。用的是印尼蘇門達臘島採收的曼特寧咖啡豆。密醫請矢鈴喝咖啡，接著這麼開口：

「宇野矢鈴小姐，我會開始做這一行，其實是因為我在大醫院上班時，發現院長的違法行為，加以揭發。」

「原來是這樣嗎？」矢鈴說。

「是的。所以我遭到解聘，還被醫界放逐。就算妳去查我的紀錄，一定也找不到東西。像我這種遭遇的醫生，其實不在少數。」

矢鈴喝了口咖啡，等待密醫繼續說下去。

「但我還是想要幫助別人，才會像這樣違法開業。所以像我這樣的人，並不是說都一定和黑道掛勾。現在我偶爾還是會和合法貢獻社會、並理解我這種遭遇的人見面，也和那類團體的職員很好。」

「那類團體的職員——？」

「不是宗教團體，是非營利組織，比方說和育幼院相關的法人。」

矢鈴了然地點點頭。

「我認識的育幼院團體裡面，有一個叫『光輝兒童之家』的非營利組織，」密醫說，「他們的辦公室，剛好就在妳住的大田區。那裡本來因為資金不足，停止營運了很久，但聽說最近收到匿名善心人士捐款，近期就要重新開張了。但因為很臨時，遲遲招不到員工。從待遇來看，這也是難怪呢。在非營利組織上班，年收入再好也只有一百八十萬元左右。當然也要看地方，但這樣的待遇很難留住人才吧。結果這時，匿名善心人士說願意自掏腰包，支付獎金給照料不幸孩童的員工。這種事情在歐盟等地偶爾會聽說，但在日本相當少見呢。具體的數字是，每個員工每個月可以領到七十萬元。不過這筆錢不能當成薪水。這比非營利組織的平均薪資高出太多，而且因為是非營利組織，當成薪資會有很多問題。但如果大人願意利用這樣的機會，以結果來說，確實會有許多小孩因此得到幫助。然後我也參加了這個非營利組織。」

野村說到這裡打住，看著矢鈴，觀察她的反應。

「我就打開天窗說亮話了。我們是這麼打算的：由我來選拔可以信任的人，請對方每個月領取這筆『善心資助』，協助我們幫助孩童。」

「那是——」

「沒錯，」野村點點頭，「我說的就是妳，宇野矢鈴小姐。」

矢鈴在腦中不斷地重複密醫的話：

大人願意利用這樣的機會，以結果來說，確實會有許多小孩因此得到幫助。

檯面下每個月七十萬元的私房錢，當然遠遠超過保育員的薪水。矢鈴的心動搖了。「如果我去幫忙那個非營利組織，我要做些什麼？」

野村聞言拿起桌上的鋼筆，就像雷射筆一樣在半空中比畫著，開始說明。聽著那條分縷析的內容，矢鈴堅定了從「小山台光明幼兒園」離職的決心。橫豎她已經沒有力氣留在那個職場了。矢鈴覺得野村的邀約是一種命中注定，感覺就好像被厚厚一層迷霧覆蓋的視野慢慢變得開闊了。

野村說明完非營利組織大致上的活動內容，但矢鈴還留在診間裡。野村看看手錶。差不多是下一位病患看診的時間了。

「有什麼不了解的地方嗎？」野村問。

「沒有，呃，」矢鈴說，「謝謝你給我這麼好的機會，我真的很開心，工作內容也大概都了解了。可是，血檢結果——」

「啊，」野村伸手拿起檔案夾，翻了翻文件，「很健康，沒有異常。原因果然是現在的職場造成的壓力吧。」

24 cempōhualli-huan-nāhui

現在這一刻，也有孩童淪為家暴的犧牲品，被推落孤獨與絕望的深淵。曾是保育員的矢鈴也不是不知道這個根深柢固的問題。過去每次看到這類新聞，她總是心痛不已。這些孩子受到大人支配，不為人知地淪為犧牲品。拯救這樣的孩子們，成了矢鈴的新工作。

讓她驚訝的是，非營利組織「光輝兒童之家」的代表理事增山禮一所打造的情報網極為遼闊。增山從全日本各個地方找出了需要保護的兒童姓名和住址。

父親和母親都有可能是家暴加害者，但增山找到的案例，父親家暴的情況占了壓倒性多數。

從老闆、企業高層、市議員這些社會上有頭有臉的人物，到沒工作整天在家遊手好閒的人。增山弄到這些人私下虐待年幼兒女的消息，派遣矢鈴去救人。從北海道到沖繩，矢鈴在前往的地點接觸孩子們，錄下施暴傷痕的影片，如果能夠，就聆聽狀況，把蒐集到的資料傳給增山。於是暴力行為很快便停止了。施暴的父親離婚，並放棄監護權。

矢鈴沒有通報行政單位，也沒有報警。她只是拍下孩子身上的傷痕，有時候聽他們訴說而已。

到底是怎麼回事？矢鈴一頭霧水。

歸納密醫的說法，就是「光輝兒童之家有個匿名善心人士介紹的精神科醫師，醫師會從孩童身上的傷痕分析父親的人格，得到明確的方向後，便直接打電話和父親本人懇談，解決問題」。精神醫師是日本人，長年受僱於美軍，成功治療了許多自阿富汗回來的士兵的創傷後壓力症候群，因此能比一般的心理諮商更迅速地改善狀況。

用不著說，密醫說的都是假的。「光輝兒童之家」根本沒有精神科醫師。

對矢鈴來說，即便不明究理，但從結果來看，她的涉入確實拯救了許多孩子。她感覺到不曾有過的成就感，逐漸有了自信。她把原本的長髮剪成中長髮，買了黑色騎士外套。她也想騎重騎，但又害怕出車禍，因此只騎速克達或開車。

矢鈴毫不懷疑「光輝兒童之家」的正義，幾乎每星期都在日本各地奔波。對照相片，找出被家暴的兒童，在他們放學時叫住他們，有時在住家前面等待。

孩子的父親遭到黑道恐嚇，為了隱瞞家暴事實，支付大筆封口費，或是被擄走、受到私刑，這些事矢鈴不可能知道。

仙賀組透過非營利組織，灑錢給各地的兒童諮詢所職員，蒐集虐待兒童的相關情報。這是利用善意的恐嚇生意。明知道家長施暴卻無計可施的兒童諮詢所職員，發現當地警方幫不上忙，就會連絡「光輝兒童之家」。接著就會出現一個穿騎士外套的年輕女子，透過某些手段，讓虐待行為消失。簡直就像魔法一般。究竟發生了什麼事？連絡的兒童諮詢所職員不知道真相，但確實發生了某些不尋常的事。可是真相算什麼？沒有人想知道真相，真相也不是問題。兒童諮詢所職員這麼想。**結果就是一切**。孩子活下來了，不會因為死亡而登上隔天的電視新聞。以結果來說，自己做了好事。

除了非營利組織的薪水，如同約定，矢鈴每個月領到七十萬元。有了這筆稅法上不存在的錢，此後她可以輕鬆買古柯鹼了。不過有兩個地方不同於過往，首先是不在港區公園交易，東西改送到川崎的密醫診間。矢鈴不會再遇到藥頭，而是向密醫付錢買古柯鹼。另一個改變是，古柯鹼的品質變好了。

不管買到再好的貨，矢鈴都沒有再嘗試靜脈注射。與其要面對那樣的不安，她情願別試。反覆吸食古柯鹼，同時拯救處於危機的孩童，矢鈴對這樣的生活沒有感到任何矛盾。每個人都有光與影，世上沒有聖人。矢鈴這麼想。而且自己不像癮君子，會製造二手菸危害他人，比那些愛抽菸的人好多了。

除了家暴的家庭，矢鈴也會被派去育幼院。日本有約六百家育幼院，住在那裡的兒童多達兩萬七千人。

所有的育幼院都應該是兒童的庇護所，然而其中確實也存在著虐待情事。

由於機構的性質，職員對兒童的辱罵、偷拍、性騷擾等行為，難以為外人所察覺。即使有善心職員檢舉，除非有人報案，否則警方也不太願意行動。忙碌的職員沒空扮演業餘偵探蒐證，也沒錢購買蒐證用的機械器材。於是「光輝兒童之家」會接到連絡。矢鈴聆聽善心職員的告發，免費提供蒐證用的最新款竊聽器、密錄器等，得到的資料會傳送到增山那裡。

用不了多久，行為不當的職員便會臉色蒼白地遞出辭呈，離開機構。不知道是在哪裡跟人打架了，離職員工有時會鼻青臉腫，就像挨了揍一樣，或是斷了牙。

執行著「光輝兒童之家」的任務，矢鈴漸漸覺得自己就像「蝙蝠俠」或「蜘蛛人」。因為自己正不為人知地拯救著差點就要葬送在黑暗中的小生命。

拜訪過許多育幼院的矢鈴，得知不只是職員，孩童間也會發生虐待情事。被暴力的父母養大的孩子，會對其他孩子做出相同的行為。

這類問題能不能解決呢？

有一次，矢鈴這麼詢問代表理事增山，卻遲遲等不到回覆。她沒有繼續問下去，而是這麼想：仔細想想，這也難怪。沒有人能一次拯救所有人。

矢鈴沒有發現增山的真心話：孩童間的虐待賺不了錢。孩童沒有名聲要維護，也沒有經濟能力，就算恐嚇他們，也勒索不到半毛錢。

每天早上充滿使命感地醒來。這樣的日子持續了半年左右，矢鈴接到了不同的任務。

不是解決家暴或虐待，增山要她直接保護孩童。這意味著把孩童帶到「光輝兒童之家」在大田區準備的庇護所。

保護的對象，是未就學的**無戶籍兒童**。

「無戶籍兒童嗎？」矢鈴問打電話來的增山。

「對，」增山說，「就是沒有戶籍的小孩。妳也聽說過吧？這次要請妳處理的案例，對象母親因為被丈夫家暴，懷孕之後認為會有生命危險，便逃離了丈夫身邊。但是並沒有辦離婚，因為要是開口提離婚，可能會被殺掉。母親在遙遠的鎮上小醫院偷偷生下了兒子，但生下來的小孩沒辦法去公所登記。因為沒辦離婚，法律上她還是丈夫的妻子，如果辦了出生登記，會被丈夫得知所在地，丈夫很有可能跑來殺人。等於是被怪物盯上了。所以小孩沒有戶籍。」

「要把孩子從母親身邊帶走嗎？」

「很遺憾，沒錯。母親一直獨力扶養孩子，但經濟狀況非常糟，現在已經開始會虐待兒子了。」

「這樣啊——」矢鈴嘆氣。

「把兒子託付給『光輝兒童之家』，也是母親自己的要求。她說想要在自己做出更糟的事之前想辦法。」

除了增山告訴矢鈴的案例，無戶籍兒童還有許多複雜的背景，這樣的孩子雖然活在世上，卻沒有任何可以證明身分的文件。在法律上，他們並非日本國民。

許多無戶籍兒童由單親母親扶養，經濟狀況惡劣，甚至無法上學。遭到母親再婚對象虐待的情況也不少見。

現代日本到底有多少這樣的孩子？答案是未知數。法律上不存在，甚至不是移民，因此行政單位無法掌握這類人的實際狀況。

「光輝兒童之家」優先保護無戶籍兒童，矢鈴認為是天經地義的事。即使他們是正義的一方，根據現行法律，第三者要帶走有戶籍、每天上學的小孩，極為困難。如果真的這麼做，會變成警方追捕的綁架犯。但無戶籍兒童的話，我就可以立刻把他們救出危境。雖然沒辦法一次拯救所有的人，但還是不能放棄，應該要拯救現在能夠救助的孩童。

矢鈴把三餐不濟、遭到虐待的未就學無戶籍兒童帶回東京。就像增山說的，那些母親都已經同意了。但他們不會把孩子的去處告訴母親。因為洩漏行蹤，會害孩子們遭遇危險。

基於捐款鉅額給非營利組織的善心人士的意思，保護的孩童不分性別，但年齡限於三歲至十歲。

為生活疲於奔命，情緒不穩定的母親，和縮在房間角落的孩子。每次前往這樣的家庭，矢鈴總是感到奇妙：理事增山到底是從哪裡弄到這類情報的？答案就在矢鈴身邊，但她從來沒發現。

背後的關鍵就是毒品。

「來買興奮劑和搖頭丸的客人，家裡有沒戶籍的小孩。」許多黑道都會向全國的藥頭收購這樣的情報。對於這類情報，川崎市仙賀組幹部的增山開出的價碼，是出了名的高。得到藥頭情報的增山，會匯個一百萬元至一百五十萬元給走投無路的單親母親，以這樣的賤價收購小孩。

矢鈴「保護」的無戶籍兒童，首先送到川崎區旭町的密醫那裡，接受健康檢查。矢鈴沒有參與過，但事後聽孩子們轉述，好像還會做胸部X光、磁振造影和電腦斷層。矢鈴想，那個診間沒有這類儀器，或是還有別的房間？

健康檢查完成後，孩子們會被送到安全的庇護所。庇護所並不是非營利組織的辦公室。「光輝兒童之家」租借的辦公室，只是一棟住商大樓二樓的二房一廳一廚格局，無法容納許多人在此生活起居。無戶籍兒童前往的是和辦公室一樣在大田區的崔岩寺。寺院地下有居住空間，孩子們就像室友一樣，在這裡生活。

「很豪華對吧？」增山帶矢鈴參觀地下室，「就是這裡。原本是崔岩寺的住持規劃的庇護所，提供遭到家暴或跟蹤狂騷擾的女性避難。」

「好大，真令人驚訝，」矢鈴說，「原來真的有這種讓人投靠的寺院*。與其說是寺院，應該說是地下室呢。」

「還沒有完成。住持說因為必須保密，施工起來也相當麻煩。聽好了，宇野小姐，我們也絕對不能洩漏這裡的事。」

「好的。」

「絕對不能讓來這裡避難的孩子們再次陷入絕望。」

「我明白。」

---

* 日本江戶時代，有些寺廟會收留欲離婚的婦女，稱為「駆け込み寺」。

「我和住持是老交情了。」增山說，開始說明住持的為人。矢鈴對增山的話深信不疑。增山說的內容幾乎都是假的，但兩人確實是老交情。仙賀組與崔岩寺關係匪淺，住持主動參與了許多地下生意。他聽到增山的說明而打造出來的全新地下空間，預定成為比過去任何事業都更壯闊的計畫據點。

以走廊相隔，左右有六間大寢室，有餐廳、會議室、浴室，以及廚房。增山和住持討論後，把會議室鋪上墊子，改造成遊戲室。然後把原本預定做為倉庫的房間牆壁打通，增加地板面積，設置醫務室。祕密工程仍在持續進行。

矢鈴保護的無戶籍兒童增加為三個了。分別是三歲及六歲的男童，以及七歲的女童。如果再繼續增加下去，她一個人實在照顧不來。因為她沒辦法一直待在庇護所裡面。她還必須外出救助兒童。

矢鈴正不知道該怎麼辦，這時來了一名中國女子，說是要和她一起在崔岩寺地下工作。

增山介紹的女子自稱「夏」，說「我有兒童心理學學位，以前也在這種地方工作過」。夏的日語說得很好。她沒有說出年齡，但矢鈴覺得比自己大。夏留了一頭理得很短的黑髮，身高一七四公分，手腳修長，倒三角的小臉輪廓，很像某位知名女星。看上去脂粉未施，戴著無框圓眼鏡。

「這份工作很有意義，」夏對矢鈴說，看著在遊戲室玩耍的三個孩子，「我們來照亮他們，讓他們的人生變得更光明一些吧。」

夏那張冷豔的臉沒什麼表情，讓人有些望而生畏，但說這話時浮現出明確的笑容。矢鈴也點頭看著孩子們。

無戶籍兒童。得不到國家支援，也不能上學，生活在惡劣環境裡的孩子們。這些被母親虐待的孩子，也有可能被尋找母親下落的父親攻擊。

簡直太沒天理了。這些孩子明明是無辜的。將孩童保護在這裡的理由再充分不過。這是我的工作、我的使命，對此我沒有異議，可是——

有個問題她無論如何都想問。

「增山先生，這些孩子，」矢鈴問，「**要在這裡待到什麼時候？**」

聽到這話，增山望著站在夏旁邊的矢鈴說：「我們正在全力為他們尋找新家庭。」

「他們會被收養嗎？」

「日本國內的話，曾經發生過被原生父母找到，以悲劇收場的案例。所以我們打算儘量在外國尋找可以信任的家庭。我們會徹底調查新家庭的背景，滿懷信心地把他們送過去。」

保護三歲到十歲的未就學無戶籍兒童，把他們帶來庇護所。不用去外地的時候，就運用在幼兒園工作的經驗，照顧孩子們。直到確定他們的未來、找到外國的新家庭為止。

矢鈴的新生活開始了。

25 cempōhualli-huan-mācuīlli

土方小霜在少年院學習，第一次知道地球上七大洋的名字。

也是在法務教官的課堂上，他第一次學到母親在大海另一頭的故鄉——墨西哥的位置。北美大陸南方的國家，面積是日本的約五倍。

「墨西哥的國土有一百九十六萬平方公里，是全世界排名第十四。」法務教官說。

少年們完全無法想像那是多大的面積，法務教官把他準備的地球儀讓少年們依序傳下去，比較上面的墨西哥和日本的大小。

「日本比較大耶。」坐在小霜前面，缺了左耳的少年看著拿到的地球儀說。聽到這話，有人笑了。

「誰？誰給我笑的？」缺了左耳的少年站起來，嗆聲張望教室。

「安靜，」法務教官說，「坐下。快點把地球儀往後傳。」

氣得漲紅了臉的少年把地球儀遞過來，小霜伸出長長的手接住，右轉觀看。轉到第三圈的時候，他用食指輕輕抵在墨西哥上。地球儀發出細微摩擦聲，停止自轉。

就和教室裡其他的少年一樣，小霜所知道的世界非常小。當地極有限的幾條街道、流過神奈川和東京之間的多摩川、面對東京灣的工業區，這些景色再加上在少年院度過的時光，構成了小霜全部的記憶。

通知晚飯時間的廣播響起，小霜走出團體宿舍。法務教官仰望在走廊排隊的小霜。小霜是整座少年院裡最高的一個。

十五歲，身高一九九公分，體重九十八公斤。

在二〇一五年七月二十六日殺害雙親，進入相模原的第一種少年院後，已經過了兩年以上的歲月。

十三歲進入少年院時，小霜的身高已經有一八八公分了。當時就已經遠遠超過同齡少年的平均身高，但現在又比那時候更長高了十一公分。

看著鶴立雞群、一個人不斷抽長的小霜，其他少年之間不斷傳出這樣的流言：

「是不是只有那傢伙吃的東西，營養跟別人不一樣？」

小霜在規定的餐廳座位坐下，準備吃那天的晚飯。難以克制好奇的三名少年飛快地搶走小霜的盤子。他們只是想嘗嘗小霜的飯菜而已。

比小霜更晚進來的這三名少年不知道小霜抓狂起來有多可怕。這是他們倒楣。三人是聽說過傳聞，但覺得是誇大其詞。殺害父母被關的未成年人並不少見，他們以為小霜也是這類人之一。

以為飯被搶走的小霜，一拳揍飛喝了玉米濃湯的少年的臉，拽倒搶走湯匙的少年，踩他的肚子。少年像魚一樣張大嘴巴，痛苦扭動。起頭搶走小霜食物的少年打了小霜，但被小霜抓住手腕，動彈不得，在這種狀態下被小霜用拇指插進左眼。小霜一手提起少年，一把將他摔在餐廳地上。

警報聲響起，法務教官團團包圍小霜。三名少年被送急救，治療後傷重程度報告到法務教官那裡。三人都受了重傷。被揍的少年鼻骨及顏面骨折，被踩肚子的少年內臟破裂，左眼被拇指插入、提起來摔在地上的少年腦震盪，恢復意識後重新檢查，發現左眼完全失明了。

原本院方就在討論要將小霜從第一種少年院移送到第二種少年院*，現在由於餐廳的這場暴力事件，更支持了這個決定，入院期間也延長了。原本也討論過將小霜送到第三種少年院——舊法中的醫療少年院，但小霜並未檢查出精神疾病。

被移送到第二種少年院後，小霜不是住團體宿舍，而是送進單人房。他被命令反省動手傷人的過失，過著實質上獨房的生活。

五天後，小霜獲允許離開房間，接受學科教育、生活訓練、職能開發這些課程。兩名法務教官隨時監視著小霜。他們獲得特別許可，攜帶電擊槍，以壓制一九九公分、九十八公斤的小霜。

土方小霜，日文閱讀能力低落，幾乎看不出對殺害父母的罪行有任何懺悔之情。同時，土方小霜並不具備表達此類情緒的精神性，突發性的暴力衝動亦是一大問題。

一旦抓狂，就再也無從控制。生活訓練完全匱乏。

小霜不知道什麼時候才有可能出院，但第一線的法務教官們對他的評語絕對不差。小霜人很安靜，熄燈後從不吵鬧，準時起床，雖然就是學不會漢字，但很認真抄寫課文，上課也乖乖聽講，不會打瞌睡。

不管在第一種還是第二種少年院，都沒有法務教官被小霜攻擊。小霜只有碰到其他少年惡搞他的時候才會抓狂，他的問題在於還手的程度遠遠超越了正當防衛的範疇。

在職能開發課程中，小霜展現出來的巧手，讓法務教官們嘆為觀止。他很會用雕刻刀，車床等機械類的操作也兩三下就上手，他雕刻出極精細的木雕鴿子和烏鴉，作品在少年院外面舉辦的義賣會上被搶購一空。

年近退休的老職員斬釘截鐵地說：

他是咱們少年院有史以來最有天分的一個。

小霜原本只雕刻鳥類，但自從在學科教育課堂上看到「動物圖鑑」以後，便開始雕刻老虎、豹、鱷魚等。出自小霜之手的動物木雕，一樣在義賣會上銷售一空。

不只是動物，他也擅長彎曲竹子，製作精巧的眼鏡框。

購買作品的顧客當中，有人說「等他回歸社會，我想向他個人訂購作品」，甚至有訂製

＊第二種少年院收容身心無重大障礙，但有嚴重犯罪傾向的十六歲至二十三歲少年受刑人。

家具行的老闆說「我想把他推薦給我簽約的工作室」。

這些顧客，沒有人知道小霜犯下的罪行，一旦知道，極有可能撤回前言，但他們的聲音還是透過法務教官傳達給小霜了。

但小霜無動於衷。他只是想雕刻才雕刻，做得好就滿足了。他無法理解被別人稱讚而感到開心的感覺。

這天的晚餐是白飯、炸魚、炒青菜、豆腐芝麻中華湯。在兩名法務教官監視下用完餐後，小霜忽然起身，小聲對站在窗邊的法務教官說：「晚上我睡不著。」

餐廳禁止任意離席或交談。法務教官原本要命令小霜坐下，但注意到他的神情很嚴肅，決定把他帶去醫務室。他打算在那裡聽小霜說明。

住在團體宿舍的少年，用完晚飯後只要寫完日記，到九點熄燈前都是自由時間，但單人房的少年，接下來還必須寫數學習題，抄寫漢字。被分配到單人房的少年在晚餐時間提出抱怨，多半都是想要蹺掉寫功課的藉口。但小霜不是會撒這種謊的人。

「在第一種的團體宿舍時，你睡得比較好嗎？」法務教官問。

「不是，」小霜說，「在那裡的時候就睡不好。」

「從什麼時候開始？」

「從我在餐廳打人以前。」

「在第一種接受問話的時候，你跟法務教官說了嗎？」

「我有說，可是他們都沒有幫我，」小霜說，「如果睡不著，我可能又會抓狂。」

失眠。

法務教官表情緊繃地在筆記本寫下這兩個字。「也不是完全失眠吧？」

「什麼叫失眠？」

「就是完全沒有睡著。」

「是有睡到一點點。」小霜說，彎曲長長的手臂，用指頭搔了搔另一手的手肘。「熄燈以後，我閉上眼睛，睡著一下下，然後馬上就做夢了。都做一樣的夢。」

「怎樣的夢？你還記得嗎？」

「記得。有一個黑黑的房間，滿滿的都是黑煙，很難呼吸。我以為火災了，可是不是。有時候會聽到說話的聲音。我以為是西班牙話，可是不是。我仔細聽那聲音，可是聽不懂。黑煙裡面，有人倒在地上，臉看不清楚。有人拿著像刀子的東西在刺倒在地上的那個人。然後被刺的人身上也噴出黑黑的煙，我就什麼都看不到了。我沒辦法呼吸了，就醒來了，看看時鐘，差不多都是晚上一點的時候。然後就睡不著了。閉上眼睛也睡不著。」

沉默寡言的小霜難得熱切地訴說，法務教官把他說的夢境內容記錄下來，闔上筆記本，筆直地注視著小霜的一雙大眼，說：「聽好，住在這裡的人會做惡夢，從某個意義來說是當然的。這是罪惡意識的萌生，證明了心正在往好的方向前進，有時候是值得歡迎的。可是不睡覺對身體不好。不過我沒辦法現在就給你讓你睡覺的藥，這需要醫師診斷證明。如果今天晚上還是做惡夢，明天我安排讓你看專門的醫生。」

隔天午餐後，從第三種少年院派來的醫師診療了小霜，但沒有開助眠藥物給他。只叫他多喝水，做伸展操，放鬆心情。

小霜繼續失眠。

第二次看診時，醫師建議他把每天的夢境寫下來。

「有時候刻意把夢的內容客觀化，就不會再做惡夢了。」

小霜照著醫師說的寫下夢境。因為每晚做的夢都一樣，寫下來的內容也幾乎都一樣。

夢　今天也一樣　暗暗的房間　黑色的煙　煙　愈來愈多　說話的聲音
在說什麼？　不認識的話　有人倒在地上　煙。　有點像　西班牙話

半夜被惡夢驚醒的情況持續了剛好一個月的時候，小霜突然不再做那種夢了。但小霜沒辦法坦然感到開心。他覺得他不是擺脫了惡夢，而是完全被惡夢給吞噬了。那種感覺，是他無法向醫師或法務教官好好表達的。但總之可以安靜地入睡了，所以小霜只報告說他可以睡著了。

他嘗試用木雕來呈現夢中看到的景象，卻無法構成形體，也沒辦法畫成圖畫。小霜死了心，雕刻了還沒試過的大象和犀牛。在圖鑑裡面看到的動物還有很多。

26 cempōhualli-huan-chicuacē

自雅加達的蘇加諾－哈達機場升空的國內線客機，飛往南斯拉威西省首府望加錫的蘇丹哈桑丁機場。從爪哇島的雅加達到蘇拉威西島望加錫，這趟越海航程約一千四百公里，二小時四十分。

靠坐在頭等艙皮革座椅的郝景亮，婉拒空服人員端來的香檳，點了印尼咖啡豆沖泡的咖啡。他指定的咖啡豆品牌是科摩多龍，是在他擁有渡假飯店的弗洛勒斯島採收的豆子。

隔簾旁的隔壁座位坐著末永。兩人的周圍是空位。

「醫生，」郝問末永說，「那位大廚為什麼沒有跟來？」

「他說他有工作。」末永答道，把手上的德文醫學雜誌翻頁。

「顧他的眼鏡蛇沙嗲攤嗎？」郝說，「他不肯一起來，表示他不相信我？」

「也不是這樣，」末永說，「除了工作，他說他儘量不想坐飛機，搞不好這才是真正的理由。」

「懼高症？」郝笑道，「對了，大廚的名字叫岡薩洛是吧？」

「對，」末永說，「他說他叫岡薩洛．賈西亞。說他在秘魯的時候，曾在極左游擊隊

『人民戰車』底下工作——」

「工作？」郝說，「反正是當殺手吧。」

空服人員為郝端來剛沖好的咖啡，兩人同時噤聲。面帶微笑的空服人員離去後，郝喝了口咖啡說：「醫生，那種人的自我介紹半點用處都沒有。自稱秘魯人，表示他不是秘魯人。咱們這個世界啊，才沒有醫生這種從一開始就自招是日本人的老實人。他是打哪來的？哥倫比亞？墨西哥？瓜地馬拉？」

「不知道——」末永從德文醫學雜誌抬起頭來，「如果他撒謊，沒有他對我們的生意比較好嗎？」

「噯，先別急著下結論，」對著年紀比自己大的末永，郝用教導年幼兒子般的口吻說，「自稱秘魯人，岡薩洛．賈西亞，綽號大廚。做生意就需要這種人。危險的反倒是醫生你這種人。看你一副臥底人員的嘴臉。」

「請別說笑了。」

「可是岡薩洛那傢伙，」郝把咖啡杯擱到邊桌上說，「不想坐飛機確實夠謹慎。醫生，如果要一口氣幹掉好幾個人，你覺得最有效率的方法是什麼？」

「我完全沒譜。」

「預先把人塞進飛機貨艙裡，從一萬公尺的高度一個個推下去。如此一來就找不到屍體了。就在現在這樣的海上動手。」

末永默默地左右搖頭，就像在傳達他所感受到的恐懼。看到對方被自己嚇到，郝這種人就會開心。末永望向圓窗外面。雲海亮白閃耀，爪哇海在雲縫間若隱若現。

兩人在蘇拉威西島西部，望加錫的蘇丹哈桑丁機場降落，和已經抵達的四名新南龍成員會合。在持槍的他們護衛下，乘上直升機，再次飛上天際。

在島上往北飛去的直升機進入平朗縣上空，目的地很快地出現在眼下。望加錫海峽沿岸宛如軍事基地的廣大土地，是中國黑幫依靠海洛因事業的利潤打造出來的「平朗造船廠」。

下了直升機的男人們拿到印有造船廠標誌的安全帽。搭乘廠員駕駛的電動車橫越廠區，經過各種船隻建造的區域，來到一艘龐大如山的船體前。走下電動車的末永忍不住怔在原地，驚嘆不已。矗立在眼前的鋼鐵船頭的威容，完全就如同聳立在攀岩者面前的岩盤般，充滿巍峨氣魄。親眼目睹的景象超乎想像。如此驚人的構造物即將漂浮在海上，提供乘客匹敵三星級飯店的服務。

仰望船首，末永心想：別說三星級飯店了，這玩意兒簡直就是一座水上都市。

杜妮雅．碧露。

這艘以印尼語「藍色世界」命名的船隻，尺寸在遠洋遊輪中亦屬全世界最大級，全長四百一十公尺，全寬八十三公尺，總噸位二十三萬八千九百噸，最大載客數七千五百一十五人，客房數三千一百一十二間，甲板多達十八層。

甲板是遊輪的樓層，若以建築物來說，杜妮雅．碧露號相當於十八層樓建築物。其中三到十八號甲板，都規劃為乘客使用的空間。

而十一及十二號甲板的最高級客房「鑽石套房」的入住金額，一趟旅程換算成美金超過八萬美元以上。包括供應世界各國料理的主餐廳在內，共有三十間餐廳、十一間清真飲食餐廳、五十四間酒吧，其他船內設施有八間劇院、籃球場、足球場、踢拳場、巴西柔術場、滑冰場、圖書館、會議室、大浴場、美體沙龍等，有十七公尺的徒手攀岩場、大人及兒童泳池二十一座。命名為「迦樓羅瀑布」的滑水道，設計成可以從八號甲板的起始地點，隨著水流歡暢滑下三十二公尺的高度。

此外還預定開設由ＡＩ智慧機器人擔任荷官的賭場。但是在印尼籍的遊艇內，現金賭博是違法的，因此是賭代幣。賭場不只有機器人，還有真人荷官二十四小時服務，另外也預定安排魔術師和喜劇演員秀。

在遠洋遊輪的航程中，如果厭倦了大海，可以在杜妮雅．碧露號內的公園散步。戶外種有兩萬八千棵、溫室內則有四千棵樹木。從日出到日落，能夠一整天完全不用看到大海。

這一切娛樂，全部濃縮在耗時三年六個月建造的一艘船內，她將被賦予最新的動力來源，已經接近竣工。

平朗造船廠高遠的天花板上，無數零件由鉤子吊掛著在軌道上移動，地面則有堆高機四處穿梭，各處迸射出焊接火花，每一層甲板的鷹架上，站著前來確認廚房設計的廚師與工作人員、負責在船內開店的名牌負責人、游泳池建設業者、造園業者、室內裝潢業者、動力設計技術者等，在各自的階層不眠不休地趕工，宛如平行世界。重達二十三萬八千九百噸的遊輪建造現場，是資本主義社會狂熱的縮圖，是充斥渾沌的空間。

穿著黃色蠟染襯衫的男子現身，笑吟吟地和郝握手。男子名叫哈利安多．塞西奧里亞。他是遊輪航運公司的ＣＥＯ，也是建造中的「杜妮雅．碧露號」的命名者。

新南龍的白手套公司在印尼國內主要分成四個，對塞西奧里亞的遊輪公司進行了鉅額投資。

「這位是田中。」郝用英語向塞西奧里亞介紹末永。

「幸會，」塞西奧里亞說，「您是日本人嗎？」

「對。」末永回答。

二十九歲的ＣＥＯ體型精實，看在末永眼中，就像個馬拉松跑者。也許他的嗜好是長跑。規模如此驚人的遊輪事業，竟是由這樣一名青年操盤。這就是現代印尼的衝勁。可是，末永心想。這名青年**知道多少**？

在塞西奧里亞帶領下，一行人乘上工程電梯，移動到上層甲板。他們俯視「杜妮雅．碧露號」船體下方的中央，有一處形似鯨魚胸鰭的裝置突出，工程師們聚集在那裡。現場監工忽然抬頭看工程電梯，發現塞西奧里亞在上面，用力揮手。

塞西奧里亞也揮手回應，對末永說：「他們正在調整鰭板穩定器，你知道這東西嗎？」

「不知道。」末永說。

「是用來防止巨大船身橫搖的裝置。左右共一對，由電腦控制。最早是日本人發明的東西。日本人無論在任何方面都很優秀。」

一行人搭工程電梯下去四號甲板，一名手持對講機的男子迎接他們。男子是「杜妮雅．碧露號」的飯店總監，是統籌一切乘客服務的總負責人。他是讓水上都市運作的另一名船長，啟航後，船內一切的資訊都會集中到他身上。

飯店總監帶領一行人前往醫務室。

「在這樣的豪華遊輪上，必須能應付任何緊急狀況，」飯店總監說，「健康問題至為重要。高齡乘客不用說，對於有各種障礙、宿疾的乘客，我們都必須提供最棒的服務。這是我們的使命。」

一行人進入醫務室，這裡預定會有包括醫師在內的十七名醫療人員常駐。三百六十五平方公尺，相當於六間「杜妮雅．碧露號」套房的面積裡，配備有人體工學床、供應逆滲透純水的人工大理石自動洗手臺，以及在與其他廠商評比後，脫穎而出的兩套德製手術系統。

環顧這完全超越醫務室的規模、媲美一流醫院的設備，末永打開手術臺正上方的無影燈微笑。其實末永早就知道手術臺會有兩臺以上。

打入遊輪商業利益的新南龍，早就計畫讓伊斯蘭之雷底下的幾名外科醫師登上遊輪，讓遊輪本身成為器官買賣的市場。原本商品是以「腎臟」為中心，但郝聽到末永的提議後，決定把主軸切換為「心臟」交易。

為了實現末永心目中的事業，從印尼最大港丹戎不碌港啟航的杜妮雅．碧露號，必須在日本關東地區靠港。

能夠停泊五萬噸以上大型船舶的關東地區港口，橫濱有六個，東京有三個，幾乎都是供貨櫃船使用。而末永口中的事業關鍵地點，神奈川縣的**川崎港**，沒有半個接受遊輪的碼頭，只有貨櫃船用的物流碼頭。

但這個狀況，因為預定於二〇二〇年舉行的東京奧運而改變了。

考慮到前來參觀東京奧運的訪日外國旅客增加，關東近郊的飯店最多還缺少一萬四千間房。因此日本政府推出讓遊輪停泊在東京都內外的「飯店船構想」，透過容納更多收容力匹敵大飯店的遊輪，來避免飯店房間不足造成的混亂。

官民合作，將關東的港口開放給遊輪停泊。其中的候選港口之一，就是川崎港。搶在東京奧運前，讓位於羽田機場附近，卻沒有遊輪碼頭的港口實驗性地停泊巨型遊輪。川崎港的人工島「東扇島」地區的物流碼頭成為這次的實施區域，正式決定於二〇一九年，讓從印尼展開處女航的杜妮雅．碧露號入港停泊。神奈川縣，尤其是川崎的媒體歡欣鼓舞。世界最大級、全長四百一十公尺、全寬八十三公尺、總噸數二十三萬八千九百噸的遊輪就要來了！

「我說醫生啊，」郝在寬闊的醫務室裡走動，看著光潔的人工大理石牆面說，「語言實在非常巧妙。」

「語言嗎？」末永反問。

「表音文字的ＡＢＣ雖然在深奧程度上遜於漢字，依然非常精巧。心臟外科手術裡面，不是有冠狀動脈繞道手術嗎？有些病患體內，把血液送往心臟的冠狀動脈一部分變得狹窄，對於這樣的病患，就把冠狀動脈正常的部位連接到其他的血管，好繼續供應血液。」

「沒錯，您做過研究呢。」

「拿來做繞道的血管叫 graft，據說原本是『嫁接』或『移植』的意思對吧？所以這個 graft 就有了『收賄』的意思。真是精妙呢。繞道新血管，供應新的血流。我們和醫生在做的事是一樣的，都是在連接 graft。」

遊輪航運公司的 CEO 將離開醫務室的一行人領至十七號甲板的酒吧。正在裝潢的酒吧裡，酒保調製雞尾酒，一行人為遊輪的未來乾杯。

這就是人類的歷史，末永心想。無止境地重複進行血管吻合。新的血路、新的航路，它將成為新事業的通路。

從蘇拉威西島的造船廠回到雅加達後，末永在「大印尼」購物中心的高級壽司店卡座和瓦米洛碰面，報告他去參觀巨型遊輪的見聞。

喝著星牌啤酒聆聽的瓦米洛對船隻具備豐富的知識，卻擺出一副初次耳聞的反應，頻頻點頭。聽完醫務室裡的德製手術臺說明，瓦米洛這麼問：「郝有沒有問我的事？」

「他問『為什麼大廚沒有來』，」末永把醬油倒進小碟子裡，「郝相信你是拉丁美洲來的殺手。」

「我不是殺手。」

聽到這回答，末永笑了：「不是嗎？哪裡不是？」

「殺手就像那個人手上的那把刀。」瓦米洛望向正在切鮪魚赤身的日本師傅說。師傅正靈巧地操作鋒利的魚刀。

意思是工具嗎？末永心想。然後他說：「跟你們打交道，總覺得老是被當成三歲小孩。」

「有學習的機會算你幸運，」瓦米洛說，「不學習的菜鳥沒有未來。你也看到戴的下場了吧？」

「我知道。不過那是你幹的。」末永說，吃著鰺魚壽司，喝著星牌啤酒。「要不要叫師傅切一點那水果來？」

瓦米洛前面擺著滿滿的蛇皮果。蛇皮果是印尼的原生水果之一。

「不用，」瓦米洛說，「晚點再吃。」

蛇皮果底下藏著美鈔。

新南龍和末永去參觀造船廠時，瓦米洛把摻入液態古柯鹼的合成樹脂拐杖拿到雅加達東部的工業地區勿加泗，賄賂技工，將古柯鹼分離出來，然後賣給馬來西亞人藥頭，當天拿到現金，把一部分裝進水果籃裡帶來。

要和末永一起去日本的話，立刻就需要軍資。現在是賣掉拐杖的最佳時機。

瓦米洛拿起一顆蛇皮果。

「就要跟印尼道別了，也很難再吃到這玩意兒，給你一顆。」

蛇皮果滾到末永前面。褐色的蛇皮果，鱗片般的果皮妖嬈地泛著光。

高級壽司店裡坐滿了雅加達的富人階級和觀光客，人聲鼎沸，依稀倒映出人影的水槽裡，即將被肢解的魚兒們優雅地悠游著。

瓦米洛和末永就像普通的商務人士般，一邊喝酒吃壽司，一邊討論偷渡至日本的方法。

III.

絞刑臺

El Patíbulo

「若要將我的生命獻給生命本身、獻給應有的生命、應要失去的生命（我不願說是獻給神祕體驗），我將見識到某個世界。那個世界是因我負傷、被撕裂、成為犧牲，從而獲得意義的世界，同樣地，是神性斷裂、殺害、獻祭的世界。」

——喬治・巴塔耶（Georges Bataille），
《有罪者：反神學大全》（*La Somme athéologique: Le Coupable*）

「登島一看，有間神廟，祭祀著醜陋的巨大偶像，此為被稱作特斯卡特利波卡的神祇。有四個男人，身穿帶兜帽的黑色長披風。」

——貝爾納爾・迪亞斯・德爾・卡斯蒂略（Bernal Díaz del Castillo），
《征服新西班牙信史》（*Historia verdadera de la conquista de la Nueva España*）

27 cempōhualli-huan-chicōme

二〇一七年六月二十三日星期五，瓦米洛・卡薩索拉乘上嘉魯達印尼航空的波音 777-300ER 客機商務艙。從蘇加諾—哈達機場起飛，目的地是東京羽田機場。

自從在雅加達的移動攤車遇到末永充嗣以後，一年過去了。

瓦米洛買了印尼國籍的新的假護照，堂而皇之地從蘇加諾—哈達機場上機，但是在日本國內遭到通緝的末永，就算使用假名，也沒辦法同樣正大光明地回國。

末永預定在新南龍的協助下，在瓦米洛出國後前往香港，接著進入韓國，潛伏在釜山市內，直到七月，等待前往福岡縣福岡市的船隻出港。末永要搭乘的，是新南龍底下的韓國黑幫持有的小型高速艇，這個韓國黑幫承包將安非他命走私到博多灣的志賀島沿岸的業務。因為必須先等中國那邊準備妥當，韓國黑幫要到七月才會出船。

新南龍指揮的偽裝漁船團會先侵犯領海，引開海上保安廳警備艇的注意，毒品走私船就趁這個空檔全力衝刺。把海保的行動洩漏給中國人的，是收購安非他命的福岡黑道，他們賄賂海保的內勤職員，弄到一切能弄到的情報。

美國緝毒局在亞洲地區挹注資源進行偵緝的國家，有海洛因產地的「金三角」緬甸、泰國、寮國，以及掌握金三角利益的中國，此外還有近年搖頭丸產量迅速增加的越南等國。緝毒局雖然也盯著日本黑道，但從掌握世界毒品資本主義勢力圖的觀點來看，對日本的關注度絕對算不上高。

日本是毒品消費國，非生產國也非出口國。日本沒有世界級的毒品交易中心人物。用不著緝毒局出面，交給日本人自己的組織——警視廳、警察廳、厚生勞動省去搞定就行了。

日本的偵查機關對墨西哥罪犯的認知雖然不到稀薄的程度，但也並未將他們視為比其他外國罪犯更大的威脅。沒有領土問題、也不會引發侵犯領海問題的拉丁美洲「販毒集團」和「毒梟」，完全是大海另一頭的問題。

國際機場的安檢人員也一樣，他們主要的工作是揪出從國外帶進來的毒品等違禁品，不會逐一注意外國罪犯的長相。在祖國犯了重罪的人擺出笑容可掬的模樣，輕易通過海關，消失在日本的大都市裡。訪日外國觀光客帶來的經濟效益年年擴大，共享國際情報，成為偵查機關的當務之急。

緝毒局原本可以和日本的偵查機關深化合作，但是以沖繩為據點、在東亞展開活動的美國中央情報局卻從中作梗。緝毒局與中央情報局長年對立，在德州及墨西哥的毒品犯罪偵查現場相互爭奪主導權，已是家常便飯。哪邊能夠逮到首腦，受到總統讚揚，被請入白宮？這個問題與明年度的預算直接相關。

緝毒局的偵查人員認為中央情報局的職員「鼠目寸光，毀掉我們的作戰計畫」，視其如寇讎。既不想看到他們，也不願意理會他們的說法。

國際通緝要犯卡薩索拉兄弟集團幹部瓦米洛・卡薩索拉——綽號「粉末」，早就算到了美國內部的權力鬥爭和日本偵查機關的情報不足，完全不擔心會在羽田機場被逮捕，他放倒商務艙的靠椅，安然進入夢鄉。

熄掉頭頂讀書燈，閉上眼睛的時候，他感覺到夢見家人遭處刑的夢境前兆。他現在已經大概能夠預先感知了。

每週必定夢見一次的這個惡夢，早在兄弟和妻兒於塔毛利帕斯州新拉雷多遭到杜高犬集團的無人機轟炸屠殺之前、從他年紀輕輕成為毒梟那時候開始，就對他糾纏不休。

在夢中，瓦米洛的兄弟與妻兒被敵對集團綁起來拷問，一次又一次被殺害。各種殘酷的處刑方式在夢境舞臺中上演。當然，正在做夢的瓦米洛無法區分夢境與現實。兄弟與妻兒被砍頭、被剝皮，只剩下皮膚底下的紅肉和骨頭，倒吊在橋上欄杆，宛如在肉品工廠被肢解的牛。一直到醒來才發現是夢，因為每一種處刑方法，都是真實存在的。

如果有精神科醫師為瓦米洛診療，或許會說那定期造訪的惡夢是「恐懼與絕望的顯現」，是「來自兒時目擊遭到販毒集團虐殺的父親屍體所造成的創傷」，要不然就是用一句「是創傷後壓力症候群」打發。

但瓦米洛對惡夢的觀點不同。自己的家人之中，只有兩個人在夢裡絕對不會被殺。那就是祖母和自己。

只有祖母和自己不會被殺，暗示了夢境與阿茲特克的神祇有某些關聯。因此瓦米洛並不認為家人遭處刑的夢是不祥的命運宣告。反而應該視為讓他更強大的磨鍊，是阿茲特克神祇的恩賜，是在砥礪他對絕望的耐性，賜予他克服死亡恐懼的力量。

兄弟和妻兒的手腳被鐵絲捆住，眼珠被挖掉，從飛機貨艙被推下布拉沃河——

瓦米洛在夢中目不轉睛地看著這些絕望的死亡方式，不久後在床上醒來，若無其事地起身。穿衣洗臉刷牙，吃薄餅，喝咖啡，乘上防彈車，前往卡薩索拉兄弟集團做為據點的辦公室，坐在桌電前，盯著古柯鹼供應量的圖表，打電話到哥倫比亞或瓜地馬拉。

瓦米洛也親自處刑了不少敵對集團的幹部級毒梟和他們的家人。他殺害他們的妻子、父母、女兒和兒子。不只是毒梟，他也殺了許多政客、法官、警察、記者的家人。卡薩索拉兄弟集團擁有死亡哨笛。只要吹響那笛子，就會出現一座屍山。

瓦米洛對部下說：Esto es nuestra manera.（這就是我們的做法。）

不過，任何人都不是獨立存在的。在法律之外執行處刑的毒梟也有家人，他們手下的殺手也有靠殺人獲得的酬勞扶養的家人。

與任何人都沒有關聯、徹底孤絕的罪犯，在毒品資本主義當中反而沒用。再怎麼凶暴的人，都必須隸屬於組織，換句話說，在這門生意當中，理解人性是受到重視的特質。能理解人性的才是人，只要身為人，就能愛自己的家人。家人是戰鬥力量的來源，同時亦可能成為最大的弱點。

也有些毒梟在毒品戰爭中兒女遇害，成了空殼子。不只是毒梟而已。義憤填膺地高呼「我要鏟除這個國家的毒品犯罪」的檢察官，一旦家人的性命受到威脅，便會輕易拋開正義，辭職舉家逃到美國。

家人可能變成最大的弱點。

但瓦米洛克服了這個弱點。至少他自己這麼感覺。

兄弟與妻兒全被屠殺殆盡，組織被毀，但我沒有變成行屍走肉，瓦米洛心想。回首當時，他連一滴眼淚也沒有流下。不管家人活著還是死了，都沒有關係。何謂家人？家人指的不是生者，家人就像是對力量的讚歌。再過去什麼都沒有。而力量的讚歌，是由「語言」打造出來的。

Somos familia.（我們是一家人。）

卡薩索拉兄弟集團靠著這句話的力量，建立起販毒集團。召集毒梟，訓練殺手，打造階級，投身無休無止的毒品戰爭。圍繞著鮮血、金錢、死亡的戰爭中，最強大的紐帶，就是把四兄弟和阿茲特克的神祇連結在一起的事物。奴役我們的這一位、夜與風、吐煙鏡，祂的聖名，偉大的名號。我們是戰士。我們是強大的。卡薩索拉兄弟集團砍下敵人的首級，一顆不留，全並排在「托納蒂烏」——光輝者太陽神灼燒的新拉雷多的州道上。在乾季的熱風中，集團發出勝利的咆哮。

我們是一家人！我們是一家人！

瓦米洛的頭髮以髮品梳理得一絲不亂，穿著色彩穩重的古馳保齡球衫，腳上踩著錚亮的皮鞋，順利通過入境檢查。

身上帶著九千美元，遵守可以不經申告帶進日本的金額上限。

行李只有在「大印尼」購物中心和保齡球衫一起買的古馳郵差包。裡面只裝了錢包、偽造信用卡、假護照和手機等。現在有愈來愈多設有行李限制的廉價航空，即使行李很少，也不會引起職員疑心。生活必需品都可以在超商買到。許多觀光客很喜歡逛日本的便利超商。

外面在下雨。國際線旅客航廈的玻璃牆不斷地流下水滴，跑道看上去一片霧濛濛。就如同末永說的，六月的日本陰雨綿綿，奇妙的是，這並不是墨西哥或印尼的那種「雨季」。

「日本沒有雨季或乾季，有四個季節，」末永說，「不過現在的四季愈來愈不像過去那麼分明了。」

瓦米洛走過熙來攘往的羽田機場國際線航廈，注視拉著五顏六色行李箱前進的團客，聆聽悅耳迴響的各國語言廣播聲。除了沒有賽格威平衡車鑽來鑽去，東京的天空玄關口，印象和蘇加諾—哈達機場差不多。

把美元換成日元後，瓦米洛在美食區走來走去。雅加達的購物中心也有好幾家日本料理餐廳，因此日文招牌林立的景象並沒有讓他感到多奇異。壽司和天婦羅也是他熟悉的料理。

瓦米洛進入牛排館，用英語點菜。八盎司沙朗牛排，全熟，飲料他點了麒麟生啤酒。廚房在煎牛排時，他喝了先上桌的生啤酒，攤開東京近郊的地圖，確定連接羽田機場和川崎市的路線。他在機上已經確認過了，但是對於完全陌生的日本關東地圖，他卻有種既視感，相當奇妙。

牛排放在灼熱的鐵板端上桌，瓦米洛折起地圖，拿起刀叉。他一邊切肉一邊納悶：

我在哪裡看過這裡的地圖嗎？

毫無印象。瓦米洛一邊用餐，一邊鑑定手上的牛排刀。暗銀色的不鏽鋼，「MADE IN JAPAN」的刻印，刀長十二公分，單一鋼材製作，刀片與刀柄一體，重量適中。

吃完八盎司沙朗牛排後，瓦米洛用對折的餐巾內側擦拭嘴巴，喝完附餐咖啡。拿起結帳單前往櫃臺的路上，他把手伸向沒有客人的桌位上的牛排刀，魔術師一般讓刀子瞬間一轉，滑進掌中與手腕內側，接著插進背側腰帶。牛排刀藏在保齡球衫衣襬下。這是最起碼的護身武器。不是拿自己用餐使用的牛排刀，而是拿別桌的刀子，因此不會引起懷疑。

以現金付款的瓦米洛對店員說「Keep the change（不用找）」，和入店的四名客人擦身而過，走出門外。

氣溫不高，但溼度比雅加達更高。

經過國際線旅客航廈外面有屋簷的通道，躲著下個不停的雨，前往計程車招呼站。不搭電車而是坐車，是因為他想儘量親眼觀察從東京到川崎的陸路狀況。

計程車招呼站那裡，沒有司機為了搶停車位而爭吵，每輛車都整齊排隊，等候乘客。雖然是機場，但不必提防惡質計程車。儘管已經事先聽末永說過日本的計程車狀況，但直到實際上車，瓦米洛都難以置信。

年過花甲的司機打開自動車門，等斯文有禮的「印尼人」乘上後車座後，關上自動門。司機會說日常會話程度的英語。

瓦米洛在開過環狀八號線的計程車上搖晃著，看向腕錶。他用印尼人假名訂了一晚東京都內的商務飯店，應該已經有別人辦好入住手續了。只要花錢僱來的那名男子在隔天早上退房，入境日本的印尼人的足跡將會在那裡消失。

瓦米洛預定從在川崎等他的密醫野村健二那裡領取秘魯人「勞爾．阿札莫拉」的假護照和居留證。根據西班牙語圈的命名方式，全名是「勞爾．艾米里歐．阿札莫拉．米希提契」，阿札莫拉是父姓，米希提契是母姓。不同於在雅加達的岡薩洛．賈西亞，勞爾．阿札莫拉是已經在川崎市住了一年的秘魯人，他的經歷是為了欺騙入國管理局而巧妙創作出來的。

沒多久，計程車便來到多摩川上的六鄉橋。瓦米洛看著流過東京都大田區和神奈川縣川崎市交界的河流，終於發現為何會對這一帶的地圖感到似曾相識。實在發現得太晚了。

河嗎？

瓦米洛不禁苦笑。

地圖上的多摩川由西向東流過東京與神奈川這兩個都市的境界，注入東京灣，她的形狀與源自美國科羅拉多州、由西向東沿著美國與墨西哥東部國境、注入墨西哥灣的布拉沃河非常相似。由西向東蛇行南下的河流，隔開了「兩個世界」。只是越過一條河，一切都大不相同。兩條河都一樣，北側充滿了資本主義壓倒性的光輝。墨西哥的北邊是美國，川崎的北邊是東京。

這條河就是我新的布拉沃河嗎？

瓦米洛靠在後車座上，面露微笑閉上眼睛。

28 cempōhualli-huan-chicuēyi

宛如削掉頰肉般銳利的相貌，就如同從末永那裡聽說的。雖然是個精明冷酷的人，但說話語氣沉穩，能夠卸下對方的心防。

很適合當後巷醫師——密醫。瓦米洛眼中的野村健二，看上去是和受僱於販毒集團的律師或會計師相同的類型。

兩人在川崎市幸區堀川町的飯店酒廊打開空氣清淨機的目錄，以英語交談。野村不像末永那樣會說西班牙話。

瓦米洛扮演談生意的商人，喝著咖啡，詢問野村經手的古柯鹼來源。結果他發現古柯鹼並非全由黑道管理，野村有一些自己的門路。

這傢伙有意思。瓦米洛看著野村想。或者有意思的不是這傢伙，而是日本黑道？這若是墨西哥的販毒集團，哪怕只有〇．〇〇一公克，要是發現僱用的律師或會計師私下販毒，絕對不會放他們活命。因為是密醫，所以給他特別的自由嗎？或是野村有過人的偽裝才幹？

野村在當麻醉科醫師時，就已經從臺灣弄到古柯鹼了。聽到這件事，瓦米洛在腦中打開毒梟的世界地圖。摧毀卡薩索拉兄弟集團、支配墨西哥東部、獨占了美國銷路的杜高犬集團，應該還沒有將商品銷往東亞。而墨西哥西部的龍頭錫那羅亞集團，目光都放在美國和歐盟。那麼把古柯鹼賣到臺灣的，很有可能是米卻肯或哈利斯科的新興勢力。

野村自己的銷路僅限當地，雖然瓦米洛可以指點一二，為他擴大市場，但他來到川崎，可不是為了協助日本人小不啦嘰的古柯鹼生意。最重要的是，真正的毒梟不會像農家栽種大麻或古柯樹那樣，等待事業慢慢成長。雖然會花時間建立組織，但擴大事業的時候，必須像火山噴發那樣，採取爆炸性的行動，在短期內搶下敵人的地盤。

「沒有競爭，只有獨占。」

當矽谷的ＩＴ創業家說出同樣的話時，瓦米洛和兄弟們笑成一團。這話可是咱們的發明，要告他擅自取用嗎？

獨占與獨占衝撞，就會爆發戰爭。有時戰爭會持續好幾年。籌措再次發動戰爭的資金，這就是瓦米洛來到極東島嶼的理由。齒輪已經開始轉動了。鮮血資本主義、人體器官市場，瓦米洛和野村翻著空氣清淨機目錄，以英語悄聲討論。酒廊員工靠到桌邊問：「請問咖啡要續杯嗎？」

瓦米洛和野村笑著點頭。

末永來到日本前約一個月、「船」進入川崎前一年，這段期間，兩人要完成的任務堆積如山。

野村在川崎港附近的小田榮，買下一間由於經營不善而搖搖欲墜的飾品工房。瓦米洛尋找能夠負責工房的人，相中了一名日本秘魯混血的職人。

瓦米洛和野村不眠不休地工作。每天的睡眠時間，再長也只有四小時。腎上腺髓質隨時都在分泌腎上腺素的兩人，完全就是暗中創建起獨占基礎的新創企業家。

瓦米洛要野村叫他大廚，而不是假名的勞爾．阿札莫拉。他用西班牙話的「El loco」（狂人）叫野村，至於還沒到日本的末永，則用印尼話的「Laba-laba」（蜘蛛）稱呼。

為什麼是蜘蛛？野村問。瓦米洛告訴他：這是末永在雅加達的抱石場的綽號。

瓦米洛負責下指示，野村從事密醫工作之餘，在沒有連上網的獨立桌電輸入一天的行程，設下瀏覽限制，在一天結束時清除所有的內容。但資料還是有可能復原，因此他們預定在事業的準備工作完成的階段，連同記憶裝置，破壞整臺桌電。

- 購入二手車
- 手機以外的通訊機器進行反竊聽處理
- 視察做為偽裝事業的餐飲店
- 勘察委託改造車輛的廢車拆解場
- 在藥頭周圍蒐集人才情報
- 前往大田區崔岩寺
- 走從六鄉橋過多摩川的路線
- 出發時更換豐田 Alphard 的車牌

- 和住持見面
- 和新南龍的夏見面
- 確認庇護所保護的兒童健康狀況
- 再次討論商品運輸途徑

結束無暇喘息的忙碌一天，野村在自家餐廚區吃了減醣宵夜，喝了大量礦泉水，接著坐在客廳沙發上，吸食古柯鹼休息。

他覺得自己實在太勤勞了。現在的行程，比在大學醫院工作時還要密集。

雖然絕對不會告訴本人，但他從過去應該從事毒品事業的大廚那裡學到了許多。

他聽說拉丁美洲人對時間很散漫，但野村認為，這種生來的散漫，在計畫犯罪時或許會完全翻轉過來，變成令人驚訝的謹慎與縝密。日本黑道則是相反。日本人特有的一板一眼，在執行犯罪時經常會變得潦草散漫。「暴力團」這個日本黑道的稱呼，就是最清楚的明證。

能夠親炙完全不同於日本黑道的拉丁美洲犯罪心法，對野村來說極為刺激。

- 確認蜘蛛從釜山港出港的時間
- 銷毀所有的手機，更換新機種，更換門號
- 前往大田區崔岩寺
- 走從大師橋過多摩川的路線

- 出發時更換三菱 Pajero 的車牌
- 和住持見面，和夏見面
- 前往小田榮的飾品工房
- 開會討論各種飾品和刀具製作
- 選定購入的作業機械（研磨機等）
- 開會討論在川崎港的移動方法
- 視察海灣工業區
- 以衛星通訊和郝景亮開會

「拿這筆錢去買『Escopeta』，」大廚突然現身野村位於川崎區旭町的診間，在桌上放下一疊美鈔說，「我想要四隻『梭魚』。」

「也就是說，我要在暗網買什麼？」野村問。

「Escopeta 就是西班牙話的散彈槍。我說的可不是雞尾酒的散彈槍，是如假包換的槍。」大廚說。

表情和語氣都沒有變化，因此野村看不出他是不是在說笑。這是常有的事了。

「裝上滅音器的散彈槍就是梭魚，」大廚說，「你看過梭魚嗎？」

「沒有。」

「好吧。散彈槍全部要雷明頓 M870，不要中國製的。口徑要十二鉛徑。你看過被散彈槍擊中的槍傷嗎？」

「我是麻醉科醫師，不做驗屍的。」

「我不是說以前，是現在。都沒有被散彈槍擊中的屍體送來這裡嗎？日本真是和平。散彈槍是在極近距離餵人吃散彈的武器。00 Buckshot 的鹿彈，有多少就買多少。一般都叫 Double-ought，一顆彈殼裡面裝了九顆直徑八公釐的鉛彈。等到訓練出人才後，遲早要自己製作彈殼。然後是專用滅音器——」

「散彈槍——Escopeta 專用的滅音器，不是電影裡面才有的道具嗎？」野村問。

「美國有家叫 SilencerCo 的公司有做，品名叫『Salvo 12』。」

大廚離開後，野村上網確定真的有 Salvo 12 這東西，接著也查了一下梭魚。梭魚是可長達二公尺的大型魚類，以凶暴聞名，擁有銳利的牙齒。日本名叫鬼魳。

預定給瓦米洛駕駛的中古吉普 Wrangler 交車後，野村親自開到川崎市中原區的汽車拆解廠。

汽車拆解廠的老闆宮田，和野村是透過毒品認識的老朋友，現在雖然主要是做汽車拆解，但以前是個知名的改車高手。之所以不做改車，改行做拆解，是因為拆解可以輕鬆賺更多錢，訂單也更多。

「防彈嗎？」老闆宮田說，「不過我不接黑道的生意。」

「不是黑道的車，我保證。」野村說。

「唔，既然這樣的話——可是玻璃需要一點時間準備。」

「沒關係。還有，我想在車上做 trap，懂意思嗎？」

「懂是懂，這是毒販的車嗎？這大概是我第一次做 trap。」

Trap 指的是可以藏毒品或槍砲的祕密收納空間。野村依照瓦米洛的指示，要求將儀表板弄成雙層，布線讓蓋子依以下的步驟打開：轉動車鑰匙，打開警示燈，將做成可動式的飲料架九十度右轉，trap 就會開啟。

宮田饒富興味地聽著久違的改車訂單內容，再三確認，當場畫了簡單的設計圖。

瓦米洛在定為據點的川崎區櫻本的秘魯餐廳二樓打開桌電，看著神奈川縣警的反恐訓練影片。網路上能看到的影片有兩種，「橫濱市內的公車營業所訓練活動」及「川崎港貨物碼頭訓練活動」，兩支影片中有槍械對策部隊及特殊突襲部隊登場。

瓦米洛喝著倒進水杯裡的梅斯卡爾酒，分析他們的裝備。日本警方使用大量的九公釐衝鋒槍。H&K的MP5是不錯的槍，但訓練中使用的是日本製的電動槍，是發射塑膠子彈的玩具。雖說是向媒體公開的訓練活動，但居然使用玩具槍，對瓦米洛這個墨西哥人來說，簡直是文化衝擊。難不成輕巧的塑膠子彈多少也有一點殺傷力？他幾乎忍不住這麼懷疑起來。很快地，瓦米洛得知了實彈在非槍枝社會的日本的價值。那就近似於墨西哥的古柯鹼零售價在這個國家會三級跳一樣。

這個國家的警方特殊部隊，就類似緊急救援隊嗎？看完影片後，瓦米洛喝著梅斯卡爾酒喃喃道。跟我們在墨西哥廝殺的那夥人完全不同。這麼說來，新南龍的郝說「日本的特殊警備隊很強」，但特殊警備隊是海上保安廳的人，應該不會跟我們槓上。

- 在中原區的拆解廠進行實彈射擊訓練（使用梭魚）
- 破門訓練（同樣使用梭魚）
- 無人機操縱訓練
- 蜘蛛預定抵達川崎，時間未定
- 和家畜商見面
- 安排購入一頭牛（鬥牛）
- 將手術臺和無影燈搬進崖岩寺
- 破壞全部的手機，交換機種，變更門號

進入七月下旬，末永終於抵達川崎，野村再次向他轉達「秘魯人老大」的指示：「通訊時禁止使用本名。」

以綽號互稱，是避免被鎖定身分的基本做法。

岡薩洛・賈西亞——即勞爾・阿札莫拉——El cocinero（大廚）。

末永充嗣——Laba-laba（蜘蛛）。

野村健二——El loco（狂人）。

崔岩寺住持——La cruz（十字架）。

參與事業的其餘每個人也都有了綽號，通訊時嚴禁使用本名。La chatarra（廢鐵）、El balde（桶子）、La cerámica（陶器）、El taladro（電鑽）、Nextli（灰）、Malinalxochitl（女巫師）——這些綽號混合了西班牙話、印尼話和納瓦特爾語，即使日本的偵查單位或黑道聽見，應該也只會一頭霧水。

船還沒有來。

但必須完成的工作堆積如山。即使能靠新的事業獨占市場，散發出金錢香味的地方，必定會引來鬣狗般的敵人。

聽從大廚的指示，跨越大田區和川崎市暗中活躍的蜘蛛和狂人沒日沒夜地辛勤工作，就彷彿威脅到他們市占率的敵人已經存在。

不管野村如何提議，瓦米洛都不肯和日本黑道見面，害得野村必須辛苦找藉口推諉。仙賀組的增山禮一是個怎樣的人，瓦米洛已經透過野村得到許多情報，但仍拒絕會面。他認為時候尚早。

「等到時機成熟，我自會見他。」瓦米洛對野村說。

所謂時機成熟，就是等到他在這個國家、這個地區培育出值得信賴的自己的工具——**殺手**之後。

29 cempōhualli-huan-chiucnāhui

成為川崎的毒品慣用者私下買毒地區的多摩川沿岸綠地，毒販敲了敲停車中的迷你廂型車擋風玻璃。黑色的本田 Stream 裡坐著仙賀組五級組織的牛郎俱樂部老闆，和他的公關小姐女友，對毒販來說，兩人是熟悉的貴客。

然而這天晚上不管怎麼敲窗都沒有反應。毒販把額頭貼在副駕前面的擋風玻璃查看車內，發現兩人都沒了意識。都死了，毒販直覺地想。

他猜想會不會是吸廢氣殉情，但引擎並未發動。那死因就只有一個。

毒販小聲啐道：吸過頭翹辮子了。

街頭毒販的推測大致正確，卻也有偏離事實之處。

車中的兩人吸食安非他命後，女的陷入了恐怖的幻覺。女人把坐在旁邊的男友的臉看成裂開來的螃蟹，裂縫中冒出母親血流滿面的臉。母親為了還債而吃盡了苦，應該早就死了。女人掐住男人的脖子，異常幻覺帶來的恐懼，讓她發揮連男人都無法抵抗的臂力，終於把男人活活掐死了。接著女人也昏了過去。

不久後女人醒來，發現趴在方向盤上一動不動的男友異狀，但她沒有打一一九。她沒有叫急救，而是把男友身上的粉末吸個一乾二淨，由於吸食過量，心臟停止而氣絕身亡。這才是實際發生的經過。

毒販連絡仙賀組，兩名成員被派到現場回收屍體，送到旭町的密醫那裡。

野村俯視兩人的屍體，盯著男人脖子上的掐痕，拿起剛依大廚的指示換了號碼的手機，打給仙賀組的增山禮一。

「喂，我是野村。」

「媽的，你又換號碼，」增山咂舌頭，「再換我就不接了。」

「送來的女人好像是吸毒過量，」野村平淡地報告，「但男的好像是被女的掐死的。」

「不是反過來嗎？」

「不是，是女的殺死男的。」

「搞什麼啊？」增山說，「吸毒的關係？」

「應該是吧。」

「兩邊都不是什麼大不了的角色，趕快把腎臟摘出來吧。」

「聽說男的是你們的五級組織成員。」

「所以咧？」

「要辦葬禮嗎？」

「葬禮？」

「就是，要不要入殮那些——」

這只是形式上確認一下，野村在詢問之前就知道增山會怎麼回答了。加入黑道五級組織的牛郎俱樂部老闆，充其量就是個小混混，完全是可以割捨的存在。

「你在說笑嗎？」增山說。

「好的，既然屍體不用留下來，兩具我都拿去解剖了。」

「隨你的便，」增山說完笑了，「可是野村，你真的有病耶，居然這麼熱愛解剖。」

增山把野村當成高學歷的精神變態，但不會叫他狂人。增山甚至不知道野村有了這樣一個綽號。他不知道狂人，不知道蜘蛛，對大廚也一無所知。

野村打電話給末永，接著打給老大大廚。

瓦米洛買下川崎區櫻本的秘魯餐廳經營權，住在二樓辦公室。店名叫「帕帕榭卡」，是秘魯常見的乾燥馬鈴薯的名稱。

瓦米洛離開櫻本，開著改造過的吉普 Wrangler 來到旭町。野村和末永在等他。

瓦米洛看了看躺在診療床上的女屍，接著望向躺在地上的男屍。兩邊都穿著衣服。診療床只有一臺，男屍只能放地上。

瓦米洛慢慢地蹲下身，開始脫下男屍的皮鞋。他從自己的襯衫口袋取出折疊刀，仔細割下手中的皮鞋鞋頭，於是存放在狹小空間裡的塑膠袋便冒了出來。

「古柯鹼？」野村問。

瓦米洛沒有回答野村的問題，將塑膠袋裡的粉末灑到桌上，用小指沾取舔了一下，接著野村和末永也一樣嘗了嘗。

「是『巴斯可』。」瓦米洛說。

野村看末永，末永也皺眉頭。他沒聽說過什麼巴斯可。

「古柯膏、磚粉、硫酸，」瓦米洛說，做出混合材料的動作，「哥倫比亞很常見。品質很糟糕，跟糖果一樣便宜。原來這個國家也有人在賣。」

野村和末永從黑道送來的兩具屍體個別取出左右一對共計四顆的腎臟，放進保冷箱裡。瓦米洛看著兩人俐落的技術，尋思起來。

收獲的腎臟，利潤分配是仙賀組九六%，野村四%……聽說以前只有二%，但就算提高到四%，也太不像話。在心臟事業方面，黑道八成也會提出相同的要求。有必要盡快讓他們改變認知……必須把主導權搶過來才行……。

「接下來怎麼辦？」末永取下血淋淋的橡皮手套說。

「就處理掉。」野村回答。

「意思是除了腎臟，其他任我們處置？」

「已經取得同意了。」

聽到野村的回答，末永回望背後的瓦米洛：「要拿去用在射擊訓練嗎？」

末永知道，大廚想要真人，而不是厚紙板做的人形標靶。使用真正的標靶，才能訓練出真正的殺手。

但是對瓦米洛來說，死人沒有意義。頂多只能拿來測試簡易爆破裝置。瓦米洛搖搖頭。

於是末永說出自己的想法：「那就送去大田區的庇護所吧。」

野村也在想一樣的事。

為了即將到來的那一天，崔岩寺的地下手術室已經搬進了最新的設備。無影燈也裝好了，器械的數目也極為豐富，野村的診療所完全難以望其項背。

「商品」們在庇護所食用根據營養學烹調的餐點，在人工太陽照明燈接近自然光波長的光線照射下，過著健康的每一天。動到他們的日子還很久。為了販售新鮮的心臟，必須等待印尼的船到來。

「手術室一直空著，」末永說，「既然有可以自由使用的屍體——」

這是試驗手術室手感的絕佳機會。

眼神陰沉地抽著菸的瓦米洛對末永的建議默默點頭。

被摘除腎臟的兩具屍體要送到崔岩寺，但這是真人的屍體，像仙賀組那樣隨便放在車子上運載，風險實在太高。

當然，三名男子早就準備好解決搬運問題的手段了。

綽號「桶子」的男子被召來，出現在密醫的診療所。他是在川崎市高津區開瓦斯行的四十九歲日本人，沉迷於賽馬和競輪，是向野村買古柯鹼的客人之一。

瓦米洛為男子取的綽號，顯示出他在整體事業中負責的角色。

桶子把平常販賣的桶裝瓦斯中規格最大的五十公斤瓦斯桶加以改造，擴大內徑，利用它來隱藏及搬運屍體和器官。

即使卡車在路上遇到臨檢，也不會有警察要求「讓我看瓦斯桶裡面」，甚至不會想要去看。經過改造的瓦斯桶，就宛如靈車上的棺材。

若說有什麼問題，那就是尺寸。若是嬌小的女屍，勉強塞得進改造過的五十公斤瓦斯桶，但男屍就沒辦法了。不過這個問題很快就解決了。野村和末永從根部切斷男屍的手腳，縮小尺寸。

桶子把分了家的左右手腳放進較小的改造三十公斤瓦斯桶，和做生意的一般瓦斯桶一起放到貨斗上，開著卡車往北走。開過國道，安全地過橋，越過多摩川。

世上沒有任何屍體是多餘的。由於死後超過十小時，最昂貴的心臟已經報廢了，但其餘部位就像非洲盜獵的象牙般，極為搶手。

眼珠一顆十萬元，視狀態可以賣到一百萬元。

胰臟五百萬元。

骨髓一公克兩百萬元。

韌帶五十萬元。

膽囊二十萬元。

腳踝十五萬元。

手腕五萬元。

有時候每一樣都能賣到更高價。在崔岩寺的地下，和無戶籍兒童安睡的房間同一樓的手術室裡，末永喜孜孜地割開屍體的皮肉，操作著手術刀，額頭布滿汗珠。基本上手術中必須停止換氣。即使是面對屍體，末永也遵守這個規定。

「血真是可惜了。」末永望向血袋喃喃說。

血液一公升三萬元。

躺在眼前的屍體，血流早已隨著心跳停止而止住，凝固在血管下方。

「頭蓋骨怎麼辦？」野村問著，一面消毒用過的骨鋸和椎間擴張器。

末永摘下橡膠手套，拭去額頭的汗，拿起手機。他打電話給已經返回櫻本的大廚，用西班牙話問了野村提出的問題：「頭蓋骨怎麼辦？」

「Dáselo a un artesano.（拿給工匠。）」瓦米洛說，「A la cerámica.（給『陶器』處理。）」

野村和末永用手術電鋸鋸下兩顆頭，剃掉頭髮，剝掉頭皮。

頭皮十萬元。

「就這樣送去工房嗎？」末永愉快地說。

「不，再稍微整理一下吧，」野村說，「用品裡面應該有碳酸鈉。」

「我們自己煮哦？」末永問，「這年頭就連醫大生都不做真的骨骼標本了。」

「不是標本，我們做的是美術品。」野村說。

兩人把加了水和碳酸鈉的大鍋放到火上，調整火力，輪流水煮兩顆男女頭顱。把煮軟的肌纖維以手術用的骨銳匙和牙刷刮掉，完成了一顆裸露的頭蓋骨。

接下來就交給工匠了。將頭頂加工成盤狀，整體仔細拋光，就能在南亞部分地區賣得高價。在過去的全世界，人類的頭蓋骨與信仰緊密地結合在一起。現在依然有許多宗教人士將骷髏頭視為神聖的象徵。

❖

La cerámica——陶器。

男子受僱的飾品工房就在鋼鐵廠近旁，隔著運河，東側就是川崎港。在潮風吹拂的工房工作的工匠，目前只有男子一個人。

被取了「陶器」這個綽號的座波帕布洛，父親是秘魯人，母親是日本人，他在沖繩縣那霸市長大。正式的本名是清勇・帕布洛・羅布雷多・座波，羅布雷多是父姓，座波是沖繩人母親的姓氏。帕布洛是長子，有一個弟弟和一個妹妹。父母死後，兩人都離開沖繩，此後再也沒有見面。兩人去了哪裡、在做什麼，帕布洛完全不知道。

小時候帕布洛夢想長大以後要成為足球選手，但到了理解家裡有多窮的年紀，便完全放棄了這個夢想。父母甚至沒錢買足球給他，也沒有足球鞋。他考慮過偷朋友的足球鞋，但絕對會被抓到。也沒辦法加入當地的足球隊，只能參加空地和公園的足球遊戲。

想要在這樣的環境中朝職業足球選手的夢想邁進，必須從小就展現出優異的天分——年幼的帕布洛也明白這一點。必須是個天才。而自己並非足球天才。

為了幫忙家計，帕布洛早早就決定國中畢業後就出去工作，但並非做什麼工作都好，他有個取代足球的夢想。

帕布洛國二的時候，在朋友家看到了收藏折疊刀。那是朋友父親的收藏品，聽到「收藏刀」，他想像是巨大又可怕的刀子，但整齊地存放在展示櫃裡的，全是口袋尺寸的刀柄。精研的刀身分毫不差地折放在刀柄內側。那些刀柄以形形色色的木頭和貝殼製作，令人百看不厭。出自刀具職人手中、獨一無二的刀具。當平滑的刀身從刀柄內側現身時，在帕布洛眼中就宛如停在枝頭的鳥兒展翅。那鋼鐵翅膀再次收折起來，恢復口袋尺寸。

欣賞完收藏刀，離開朋友家的時候，帕布洛心意已決。

我想成為製刀師。

製作並販賣量產刀具的公司，沖繩也有，但要製作全世界只有一把的美麗訂製刀，只能拜入獨立製刀師門下。成為學徒後，就必須暫時過著形同無薪的生活。這樣沒辦法幫忙家中的經濟，因此帕布洛迫於無奈，進入量產刀具的公司，利用下班後的空檔，自學製刀技術。

天生手巧的帕布洛逐漸累積技術。有時候他也會去參觀知名製刀師的工作室。他也曾被誤會是量產刀具公司派來的間諜，是要來偷技術的，被逐出門外，叫他不許再來，但也有不少職人被帕布洛的熱情所感動，花時間教他。

最為熱心指導他的製刀師，就是布萊安．特雷德。

二十多歲時以海軍身分來到沖繩的布萊安，再也沒有看過比這座島嶼的大海更美麗的地方。退役後他繼續留在沖繩，和日本妻子結婚，在那霸市內開了一家製刀工房，在那裡工作了二十年以上。布萊安的粉絲遍布全世界。每年兩次回到故鄉德州舉辦的訂製刀活動，都一定會被各國的刀具專門雜誌採訪。布萊安帶來的作品會在上午銷售一空，因此記者們必須在活動前晚拍照攝影。

每當年輕的帕布洛來到工房，布萊安．特雷德就會放下工作，親自磨咖啡豆，沖泡兩人份的咖啡。然後把製刀不可或缺的各種知識傳授給他。

十九歲的帕布洛以自己做的折疊刀參加日本刀具專門雜誌主辦的比賽，獲得評審高度肯定，贏得了首獎。但帕布洛是在量產刀具的公司上班維持生計，因為害怕在公司裡遭到批評，所以不敢公開本名，只能用西班牙名的縮寫參加比賽。帕布洛的成就，是量產的對立面，是對公司的背叛。得獎後雜誌要求採訪，他也只能透過電話簡短回應。

帕布洛翻著寄到公寓的專門雜誌，翻到刊登了自己創作的刀子照片那一頁，空虛地看著照片上註明的「那霸市・上班族・PR的作品」。PR——帕布洛・羅布雷多。

帕布洛在公司加班，也參與了相當多的刀具企劃，但不管怎麼努力都存不了錢。薪水太少，寄錢回家以後，手頭便所剩無幾了。

只有國中學歷的帕布洛沒發現公司對他的剝削。他相信貧窮的不只自己，沖繩本身已經在長期的不景氣中掙扎了很久。手頭闊綽的，只有跑來沖繩的別墅渡假的本土那些人。

貧窮的父母都已離開人世，現在帕布洛有了妻子和兩歲的女兒。為了讓兩人幸福，帕布洛需要更多的錢。他立下決心，從量產刀具的公司離職。他國中一畢業就進了公司，公司卻連場送別會都不肯替他辦。

帕布洛留下妻子和女兒，離開那霸，前往聽說有秘魯人社群的神奈川縣川崎市。

但是在不熟悉的本土，帕布洛遲遲找不到理想的工作。神奈川縣內的量產刀具公司一樣不景氣，冷冷地回絕說沒打算徵人。即使想要成為獨立鑄刀師的助手，帕布洛在這個圈子毫無名氣，年紀也不小了。

他聽說秘魯人的社群有汽車零件製造工廠，打算去那裡上班，但前往面試時，會場擠滿了各國國籍的移工，絕大多數都沒有得到差事就被打發回去了。前來整理面試隊伍的日本職員問：「有居留證嗎？」帕布洛搖頭，默默離開隊伍。他沒有居留證。座波帕布洛是擁有日本國籍的日本人。

為了蒐集徵才消息，帕布洛經常前往櫻本的秘魯餐廳「帕帕榭卡」，和住在川崎的秘魯人聊天。有些人為了弄到錢，成了血汗公司的約聘員工，也有人因為找不到工作，想要撿空罐拿去賣，被當地遊民群起蓋布袋。但也有人毆打在秘魯人聚集的公園賣毒的孟加拉毒販，把人趕跑。神奈川縣有美軍基地，秘魯人也常和士兵發生衝突，聽著秘魯人在這裡討生活的辛苦，帕布洛覺得和沖繩也沒什麼兩樣。

我到底是來本土做什麼的？帕布洛愁眉苦臉、哀聲嘆氣地吃著燉加納利魯豆的夜晚，勞爾．阿札莫拉向他攀談了：

Oir que puedes hacer un cuchillo.（聽說你會做刀子。）

第一次見到勞爾時，帕布洛納悶是感冒的工廠工人嗎？勞爾一身工人打扮，戴卡其色工作帽，臉上戴著白色口罩，永遠不摘下來。

勞爾只說拉丁美洲通行的西班牙話，帕布洛也用父親教他的西班牙話回應。勞爾說他是秘魯人，但帕布洛不相信。

帕布洛自己也沒住過秘魯，但顯而易見，對於家鄉菜的檸汁醃魚生、天花板音箱傳來的民族音樂，勞爾都比他還不感興趣。這若是遠赴日本工作的秘魯移工，對故鄉的文化應該會有更感傷的反應才對。後來聽說勞爾是這家店的老闆，帕布洛打從心底驚訝極了。

勞爾很有錢，請帕布洛喝啤酒，還請他抽菸，但帕布洛婉拒說他不抽。

帕布洛喝著啤酒，說出過往的經歷。他從口袋裡掏出變得皺巴巴的雜誌頁攤開來。是他十九歲在比賽中贏得首獎的折疊刀照片。勞爾注視著那張照片，以沉穩但強而有力的口吻讚賞他。沒有誇張的樣子，帕布洛看得出來，勞爾是發自真心讚賞。帕布洛開心起來，接連展示存在手機裡自己的刀具作品照片。勞爾細心鑑賞，對每一把刀都給予極高的肯定，看到摻雜在刀具照片當中的家人照片，問他：「你在找工作嗎？」

「我妻子跟女兒在沖繩，」帕布洛尷尬地笑，「不能再觀光下去，得寄錢回家了。」

在同一家秘魯餐廳第二次見面的夜晚，帕布洛察覺到勞爾．阿札莫拉眼底隱藏的黑暗之深。上次見面的時候他沒有看出來，也許是勞爾巧妙地隱藏起來了，他想。用口罩遮住半張臉的勞爾，眼睛有著如鎢鋼刀片的重量。勞爾不會大呼小叫，也不會發酒瘋，但帕布洛從來沒見過氣勢如此駭人的人。

但勞爾有錢。而且會給他工作。

宛如美夢成真的工作。

勞爾說：

Llámame el cocinero.（叫我大廚。）

他開出來的工作條件夢寐以求。帕布洛要在大廚，也就是勞爾和他的生意夥伴名下的小田榮工房工作。工具應有盡有。除了銀製飾品，大廚也同意他製作訂製刀銷售。

還準備了住處給他。領到三個月的生活費後，帕布洛把一部分寄回家，久違地去理了頭髮。離開不附餐的廉價旅店，搬進公寓。每天早上去工房上班的日子開始了。

偶爾來工房露臉、綽號「拉巴拉巴」——「蜘蛛」的日本人，還有用西班牙話「狂人」自稱的日本人，兩個都是大廚的生意夥伴，也是工房的合夥人。

四月的某個傍晚，蜘蛛坐在工房裡的休息用沙發，悠哉地抽起大麻。他也分了一些給帕布洛。帕布洛並非從未接觸過大麻。陸戰隊員退伍的布萊安・特雷德也會在自己的工房偷抽大麻。

蜘蛛把煙深深地吸進肺部深處，仔細查看從刀柄到刀身都由帕布洛親手製作的折疊刀。

「這是你一個人做的嗎？」

「這裡就只有我，」帕布洛笑道，「我進了鋼材和柄材，設計也是我自己來。」

「刀片是怎麼做的？」

「先思考整體外形，然後照著描線，從鋼材裁切下來。接下來就是研磨。」

「這完成度太驚人了，」蜘蛛說，「這可以賣到很高的價錢。只希望你的收藏家粉絲不要一下子暴增太多。」

在工房的每一天，就猶如置身美夢。

刀子以外的商品，每一樣他也都用心完成。他悉心鑽研有「銀飾之王」美譽的克羅心品牌商品，製作骷髏頭造型的銀戒和墜飾，每一樣在網路上都極為熱銷。帕布洛的作品，魅力不在於單純的模仿。出色的品牌必須具備獨一無二的特色。給他靈感的是老闆大廚。「你可以參考秘魯的古代文明，」他說，「把印加帝國的設計融入作品。」

就這樣，帕布洛製作的銀飾，有了工房獨具的獨創性。他對待遇毫無不滿。薪水是以前公司的兩倍以上，甚至讓他感到受寵若驚。他原本打算穩定下來後，就讓妻女也搬來川崎，但他覺得自己應該不會執行這個計畫。

老闆大方過頭了，背後肯定有什麼文章。這些反映在每個人都不使用本名、大廚駭人的眼神，以及蜘蛛稱讚他的刀子時，不經意吐露的一句話：

只希望你的收藏家粉絲不要一下子暴增太多。

這三個人到底是何方神聖？是毒販嗎？不，就算蜘蛛會抽大麻，也不一定就是藥頭。即使他們是毒販，也沒有逼迫我販毒。至少目前沒有。我只是去工房上班，在那裡製作銀飾和訂製刀。從不偷工減料，付出不愧對價位的心血。但——

「這份工作很危險」——這樣的不安盤踞在腦中一隅，從未消失。與其說是工作危險，更應該說那夥人有某些極不尋常的隱情。若要脫身，愈快愈好。

可是除此之外，我還能找到什麼工作？帕布洛自問。我連份像樣的學歷都沒有。幫人家洗盤子，養不了一家子。最重要的是扶養家人，讓家人幸福。沒錢根本不用談。沒錢的話，沒錢——

我要請你做個特製品。這訂單有點特別，不過陶器，你一定可以愉快勝任。

隔天下午，大廚打電話過來，把特製品的材料送到工房。瓦斯行的人用卡車載來改造瓦斯桶，裡面裝的是如假包換的骷髏頭。

帕布洛沒有醫學知識，但曾經加工過不少用來做刀柄的牛脛骨。從觸摸到的骨頭觸感，他知道送來的不是人工仿造品，而是如假包換的人類頭蓋骨。

是從哪裡弄來的？就算問大廚，他也不可能透露。

骷髏頭有大小兩顆，還很新。不久前應該還和脖子相連在一起。除了骷髏頭，還附上了訂單的設計圖。

不管要做什麼、是誰要買，這材料都太不尋常，自己也不可能有加工這種東西的經驗——帕布洛嘲笑曾經害怕會被他們命令去販毒的自己。販毒還要正常太多了。帕布洛取消當天預定好的一切工作，在獨自一人的工房裡，面對兩顆來路不明的新鮮骷髏頭。

他沒有碰那兩顆骷髏頭，用報紙小心包好，收進柄材的空箱子裡。熄掉工房的燈，離開房子，鎖上店門。仰望了掛在平房外牆的招牌 Riverport Metal 好半晌。工房的名稱是沿用買下時的店名，登記上的公司名稱是「川崎河港金屬有限公司」。

帕布洛一邊走向港口，一邊戴上無線耳機聽音樂。在川崎區的家電量販店買來的 MP3

播放器裡存的音樂，全是德州藍調。超一流的製刀師布萊安・特雷德在自己的工房只聽德州藍調。

布萊安教帕布洛「咖啡要喝現磨現沖的」，帕布洛平常也絕對不喝罐裝咖啡，這天卻在自動販賣機買了一罐，邊走邊喝。他毫不在乎味道。他看著鋼鐵廠的煙，看著海，看著海鷗，看著往來的貨櫃船。也看了手機裡妻子和女兒的照片。事到如今，他才覺得被大廚看見家人的長相，是致命的敗筆。怎麼會這樣？帕布洛對著海面喃喃自語。

這個委託，他只能拒絕。帕布洛緊握著堅硬的罐身，幾乎要把它捏扁，然後走回工房。他打算回去之後打電話，然後他必須這麼告訴大廚：No puedo.（我做不到。）他就像要告訴自己，在口中一再重複：No puedo. No puedo.

真慢。

打開門鎖進入工房，迎面就是一道西班牙話的男聲。

大廚就在陰暗的屋中，坐在工作臺的椅子上。他抽著菸，盯著並排在工作臺上、本該被帕布洛收進箱子裡的兩顆骷髏頭。

「思緒整理好了嗎？」大廚說。

帕布洛默默開燈，把空罐扔進垃圾桶裡。接著他望向窗外。花謝後的櫻樹枝椏在風中擺動著。「大廚，抱歉，我——」

「『只要能賺錢，我可以不擇手段』，」瓦米洛．卡薩索拉打斷帕布洛說，「任何地方都可以找到大言不慚地如此吹噓的人。不管是哪個國家、哪個城鎮都一樣。就算當地犯罪率很低，居民就全是好人嗎？當然不是。但是吹噓『只要能賺錢，我可以不擇手段』的人，是否會說『我要把每一個礙事的人都殺了』，這又是兩碼子事了。就算真的逞強殺人，頂多也只能殺掉一兩個人。就算大開殺戒，宰了十人，要是被丟進牢裡，也沒有意義。普通人並不了解殺人的技術，但還是可以滿不在乎地做出『只要能賺錢，我可以不擇手段』的結論，並單純地如此相信。連臉上還掛著青鼻涕的大學生都一樣。他們甚至沒有想到這個信念，就等同於『要把每一個礙事的人都殺了』。不過這其實是同一回事。這就是資本主義。

「聽著，陶器，你要加工這些骷髏頭，你沒有其他選擇。用銼刀銼平頭頂，用細目砂紙打磨，做成接近器皿的形狀。如此一來，它就可以高價賣到遼闊的亞洲某個地方。你不用知道更多的事。陶器，在這裡賺錢吧。你也想要買車吧？還需要衣服，女兒上學也要學費。也許你偶爾會做惡夢，半夜驚醒，但這又如何？會比妻子女兒活活餓死的惡夢更可怕嗎？你不想回到過去的貧窮。貧窮只會礙事。**礙事的東西如果不斬草除根，總有一天又會纏上你**。

「現在的你，是這間工房的負責人。不管說什麼語言、是什麼膚色、眼睛是什麼顏色，適合做我們這一行的人，我一眼就能看穿。陶器，帕布洛．羅布雷多，你是我相中的人才。聽清楚了，**Somos familia**（我們是一家人）。除此之外的事，你不用多想。不由自主就是會想時，就像剛才那樣去港邊散步，把腦袋裡的想法全部丟進海裡。」

30 cempöhualli-huan-mahtlactli

Chatarra——廢鐵。

伊川徹從瓦米洛．卡薩索拉那裡得到的綽號，是西班牙話的「廢鐵」之意，但不知不覺間，familia——家人們都省略定冠詞 La，單叫他 chatarra。

三十一歲，身高一七八公分，體重一百五十四公斤，乍看之下是個溫和的大胖墩，但那具肉體隱藏著可怕的蠻力。他能在不穿臥舉衣的情況下，在臥推中舉起兩百九十公斤的重量，在單手彎舉中，左右兩隻手臂都能舉到一百五十公斤。

臥推的重量固然令人驚異，但最可怕的還是可以單手彎舉到一百五十公斤。就連身形龐大的相撲力士或職業摔角選手，都沒辦法單手舉起這樣的重量，就算找遍全世界，做得到的人應該也是寥寥無幾。握力超過一百六十公斤，這意味著廢鐵具備媲美腕力重量級世界冠軍、甚至是凌駕其上的臂力。

在川崎市中原區的汽車拆解廠上班的廢鐵，名符其實地重新利用廢鐵，在雜草叢生的廠區角落打造出專屬於他的健身設備。

他組合汽車舊輪胎和傳動軸做成槓鈴，用可調式車椅的殘骸製作臥推椅，把報廢卡車的車頭焊上兩根鐵管，改造成強化背肌和腳力的機器。

每一樣器具都很實用，但依舊是一團廢鐵。原本便一片反烏托邦景象的汽車拆解廠角落，由於廢鐵自製的健身設備，使得景象變得更顯荒廢。看起來就像是發展中國家郊區的露天自製健身房。

在汽車拆解廠拆下來的汽車零件，會放進鋼鐵貨櫃，搭上從川崎港出發的貨櫃船，遠渡重洋，部分送到俄國，大部分運送到整個東南亞市場。

若是出貨前零件被偷，生意就甭做了。汽車拆解廠被鋼板圍牆和刺網圍繞，設有多臺監視器防範外人入侵。有些地方甚至以驅逐野鳥為名目，在刺網上通了電。

從外界看不見內部的封閉空間，輕易就會化身為犯罪的溫床。中原區的汽車拆解廠不知不覺間成了飆車族流連之地，淪為各種非法行為，如恐嚇、監禁、格鬥擂臺賭博的現場或中繼地點，有時也有些半黑不白的集團成員從飆車族那裡聽說這個地方，把它當做毒品買賣或賣春的交易場所。

剛被僱用進來時，廢鐵因為年紀較大，端出「保鏢」派頭，調解不良少年們突發性的衝突。但冷靜調停的次數屈指可數，很快地他便發揮壓倒性的暴力心性，讓不良少年們屈服。他毫不留情地毆打在汽車拆解廠內引發無謂紛爭的飆車族和小混混，把他們抬起來摔在地上恫嚇，若覺得有必要，就對他們施加更進一步的痛苦，逼他們支付罰款。面對任何對象，他都不放在心上。就算被威脅「我宰了你」，他也只是愉快地笑笑。

廢鐵記住進出汽車拆解廠的不良分子長相和姓名，掌握他們的動向，不知不覺間，成了主導此地各種交易的頭面人物，連老闆都控制不了他了。

目睹廢鐵的凶猛，不良分子們都打從心底畏懼他。想跟這種人對幹的人絕對是瘋了，就算真的有這種人，頂多就只有毒蟲而已。

汽車拆解廠的老闆宮田把自己的地方租給飆車族及不良集團從事非法行為，收取使用費，自己也向密醫野村買古柯鹼，但他立下「不牽扯黑道事業」的規矩，並一直恪守著。一旦和黑道聯手，汽車零件的拆解和出口的利益會被那夥人整碗端走。和黑道保持距離真的是做對了。宮田最近老是想著這件事。

只要有任何黑道膽敢踏進汽車拆解廠，應該立刻就會跟伊川打起來，然後被伊川打個半死。十幾二十歲的不良分子都乖乖聽伊川的，但真正的黑道應該沒那麼容易收服，宮田想。萬一被黑道盯上，自己這生意也甭想做下去了。

宮田正克出生在高知縣，從橫濱的大學畢業後，成為消防員。他是在五十四歲的時候結識了密醫野村健二。

當時宮田任職於鶴見的消防署，經常向橫濱市的毒販購買安非他命吸食，得知自己的名字被列入縣警藥物槍炮對策課的調查名單，他跑去找川崎的野村，付了錢換掉全身的血液，再自願驗尿，通過檢查、逃過一劫。此後他不再買安非他命，而是改向野村買古柯鹼。

提前從消防署退休後，原本興趣就是修車改車的宮田搬到川崎市，開了家小修車廠。一開始他發揮技術，接修車和改車訂單，但發現出口汽車零件到東南亞賺得更多，便轉換跑道，買了更大片的土地，成了汽車拆解廠老闆，重新出發。

不同於從事簡單的修理改造那時候，必須增加人手才行，但尋覓可用之才，卻是難上加難。僱來的年輕人全是些弱雞，光是把卡車輪胎從廠區這一頭推到另一頭就累得上氣不接下氣，看了教人惱火，宮田天天怒吼罵人。

僱用假釋中的殺人犯伊川徹，純粹是因為他力氣大。伊川的力氣和宮田以前見過的人完全不在同一個等級上，說得誇張點，感覺就像是買了臺小型重機械。

法務省的保護觀察官也打包票說「已經洗心革面」的伊川，體型圓墩墩的，就像個相撲力士，天真無邪的笑容親和力十足。

宮田聽說伊川殺人的原因，是因為遭到上司惡質的權勢騷擾。從某個意義來說，伊川也是犧牲者，本人也在努力克服無法抹滅的過去。若是不知道罪狀，伊川完全就是個「溫柔的大力士」。這就是宮田對伊川的印象。

伊川來汽車拆解廠上班時，一定會戴一頂「迪凱思」牌漁夫帽。他有卡其色和綠色的兩頂帽子。

「我想遮住小時候的燒燙傷疤。」伊川這麼說，總是戴著漁夫帽，絕不在人前脫下來。

在橫濱市中區長大的伊川，小時候每天遭到領生活補助的父親虐待。父親有酒癮，會打兒子，用香菸燙兒子的頭。因為次數太多，伊川的頭部許多地方脫髮，變得坑坑疤疤。

伊川計畫殺掉父親，但是在動手之前，父親就被送進精神病院了。半年後，父親因為酒精中毒造成的大腦萎縮而過世。已經和其他男人再婚的母親沒有來參加葬禮。

對宮田來說，反正伊川也不用去外面跑業務，只會讓他在汽車拆解廠揮汗勞動，因此就算他成天戴著帽子也無所謂。

宮田送過伊川一頂全新的橫濱 DeNA 灣星隊的棒球帽，但伊川一直把它放在辦公室裡，一次也沒有戴過。

宮田把戴著漁夫帽的伊川帶到用油壓千斤頂抬起的廢車前，從頭教導他運用各種工具的「拆解前置作業」，也教他使用怪手進行的「機械拆解」。伊川沒有重機械執照，但只要在這裡學會操作之後再去考就行了。

雖然個性有些粗魯，但伊川學得很快，也不會在休息時間以外摸魚。最重要的是，伊川很親近宮田。

宮田想起在故鄉高知養土佐鬥犬的父親，覺得自己流著和父親一樣的血。他認為犯下殺人重罪、正在假釋的伊川徹，這個擁有近乎駭人力氣的男人，只有自己能夠像馴服鬥犬一樣馴養他。單身沒有成家的宮田，把伊川視如己出地對待。

然而四個月過去，對於伊川，宮田只剩下全然的恐懼，滿心後悔自己僱了個怪物。他詛咒胡扯什麼「伊川已經洗心革面」的法務省保護觀察官。

汽車拆解廠也經常收到來自東京都或其他縣的贓車。偷車的不是個人，而是多人行動的竊車集團，有些集團做事講求迅速，幾乎全用簡訊或通訊軟體就談妥生意，但也有些作風老派的人，會跑來辦公室賴著不走，像黑道似地恫嚇，想要儘量抬高賣價。

那天，某個竊車集團的首領一早就過來，在二樓辦公室賴到傍晚還不走，伊川邀他：「要不要看我的雪佛蘭？」

伊川把首領引到一樓的車庫，持扳手活活打死。至於跟過來的部下，則用以研磨機磨尖的鐵管刺穿肚子。

竊車集團的兩人遲遲沒有回來，宮田疑惑地問伊川，伊川面無表情地回答：「他們已經不在了。」

隔天早上，宮田得知了真相。

到汽車拆解廠上班的宮田發現伊川在廠區角落生火煮汽油桶。伊川戴著防毒面具，手中握著廢車的傳動軸，正在攪拌滾滾沸騰的液體。他就像平常那樣戴著漁夫帽，看起來就像在露營區烹煮供團體食用的料理。

「你在幹什麼？」宮田說。

「攪拌，」伊川回答，「最好不要靠太近，有毒氣。」

「攪拌——攪拌什麼？」

「氫氧化鈉、熱水和人體，」伊川說，「昨天那兩個已經溶掉了。那兩個明明就只是偷車賊，卻在那裡囉哩囉嗦個老半天。衣服和鞋子我放在那邊，回頭會拿給回收業者。都可以賣到東南亞去。」

宮田啞然失聲，盯著在汽油桶裡沸騰的液體漩渦。烏鴉在頭頂啼叫。伊川仰望晴朗的天空，就像要消除痠痛般，把頭左右彎了彎，丟下傳動軸。接著他退後幾步，取下防毒面具，抽起菸來。「已經煮很久了，但是用這個方法，還是會留下牙齒。上次最後我是用壓力機壓碎的。」

「上次——？」

伊川看著宮田笑了笑，吐出煙說：「要報警嗎？我無所謂啊。不過被扔回監獄前，老闆，我會先殺了你。還有你那些朋友。我知道他們住在哪裡。一旦決定要做，我就會做。當然，我跟你無冤無仇，我只是要宰掉你而已。對了，老闆，謝謝你上星期邀我去退休消防員工聯誼會烤肉，真的很好吃。當地啤酒也好好喝。」

殺死兩個人卻能滿不在乎，也絲毫沒有受到良心的呵責。伊川根本沒有更生，他只不過是在扮演親切的胖子。對伊川來說，他人就是可以隨意獵捕的對象。

在汽車拆解廠殺人，放進加了氫氧化鈉的汽油罐裡溶屍，而且完全不掩飾這個事實，還告訴身為老闆的自己——這一切根本瘋了。宮田徹底被伊川的暴力性情給擊垮。他沒辦法向警方通報伊川的罪行，也沒辦法要他走路。主導權在誰的手裡？面對液體沸騰的汽油罐，事實昭然若揭。

伊川的聲音黏附在宮田的耳底，怎麼樣都甩不掉。

我只是要宰掉你而已。

伊川徹以前在橫濱市的影像製作公司當攝影師。離開這個職場後的十一年——在川崎市中原區的汽車拆解廠僱用他之前的空白時期——是他為殺人罪服刑的歲月。

伊川高中退學後，成為影像製作公司的約聘員工，一進去就開始當攝影實習生。這家公司依靠承包當地電視臺的案子維生，經常必須準備新聞節目的素材。

一聽到哪裡有車禍或火災發生，便代替忙碌的電視臺攝影師驅車趕往現場，超速、竊聽無線電、非法侵入民宅，只要不被逮捕，不擇手段「拍到畫面」，就是承包商的職責。

心態就如同週刊狗仔，但每個員工都自認為他們就像是美國的「特約記者」。美國的特約記者是向新聞節目兜售犯罪或事故影片的獨立攝影師，多半都組成團隊在夜間活動。但他們是拿一支支影片和電視臺談價錢，如果這家電視臺不買，就拿去向其他頻道兜售。而伊川他們的公司是和單家電視臺簽獨占約，每半年續約一次，這一點大不相同。

特約記者是自由獨立記者，但伊川他們的公司是下游包商。而電視圈的包商，不管被怎麼奴役使喚，都不能有半點怨言。送上去的影片缺乏震撼性，就會被導播痛罵、砸菸灰缸、扔喝到一半的罐裝咖啡。上頁的收穫太少，當然就別想續約了。

「如果感覺電視臺不想續約了，就去挨個幾下拳頭。這樣就可以續約。」伊川他們的公司總是這麼說。小包商只不過是導播這種人發洩壓力的沙包。為了存活下去，只能理解這樣的金字塔階級結構。

新人的伊川扛著攝影機，和帶著「影像戰略部」這個誇張頭銜名片的總攝影師，在神奈川縣一帶東奔西跑。

不管是對電視節目還是電視圈，伊川其實都沒有半點興趣，但他喜歡車禍現場。愈慘重、愈血腥愈好。撞到電線桿變得稀巴爛的車、逼近的警笛聲、救援人員鋸斷車體拖出來的重傷者、重傷者被擔架搬走的樣子。踩著柏油路上散落一地的擋風玻璃碎片，欣賞這些景象，是他莫大的樂子。

看見被正要左轉的大卡車撞死的老婦人屍體時，伊川突然餓得受不了，跑去超商買了麵包，再回到車禍現場，邊看邊吃。此後，在車禍現場吃東西成了他的習慣。

使用專業的昂貴電視攝影機，而不是任何人都可以輕易掏出來拍攝的手機，並且可以別著「記者」臂章正大光明地拍攝車禍現場，這個職業對伊川來說再理想不過。

伊川總是面帶笑容，用公司的攝影機拍攝車禍現場。這時他一定會閉上右眼。用視力較好的左眼看鏡頭，閉上右眼，臉頰就會扭曲，掩飾他臉上的獰笑。

在新聞節目播出時，鮮血、重傷者痛苦萬分的表情，以及屍體的臉都會打上馬賽克。在現場透過鏡頭拍攝這些景象的興奮感，是任何事物都難以取代的。而且還有薪水可以領。雖然沒有固定休假，也沒有加班費，新人一個接著一個辭職，但這個工作對伊川來說還不賴。

不管前輩罵得多凶他都無所謂，就算電視臺導播對他施暴，他反而同情對方攻擊的力道之虛。

但只有一個人讓他無法忍受。

公司的總攝影師不厭其煩地糾正伊川在車禍現場大嚼麵包飯糰的態度。他會吼他：「不准吃東西！」有時甚至動手要搶走他的麵包。

在伊川的認知當中，這完全就是仗勢欺人。我吃東西的權利被剝奪了，伊川想。

囉哩囉嗦的吵死了。

二〇〇六年五月二十二日，這天好巧不巧，是伊川的二十歲生日。

晚上十點，鶴見川附近的綱島街道發生大卡車和轎車的對撞車禍，在公司竊聽到消防無線電內容的伊川，和總攝影師一起前往現場拍攝。

伊川開著公司的運動型多功能休旅車三菱 Outlander，一路超速還狂按喇叭，一次又一次驚險超車。副駕駛座上的總攝影師看不下去，警告伊川的開車方式，兩人吵了起來。

沒多久，伊川重重地嘆了一口氣。

我今天很餓，心情很不好。

他說完，打了警示燈，把 Outlander 開到國道路肩。他沒有熄火。

他摘下卡其色漁夫帽放在儀表板上，露出滿是傷疤的頭。接著解開自己的安全帶，若無其事地伸手做出搭肩的動作，左手勒住總攝影師的脖子，右手迅速解開對方的安全帶。抓住總攝影師脖子的左手一個使勁，惡狠狠地把那張臉砸向副駕的雜物箱。

一陣宛如混凝土塊從大樓外牆崩落的聲音。車體因撞擊而搖晃，下一秒，副駕的安全氣囊爆了開來。伊川笑了出來。他不停地哈哈大笑。被砸在雜物箱上的總攝影師，臉埋在安全氣囊裡一動不動了。

伊川用調整三腳架的一字起子刺破膨脹的安全氣囊，扶起總攝影師的身體，用安全帶固定在副駕上。接著開往網島街道的車禍現場，帶著攝影機下車，別上「記者」臂章，像平常一樣仔細攝影。

肚子餓了。回公司的路上他繞到超商，拿死掉的總攝影師的錢包買了四個炒麵麵包、兩個雞排便當、三罐魔爪能量飲料。

伊川若無其事地回到公司，著手編輯車禍現場影片。去拍攝別的事故現場、凌晨三點多回來的其他員工，注意到在停車場的 Outlander 裡睡覺的總攝影師。額頭形狀看起來怪怪的。原以為是影子造成的錯覺，但不是。

深夜的公司頓時雞飛狗跳起來。一名員工問影像編輯室裡的伊川。

「你剛才是開 Outlander 去現場對吧？」員工的聲音在發抖，「停車場那是怎麼回事？」

伊川已經完成編輯工作，叫機車快遞把影片送出去了。伊川笑著回道：「你看到了？就像你看到的那樣啊，車禍。」

開放性頭蓋骨凹陷骨折、腦挫傷、頸椎脫臼骨折，雜物箱蓋子扭曲，強大的撞擊力道導致變形，打不開了。

驗屍結果，總攝影師是當場死亡。一個人把另一個人的頭砸在汽車雜物箱上，撞擊力道導致死亡，甚至造成安全氣囊彈出，這在神奈川縣警的紀錄中，是史無前例的。

伊川徹這個人，在他判刑定讞的時候，就已經被世人遺忘了。毆打上司致死這種事，算不上什麼刺激的情節。

這名男子用難以置信的臂力把對方的頭砸向雜物箱，導致安全氣囊彈出，或是開著載了屍體的車前往車禍現場，堂而皇之地攝影，這些細節由於電視臺高層的斡旋而被壓了下來，並未公開。電視臺已經在新聞節目中播出伊川犯下殺人案那天編輯的車禍現場影像。為了躲避隨之而來的輿論撻伐，必須把凶案細節壓下來才行。

殺人本身不用說，開著載了屍體的車子繼續工作的行為受到關注，伊川被判處十九年徒刑，但他在監獄裡的表現十分優秀。他巧妙地述說並寫下言不由衷的懺悔，獲得刑務官相當高的肯定。二〇一七年五月三十一日，伊川服完十一年的刑期，假釋出獄。

回歸社會的伊川，很中意新的職場——拆下來的零件堆積如山的汽車拆解廠景觀。他也習慣操作怪手拆解廢車的工作，積極準備考試，準備正式取得重機械證照。

二〇一八年冬季，一名自稱大廚的秘魯人出現在汽車拆解廠。

秘魯人帶著一名日本人，日本人有個玩笑般的綽號，叫「拉巴拉巴」——蜘蛛。他替只會說西班牙話的秘魯人翻譯。

伊川猜想，對方是來報仇的。

來川崎賺錢的秘魯人很多。但伊川不記得有揍過哪個秘魯人。

大廚用黑色頭巾包住幾乎整張臉，只露出眼睛。這傢伙搞屁啊？伊川想。

他伸出原木般粗壯的左手，想要扯下秘魯人臉上的頭巾。秘魯人一動不動，目不轉睛地盯著伊川。伊川感知到某種異樣的氛圍，打消了扯下頭巾的念頭。

伊川皺起眉頭。秘魯人的眼神與氛圍，是他從來沒有見過的。監獄裡也有許多外國罪犯，但沒有人擁有這等震懾力。

「我中意你的經歷，」蜘蛛翻譯大廚的話，「安全氣囊那件事真是太驚人了。」

為了探兩人的底，伊川一面閒聊，一面把他們引到車庫。停放著一九七七年款的雪佛蘭 Chevelle SS 轎跑車的車庫，是伊川行使暴力時最愛的地點，同時也是他可以放鬆、腦袋特別靈活的地方。

三個男人欣賞精心保養的古董車。「很棒的車。」蜘蛛轉達大廚的話。

秘魯人也十分精通美國車。他和伊川聊了一會兒車經，總算進入正題。

伊川還以為是什麼事，沒想到是要他幫忙照顧小狗。聽到蜘蛛翻譯的日本話，伊川以為是某種自己不知道的犯罪黑話，結果不是。

真的是照顧小狗。

一陣落空之後，伊川哈哈大笑起來，還笑到流眼淚。除了伊川，沒有人笑。

「你是聽誰說了什麼，才會跑來找我？」伊川說，「我幹麼要顧什麼小狗啊？」

「不是隨處可見的狗，是危險的狗。」蜘蛛說。

「比特犬嗎？」

「比特犬根本不是對手。」

「大狗嗎？這麼說來，我老闆家有養土佐鬥犬。」

「成犬的話，應該比土佐鬥犬更強壯。是可以咬死美洲獅的全世界最凶狠的獵犬。」

「管它什麼狗，去找我老闆，別來找我。我又沒養過狗。」

「就要你來照顧。La chatarra，你要當那隻狗的老大。」

「什麼 chatarra？」

「就是你。我們叫你 chatarra（廢鐵）。」

「什麼跟什麼？這是在說什麼？你們是誰？在耍我嗎？」

「我們是在委託你工作。一開始就這麼說過了。廢鐵，我們把小狗交給你，你替牠取名字，照顧牠。我們會付錢。還有訂金。」

「就這樣？」

「就這樣。」

來自阿根廷的阿根廷杜高犬。第一次聽到這個犬種的伊川，看著從兩人開來的吉普 Wrangler 牽下來的白色大狗，尋找應該要接著出現的小狗，但根本沒有小狗。那頭狗就是小狗。不必像訓練師那樣調教，只要餵牠吃肉，把牠養大。光是這樣，就可以從秘魯人那裡拿到一大筆錢。被留在汽車拆解廠的杜高犬小公狗，力量已經超乎尋常了。伊川為小狗戴上皮項圈，用繫繩綁在深深插進土裡的傳動軸上。

奇妙的工作開始了。早晚在廠區內散步，把帶骨牛肉塊扔到狗的前面。小狗喜歡上廢鐵了。

代養過了一個月的時候，小狗的體重超過了二十五公斤。糾結的肌肉顯示出牠獵犬的血統，繫繩的材質從以前的尼龍繩換成了鐵鍊。

大廚叫廢鐵取名字，所以他想到了「藍艾波」這個名字。是他以前開的三菱 Lancer Evolution（LanEVO）的暱稱，這在愛車人士中是知名的車種。

廢鐵喜歡聽藍艾波啃帶骨牛肉，連骨一起嚼碎的聲音。如果能夠，他想讓藍艾波攻擊活生生的牛，也想看一次牠在阿根廷的森林和貓科猛獸美洲獅奮戰的模樣。

藍艾波清楚地認識到自己的老大是廢鐵。牠具備獵犬的雙面性，對陌生人敵意全開，但從來不會對戴著漁夫帽的胖主人齜牙咧嘴。

廢鐵以外的員工、飆車族、混混們若想抓藍艾波的牽繩，立刻就會被抓狂的阿根廷杜高犬拽倒，搞得渾身泥巴。這時被藍艾波騎上身的人，都會恐懼得發出慘叫。如果獵犬沒有戴著嘴套，人應該已經被咬死了。廢鐵看到尖叫求救的男人們，拍手大笑。

又過了一個月，大廚終於又帶著蜘蛛，再次現身汽車拆解廠。他的手中拎著紙袋。

大廚徐緩地開口：

Disparó a ese perro.（射死那隻狗。）

就算完全聽不懂西班牙話，廢鐵也隱約理解對方說了什麼。

他打開大廚遞給他的紙袋。裡面裝著一把槍。不是菲律賓製的仿造品，而是如假包換的德製華瑟Q4。槍口裝了滅音器，下槍身軌道裝著SureFire公司製造的槍燈。

「結束後叫我。我在這裡的辦公室。」

大廚透過蜘蛛這麼交代，廢鐵心想：這是考驗嗎？是要看看我能多冷酷、能不能殺掉自己親手養大的狗嗎？這些傢伙，居然敢試我。難怪錢付得這麼大方。

廢鐵看著第一次拿在手上的槍。發現這些日子原來都是測試，覺得不爽，但他發覺自己對秘魯人並不怎麼生氣，十分奇妙。大廚和自己是同類人。沉默寡言，只說重點。不是廢鐵最討厭的日本那種唧唧歪歪的反社會人渣。而且廢鐵嗅出對方提出的考驗背後，散發出更香濃的金錢和血腥味。

他不知道這是什麼考驗。但通過考驗之後，一定有更龐大的什麼在等著他。

廢鐵注視著被鍊在十公尺外的藍艾波。

Sicario——殺手這門行當，是在哥倫比亞的貧民窟誕生的。

位在波哥大首都區西北方大約四百公里的都市麥德林，其郊外科姆涅斯地區，是近半數居民都在惡夢般的貧窮中喘息的土地。在那裡生活的二十多歲年輕人，召集十幾歲男孩們組織起犯罪集團，這就是殺手最早的起源。成員裡面，甚至有八歲的小男孩。

在出生的土地受到殘酷的命運玩弄、目睹極盡殘忍的現實成長的他們，就宛如命運施加於他們那樣，也對自己的同伴冷酷無情。友情和同情就是軟弱和天真，在生存競爭中是沒有意義的。

想要加入犯罪集團的人，必須通過首領提出的考驗，證明自己的資格。考驗的內容例如：捏死自己養的小鳥。或是射死朋友。

很快地，大人注意到這群從科姆涅斯地區的垃圾堆裡出生的「惡童」。這些惡童最適合用廉價的報酬讓他們去幹髒事。他們比只會裝腔作勢耍壞的大人能幹太多了。

成為人間傳奇的大毒梟巴布羅．艾斯科巴率領「麥德林集團」君臨地下社會，富可敵國，對財政界擁有莫大的影響力。他就是徹底利用了男孩們這種受詛咒的天賦。

犯罪集團中，最為凶暴狡猾的人會脫穎而出，得到刺殺麥德林集團敵人的任務。捏死親手餵養的小鳥、射殺死黨長大的他們，冷酷程度無與倫比，能力遠遠超越緊要關頭會因為壓力崩潰而胡亂開槍的成年人殺手。

圍繞著大毒梟艾斯科巴展開的慘烈戰爭中，少年們踏入更深的黑暗深淵，得以倖存的少數人成長為大人，承攬新的工作。不知不覺間，不只是出生貧民窟的少年，連墨西哥和瓜地馬拉軍隊特殊部隊出身者也開始加入殺手群。

聽從販毒集團指揮的殺手系統，也逐漸擴展到麥德林以外的世界，哥倫比亞以外的各國，北至墨西哥、南至巴西，甚至是阿根廷。

殺手的需求源源不絕。身為活生生殺人機器的他們，會將絕望與死亡確實地送到目標身邊，就如同毒梟會使盡千方百計，把古柯鹼確實地送達目的地。

31 cempōhualli-huan-mahtlactli-huan-cē

無家可歸的少年。即使有家，也被家人拒絕接回的少年。

這些少年到了接近離開少年院的時間，就會變成「特別調整者」。

特別調整者不只要找到新的住處，還必須有工作才行。為了讓曾經犯罪的少年回歸社會，必須借助支援中心的力量，進行各種調整。

土方小霜由於殺害雙親的罪狀太重，加上缺乏反省、日文閱讀能力低落，以及在院內犯下的種種傷害情事，多次被延後假釋出院，但終於在二〇一九年四月通過了假釋。然而由於「在社會上沒有棲身之處」，他被移送到相模原的更生保護機構，以特別調整者的身分過著每一天。

小霜已經十七歲了。

對於在木雕方面展現令人嘆為觀止技術的小霜，有七家公司提出僱用的意願。

從少年院假釋後，不會有前科紀錄，但雇主有權利了解少年的相關背景，而他們一聽說小霜的罪狀，以及在院內引發的傷害事件，立刻打了退堂鼓。

即使如此，還是有一名塗裝公司的老闆願意僱用。老闆與更生保護機構進行洽談，小霜的假釋日期一度已經決定了，機構的職員都放下心中一塊大石，這時卻發現對方的反應漸漸轉為冷淡，有了不好的預感。

職員們的憂慮成真，塗裝公司的老闆說「無法獲得公司員工的諒解，難以僱用他」。為了假釋出院，已經將最基本的日用品收進小背包的小霜，再次把背包裡的東西拿出來，整齊地擺回桌上，將背包歸還給職員。

假釋突然告吹的少年，一般都會成為職員們特別關心的對象。原本可以離開更生保護機構了，卻又被關了回去，任誰都會變得自暴自棄。但小霜沒有變得暴戾，也沒有嚷嚷。他在榻榻米上伸展長長的手腳，默默地看著天花板。

起床，點名，一如往常的早晨。醒來後小霜在想：我沒有地方可以去。如果沒有地方可以去，就不能離開這裡。

「你大概會直接被送進監獄。」

比小霜更早假釋離開的少年，在餐廳隔壁座位這麼說。那名少年預定吃完早餐後一小時就要離開更生保護機構了。小霜俯視那名少年。少年表情肅穆，看起來不像在挖苦。還帶著幾分稚氣的那張臉上，有著對小霜的憐憫。

用完早餐後，上午有運動時間，下午有儲蓄課和職能開發訓練。和少年院大同小異的一天過去了。

小霜在工作室裡，用電鋸從整片木板靈巧地裁出蜥蜴的形狀。這時一名職員抱著文件來到他前面說：「土方，跟我來一下。」

小霜在辦公室椅子坐下來，職員開口了：「我們突然找到一位想要面試你的人。是在川崎市做飾品和刀子的工房，刀子聽說是供收藏家鑑賞用的。鑑賞——你知道鑑賞的意思嗎？」

小霜搖搖頭。

「就是用來看的，欣賞它的美，」職員說，「而不是當成工具使用。」

「是好看的嗎？」

「是啊。」

「不能切東西嗎？」

「這個嘛——」職員側了側頭，「切是可以切，但應該不會用來切東西。土方，你在院內的課堂上，都能安全地使用各種刀具，在這個機構也都做得很好。你的手很巧，應該很適合工房的工作。地點在川崎區小田榮，港口附近。你願意接受面試嗎？」

小霜茫然片刻，微微點頭。

「你願意嗎？」職員再問。

「願意。」

「好。來面試的人，不是工房的師傅，是協助你求職的ＮＰＯ職員。」

「——什麼是ＮＰＯ？」

「就是非營利組織，把它當成目的不是賺錢的機構就行了。那個團體叫『光輝兒童之家』，那裡的職員宇野矢鈴小姐這幾天就會過來我們機構。面試要加油哦，我很期待結果。聽說工房附近有他們租來當宿舍的地方，所以也不用擔心住的問題。」

一星期後，小霜通過彷彿從一開始就決定錄取的奇妙面試，在更生保護機構的職員陪伴下，經過走廊，走出一直緊閉的門外。不是中庭、也不是運動場，而是如假包換的外面。雖說是有條件的，但外面有自由在等待。然而小霜的心胸沒有湧出任何稱得上特別的感情。

天空晴朗，燦爛的陽光當中，蟬聲傾注而下。

二〇一九年七月三十一日，星期三。從相模原市第二種少年院轉來以後，他在這間更生保護機構生活了三個月。小霜低下頭髮理得短短的頭，向職員們行禮道別，轉身向前走去。

十七歲的少年前方，停著一輛白色的豐田 Alphard。

一個女人背對前車門站立，看著小霜。

小霜口中喃喃著來更生保護機構探視過兩次的女子姓名。宇野小姐。宇野矢鈴。非營利組織。光輝兒童之家。

有人來迎接他。這對小霜來說，是第一次的經驗。

矢鈴把留長的黑髮綁成了髗溝辮。儘管夏季炎熱，她卻在T恤外面穿著皮革騎士外套，黝黑的皮革在豔陽下散發出泛青的光澤。

「總算可以出來了，」矢鈴對小霜說，「你應該有很多想去的地方，不過——」

矢鈴把礦泉水瓶遞給小霜。

小霜接過保特瓶，思考自己有想去的地方嗎？他想到看籃球賽的「等等力體育館」，但他沒有錢買票，去了也沒用。

「我們還是按照預定，先去川崎的工房吧，」矢鈴說，「可以吧？」

矢鈴仰望十七歲少年的臉。這個少年真的好高。她開來的 Alphard 車高超過一百九十公分，但少年的頭比車子還要高。

小霜低頭鑽進副駕駛座，笨手笨腳地繫上安全帶。他沒有乘坐所謂「一般轎車」的經驗，被逮捕的時候，坐的是警車，所以沒有繫安全帶。從第二種少年院移送到更生保護機構時，坐的是專用小巴，座椅上沒有安全帶。

號誌轉為紅燈，矢鈴踩下 Alphard 的煞車。她直視前方對小霜說話：「工房的名字還記得嗎？」

「記得，」小霜點點頭，慢慢地說出來，「川崎——河、港——金屬——有限、公司。」

「聽起來是勉強記得呢，」矢鈴苦笑，「字會寫嗎？」

小霜覺得自己會寫，但他想著「金屬」兩個字，愈想愈糊塗，最後放棄搖了搖頭。接著他便閉上嘴，不發一語了。

或許傷到他的心了。握著方向盤的矢鈴不安起來，感到自責。不會寫字又不是什麼大問題，我幹麼問這種問題——

Alphard 開上國道十六號線，一路直行。

小霜全副心神都被擋風玻璃外的景色奪走了，陷入天旋地轉。一切都太直接了，感覺彷彿身在夢境，意識似乎要被吸走了。這樣的光景，是少年院或更生保護機構裡看不到的。

「你暈車了嗎？」矢鈴問。

小霜沒有回答，目不轉睛地看著前方。

「要開窗嗎？」

聽到這個問題，小霜默默點頭。

矢鈴操作按鈕，放下副駕駛座的車窗，七月最後一個早晨的熱風灌進開著冷氣的車內。

矢鈴望向小霜的側臉。小霜雖然沒有說話，但看起來恢復了冷靜。她想起庇護所保護的無戶籍孩童們，感覺就像和那種年紀的孩子相處。看著沐浴在風中的小霜，矢鈴心想，他雖然身形龐大，但內心還是個孩子。比十七歲童稚太多了。

Alphard 經過天橋底下時，矢鈴忽然開口：「對了，我的名字——」

「宇野小姐。矢鈴。我記得。」小霜說。

「謝謝，」矢鈴微笑，「除了這個名字，我還有另一個綽號。我們現在要去的工房的師傅，也都用那個綽號叫我。」

「綽號——」

「叫馬利娜——」

「馬伊娜——」

「馬、利、娜，」矢鈴一字一頓地說，「本來更長，叫馬利娜修齊特爾。太長了，很奇怪對吧？而且跟宇野矢鈴這個名字一點關係都沒有。」

「是哪國話？」

「不知道。」

「——是什麼意思？」

「也不知道，」矢鈴說，笑了出來，「是非營利組織的朋友替我取的，有點奇怪吧？」

小霜仰望著飛越燦爛雲朵的鳥，喝了口瓶子裡的礦泉水。接著小聲呢喃矢鈴奇特的綽號。

馬利娜修齊特爾。

這個綽號，是夏在崔岩寺的庇護所為矢鈴取的。當然不是她想的，她只不過是轉達大廚的話罷了。

「這是中國話嗎？」矢鈴問，但夏沒有回答。

馬利娜修齊特爾——Malinalxochitl。Malinalli 是「草」，xochitl 是「花」。這是納瓦特爾語，阿茲特克歷史上女巫師的名字，雖然外貌是人類女子，但真實身分是戰爭之神維齊洛波奇特利的妹妹。傳說中的馬利娜修齊特爾，她的名字也是墨西哥市西南方小鎮「馬里納科」的語源。

握著方向盤的矢鈴，注意到副駕的小霜指尖捏著一個像水藍色齒輪的東西。看起來像塑膠做的。是從哪裡冒出來的？離開機構的時候就在他的手上了嗎？

喝完的礦泉水瓶放在小霜那一側的飲料架上，但瓶蓋不見了。矢鈴想起瓶蓋的顏色。水藍色。

「你手上那東西，」等紅燈時矢鈴問道，「難道是保特瓶的蓋子嗎？」

小霜點點頭。

「給我看一下。」矢鈴從小霜手中接過瓶蓋，瞠目結舌。邊緣被壓扁，裂成了放射狀，整個平攤，宛如賭場籌碼。「這怎麼弄的？」

「用手指。」小霜應道，動了動食指和拇指。

矢鈴親手確定了一下瓶蓋的硬度，被小霜驚人的指力嚇得合不攏嘴。

矢鈴連變成綠燈了都沒發現，被後方車輛按了四下喇叭，才總算踩下油門。這時她還在想小霜壓扁的瓶蓋。保特瓶的瓶蓋，一般有可能光憑指力弄成這樣嗎？

工房的屋頂漆成青色，外牆使用帶紅的日本落葉松材。

Riverport Metal的招牌在風中微微搖晃。一艘加拿大獨木舟和兩根划槳一起跌在泥土地上，任由風吹雨打。獨木舟是原本老闆的嗜好，過去四平八穩地掛在工房屋簷下的掛鉤上。

矢鈴正要伸手轉動工房門把，這時小霜長長的手從後方伸來，搶先開了門。矢鈴覺得她把小霜當小孩，但小霜才把她當成小孩。不過小霜的貼心讓她感到開心。

工房裡冷氣很強，近乎寒冷。

堆在門旁的紙箱後方，看得到穿著紅黑格紋法蘭絨襯衫的師傅身影。護目鏡、下巴鬚、工作圍裙。外貌宛如山中小屋管理員的男子，正對著機械削切金屬。

「你好，」矢鈴開口，「我把那孩子帶來了。」

師傅回頭，接著關掉機器馬達，摘下護目鏡。

小霜跨過紙箱，不客氣地走到男子前面，也不打招呼，便仔細觀察起男子使用的機器。是少年院的工作室裡沒看過的機器。

少年眼睛發亮地注視著機器，陶器——帕布洛暫時默默地站在一旁。不久後他介紹說：「這是砂帶機，非常昂貴。我用它來裁切刀胚。」

「什麼是刀胚？」

帕布洛拿起附近的折疊刀，解鎖打開刀身給小霜看。經過研磨的不鏽鋼就像剛釣出水的香魚般亮澤。

「用這臺機器——？」小霜問。

「基本上是。但打磨是別臺。你看那邊的工作臺，正在從 440C 鋼材裁出刀胚。」

「440——這個『線』是什麼？」

「標記線。和木工一樣，依照這條線進行加工。聽說你也很厲害？」

「金屬——我沒有做過。」

「我想也是。線鋸割不斷鋼材嘛。」

小霜黏在砂帶機前不肯離開。

帕布洛再次戴上護目鏡，扶著已經開好設計需要的孔洞的 440C 鋼材兩端，開始裁切出外形。火花迸射，比木頭堅硬太多的金屬板在小霜面前重生為曲線平滑的刀片。

砂帶機停止，帕布洛輕拍小霜的背，小霜才總算從機器抬起頭來看對方的臉。

「我是帕布洛，」帕布洛說，「別人也用綽號『La cerámica』（陶器）叫我，但是在這裡——在這間工房，叫我帕布洛就好。」

La cerámica？小霜疑惑。感覺就和馬利娜這個綽號一樣古怪，但環顧整間工房，也沒看到半個像陶器的瓶子或盤子。

小霜把目光移回帕布洛臉上，這時忽然想起法務教官的話：

「對第一次見面的人要打招呼。對工作上照顧自己的人，更要有禮貌地自我介紹。」

小霜連忙立正站好，彎下遠比帕布洛的頭更高的頭，自報姓名：「我叫土方小霜。」

「Mucho gusto.（很高興認識你。）」帕布洛用西班牙話說。

「帕布洛——帕布洛先生也是日本人跟墨西哥人嗎？」

「我是秘魯和日本混血兒。我父親在利馬出生，母親是那霸人。所以我跟你一樣會說español（西班牙話）。」

看著兩人的矢鈴聽到工房師傅毫不避諱地提到父母，大吃一驚，皺眉觀察小霜的表情。但矢鈴白擔心了，小霜似乎毫無所感。

「不過你長得好高啊，」帕布洛說，「幾公分？」

「最後一次量的時候，是二〇二。」

「兩公尺兩公分？」

「對。」

「多重？」

「多重——」

「體重幾公斤？」

「一〇四。」

「超過一百公斤？」

「對。」

帕布洛望向在小霜頭頂安靜地旋轉的吊扇，說：「小心別撞到頭啊。」

矢鈴離開，工房只剩下帕布洛和小霜兩人。小霜忙著觀察各種訂製刀，甚至忘了和走出門外的矢鈴道別。矢鈴說幾天後會再來看看，他知道還會再見面。

帕布洛磨了哥倫比亞產的咖啡豆，沖了熱騰騰的咖啡，倒進兩只馬克杯。

「有直直的跟粗粗的兩種。」小霜說。

「你是說刀口嗎？」帕布洛喝著咖啡說，「直直的叫平刃，粗粗的叫鋸齒刃。其他每個部位也都有名字，像這裡是 ricasso，刀身側；這裡是 qullion，護手；這是 bevel stop，斜擋。這種型的刀子，這個部分叫 double hilt，雙邊護套。怎麼樣？很有意思吧？」

「這些都是你做的嗎？」

「這裡也沒有別人了。」

「好厲害，帕布洛，你真的做得好好。」

被少年稱讚，帕布洛露出發窘的笑。「喝咖啡吧，很好喝哦。」

小霜沒有回話，也沒有拿起馬克杯。他發現尚未固定在刀柄的美麗刀片，整個人看得呆了。那是叫做「大馬士革鋼」的刀材，表面浮現複雜的漩渦紋樣，就宛如空中飄渺的煙霧。愈是細看，神祕的魅力愈是攫住了小霜的心神。他想起了圖鑑上的銀河系。這就是金屬嗎？好美啊。是怎麼做的呢？

對帕布洛來說，第一次踏進工房的小霜被刀子攝去魂魄般著迷的模樣，比起再多的交談都更重要。帕布洛想，若是無法對一件事狂熱，就無法有好的「西古都」。西古都是沖繩話，「工作」的意思。

「刀柄也很重要，」帕布洛說，「刀身與刀柄平衡地融為一體，才能完成一把出色的刀子。」

聽到帕布洛這話，小霜將視線轉向堆在工作臺上的柄材。有木頭，也有木頭以外的材料。

「這是——」小霜拿起一樣材料。

「摸摸看，猜猜看是什麼？」

「骨頭——動物的骨頭嗎？」

「沒錯，是牛的脛骨，小腿的骨頭。把牛脛骨乾燥後，雕刻上模仿鹿角的紋路，就是紋理骨——Jigged Bone。」

「那這個是假的嗎？」

「說難聽一點就是假的。紋理骨是獵不到鹿的時代，西洋發明出來的東西，後來就一直流傳到現在。現在已經是有專門收藏家的柄材了。不同的雕刻和染色手法，呈現出來的風貌也會大不相同。」

「這個也是那個紋——」

「對，那個也是紋理骨。有很多種對吧？紅色、綠色、琥珀，沒有雕刻的叫油漬骨，發揮骨頭本身的質感。」

工房是個美好的地方。小霜可以在這裡看上一整天。完成的刀子、正在加工的刀片和刀柄。不知不覺過了中午。小霜突然想起來，拿起馬克杯，喝了涼掉的咖啡。接著又繼續看刀子，偶爾向帕布洛提問，又繼續看個沒完。

群眾把川崎港物流碼頭擠得水洩不通，引頸翹盼輪船登場。

越過赤道航行而來的船影一現身，聚集在人工島東扇島的人群便忘了暑熱，群起歡呼，職業與業餘攝影師紛紛望向攝影機觀景窗。

整齊地並排在海上防波堤休息的海鷗群，被破風而來的汽笛鳴聲嚇得同時飛起。

坐在年輕父親的肩膀上，注視著閃耀浪頭的男孩說：

「那個就是肚比號嗎？好大哦。」

「不是肚比號，」父親說，「是杜妮雅・碧露號。是那艘船的名字。」

杜妮雅・碧露號。印尼語中的「藍色世界」。

全長四百一十公尺。全寬八十三公尺。總噸數二十三萬八千九百噸。

最大載客量為七千五百一十五人，客房數量為三千一百一十二間。

甲板數十八層。

這艘全世界最大的遊輪自印尼丹戎不碌港出發，在試航中靠岸川崎港，海上保安廳的巡邏船開向如積雨雲般屹立的嶄新船身旁。巡邏船看起來就像浮在浪間的水橇般迷你。

隨著杜妮雅・碧露號靠近港口，陽光變得更強，照出粼粼波光，漆成耀眼奪目的鈷藍色的船身側面，留白的船名吸引了在場所有人的目光。

DUNIA BIRU

國際信號旗在拂過太平洋的風中招展，擠在開放甲板上的乘客小小的身影，正朝著港口揮手。

32 cempōhualli-huan-mahtlactli-huan-ōme

引出每個人內在都有的本能攻擊性，最後將其改造為自深淵現身的怪物。經過殺手訓練的人，眼中失去了身而為人應該擁有的某些事物。眼神近似無機礦物的殺戮機器，連一丁點罪惡感都不會有。

在位於川崎市區的汽車拆解廠進行射擊訓練——這樣的發想，只有大廚才想得到。野村和末永聽到這個主意時，都感到不安。大廚知道這個國家並非槍枝社會嗎？但兩人很快就理解到，汽車拆解廠才是最適合當成極機密射擊場的地點。那裡有許多監視器，有圍繞廠區的鋼板圍牆，還有刺網。

儘管如此，仍然不能盡情開槍。高性能滅音器和拆解廢車時的噪音是不可或缺的。

廢鐵在學會問候之前，先學會了聽懂大廚說的西班牙話。

「Trae la barracuda.（拿梭魚來。）」

一句話交代下去，藏在堆積如山零件底下的散彈槍就取出來準備好，在川崎市中原區的汽車拆解廠展開射擊訓練。

裝上滅音器 Salvo 12 的雷明頓 M870，大廚稱其為「梭魚」。

負責從祕密鐵箱裡取出梭魚的人員，是綽號「電鑽」的汽車拆解廠員工。十九歲，第四代日裔巴西人。電鑽本名叫弗拉維奧·川端，嚮往廢鐵的強大，把他視為大哥景仰。他會說葡萄牙話和日語，也會一點西班牙話。

在十四歲被母親帶來日本之前，電鑽都住在里約熱內盧，曾在巷弄裡射擊過真槍。如果廢鐵要在汽車拆解廠開槍，我也要奉陪——電鑽原本這麼打算，但他天生嚴重近視，就算戴上隱形眼鏡，看遠處依然模模糊糊。而且這名年輕人的個性也沒有廢鐵那麼凶暴。

大廚交派電鑽的任務，是準備梭魚，以及用重機械製造噪音，更進一步掩蓋被滅音器抵消的槍聲。這些成了年輕人必須執行的重要工作。

滅音器 Salvo 12 如同它的名稱，全長十二英寸，外形並非聽到滅音器會聯想到的圓筒狀，而是前後拉長的長方形盒狀。材質是鋁和不鏽鋼，外表為霧黑色，完全不會反光。

廢鐵依照大廚教他的，把散彈裝進管式彈匣裡，拉動前握把，再次前推，指頭扣上扳機。雖然也受到無煙火藥的調配量影響，但 Salvo 12 的滅音效果非常好。開槍時的高音域完全消失，槍聲被壓低到和工地用釘槍釘木板時的噪音分貝差不多。當然，不需要耳塞就可以射擊。

射擊訓練期間，電鑽利用怪手持續製造機械拆解的噪音。就算拿衝鋒槍連射，汽車拆解廠外的人也不可能聽出有「槍聲」。

把九公尺外的人形標靶射成蜂窩後，廢鐵拉動前握把，將射完 00 Buckshot 彈丸的空散彈進行拋殼。

把梭魚帶進墨西哥槍擊戰的是卡薩索拉兄弟集團。在他們以前，幾乎沒有人在散彈槍加裝滅音器。他們在槍身較長的槍托式或槍身較短的握把式散彈槍都裝上滅音器，並加裝槍燈，在黑暗中也能使用，可以在極近距離幹掉敵人。裝上直方體滅音器的粗獷槍枝，代稱是凶猛的肉食魚名稱，但它的輪廓看在卡薩索拉兄弟眼中，就像是祖母口中描述的阿茲特克戰士武器「Macuahuitl」——黑曜石鋸劍。

汽車拆解廠淪為黑道以外無數犯罪的溫床，從進出這裡的分子當中，再選出兩名新的殺手候補生，通過殺害阿根廷杜高犬小狗的考驗，參加瓦米洛指導的射擊訓練。兩人的綽號是「El Mamut」（猛獁象）和「El casco」（頭盔）。

El Mamut——猛獁象，本名仲井大吾，二十九歲，身高一百九十一公分，體重一百二十三公斤。高中時靠著拳擊兩度打入國民體育大會，畢業後在川崎市當消防員。雖然不是直接認識，但他是汽車拆解廠老闆宮田的學弟。

猛獁象二十六歲時，因為持有大麻的嫌疑遭到警方逮捕，被消防署懲戒免職，最終判處六個月徒刑。出獄後加入以東京都足立區為據點的混混集團，靠著恐嚇高收入的牛郎過活。

El casco——頭盔，本名大畑圭，二十六歲，身高一百七十七公分，七十九公斤。原本是以相模原為據點的飆車族老大，從飆車族退休後去當板金工。和同事在居酒屋喝酒時，與其他客人發生衝突，把包括一名全接觸空手道高段者在內的三人打成重傷，其中一人在十二天後死亡。頭盔因傷害致死罪被判處六年徒刑。出獄後，他在汽車拆解廠舉辦的格鬥擂臺賭博當組頭，賺取收入，並把收益的三分之一繳交給視為大哥敬仰的廢鐵。

兩人都和廢鐵一樣，精通機械操作，學得也快，在槍枝操作上也展現出過人的天分，但還是不及廢鐵。廢鐵雖然外表是個胖子，卻能比兩人更敏捷地在廠區內穿梭奔跑，打從心底享受射擊。

並排的人型標靶上，畫的不是同心圓狀的得分區，而是中槍會造成致命傷的腦部、心臟、肺、肝臟等致命區。在瓦米洛交派下，末永和野村畫下器官圖，由電鑽將影印的圖片貼在標靶上。

射擊幾十片靜止的標靶後，接著射擊舊輪胎。磨損的舊輪胎朝四面八方滾動，模擬目標東奔西跑的樣子。如果無法射殺移動中的目標，就不是個有價值的殺手。

大廚親自拿起梭魚示範，指導三人。

「躲在遮蔽物後方，槍口朝下時，槍口一定要比自己的腳更前面。老是有人誤射轟掉自己的腳指頭和膝蓋。」

「隨時計算射擊了幾發。要活下去，重要的是還有多少子彈。在槍戰中射到忘記剩下幾發子彈的蠢才，就會白白喪生。」

「不能呆站著開槍，這不是在玩電動，不要停在同一個地方。把滾過來的舊輪胎當成警方的特殊部隊，準備好用任何姿勢朝敵人發射散彈。」

大廚教導三人「推拉射擊」的技術，這可以減少散彈槍開槍時特有的強大反作用力，實現連射。

將抓著前握把的手刻意往前推，槍托用力抵在肩膀上。彷彿同時將槍身前後拉長的「推拉」姿勢，能抵消開槍時的反作用力，進行正確的連射。

廢鐵是左撇子，和一般人拿槍的位置不同。他用「推拉方式」連射，發現過去都必須全憑臂力壓制反彈的槍身，但現在不需要多餘的力氣，射中滾動輪胎的精確度大幅提升。

多好玩啊！廢鐵心想。眼角餘光捕捉著排出的彈殼飛過空中，廢鐵面露笑容，抹去汗水，操作前握把，再次擊發。

廢鐵一面射擊，一面回想起在影像製作公司當攝影師那時候。攝影和射擊，英文一樣都是「shooting」。實際上共通之處也很多，這成了猛獁象和頭盔沒有的、廢鐵獨具的優勢。若問哪一邊比較刺激，廢鐵的答案毫不猶豫。攝影只能拍到屍體，但射擊可以製造屍體。

射擊完並保養好梭魚之後，是洗澡時間。但不是一般的洗澡。把牛血和內臟丟進車庫的三個浴缸裡，再倒入溫水。連頭都泡進大廚稱為「Estofado」——燉湯的浴缸裡面，三人和血腥味融為一體。然後哼唱大廚教他們的西班牙歌。雖然不知道歌詞在唱些什麼，總之是讚揚毒梟的所謂「Narcocorrido」——毒梟民謠。

這是一幕血淋淋的駭人光景。被交派在車庫準備燉湯的電鑽，光是準備就吐了好幾次。

沒有家的街頭遊民被帶進汽車拆解廠，成為三人練習的標靶。

活生生的標靶、實戰學習。他們與那些遊民無冤無仇。那些人就只是運氣不好。

三人射殺哭求饒命的遊民，然後聚到屍體旁邊，仔細觀察 00 Buckshot 散彈破壞人體的威力。胸口和腹部出現稱為「鼠窩」的槍傷，腦袋像被敲破的西瓜般炸裂。

明明是一樣的槍傷，為什麼只有腦袋會炸開來？三人對此感到不解，大廚解釋道：

「因為有頭蓋骨。散彈同時射進堅硬的封閉空洞裡，就會製造出衝擊波。衝擊波的內壓會導致頭蓋骨像這樣破裂。」

隔天開始，三人被命令絕食三天。他們被關在車庫裡，禁止外出。睡在睡袋裡，抽著菸，揮趕飛舞的蒼蠅蚊子，只獲准攝取水分。廢鐵和猛獁象起來許多次，灌了一堆水。頭盔只是呆呆地一直看手機下載的漫畫。

結束三天的絕食後，早上三人離開車庫時，外面正在下雨。泥濘的汽車拆解廠土地裡，一頭巨大如岩石的動物正忙碌地走來走去。

是透過島根縣的鬥牛掮客，活生生地運來的四歲鬥牛。體重九百五十公斤，開價四百萬元日幣。但是瓦米洛派去談價格的野村，送了從臺灣來的古柯鹼和搖頭丸給鬥牛掮客，用兩百五十萬元買到了牛。大廚對餓腸轆轆的三人說：

殺了那頭牛吃掉。不過不能用梭魚。

九百五十公斤的鬥牛被注射了興奮劑。三人分別拿到一把刀長二十公分的布伊刀，盯著黝黑的牛高聳的肩膀，望向巨大的頭顱左右突出的尖角。

剛絕食完三天，只用一把匕首殺死鬥牛。與槍殺親手照顧的狗的心理測驗比起來，這是不同層次的搏命狩獵。

瓦米洛抽著雪茄，目不轉睛地看著手持布伊刀靠近公牛的三人。

不管有沒有殺人的經驗，都可以透過獵公牛的儀式，締結出堅定的羈絆。墨西哥的記憶。在維拉克魯斯的空地，十五歲的瓦米洛和三名兄弟合力屠殺了一頭公牛。公牛重達一噸以上，比他們年長的毒梟都圍過來觀看這場違法鬥牛。沒有槍砲，也沒有鬥牛士的長槍，四兄弟的武器只有開山刀。

那個時候，我們是四人合力，瓦米洛看著三人心想。少了一個人的他們應該要費一番辛苦。不過這頭公牛的尺寸小了一號。

「¡Vamos!（上！）」

瓦米洛喊出的西班牙話，比起三人，更先點燃了鬥牛的怒火。雨中展開了充斥著瘋狂的狩獵行動。三名男子渾身泥濘，拚命躲開黑毛巨軀，體重最輕的頭盔撲在公牛背上，胡亂上下揮舞布伊刀。被割裂的皮膚噴出鮮血，灑在雨中溼滑的地面。

廢鐵站在直衝而來的鬥牛正面，將布伊刀插進牛的額頭，試圖貫穿那厚實的頭蓋骨。鬥牛噴出煙般的鼻息，猛烈地甩頭，把抓住刺進腦袋的布伊刀刀柄的廢鐵整個人抬了起來。超過一百五十公斤的廢鐵雙腳懸空了。

猛獁象從旁邊衝過來，刺向鬥牛的脖子左側。刀刃割開血管，直直插進頸椎，但鬥牛依然不退縮。

三人拚命抓住鬥牛，免得被甩下來。傾注的雨水洗去噴在他們臉上的血，又淋上新的血。沒有半點歡呼聲的鬥牛場，狼狽的三名鬥牛士。

烏雲罩頂的天空底下，汽車拆解廠重現原始時代的鬥爭。飢餓、狩獵、獵物的鮮血。沉睡在人類深處的本能覺醒，萌生出特別的同伴意識。只要我們齊心合力，就能比這頭龐大得離譜的野獸更強大。我們是特別的。我們——

Somos familia.（我們是一家人。）

大廚教導他們的咒文，如此簡短的一句話，透過獻祭的公牛的血肉，被注入了魔力，強烈地刻印在男人們的深層意識裡。在神廟獻上人類心臟的阿茲特克的強大，也來自於這裡。

廢鐵放開插在鬥牛額頭上的布伊刀，抓住兩根犄角，對攀在牛背上的頭盔說：「刀給我！」布伊刀遞過來的瞬間，廢鐵雙手握住刀柄，揮斧頭般全力將刀尖插進鬥牛的額頭。

在小田榮的工房，由陶器製作的極品布伊刀貫穿厚實的頭蓋骨，破壞腦神經，正在衝刺的鬥牛四肢一絆，頹倒下來。差點被壓在底下的頭盔連忙跳開。

鬥牛停止活動，渾身鮮血和泥濘的三人在地上攤成大字型，仰望著落雨的天空，不停地粗重喘息。鬥牛身上汩汩湧出的血將泥地上的水窪逐漸染紅。

沒多久，廢鐵笑了出來。剩下的兩人也笑了。雨滴愈來愈大，瀑布般刷洗著汽車拆解廠的廢鐵山，將裸露的泥土變成泥沼。暴風雨即將到來。

33 cempöhualli-huan-mahtlactli-huan-ëyi

上午七點半，少年從附近的公寓來工房上班後，帕布洛便以利用舊工具的馬達做成的裝置磨咖啡豆，精心沖泡咖啡。豆子除了哥倫比亞豆，還有曼特寧和瓜地馬拉等五種。

小霜負責烤吐司。把厚吐司放進小烤箱，烤到微焦，放上奶油再放回烤箱內，用餘熱融化奶油後取出。趁著烤吐司的時候切好培根，也是小霜的工作。工房裡的小冰箱隨時都有大塊培根。小霜在砧板上切培根，每天早晨感受著師傅做的刀子有多鋒利。雖然是鑑賞用，但帕布洛絕對不會把不利的刀子賣給顧客。

「聽著，小霜。刀子不是因為它是藝術所以才美。因為是工具，所以才美。絕對不能弄錯這一點。」

兩人在工房角落的桌子用早餐。小霜光吃吐司和培根填不飽肚子，還吃了超商買來的沙拉雞胸肉。一開始他一餐吃兩包，但愈吃愈多，現在一餐要吃到十包。早餐的盤子上堆滿了雞胸肉，收拾餐盤時，那些雞胸肉全都消失無蹤了。

教導學徒是帕布洛的工作，向師傅學習是小霜的工作。人類最古老的工具——刀子，它的世界博大精深，前人留下的知識量極為龐大。刀刃與刀柄的設計和組合多達無限，製刀師能夠無止境地追求作品的完成度。

小霜學習帶鞘刀的刀刃種類。帶鞘刀是刀身與刀柄固定的刀子，無法折疊。相較於必須設計成能夠開合的折疊刀，是較容易製作的類型。由於刀身收於刀鞘內，因此在日本稱為帶鞘刀，在世界上一般則是以固定刀的名稱為人所知。

帕布洛交給小霜做為教材的刀片，都從刀柄拆下來，以便觀察整體。

Straight Point——直背刀。

Drop-Point——水滴型刀尖。

Spear-Point——矛型刀尖。

Tanto Blade——T頭刀。

Fillet Blade——去骨刀。

Crooked Skinner——彎曲剝皮刀。

Guthook Skinner——腸鉤剝皮刀。

小霜凝視著以鑽石磨刀器精磨過的各種刀片形狀，畫在紙上剪下來，貼在鋼材上，用鉛筆型的畫線針慢慢地複寫輪廓。和幼兒塗鴉般的寫字筆跡不同，小霜畫的線強而有力，纖細且精確。

帕布洛如此指示小霜：「刀身不能超過一百五十公釐。」

一百五十公釐，刀長未滿十五公分。這是在日本國內販賣刀具時必須遵守的規範。河岸金屬的訂製刀有許多銷售到國外，但小霜首先從製作日本國內規格的刀具開始學習。

帕布洛喝著濃濃的黑咖啡，盯著埋首作業的小霜側臉，腦中浮現馬利娜的臉。如果她在這裡，應該也不會有好臉色。她從頭到尾都主張少年不該成為製刀師。考慮到少年過去犯下的種種罪行，這也難怪。

第一個把更生保護機構的土方小霜的資訊告訴狂人的，是名目上以員工身分在中原區的汽車拆解廠上班的頭盔。頭盔從同一間更生保護機構出來的飆車族小弟那裡聽說「有個身高兩公尺、手巧得要命的混血兒」，把這件事告訴狂人。

很快地，狂人帶著非營利組織職員宇野矢鈴來到帕布洛的工房。是來討論讓工房僱用新人的事。

帕布洛感到驚訝的，是綽號馬利娜的日本女人的態度，以及她所說的內容。她看起來真的不知道大田區的寺院地下在從事什麼樣的勾當，似乎真心相信自己是在救助兒童。她是像邪教信徒那樣被洗腦了嗎？帕布洛如此懷疑，但是在狂人面前，他不敢問這種問題，就算問了，如果女人真的被洗腦了，問了也是白問。

讓更生保護機構的少年在工房上班，給他一個社會上的歸屬。對於狂人的這個提議，馬利娜一方面表示理解，另一方面卻持續反對讓少年製作刀具。

「太危險了，」她說，「怎麼能讓弒親的少年學什麼做刀子——」

「先不論要讓他做什麼，」帕布洛說，「我想先看看他的作品，有實品嗎？」

「有，」馬利娜說，「這是在社福機關義賣會上買來的木雕。」

馬利娜取出來的木雕，是一頭美洲豹。當木雕放到桌子上時，帕布洛的眼神變了。只要長年從事創作，就能從一樣作品中看出相當多的資訊。

買下它的馬利娜本人以為那是一頭母獅子，但帕布洛立刻就看出是美洲豹。雖然沒有美洲豹正字標記的斑點，保留了木紋原味，但逼真地表現出潛伏於密林、正從樹叢暗處狙擊獵物的肉食野獸的氣勢。

能做出這種作品的少年，不可能毫無意義地使用暴力。帕布洛這麼想。木頭、黏土、石膏、鐵，不管是什麼素材，製作立體造型需要鍥而不捨的耐性。若無法克制感情，並具備掌握整體形象的能力，就無法走到完成那一步。但如果就像馬利娜說的，少年是個「危險人物」，那麼想要透過馬利娜間接僱用少年的狂人、蜘蛛、汽車拆解廠那夥人，還有大廚，遠比少年要危險太多了。

離開機構的少年進入這間工房，意味著他將涉入新的、更深重的罪行。帕布洛很想拒絕，但狂人似乎心意已決。帕布洛無可奈何，他只能同情無處可去的少年不幸的命運。

小霜也喜歡看工房裡的庫存柄材。

以牛脛骨製作的棘狀加工的紋理骨、油漬骨、骨板，以印度產的大型鹿角為原材料的水鹿角、做為禁止交易的象牙替代品而崛起的乳齒象化石牙、禁令頒布前在市場上流通的海象牙。天然樹木有鐵木、可可波羅木、破布木、巴西紫檀木、非洲黑木等。貝殼有大珠母貝、鮑魚貝、黑珍珠等。其他像是以壓克力樹脂凝固成礦石的壓克力水晶、以多層麻布浸泡酚醛樹脂，加壓成型的複合材料米卡塔（Micarta），小霜也都專注觀察，向帕布洛討教加工方法。

學習製刀基礎的小霜第一次獨力完成的是一把帶鞘刀，刀身是從CRMO-7鋼材裁下來的直背刀片，與墨西哥原生的硬質可可波羅木製作的刀柄組合而成，牛皮刀鞘也是用裁縫機親手縫製。

用美國製的萬用銼刀為刀片做最後收尾時，太陽西沉，工房外面已經暗了下來。帕布洛沒有回去，在工房等小霜完工。

小霜從椅子上站起來，正準備把完成的作品拿給帕布洛，但帕布洛揚起一手制止，問：「研磨也完成了嗎？」

「嗯，我用尼克森的銼刀。」

「放進那邊的盒子拿過來，」帕布洛說，「咱們去吃晚飯，順便試試利不利吧。要是切不了東西，就不能叫刀子了。」

小霜把剛完成的小刀收進ABS樹脂製的黑色小盒子，輕輕蓋上蓋子。一陣飢餓感襲捲上來。他想起自己太專心工作，忘記吃午飯了。

兩人乘上川崎車號的雪鐵龍Berlingo。帕布洛把車停在工房附近的大島上町的投幣式停車場，帶著小霜走進對面的牛排館。

兩人在播放著查克．貝里*歌曲的店內桌位落坐，帕布洛點了兩客一百五十克的沙朗牛排。「一份一分熟，一份十分熟。」

帕布洛闔上菜單，因此店員準備離去，但帕布洛叫住店員：「我點的是我要吃的，他的還沒點。」

帕布洛叫小霜想吃什麼都可以點，於是小霜點了特餐的四十八盎司牛排，加點大碗白飯、沙拉和湯。

牛排放在熱燙的鐵板端上桌後，小霜用叉子輕敲鐵板邊緣，聆聽聲音。「每天跟鋼材打交道，」帕布洛笑道，「就會自然養成這種習慣呢。好，把你的刀子拿出來。」

帕布洛恢復嚴肅的表情，小霜打開ABS樹脂盒。

帕布洛接下遞過來的帶鞘刀，把直背刀刃舉在店內燈光下檢查了片刻，接著拿來切割接近生肉的一分熟沙朗牛排。紅肉被一刀兩斷，就像切開融化的奶油般。帕布洛把切開的肉疊在一起，再試了一次。試到將四片重疊的紅肉兩斷之後，注視沾上薄薄一層血糊的刀身。

接著帕布洛切割全熟的牛排肉。和一分熟的牛肉一樣疊在一起，切割油脂部位、切割硬纖維，確定能否不用叉子按住，直接切開鐵板上因融化的油脂而滑動的肉。

帕布洛用餐巾靜靜地擦掉沾在刀片上的血和油，指頭抵住刀尖和柄尾金屬板這兩端，注視著刀身根部的刻印。

Koshimo y Pablo

---

* Charles Edward Anderson Berry，美國歌手、吉他手，搖滾樂的創始人之一。

小霜和帕布洛。寫在紙上那樣笨拙的文字，變成刻印，流麗的字體卻讓人沒話說。可可波羅木紋豐富的紅木刀柄完成度，以及牛皮刀鞘的完成度都無可挑剔。

「做得很棒，」帕布洛說，「照這樣繼續努力。」

帕布洛私心覺得小霜是個天才。世上有哪個人只學了三個星期，就能做出這種水準的作品？刀身、刀柄、刀鞘，一切都巧奪天工，研磨也完美無缺。

得到師傅肯定，小霜卻也沒有高興的樣子，只忙著吃東西。四十八盎司的牛排不到十分鐘就掃個精光，大碗白飯、沙拉和湯也都吃完了。用來試刀的牛排，帕布洛全部給小霜吃了。但小霜還吃不夠，又加點了十六盎司牛排和馬鈴薯泥。

「你一個人的時候都吃什麼？」帕布洛問。

「晚飯嗎？」

「嗯。」

「吃煮的雞。我只會做那個。」

「光煮嗎？不加鹽嗎？」

小霜搖搖頭。

「你早上也吃雞肉呢，超商賣的雞胸肉，一次吃幾包？」

「Diez.（十。）」小霜用西班牙話回答。

「然後晚上也吃雞肉？」

「嗯。」

「也要吃些蔬菜啊。還有，要多吃藍莓。冷凍藍莓就行了。藍莓對眼睛很好，做這行眼睛很重要。」

「好。」

冰咖啡可怕的味道讓帕布洛皺眉。他嘆了口氣，接著說：「仔細想想，我跟你都只聊刀子的事，從來沒有談過這類話題呢。」

「嗯，」小霜點點頭，「我有問題想要問。」

「什麼問題？」

「你會看籃球嗎？」

「籃球？你說的是那個籃球嗎？」

「嗯。」

「唔，有空的時候，算是滿常看的吧。籃球、足球、競輪、賽馬，這些都是川崎本地的娛樂。在這裡就能看到比賽，我記得也有美式足球。你喜歡籃球嗎？」

「嗯。」

「你打過籃球？」

小霜搖搖頭，向帕布洛詢問他以前支持的川崎球隊。

「那支隊伍已經解散了，」帕布洛說，「沒有了。」

「沒有了──」小霜停下用餐的手，一臉茫然地看著帕布洛。

「應該說是變成別的隊伍了吧，」帕布洛說，「啊，你不知道嘛。你在『裡面』的時候，成立了一個叫『B聯賽』的職業籃球聯盟。你支持的隊伍在那裡變成了新的隊伍。」

帕布洛拿起手機，秀出搜尋結果畫面。小霜定定地看著小小的螢幕。紅色隊服。川崎勇者雷霆隊。

「厲害嗎？」

「是支不錯的隊伍。」

「是全世界第一嗎？」

「全世界第一——你說包括外國嗎？」

「嗯。」

「你有時候會問些怪問題呢。聽好，勇者雷霆隊是在日本國內的『B聯賽』比賽。在籃球界裡，全世界最厲害的，是北美職業聯盟『NBA』的冠軍。你看過NBA的比賽嗎？」

「沒有。」

「我想也是，」帕布洛說，「如果你想看，就訂閱有轉播比賽的頻道吧。」

「NBA最強的是——」

「今年是多倫多暴龍隊。他們在『二〇一八～一九賽季』中拿下了冠軍。它們的根據地不是美國，而是在加拿大的多倫多。」

「暴龍——」

看著腦袋追不上新資訊、陷入沉思的小霜，帕布洛露出苦笑，喝著難喝的冰咖啡。刀身根部的刻印「Koshimo y Pablo」鮮烈地烙印在眼中。

腦海浮現寫字醜得要命的小霜拚命雕刻英文字母的身影，帕布洛心想：怎麼不刻自己一個人的名字就好了？想到還一無所知的小霜將會被牽扯進去的犯罪，他忽然一陣鼻酸。

帕布洛用餐巾抹了抹眼頭，對小霜說：「你今天做的刀子，千萬不可以帶出去外面。萬一遇到警察盤問，你當場就會被抓走了。」

「嗯。」

煎肉的聲響、客人的談笑聲、查克・貝里的歌聲、菸味、辛香料的香味。在橘色微光照耀的牛排館餐桌上，小霜吃個不停，帕布洛靠在椅背上，眺望著窗外的夜色。

贏得帕布洛信賴的小霜拿到工房的鑰匙，可以比早上七點半更早來到職場。

他用牙刷一根一根仔細刷洗昨晚用大湯鍋煮過的牛脛骨。用來製作紋理骨的脛骨，長度從十五公分到二十公分，為了支撐牛的體重，又粗又結實。洗好脛骨後，搬到工房後方有空調的倉庫，用鐵絲吊起來低溫乾燥。在空調的風吹拂下，並排的粗骨微微搖晃著，彼此碰撞，發出帶著溼氣的聲音。陰暗的倉庫宛如石器時代人類居住的洞窟之家。

小霜留下四、五根沒有要加工的脛骨，另外裝箱。帕布洛說同伴上班的中原區汽車拆解廠飼養了大型獵犬，那些骨頭要送給狗當做發洩壓力的玩具。獵犬的下巴極為強壯，就連牛脛骨都能輕易咬碎，所以必須定期送骨頭過去。

除了牛脛骨，工房還會煮另一種骨頭。殘留著一些血肉痕跡的骨頭，長度和牛脛骨差不多，但表面更為柔軟，色澤也更溫潤，整體印象頗為脆弱。

送來神祕骨頭的總是同一個人，不是物流業者。男子開來的卡車貨斗上，向來只載著瓦斯桶。

開始在帕布洛底下工作的小霜，學會在運送鋼材和柄材的物流業者拿來的收據上面簽名——無法辨識的潦草字跡也無所謂，所以簽起來很輕鬆——但開著瓦斯桶卡車過來的男子，一次也沒有要求他簽名。根本就沒有收據。

「這些骨頭不要跟牛骨一起煮。要特別小心處理。」

帕布洛這麼交代。但就算小霜追問：「這是什麼骨頭？」帕布洛也不肯說。每次談到神祕骨頭，帕布洛的表情就會突然變得陰沉，逃避小霜的目光。

某天，帕布洛只告訴了小霜這些骨頭叫什麼。因為平常他都對小霜用「那個」、「那些」來稱呼，本人也頗感不便。

C骨。

就算聽到帕布洛這麼說，小霜也完全不懂那是什麼骨頭。他猜想可能是小牛的骨頭，但如果是的話，帕布洛的指示未免太奇怪。因為帕布洛之前是說：不要跟「牛骨」一起煮。

那就不是牛了。那是什麼骨頭呢？

34

cempöhualli-huan-mahtlactli-huan-nähui

在關東登陸的大型颱風將汽車拆解廠的土地變成一片泥濘，留下一灘泥沼後離去了。電鑽開著怪手，好不容易整理好被吹走的廢車門和車頂，回到二樓辦公室，依照成了空頭老闆的宮田指示，打電話給抽水機出租業者。他們自己的怪手是用來拆除機械的，手臂前端的頭是鐵夾，不適合用來除去泥水。

打完電話後，電鑽望向牆上的月曆。正確地說不是看月曆本身，而是看向倒映出月曆的對面牆上的鏡子。鏡子表面以紫色水性筆做了個小小的記號，往鏡子裡看，記號剛好就重疊在今天的日期上。月曆本身乾乾淨淨，什麼記號都沒寫。

鏡像日期中的紫色記號，意味著「警方稽查」。老闆宮田塞錢給一名刑警，請他預先通知預定的「訪問」計畫。

圍繞著廠區的鋼板圍牆、刺網、多臺監視器。位於日本各地的「場地」──英文「yard」，語源為「包圍」之意──除了汽車、家電的「拆解廠」，也用來指「資材倉庫」或「後院」，這些地方有時比黑道事務所更為固若金湯，它的封閉性會引來犯罪。各地警方都會定期實施可疑私人土地的稽查工作。雖然沒有令狀，是請地主自願同意警方進入稽查，但若是地主拒絕，反而會引來警方多餘的注意。

對於宮田這種人來說，最重要的就是不能和警方有任何摩擦。在僱用廢鐵以前，宮田就和警方關係良好。而現在，宮田必須比以前更加小心避免引來警方的關注。

就算會逾越法規，也絕不沾染黑道事業。宮田立下這樣的宗旨，一直做生意到今天，然而如今他擁有的汽車拆解廠，卻遭到比黑道更危險的分子所支配。滿不在乎地殺人溶屍的廢鐵、密醫突然帶來的詭異秘魯人。在那名秘魯人的命令下，有的獵犬被射殺，有的獵犬還活著。廠區內擊發出去的散彈推測有上千發，還有車庫中裝滿鮮血和內臟的浴缸，汽車拆解廠充斥著惡夢，但最讓宮田害怕的是，他完全不明白這些惡夢背後，究竟發生了什麼事？

神奈川縣警的偵防車來到汽車拆解廠前面。銀色的速霸陸 Impreza 上坐的是組織犯罪對策本部和國際偵查課的兩名刑警。尾津利孝警部補，還有後藤和政巡查部長，兩人長期追緝將贓車轉賣到海外的竊車集團。

年輕的後藤巡查部長萬萬沒想到經驗豐富的上司、同時也是個情報通的尾津警部補，竟是黑社會裡聲名遠播的「明理人」。後藤對上司尾津的表面偽裝毫不懷疑。在川崎市經營非法賭場的烏克蘭人、高級會員制應召俱樂部的韓國人老闆，都知道尾津是個貪瀆警察。什麼都不知道的，就只有每天和尾津同進同出的後藤。

汽車拆解廠沉重的鋼鐵大門自動開啟，Impreza 開進廠區內。兩人的視野中，電鑽小小的背影正在使用排水裝置排掉大量的泥水。偌大的廠區內別無人影。

偵防車在泥濘中緩慢前進，宮田滿臉燦笑地出來迎接。

靠坐在辦公室沙發上的尾津啜飲著端出來的綠茶，問：「大哥，有沒有菸灰缸？」

宮田立刻取來銅製圓型菸灰缸，放到桌上。

「昨天雨下得真大啊，」尾津說，「怎麼不乾脆把這種破爛堆積場沖走算了。」

「饒了我吧，」宮田苦笑，交互看著尾津和後藤的臉，「車胎都沾到泥巴了對吧？廠裡有高壓清洗機，沖乾淨再回去吧。」

「不用了，」尾津說，「要是車子變得太乾淨，會被問是跑去哪裡洗車了。沒收據就麻煩了，會被電得很慘。」

「以前也有負責黑道的刑警跑去黑道事務所，叫年輕組員洗偵防車對吧？」

「就是啊。真是個無法無天的時代啊。」

尾津嘆著氣，從口袋裡掏出百元硬幣，慢條斯理地往空中拋去。如果是正面，今天就檢查廠區東邊，如果是背面，就檢查西邊。他事先這樣告訴部下後藤。汽車拆解廠的土地面積大到可以拿來當大型公寓興建預定地，因此必須縮小檢查範圍，否則會查到天黑。不可能耗上一整天進行沒有令狀的檢查工作。

「今天是東邊。」用手背接住硬幣的尾津對後藤說。其實他根本沒看硬幣正反面。要檢查東邊也不是隨機決定，早就通知過宮田了。

「我先去看看。」後藤起身，手上拿著縣內失竊車輛的車種清單，以及紀錄用的數位攝影機。

「我隨後就去，」尾津從西裝內袋掏出香菸說，「先讓我抽一根吧。誰叫車子裡禁菸。」

一無所知的後藤走下事務所階梯，待腳步聲遠離，尾津用打火機點燃香菸。他一面吐煙，一面盯著桌角一個近似金黃色的盒子。是「天然美國精神」牌香菸的「Gold」，尼古丁含量〇．八毫克，焦油含量六毫克。

盡忠職守、也常聆聽部下訴苦的資深刑警搖身一變，成了把靈魂賣給金錢的男子。

津津有味地抽菸的尾津，自以為對這家汽車拆解廠不可告人的祕密摸得透澈。然而狀況改變，尾津不知情的部分比他知道的地方更多了。墨西哥的流亡毒梟在這裡培訓殺手，進行準軍事組織般的訓練──憑尾津的腦袋，甚至無從想像這樣的現實。

尾津把菸屁股捺進菸灰缸裡，檢查天然美國精神的菸盒裡面。盒內還剩下幾根，但尾津說：「大哥，菸還有多的嗎？」

聽到這話，宮田遞給他同一牌的菸盒。裡面裝的不是菸，而是折起來的萬元鈔票。總共十五張。

尾津拿起菸盒收進西裝內袋，慢條斯理地從沙發站起來。「時代真是會變呢，」他說，「最近都流行電子菸，像我這種老菸槍，連在吸菸區都顯得格格不入。」

「其實我也買了電子菸。」宮田討好地笑著說。

「什麼嘛，」尾津咂舌頭，「對了，這裡有養獵犬對吧？那叫什麼狗？」

「聽說是叫杜高犬──」

「狂犬病疫苗那些都有打嗎？」

「都有、都有——」

「大哥，你可千萬別讓那狗跑出去啊。要是跑出去，絕對會咬死兩三個人。」

「知道、知道。」

「要好好交代年輕人盯好啊。」

「是、是。」

兩名刑警結束稽查，離開汽車拆解廠後，電鑽前往堆在廠區西邊的舊輪胎山。是為了把預先挪到那裡的槍枝搬回東邊的廢鐵山裡面。

挪開舊輪胎，拖出沉甸甸的木箱，放上單輪手推車。穿著橡皮長靴推著手推車的電鑽，忽然在半路的泥濘中停下腳步，目不轉睛地看著自己搬運的木箱。箱子裡裝著雷明頓M870，男人們稱為梭魚的散彈槍。

他也想射擊裝上粗獷滅音器的散彈槍。剛滿二十歲的電鑽總是如此巴望，但不管再怎麼等待，他的願望都沒有成真。他仰慕的大哥廢鐵射擊梭魚，這也就罷了，但比自己晚進入汽車拆解廠工作的猛獁象和頭盔也在射擊梭魚，這怎麼想都教人無法接受。空手幹架，他不可能打得過那兩個人，但射擊本領和力氣大小無關。自己應該也有射擊天分。

他知道大廚不讓他開槍，理由是因為他天生近視。但默默接受這樣的事實，人生未免太無趣了。他想要設法提高自己的身價。電鑽完全不知道射擊訓練的目的是什麼，但這些都無關緊要。他想要被大廚認可、被廢鐵認可，進入猛獁象和頭盔所在的地方。他想加入他們，成為真正的夥伴。

電鑽把木箱藏進東邊的廢鐵山後，將牛脛骨扔進空掉的手推車，抓起一罐「A&W麥根沙士」揣進牛仔褲後口袋。沙士一點都不冰，但他不在乎。電鑽再次推著手推車，這次前往汽車拆解廠的南邊。獵犬在那裡。

在殺手測驗中一頭頭被殺死的阿根廷杜高犬裡面，只有一頭留下來當成看門狗，變得比先前養的任何一頭都要龐大。

這頭用鐵鏈繫在鐵管上的公杜高犬，電鑽自己給牠取了個葡萄牙文名字「Músculo」（肌肉）。照顧牠的只有電鑽，所以沒有人說什麼。

電鑽把牛脛骨朝著懶洋洋地將下巴擱在前腳上大打哈欠的肌肉扔過去。接著打開帶來的A&W麥根沙士，觀賞肌肉啃咬牛脛骨的模樣。全世界最強的獵犬，甚至可以在成犬前就咬死美洲獅，長相很像比特犬或鬥牛犬，但腳更要修長許多，體型也更大。

杜高犬天生就擁有足以打倒美洲獅的強大基因，天不怕地不怕，隨著成長，幾乎再也不吠叫了。牠大嚼鮮肉、啃碎骨頭，以厚實的舌頭掬水暢飲，用力甩動鍊著粗鎖鍊的頭，偶爾以陰暗的眼神眺望遠方。

光是待在附近，電鑽就緊張萬分，不由自主地盜汗。萬一鏈子鬆掉，事情就大條了，他想。就算手裡有槍，這麼近的距離也很危險。但廢鐵和其他兩人把這種狗的鎖鏈解開，在放牠們自由的狀態下，把牠們一槍斃了。面對這麼可怕的狗也不退縮，他們果然不簡單。可是——

廢鐵和其他兩人射殺的狗，比我照顧的這傢伙還要小吧？這個念頭閃過的瞬間，電鑽想到提高自己身價的方法了。這下子老大和廢鐵一定都會肯定我，他如此確信。連自己都覺得這個主意真是太天才了。一旦想到，就再也甩不開這個念頭了。

電鑽聽著肌肉咬碎牛脛骨的聲音，仰望一片晴朗、彷彿沒有昨晚那場暴風雨般的藍天，一口氣喝光 A&W 麥根沙士。

❖

小霜在工房的時間，大半都用在製作刀柄。這也是製刀師重要的工作。尤其是刀身收折在柄中的折疊刀，刀柄就是那把刀的門面。骨頭、天然木材、貝殼、化石，小霜從各種材料切削出形狀，和帕布洛製作的刀身組合，有幾樣甚至交給他做最後的收尾。

工房收到來自世界各地的柄材。

幾乎天天都要煮的牛脛骨是來自美國。鹿角來自印度，猛獁象化石象牙來自俄國，乳齒象化石象牙來自加拿大，名列《華盛頓公約》附錄二*而成為珍稀品的河馬牙，則是從南非出口。

* 即《瀕臨絕種野生動植物國際貿易公約》（CITES），附錄二（Appendix II）列出了沒有立即滅絕危機的物種，但仍需要管制交易以避免影響其生存。

「象牙，還有犀牛角——」某天帕布洛對小霜說，「用這些違法盜獵品做成刀柄，光是這樣就身價百倍。可是我不這麼做。靠流通黑市的東西抬高價格，不是製刀師該做的事。」

聽到帕布洛這麼說，小霜想起少年院法務教官說的話：

如果做了對的事，就要抬頭挺胸。

然而帕布洛的態度和抬頭挺胸差得太遠了。他的神情落寞極了，目光遊移不定，簡直就像個作賊心虛的人。小霜想要提問，帕布洛卻留下一句「我去散個步」，逃之夭夭地離開工房了。

一個人留下來的小霜繼續做刀柄，沒多久他餓了，把午飯特地留下的一片外送披薩放進烤箱裡加熱。

35 cempōhualli-huan-caxtōlli

剛進入十月的某個涼爽午後，帕布洛在工作臺上打開川崎市內的電車路線圖，和小霜一起看著。

帕布洛指著路線圖，教小霜怎麼換車，但聽到小霜微弱的應聲，不安起來。他真的有辦法去到目的地嗎？

小霜從來沒有一個人坐過電車，也沒坐過公車或計程車。當然也沒有駕照。帕布洛皺起眉頭，交抱雙臂。一個超過兩公尺的大男人在街上迷路的話，實在太招搖了。看來還是依照慣例，我自己去比較好。

帕布洛正準備放棄，在旁邊看著路線圖的小霜開口：「我知道這邊。」

小霜長長的指頭點在距離目的地汽車拆解廠最近的武藏中原站上。

「你知道？」帕布洛皺眉。

「這邊有籃球的比賽場。」

「對。」帕布洛點點頭。小霜說的沒錯，往多摩川那裡過去，就是「等等力體育館」。

「對了，你喜歡籃球嘛。你去過嗎？」

「嗯。騎腳踏車去。」

「腳踏車，」帕布洛說，「對了，還有這招嘛。」

從小田榮的工房，把沒有拿去做刀柄的牛脛骨送到上小田中的汽車拆解廠。只要把看門狗玩具的骨頭交給員工就行了。

就為了這點跑腿工作，帕布洛特地買了一輛二手腳踏車給小霜。車子附有生鏽的車籃和貨架，煞車線歪得很嚴重。帕布洛重新拉好煞車線，幫鍊條和齒輪上了潤滑油，換了車胎，打滿空氣。

把裝了六根牛脛骨的紙箱綁上貨架之前，帕布洛先打開箱蓋，丟進一袋狗飼料。萬一小霜在路上被警察攔下來盤問，可以向警察說明正在運送狗吃的骨頭和飼料。

「天黑的話要開車燈。」

「嗯。」

「不要跟汽車拆解廠那些人多話，送完骨頭馬上回來。」

「好。」

小霜朝著夕陽射來的方向踩著嘎吱作響的踏板。他目送逐漸遠離的鳥群影子，眺望破碎的雲朵。

接近多摩川的時候，吹來的風不同了。小霜想：

寬的風。

風有許多種。寬的風、窄的風、圓的風、尖的風、生氣的風、笑的風、哭的風。這些風有時候會組合在一起，就像刀刃和刀柄一樣，有無限多的組合形式。

還要多久才會到？小霜踩著踏板心想。手上戴著帕布洛給他的手錶，但他一次也沒有看指針。沒多久，他開始思考起「時間」來。

對於時間，小霜有一套奇妙的哲學。當然，本人並不把它當成哲學，又因為口拙，不可能向別人解釋清楚。

「時間在洗澡。」當他這麼說的時候，少年院的法務教官叫住他訂正。

「你說錯了，」教官說，「是『洗澡的時間』才對。」

同樣的狀況，也發生在和帕布洛對話的時候。「時間沉進夕陽裡了。」小霜說。帕布洛慢慢地訂正他的文法：「你是要說，『現在是夕陽西沉的時間』嗎？」

被法務教官和帕布洛糾正的時候，小霜都不覺得自己說錯了。他認為他很自然、正確地說出了自己感受到的時間。

對小霜來說，時間並非主體或事物的容器，而是生命本身。時間才是主詞，是時間在體驗這個世界，這樣的想法對照一般常識，完全相反了，就像是底片的正負反過來般的世界觀。

小霜發現會這樣想的似乎只有自己一個人，因此後來再也不會向別人提起時間了。

抵達汽車拆解廠時，天色已經暗了。

小霜在圍繞著刺網的監視器下方下了腳踏車，按下對講機門鈴。「你好，」他說，「我送骨頭來。」

沒有反應，他正想再次按鈴，這時鋼鐵大門慢慢地滑動起來。眼前是被投光器照亮的夜間汽車拆解廠，小霜推著腳踏車進入廠區內。

從暗處現身的年輕人，頭上的棒球帽帽簷轉到後方，戴著髒兮兮的工作手套，嚼著口香糖。露在T恤袖子外的左臂和脖子上有刺青。

「我的媽啊，」電鑽嚼著口香糖，仰望小霜後立刻驚呼，「你有幾公分啊？」

帕布洛停下加工C骨刀柄的手，望向工房牆上的鐘。晚上八點，小霜還沒有回來。他打給讓小霜帶在身上的手機，但只聞鈴聲響。

帕布洛摘下工作戴的眼鏡，揉了揉眼周，接著望向工作臺上散落的碎屑。從C骨削下來的碎屑。地獄般的景象。

在受僱的工房裡製作的商品當中，價格僅次於真正的頭蓋骨的，是以C骨製作刀柄的訂製刀。他做的全是小型折疊刀，幾乎沒有帶鞘刀。帕布洛認為C骨做為柄材，強度不足以支撐中型或大型刀刃。帕布洛雖然會讓小霜進行水煮和乾燥這些事前準備，但絕對不讓他實際加工C骨，也不教他。一切都自己一個人包辦。帕布洛在C骨雕上花紋、用砂紙打磨、在表面上油，同時為這個世界的殘酷喟嘆，乞求宥恕。

包裝成品的箱上標籤，沒有任何「C骨」字樣。標籤上這麼記載：

Kawasaki Riverport Metal Ltd.

收藏用訂製刀／鋼鐵／牛骨（紋理骨、油漬骨、骨板）

帕布洛重新戴上工作用眼鏡，再次切削起謊稱牛骨販售出去的高價刀柄。他一邊動著雕刻刀，不時抬頭看壁鐘，不安愈來愈強烈。

不該讓小霜一個人去汽車拆解廠的。他到底在做什麼？也不接電話。連這點事都做不好的話，根本無法自立門戶。

想到這裡，帕布洛嘲笑起自己的愚蠢。自立門戶？這個詞是用在從事正當行業的人身上的。在這間工房，我——我們幹的事——

電鑽用十四歲以前生活的巴西的語言——葡萄牙話，把這個巍峨如山的男子稱為「Montanha」（大山）。

除了送牛脛骨來汽車拆解廠的人是一座驚人的大山，一切都照著電鑽所想的劇本進行。來的是個新面孔，反而正中電鑽的下懷。如果來的是平時送牛脛骨的中年男子陶器，對方可能會提高警覺，導致計畫失敗。

電鑽問了大山幾個問題，發現他年紀比自己還要小，連綽號都沒有。沒有綽號，證明了他對大廚沒用，電鑽想。原來只是個大而無用的可憐空心蘿蔔。

事實上，小霜的確是沒見過大廚，甚至不知道有這樣一號人物。

一六八公分的電鑽，和超過兩公尺的小霜，兩人被汽車拆解廠的投光器投射在地面的影子，頭部位置落差看起來就像一對父子。

走在推著腳踏車的小霜旁邊，電鑽在踩過碎石地的腳步聲中小聲喃喃：

「別怨我啊，大山，算你倒楣。」

電鑽把小霜帶到土地南側，在肌肉前面停下腳步。就算平常是他在照顧，電鑽也不敢隨意靠近。

小霜看著被鎖鏈拴住，趴在地上的狗。比他在川崎街上看到的任何一隻狗都還要巨大，感覺力氣也很大。雖然身上覆蓋著白色短毛，但只有右眼周是黑色的，看起來就像戴了眼罩。這類犬種有時會出現這種遺傳特徵，帶著杜高犬去獵山豬或美洲獅的拉丁美洲男子，稱這種臉叫「海盜」。

電鑽探頭看小霜手上的紙箱，拎起狗飼料袋。

「這什麼？」他說，「牠才不吃這種玩意兒。」

電鑽把狗飼料袋扔到地上，命令小霜抱著裝牛脛骨的紙箱，站在原地不要動。接著他小心翼翼地靠近肌肉，從小霜看不到的角度，解開繫著項圈和鐵管的鎖鏈扣鎖。

應該被鍊起來的大型犬不知怎地獲得了自由，或是飼主不慎打開籠門，導致不幸的路人遇襲——這類「事故」隨時隨地都在上演，是和車禍同一類的悲劇。就連動物園的飼育人員，都會被獅子咬死了。飼養猛獸總是伴隨著意外風險。阿根廷杜高犬看到送牛脛骨來的新面孔，突然抓狂。這完全順理成章。電鑽如此盤算。

不知怎地掙脫鎖鏈獲得自由的看門狗、遭到攻擊的工房人員。自己為了救人，逼不得已只好開槍射擊看門狗。

這就是電鑽所策劃的劇本。自己有勇氣、愛護同伴，還具備射擊天分。他相信只有這麼做，才能贏得大廚和廢鐵的認同。

問題是要跑去拿藏在廠區東邊的梭魚，需要時間。如果事先拿出來預備好，會引起懷疑，因此只能等到緊急狀況真正發生了才去取槍。而能為他爭取到取槍時間的，就只有遭到看門狗攻擊的人。被肌肉攻擊的大山會有什麼下場，只有老天爺才知道了。

解除扣鎖後，電鑽感受著鎖鏈落在手腕上沉甸甸的重量，靜靜地把它擱到地面。

肌肉奇妙地看著突然解開的鎖，把鼻尖湊上去嗅聞了好陣子，但很快就站了起來，打了個哈欠，露出粗壯而尖銳的獠牙。肌肉甩了甩頭，接著劇烈抖動全身。身長一百一十二公分，體高六十八公分，體重五十二公斤。

與那粗野的長相格格不入的修長白色胴體，在投光器的燈光沐浴下，宛如一團雪塊閃耀著。牠再一次甩頭，以陰沉的眼神直盯著最靠近牠的人類看。

小霜感覺風變化了。風狂暴了起來。就彷彿有個龍捲風沒有製造出任何聲響，倏地穿越了汽車拆解廠。**時間在狂怒**。

在電鑽天經地義的設想當中，自己親手釋放的肌肉，會走向抱著牛脛骨的箱子、杵在原地的新面孔。然而現實並未如他所願。

已經走向廠區東邊的電鑽聽見細微的腳步聲，回頭一看，看見的是正一聲不吭地朝自己飛撲而來的肌肉，陷入了恐懼和絕望。

為什麼是我！我是照顧你的人啊！

一秒就被撲倒的電鑽聽見自己的顱骨被咬碎的聲音，他號哭求救。回應他的只有野獸灼熱的噴氣。眼角餘光瞥見抱著紙箱呆站在原地的大山，但很快就被血糊得看不見了。他的臉被活生生地摧毀殆盡。對於能夠與貓科猛獸廝殺的獵犬來說，二十歲的人類男性形同小貓。

阿根廷杜高犬從痙攣的電鑽身上抬起頭來，耷拉著舌頭，威風地甩了甩頭，將溫熱的鮮血、肉片和唾液灑了一地。唾液中摻雜著破損的顏面碎骨。

牠感受著與生俱來的狩獵本能被解放的歡喜，將染得殷紅的鼻頭轉向下一個目標。散發陰暗凶光的兩眼，注視抱著紙箱一動不動的小霜。腦袋聰明的阿根廷杜高犬完全理解那個箱子裡裝著牛脛骨。但今晚有比牛脛骨好玩太多的玩具。

這天深夜，帕布洛的手機接到大廚的電話。

帕布洛原本在工房等小霜回來，卻怎麼也等不到人。帕布洛沒辦法，只得回家去，打開電視看籃球賽轉播，不知不覺間睡著了。第二節看到一半就沒有記憶了。

帕布洛關掉映出靜止彩條的電視機，拿起響個不停的手機，看著那陌生的號碼。他直覺是大廚或狂人。那夥人幾乎天天換門號，不管是清晨還是深夜，想打電話就打。

「陶器，」電話彼端傳來大廚的西班牙話，「你僱的年輕人在汽車拆解廠。他叫小霜是吧？把他帶到我的店來。」

帕布洛沉默了。小霜還在汽車拆解廠？他一時答不上話。片刻後，他膽戰心驚地問：

「小霜做了什麼嗎？」

「他也會做刀子嗎？」大廚反問，沒有回答帕布洛的問題。

「我教他製刀技術，讓他做了幾把——」

「務必讓我看看。」大廚說。

電話掛斷了。過去帕布洛也曾在三更半夜被他們的電話吵醒，但他們從來沒有把他叫去店裡——櫻本的秘魯餐廳。殘留在耳底的大廚那低沉的嗓音讓帕布洛驚懼。心跳加速，吸了汗的T恤加深了不快感。帕布洛雙手握緊手機，注視著設定成鎖定畫面的女兒照片。他不斷地凝視著那童稚的笑容，就像要在其中尋找救贖。女兒的笑容周圍，是無邊無際的黑暗深淵。帕布洛把目光從手機螢幕移開來。

事情非同小可。被大廚叫去了。叫他帶小霜一起過去。汽車拆解廠出了什麼事？帕布洛閉上眼睛。他沒有信仰，但死去的父親是個虔誠的天主教徒。帕布洛就像過去的父親那樣，在獨自一人的臥房裡，這輩子第一次以自己的意志呼喊：上帝啊……。

36 cempōhualli-huan-caxtōlli-huan-cē

每次看到汽車拆解廠的鋼鐵大門，帕布洛總是會想起沖繩的美軍基地。大門滑開，他輕踩雪鐵龍 Berlingo 的油門，把車開進裡面。

車頭燈光圈中浮現拆解機械用的怪手，宛如怪物般矗立著。帕布洛在危險的靜謐中下了車，靜靜地關上車門，走上車庫二樓的辦公室。

辦公室的門開著。帕布洛看見老闆宮田和小霜。兩人坐在接待區沙發上，小霜低垂著頭，T恤上有血。

整個人精疲力盡的宮田看到帕布洛現身，說：「我想讓他換個衣服，但沒有他能穿的尺寸。」

「出了什麼事？」帕布洛問。

宮田吸了口電子菸。「我們的員工被看門狗咬了。與其說是被咬——」

重傷快死掉了——宮田沒有把話說完。

「被咬？被那隻狗嗎？」帕布洛壓低聲音說，「小霜，你也被咬了嗎？」

小霜沒有應話。帕布洛仔細觀察，T恤上不只是血，還沾了泥土。

「狗跑掉了嗎？」帕布洛問。

「看門狗根本只是名目，」宮田說，「你也知道，那根本是怪物。難道不是嗎？我啊，從消防署退休以後，只想悠哉過我的日子，然而這陣子整天被怪物包圍，連夜裡都沒法睡個好覺。甚至比以前失眠得更嚴重了。」

帕布洛再次問：「狗呢？」

「不在了，」宮田說，「他——你那裡的年輕人把牠殺了。」

車子駛過深夜的川崎。

離開中原區的汽車拆解廠，帕布洛把車開往大廚等待的櫻本的秘魯餐廳「帕帕榭卡」，同時盡可能放慢車速。看到紅燈，他大老遠就開始減速。他想要一點思考的時間。帕布洛的腦袋亂成了一團，和小霜連一句話都沒有說上。

一群少年聚集在十字路口旁的巷子裡，享受深夜的即興饒舌。住在川崎的韓國人集團，他們和帕布洛還有小霜一樣，生在日本，長在日本，有些人會說自身另一個源流的韓語，甚至是英語，但也有人只會說日語。帕布洛稍微放下車窗，等紅燈的期間，聆聽他們的即興饒舌歌。日語饒舌、韓語饒舌、英語合唱、節奏口技、拍手、踏步。

配合節奏與高采烈的少年們，和小霜差不多年紀。號誌轉為綠燈，帕布洛踩下 Berlingo 的油門。

來到「帕帕榭卡」前面，熄掉Berlingo的引擎，關掉照亮店招牌的車頭燈。門上掛著打烊的牌子，但窗戶裡透出燈光。帕布洛望向停車場。吉普Wrangler、荒原路華Range Rover、從國外反銷回來的豐田皮卡車Tundra。

有人敲擋風玻璃。以彎曲的指關節敲打車窗的男子，探頭看坐在左駕駛座的帕布洛的側臉。帕布洛在汽車拆解廠看過這個日本人，也知道他的綽號，猛獁象。帕布洛打開車門。

「你在幹麼？」猛獁象說，「快點下車。」

兩人在催促中下了車。猛獁象是個一九一公分、一二三公斤的壯漢，但是當他看見整個人直立起來的小霜的身高，傻眼地笑了出來。猛獁象手上拿著一件麻灰素T，尺寸是8L。

「先換上吧。」

小霜微微行禮，當場脫下沾滿血汙泥巴的T恤，換上新的T恤。

猛獁象打開掛著打烊牌子的店門。露出黑色T恤的二頭肌高高隆起，從上臂到手腕的皮膚布滿了刺青。

帕布洛走進傳出男人喧鬧話聲的店內，小霜想要跟進去，被猛獁象伸手攔下。「你去樓上。跟我來。」

店門在只能表情緊繃地目送小霜的帕布洛面前關上。

小霜被猛獁象領著走上建築物戶外階梯，前往辦公室。監視器、鋼板門。自動鎖只能從室內解除。房門打開，猛獁象拍拍小霜的背，要他進去，接著便回去一樓店裡繼續吃飯了。

小霜進入的房間一片漆黑，什麼都看不見。比熄燈後的少年院獨房更黑暗。小霜聽著背後的門自動鎖上的聲音，無法繼續前進，杵在原地。

什麼都看不見，但感覺得到有人。那人正目不轉睛地看著自己。小霜忽然想起閃電劃過天空，卻完全聽不到雷聲的夜晚。

「眼睛需要時間習慣黑暗。」男聲說。是西班牙話。「等一下就看得到了。」

男子擦亮火柴，點燃了某些東西。很快地，宛如花朵甜香和汽油混合般難以形容的香味飄到小霜這裡來。

「這是什麼味道？」小霜也用西班牙話問。

「柯巴脂，」男子說，「納瓦特爾語叫 copalli，變成琥珀前的樹脂。」

「──納瓦特爾？」

「柯巴脂的煙，在阿茲特克是不可或缺的東西。」

「──阿茲特克？」

「你身高多少？」

「現在──」突然被問到身高，小霜試著回想最近在工房用卷尺測量的數字。從第一天見到帕布洛以後，又長高了兩公分。兩公尺四公分。小霜用西班牙話回答：「Dos y cuatro.」

「看到你，」男子說，「就讓我想起拉斐爾。」

「拉斐爾──」

「拉斐爾．康崔拉斯。人們都叫他『El Yeti』（雪人）。我在新拉雷多見過他一次。他身高也超過兩公尺。像這樣一看，你似乎比較高呢。」

尚未適應黑暗的小霜，眼睛依然看不見男子的身影。聽到雪人，小霜想了一下，然後問：「雪人是籃球選手嗎？」

「籃球選手？」男子再次擦亮火柴，這次點的不是柯巴脂，而是叼在口中的大麻。「雪人是個毒梟。大名人。他應該還在監獄裡吧。」

瓦米洛總是在黑暗中等待邀請的對象。一開始就在亮處見面的，就只有野村和末永。桌子抽屜裡藏著閃光彈，這是在墨西哥時養成的習慣。可以用閃光一舉奪走戴著夜視鏡闖入的敵人視力。

「你的母親是墨西哥人嗎？」帕布洛問。

「Sí.（對。）」小霜回答。在黑暗中漸漸看出男子的臉部輪廓了。

「她是哪裡人？」

「錫那羅亞。」

「錫那羅亞啊，」帕布洛吐出濃煙，「她有告訴你故鄉的事嗎？」

「No.」小霜說，「Madre 沒有說過錫那羅亞的事。她常常說墨西哥城的——憲法廣場的煙火的事。說墨西哥萬歲。」

「獨立紀念日的煙火嗎？那是慶典，」瓦米洛說，「她有告訴你，墨西哥城地下埋著什麼嗎？」

「No.」

「首都底下埋著金字塔。是神廟。墨西哥城建立在特諾奇提特蘭的榮光之上。阿茲特克擁有的一切都被摧毀，沉睡在那座都市的地底下。」

「——阿茲特克是誰？」小霜問。

小霜從來不會說笑，但有時候他認真提問，別人卻會突然笑出來。這時也是，小霜覺得會被黑暗中的男子嘲笑。然而男子完全沒笑，也沒有回答他的問題。

「小霜，」瓦米洛說，「我這人難得會為了什麼事情感到驚訝。但聽到你徒手殺了杜高犬，我好久沒這麼驚訝了。」

「杜高犬——」

「你在汽車拆解廠殺死的那隻狗。」

小霜咬住下唇。「對不起。」他說，低頭鞠躬，就這樣久久彎身不起。汽車拆解廠的老闆宮田告訴他，秘魯餐廳的老闆才是狗真正的主人。狗沒有活過來，被咬的年輕人應該也快死了。或許已經死了。

「把頭抬起來，」瓦米洛說，「你記得發生了什麼事嗎？」

「Sí.（嗯。）」

藏在連電鑽都不知道的位置的監視器記錄了一切。電鑽的行為是徹頭徹尾的背叛。他擅自放掉杜高犬，想要讓牠攻擊外人。背叛者只有死路一條。但巴西出生的小夥子的背叛，對瓦米洛來說不算什麼問題——相較於接下來發生的事。

瓦米洛從宮田那裡收到汽車拆解廠的監視器影片，在見到小霜之前，確認了整個事發經過。

把電鑽咬到奄奄一息、鼻子染滿鮮血的阿根廷杜高犬，回到了監視器鏡頭裡。小霜丟下懷裡的紙箱，牛脛骨滾過地面。

五秒過去。

杜高犬對牛骨不屑一顧。牠目不斜視地盯準了小霜，筆直飛撲上去。小霜沒有退縮，伸出長長的右手。他一把抓住齜牙咧嘴的狗臉，在半空中接住，隨即朝地上砸去。緊接著揮起左手，以拳頭的側面擊向狗頭。

十秒過去。

號稱全世界最強的獵犬吐著舌頭，全身抽搐，很快就一動不動了。被擊中的那一側，眼珠因衝擊而噴飛出來。看起來就像特效影片。看著影片的瓦米洛甚至感到戰慄。要有多大的臂力、多大的握力，才有辦法做到這種事？不光是力氣而已。在抓住獵物的敏捷度、使出致命一擊的冷酷上，這名年輕人也出類拔萃。

「你殺死杜高犬這件事，我並不生氣，」瓦米洛說，「但是小霜，徒手殺死那隻狗，徹底改變了你的人生。你見到我了。你的人生已經不同了。」

我又要進去少年院了嗎？小霜想。那樣的話，帕布洛和馬利娜一定會生氣吧。

「被選中的你，現在正站在金字塔前方，」瓦米洛吐出大麻煙說，「既然來到金字塔前了，接下來只需要走上階梯，朝太陽和月亮前進。前方有挖出心臟的祭司在等待。你要加入他們。」

小霜完全不懂男子在說什麼。

「杜高犬死掉不是你的責任，」瓦米洛說，「小霜，你只是做了理所當然的事。你身為戰士戰鬥，漂亮地擊敗了野獸。但是電鑽呢？責任都在電鑽身上。電鑽背叛了我們，背叛了家人。他違背我們的指示，自作主張解開杜高犬的鎖。因為你勇敢戰勝杜高犬，他雖然臉被撕爛了一半，但還有一口氣在。但他丟人現眼的那條命也很快就要結束了。電鑽必須為自己的行為付出代價。他背叛了familia。」

「Familia——」

「小霜，從今天開始，你就是我們的家人。和我們一起見證獻神的電鑽的最後吧。在那之前，你先下樓吃飯。去見廢鐵、猛獁象和頭盔。明白嗎？小霜。我們——」

Somos familia.（我們是一家人。）

37 cempöhualli-huan-caxtölli-huan-öme

Patíbulo——絞刑臺。

猛瑪象和頭盔如此稱呼見過大廚後下來店裡的小霜。兩人已經習慣用西班牙話稱呼彼此了。

他們比還懵懵懂懂的少年更先得知大廚為他取的綽號。由於意想不到的「事故」，大廚對小霜青眼有加，當場決定把他加入殺手行列，但小霜面對兩人的歡迎，只是困惑不已。

小霜被叫去的那張桌位，帕布洛被夾在猛瑪象和頭盔中間，縮得小小的。雖然帕布洛是開車來的，但兩人一直灌他用秘魯產葡萄釀造而成的蒸餾酒皮斯可。帕布洛一語不發，神情陰沉地低頭看桌子。

「聽說你在做刀子？」猛瑪象問小霜，手指一開一合，「手巧的人真好。說到底，手巧的人，空手打架也很強。」

「居然能徒手打死那隻狗，真不是蓋的。對吧，大叔？」頭盔拍打帕布洛的肩膀說。帕布洛依然低著頭。

在汽車拆解廠照顧阿根廷杜高犬，並親手射殺牠們的這些男人，比任何人都清楚徒手擊斃那種狗是多麼驚人的一件事。從大廚那裡聽到小霜的事蹟時，他們忍不住興奮得雙眼發亮。

「對了，你是幹了什麼才會被丟進少年院？」頭盔問。

「我——」

「我知道啦，」頭盔笑著打斷小霜的話，「別在這種地方說。還有其他客人呢。」

掛上打烊牌子的「帕帕榭卡」店內被包了下來，超過十名以上的壯碩男人吃著秘魯菜的恩潘納達餡餅，喝著皮斯可蒸餾酒和奇爾卡諾調酒——薑汁汽水兌皮斯可酒，加上萊姆調製而成。

在吵鬧的是剛結束橫濱會場表演的墨西哥摔角選手。墨西哥人正反派角色齊聚一堂，被日本主辦人帶來吃飯喝酒。有些人脫下面罩，恢復素顏，也有人戴著私人用的面罩。

「¡Quiero comer sushi!（我想吃壽司！）」他們大呼小叫，暢快地喝醉，做夢也想不到頭上的二樓躲著從他們國家亡命而來的大毒梟，繼續開懷暢飲。

喝了皮斯可酒，心情大好的男人們，圍著一張桌子開始比腕力賭錢。對角線上擺了杯墊，手背碰到就算輸。一局賭金三千元。墨西哥摔角選手個子並不高，最高大的頂多一八〇公分左右，但每個人都擁有符合自身職業的粗壯頸脖，從肩膀到上下臂的肌肉也極為厚實。

腕力比賽打得火熱，西班牙叫罵聲此起彼落，灑出來的酒潑溼了千元鈔票，額頭冒汗的男人們吼叫大笑。

「你知道他們是誰嗎？」猛獁象問。

小霜看那些人。有人用閃亮亮的紅布包住整顆頭，也有人罩著紫色和綠色的布。布上有美麗的刺繡，小霜有點想要靠近看個仔細，但他忙著吃端上桌的秘魯菜。肉餡餅、章魚的檸汁醃魚生、馬鈴薯燉牛肚。

「他們也是家人嗎？」小霜問，品嘗著萊姆的酸味和燈籠辣椒的辣味。

「他們不是。他們是職業摔角選手。」猛獁象笑道。

「不是職業摔角，那叫 Lucha libre，」頭盔說，「絞刑臺，你會西班牙話對吧？西班牙話的職業摔角叫 Lucha libre，對吧？」

Lucha libre。小霜嚼著章魚想了一下。「我不知道。」

「你沒看過職業摔角？」猛獁象說。

「就跟你說叫 Lucha libre 了。」頭盔糾正。

「隨便啦，」猛獁象說，手搭到小霜肩上，「菜鳥，看著，我現在就把那群小哥身上的錢全部搜刮過來。」

接著廢鐵也報名參加比腕力，墨西哥摔角選手們都讚揚戴漁夫帽的日本人的勇氣。他們只把廢鐵當成剛好在店裡的常客，是個海派的墨西哥摔角粉絲。

比賽開始後，沒有人贏得了廢鐵。就像挑戰大人的幼童般，他們逐一敗下陣來，狠狠地捶桌洩憤，每回都有酒瓶杯子被震得摔到地上，砸得粉碎。

小霜吃著飯，看著所向披靡的廢鐵。廢鐵雖然不高，但身體厚度異於常人，氣球般的胴體長出手腳和頭部。他的手臂顯然比墨西哥男人們更為粗壯。

墨西哥摔角選手左手抓住桌邊，支撐體重，右手使勁，但廢鐵遊刃有餘，甚至可以用空著的左手端龍舌蘭酒杯。

廢鐵前面已經疊了好幾張千元鈔票。一名男子原本在吧檯喝著龍舌蘭酒，靜靜地觀賽，這時他走近桌邊，要求對戰。他無法坐視夥伴被業餘人士這樣耍。

男子戴的黑色面具，縫著象徵惡魔的山羊頭及黑魔術的魔法陣。他是當紅反派「毒藥」，擅長以凶殘的打鬥風格煽動觀眾的激情，但同時也具備冷靜的觀察力。反派只有聰明人才扮演得來。

男子在成為墨西哥摔角選手前，曾經打過腕力競技賽。他累積專門訓練，曾經在墨西哥舉辦的國際大賽中，贏得輕級腕力九十公斤級的第三名。

陸續擊敗摔角選手的胖日本人確實臂力夠強，但分析他的動作，他並不懂技術，總是靠「頂峰翻轉」技巧得勝，但本人應該是毫無意識地這麼做。靠頂峰翻轉得勝的選手，不擅長應付旋轉手腕壓上來的「勾手」招式。這是腕力界的常識。全靠蠻力的頂峰翻轉，若是在比賽開始的同時碰上勾手，就會招架不住。而毒藥清楚在腕力競賽中，門外漢絕對敵不過比賽經驗者的爆發力。

毒藥自信滿滿地把手肘放到桌上，這時廢鐵透過擔任裁判的日本活動主辦人向毒藥提議：「我把我贏的錢全部下注，你要不要賭你的面具？」

瞬間，選手們的空氣變了。廢鐵的提議是他們最厭惡的一種。面具不只是昂貴而已，更是他們託付性命的職業工具，絕不能與萬聖節的扮裝相提並論。

但毒藥仍苦笑著答應了這個提議。

如同作戰，毒藥一開始就發動勾手，但即使想要更進一步進攻，對方的手臂也不動如山。不意之中，一股從未體驗過的力量襲向右手，他預感到即將骨折。毒藥主動鬆手，拚命甩開對方宛如森蚺下顎的指頭，往後退去。

「居然落跑。」廢鐵說。

察覺同伴被侮辱，摔角選手們撕下娛樂人士的面孔，露出街頭幹架者的眼神。他們抓起啤酒瓶砸破，團團包圍廢鐵。店內一片寂靜，只有播放的民族音樂迴響著。

猛獁象和頭盔在桌下迅速解除手槍的安全裝置，靜觀其變。他們隨時都可以幹掉對方，但不能在這家餐廳傷人。而且摔角選手們是狂人的客人。

「去啊，」猛獁象突然對小霜說，「大哥遇上危機了，快去制止。」

小霜一直邊吃邊看，所以也清楚狀況。被猛獁象拍背的小霜不知所措地站了起來。自顧自吵鬧了兩小時以上的摔角選手們，沒有人注意到走進店裡的小霜。他們被站起來的高大小霜震懾住，全都抬起了目光。

會在這種情況下靠近的，就只有店裡的保鏢。抓著破啤酒瓶的摔角選手們壓低身體擺出陣勢，但小霜卻做出意想不到的行動。

「我來。」小霜用西班牙話說。他推開甩著麻痺右手的毒藥，走近桌子。

正一派輕鬆地喝著龍舌蘭酒的廢鐵，知道這個身高超過兩公尺的少年是誰。絞刑臺。廢鐵仰望少年說：「你要跟我比腕力？」

「嗯。」

原本準備大幹一場的男人們感覺撲了個空，抓著破啤酒瓶怔在原地。在隔壁桌觀望的猛獁象和頭盔捧腹大笑起來。

「這傢伙有意思，」廢鐵也笑了，「你慣用手是哪邊？」

「左手。」

「我也是。那就比左手吧。」

兩人把左肘抵在桌上，面對面坐下來。手臂長度截然不同的兩人，手肘角度相差極大。懾於廢鐵臂力而棄權的毒藥，向日本活動主辦人附耳說了幾句話，改由他擔任裁判。一方面也是為了緩和差點鬧到不可收拾的場面，但他更想在近處見證廢鐵的輸贏。

小霜和廢鐵握手後，毒藥扶住兩人的手腕，調整角度，說：「Straight.（打直。）」接著他向會西班牙話的小霜警告：「比賽的時候要看好自己的手，否則會受重傷。」

開始的信號一出，小霜的指頭便吱咯作響。兩人的手臂都文風不動。廢鐵沒有將手臂下壓，而是想要直接把小霜的左手捏碎。他不會捏碎骨頭，但打算捏到小霜慘叫出來，告訴他誰才是老大。

至於小霜，他在想：原來這種比賽是這樣玩的？看上去是比賽誰能壓倒對方的手，原來是在比誰捏手指的力氣更大嗎？

如此理解的小霜，也在手指使勁。小霜的前臂浮出蛇般粗壯的血管，肌肉糾結隆起。握力與握力的對決。廢鐵臉上的笑容消失了。他轉為嚴肅，臉頰鼓了起來。兩人注視著對方眼底深處的暗光。

原來如此，廢鐵心想。這小子的話，確實有辦法徒手宰掉杜高犬。

這時店門打開，狂人現身了。他懷中抱著的鋁合金提箱裡面，裝著預定在日本各地巡迴表演三星期的墨西哥摔角選手們要求的商品：鎮痛劑和肌肉增強劑。鎮痛劑是他們無法帶進成田機場的吩坦尼，肌肉增強劑則是日本合法的大力補。表演活動沒有藥檢，所以可以愛怎麼用就怎麼用。

摔角選手們團團圍住打開鋁箱的狂人，陸續掏出現金，購買停留日本期間需要的分量。他們已經對腕力比賽失去興趣了。

「時間到，」猛獁象把手疊在小霜和廢鐵的手上，「狂人來了，咱們也得走了。」

廢鐵笑著鬆手。大廚一手調教出來的三名殺手，帶著菜鳥小霜走向門口。空啤酒瓶和小霜吃光的碗盤一片狼藉的那張桌子，還坐著帕布洛一個人，但沒有人理他。

廢鐵和小霜準備離開餐廳，剛向狂人買了大力補的毒藥用西班牙話說：「你們兩個都是怪物。光是在一旁看著，都冷汗直流了。你們是做什麼的？有興趣的話，要不要來打摔角？」

38 cempöhualli-huan-caxtölli-huan-ëyi

走出「帕帕榭卡」的店門後，小霜仰望夜空。

月牙微微泛光。吹來的風中感覺不到任何表情。沒有笑，也沒有生氣。透著月光飄過的雲朵也默默無語。

你坐那臺車，猛獁象說。小霜乘上狂人——密醫野村開的豐田 Vellfire。

由廢鐵開的左駕皮卡車 Tundra 領頭，瓦米洛的吉普 Wrangler、載著野村和小霜的 Vellfire 跟在後面。三臺車維持均等車距，車頭燈光形成一直線，一面緩緩擺動，一面在馬路上前進。

等待汽車拆解廠大門開啟期間，三輛車各自熄掉車頭燈，切換成霧燈。霧燈的光朦朧地照出在漆黑的廠區捲起的沙塵。三名殺手先下了 Tundra，走向車庫。野村在車裡俐落地吸了一下古柯鹼，叫後車座的小霜下車。打開吉普 Wrangler 車門的瓦米洛，仰望彷彿填滿了黑曜石的冰冷夜空，就這樣目不轉睛地注視著月牙。

即將被處刑的電鑽被搬進車庫，躺在拆解用的工作臺上。血淋淋的衣物被脫掉，只剩下一條 Calvin Klein 平口褲。平口褲的胯間被失禁的小便染黑了。

右臉被阿根廷杜高犬咬掉，手腳也被咬的電鑽雖然進行了止血，但已經連自行翻身的力氣都沒有了。但他還有意識。他盯著車庫天花板，微弱地呼吸著。顳顎關節被咬碎的嘴巴邋遢地張開，偶爾發出呻吟，但無法發出有意義的詞彙。

末永俯視著瀕死的年輕人。末永注射的嗎啡可以緩和年輕人的疼痛，但鎮定作用隨著時間減弱，很快就要失效了。電鑽恐懼著即將如龍捲風般襲來的痛苦預感。他拚命眨眼，轉動眼珠，向蜘蛛求救。

末永不打算追加嗎啡。他把針筒和麻醉藥容器收回手提包，取出巧克力口味的蛋白棒啃起來。車庫外傳來車聲，於是他從頭到腳打量了一下躺著的電鑽，然後想起了大廚的話：

背叛家人的叛徒，我們要親手挖出他的心臟。

要是讓我解剖，就可以賣筆好價錢了，末永自言自語道。

他不知道這是拉丁美洲式的處刑方法，還是古老的規矩，但他覺得是愚蠢的遊戲。但既然老大都這麼明說了，末永只得乖乖退讓。他也考慮過要不要打電話和新南龍的郝討論，但他們打造的心臟買賣事業是專做兒童顧客的。摘除垂死的電鑽的心臟，火速尋找能在移植時限的四小時以內送達的成人顧客，只會徒然攪亂事業方向。為了獨占瞄準的市場，有些利益是必須割捨的。

但剩下來的肺能不能賣？末永這麼想，盯著電鑽裸露的胸膛，很快就嘆了口氣。八成沒辦法。讓門外漢挖心臟，肺和支氣管絕對會被攪得一塌糊塗。結果心肺功能沒一樣能賣錢。

男人們進入車庫了。廢鐵、猛瑪象、頭盔。野村後面，跟著據說是小田榮工房僱用的十七歲少年。仰望小霜的末永，想到「怪物」這兩個字。大廚自然地吸引了一群怪物到他身邊。末永苦笑。那麼我也是怪物之一嗎？

吃完巧克力口味的蛋白棒，末永捏扁塑膠包裝紙，塞進電鑽腳上的傷口。

踏進車庫裡的小霜感受到濃濃的憎恨與殺意，遠比仰躺在作業臺上的電鑽散發出來的恐懼與絕望更激烈。小霜看見了並非真實存在的黑煙漩渦。散發出這些黑濁情感的，是廢鐵、猛瑪象和頭盔三人。三人聲聲咒罵重傷瀕死的電鑽「叛徒」。小霜不是很明白他到底背叛了什麼。把狗放走是這麼壞的事情嗎？那樣的話，是我把狗殺死的，那麼我也必須受罰才行。小霜這麼想。如果在少年院，他應該會被法務教官嚴厲訓話，做出處分，但現在小霜不僅沒有受到責備，每個人還都誇獎他，讓他感到奇妙極了。

充斥著漆黑情感的偌大車庫裡，俯視著電鑽的三人口中源源不絕地噴出黑煙，就宛如海中的章魚或烏賊吐出的墨汁。小霜從未感受過如此強烈的憎恨與殺意。他覺得天旋地轉，呼吸困難，想起了以前做過的夢。那些每晚驚擾他、讓他失眠的夢。

廢鐵按住電鑽的左手，接著猛獁象和頭盔個別按住右腳和左腳。按住剩下的右手，是小霜被交派的任務。

「怎麼了？」廢鐵說，「快點動手。再拖拖拉拉下去，這傢伙就要死了。」

聽到這話，小霜無奈地按住電鑽的右手。我在做什麼？——我是要對被狗攻擊的可憐人見死不救嗎？還是要救他？——小霜迷糊起來了。眩暈和窒息變得更嚴重了。

其實不勞四名壯漢按住，電鑽也已經無力反抗了。但他還保有感覺到痛、害怕殘酷處刑的意識。

在吉普 Wrangler 旁邊看著月牙抽大麻的瓦米洛，踩著安靜的步伐進入車庫。小霜看到的憎恨與殺意變得更漆黑了。瓦米洛的指頭輕觸雙眼泛淚的電鑽的胸口，納瓦特爾語和西班牙話交雜地小聲說道：

夜與風、雙方之敵、偉大的神祇啊。我將把叛徒的心臟奉獻給祢，奴役我們的這一位。

瓦米洛把木炭放在電鑽的肚皮上，用打火機點火。接著在綻放紅光的那塊木炭排上幾顆飴糖色的顆粒，是柯巴脂塊。受熱融化的樹脂煙霧在車庫裡彌漫開來，小霜嗅到宛如花朵甜香和汽油混合般的奇妙香味。是短短幾小時前，在秘魯餐廳二樓聞到的那種煙。

電鑽的眼睛張大到極限，微血管如閃電般擴散到整顆眼珠。

看到大廚取出來的刀，末永忍不住搖頭。那是一把原始的石刀，由天然的玻璃質火山岩製成。瓦米洛以前也讓末永看過那把石器。黑曜石刀。刀尖銳利，也很鋒利，但精確度遠遠不及手術刀，也沒有消毒。看起來就像博物館裡的陳列品。居然要特地用那種石器把人開膛破肚，末永想，大廚，你才是最瘋的一個。

傻眼的末永重新調好眼鏡，望向野村。野村看也不看他，一逕盯著作業臺上。

瓦米洛揮下的黑曜石刀刺進了電鑽的胸膛。刀子抽出時，鮮血噴濺在按住手腳的四個男人身上。電鑽用盡剩餘的全部力氣發出慘叫。那聲音已經沙啞了。刀子一次又一次刺入，隨著沙包中拳般的聲響，皮肉被割開來。切斷胸骨時，發出嘎呀嘎呀的驚心動魄聲響。

柯巴脂的煙霧覆蓋了車庫天花板，在透過這些煙霧射下的光中，小霜看見鼓動的心臟。

為什麼？為什麼要做這種事？

小霜的腦袋亂成了一團。

電鑽全身痙攣，因胸口被深深刨挖的劇痛而痛苦，不斷嘶啞地嚎叫。那是宛如黏稠的赤紅熔岩灌進肋骨內側、炮烙身體般的痛楚。喉嚨焦灼、舌頭燒爛、耳鳴不止。淚水模糊了視野，什麼都看不見了。被四人按住的手腳早已失去感覺。從自己的胸膛噴出來的鮮血澆淋在臉上，那無情的熱度讓他絕望。他覺得這死法比被槍殺更慘上千萬倍。過去的事，他什麼都想不起來。不管是父母還是里約熱內盧的街景，什麼都想不起來。他只想快點從這樣的地獄解脫。

我是在做夢，小霜想。支配著車庫的黑濁憎恨與殺意的漩渦，就像被繚繞的柯巴脂替換一般，逐漸地變得稀薄。若是閉上眼睛，或許會覺得彷彿是柯巴脂的煙霧潔淨了車庫，但實際上淨化了這個場域的，完全就是逐漸死去的電鑽的肉體。這是超乎小霜想像的現象。活人的犧牲帶來狂熱與恍惚，拂去了憎恨與殺意的漩渦。焚燒的柯巴脂香煙，只是用來點綴駭人奇蹟的表演道具。

瓦米洛切斷粗血管，一口氣扯出還在跳動的心臟。他舉起拳頭似地，把心臟高揭頭頂，將男人們的視線集中於一點。小霜看著所有人釋放的漆黑情感都傾注在那顆鮮血淋漓的心臟，逐漸轉化成耀眼的光彩。

電鑽被殺了。被挖出來的心臟，吸收了充斥在車庫中令人作嘔的負面情感。宛如以放大鏡的鏡片聚集光線那般，散亂的黑暗力量凝聚到一點，開始燦爛生光。這是受詛咒的淨化、人類自古代參與至今的血祭、被掩蓋的文明基礎。

形似龍捲風的漆黑漩渦徹底從車庫裡消失，死者的心臟如燦星般耀眼生輝。就連胸膛開了個大窟窿的電鑽屍體，都好似被不可思議的虹彩所籠罩。

小霜見證了無法以言語形容的現象。瓦米洛也沒有要以語言述說解釋的意思。

人們的祈禱就彷彿獻給唯一的太陽、唯一的月亮般，膨脹的暴力衝動轉移到唯一的祭品肉體上。流出的鮮血、被取出的心臟，它們吞噬了人們連鎖的憎惡與殺意，徹底將其打消。透過執行儀式的祭司之手，從死者身上捏造出供生者遵循的秩序。以神之名。**活人獻祭**。

瓦米洛指著高舉的心臟，接著指向車庫天花板。

幻影映入小霜的眼中。心臟淌下的鮮血正違抗重力上升，突破車庫高高的天花板，被吸入高掛在夜空的月牙。大廚將黑曜石刀遞給廢鐵，廢鐵以他的怪力用石刀割下電鑽的左臂。靠近心臟的左臂，這也是獻神的供品。

瓦米洛把溫熱的心臟輕輕疊在兩眼暴睜斃命的電鑽臉上。靠在牆邊觀賞的末永，想起他在雅加達看過瓦米洛做過一樣的事。

就和那天夜晚一樣，瓦米洛莊嚴地喃喃祖母教導的神聖詞句：

In ixtli, in yollotl.（臉和心臟。）

39 cempöhualli-huan-caxtölli-huan-näuhui

日記（孩童）

寫下今天快樂的事！

【名字：祐二】

早上上課，老師教我們寫字，很快樂。

中午　玩　跳跳床。

小光~~要山~~扭到角，有包起來。幸好沒有怎麼樣。

寫下今天快樂的事！

【名字：圭介】

一直很想要的 PlayStation 一下子來三臺，嚇我一跳。電視也有三臺。聲音很大。

大家一起玩，我有乖乖排隊等到我。每天都好快樂。

寫下今天快樂的事！

【名字：繪美里】

今天的電視新聞有蟑螂。蟑螂給人類造成困擾。以前的家有蟑螂，但是這裡沒有。老師說「這裡很乾淨，所以沒有蟑螂」。可以來到這麼乾淨漂亮的地方，我覺得很開心。

寫下今天快樂的事！

【名字：龍二】

汗堡 很 好吃

寫下今天快樂的事！

【名字：志穗子】

七點二十分 今天也洗澡了。每天都可以洗澡。以前跟爸爸在一起的時候不能洗澡。會被淋冷水。水很冰。今天七點四十分洗完澡。

寫下今天快樂的事！

【名字：明里】

如果一直吃典心，老師會傷心。所以也要好好吃飯，變得健康。晚飯吃了一點青菜，是綠色的花耶菜。

寫下今天快樂的事！

【名字：忠司】

今天發生的是：我給老師看、以前被媽媽打，骨頭段掉的手指。是右手的小指。還有，玩了氣球。老師拿了好多氣球來。大家一起吹氣球。睡完午覺以後，在跑步機跑步。

寫下今天快樂的事！

【名字：小滿】

今天是我的慶生會。我要離開大家了。明天我就要去新的家了。

今天第一次吃到生日蛋糕。

IV.

夜與風

Yohualli Ehecatl

「僅在片刻之間，
吾等收拾須臾繁花。
然而它們已被送往神祇之居所，
送往嶙峋者之居所……」

——勒・克萊齊奧（Jean-Marie Gustave Le Clézio），
《墨西哥之夢》（*Le Rêve mexicain ou La Pensée interrompue*）

40 ōmpōhualli

這天凌晨兩點過後，崔岩寺的庇護所手術室裡，末永完成了九歲女童的心臟摘除手術。一百五十公克的心臟和一公升的心臟保存液一同裝入引流袋，保管在保冷箱裡。必須在移植時限的四小時以內將心臟送達。離開庇護所的心臟會放上卡車，在殺手的車輛護衛下，越過多摩川前往川崎市，穿過海底隧道，送往人工島東扇島。

心臟、心臟保存液、保冷箱。總重二・二公斤的商品在物流碼頭卸下，裝上在那裡待命的中國製無人機。

海風強勁的凌晨三點半的碼頭上，沒有人注意到搭載紅外線攝影機飛翔的一臺無人機。無人機以ＡＩ自動操縱，飛向扣掉吃水深度後仍有超過七十公尺高度的杜妮雅・碧露號，最高層的開放甲板。

躲藏在東扇島物流碼頭的男子們注視著紅外線攝影機回傳的影像，透過無線電和眼線船員連絡，準備好一有任何意外狀況，就隨時切換成手動遙控。

無人機伴隨著旋翼接近無聲的低沉嗡嗡聲現身，在開放甲板著陸，船員拿到保冷箱後，無人機便迅速離開船上，消失在黑暗中。

船員抱著保冷箱下去七號甲板，交給在走廊等待的醫務人員。這時他們會以當時的氣壓數值做為口頭暗號。清楚內容物的醫務人員用英語回應暗號：「地板很滑，小心腳下。」醫務人員將保冷箱放在運送床單的推車上，搭乘業務電梯下去醫務室所在的四號甲板。

備有最新型儀器的醫務室深處有另一個房間，一名為了「擴張型心肌病變」而受盡折磨的七歲女童正在麻醉中沉睡著。

連船長都不知道船上有這個人。

她沒有乘船紀錄，也不會悄悄在靠港地下船。

女童的父親是一名新加坡投資家，他在前往中國經濟特區深圳的半導體企業視察時，遇到的黑幫成員私下告訴他「巧克洛」的訊息。

為女兒買了一顆心臟的新加坡投資家，將包括手術費的總額八百萬新加坡元——相當於當時的日幣六億四千萬元——支付給「巧克洛」的窗口，一名綽號叫狂人的日本人。說起來，這個價格是在移植先進國，例如德國或美國的醫院合法移植心臟的兩倍以上，但父親絲毫不覺得昂貴。在不管等上多久、都難保能等到捐贈者的心臟移植領域裡，只要拿得出錢，就絕對有辦法走到移植這一步。而且儘管是走地下途徑，買到的卻不是來自充滿空汙的貧民窟貧童的心臟，而是在日本健康長大的孩童心臟。就算要他掏出更多錢，父親也心甘情願。

杜妮雅．碧露號船內的移植手術，由印尼人團隊負責。心臟血管外科醫師、麻醉科醫師、負責灌流的醫師、心臟內科醫師、護理師，相關人員全都與杜妮雅．碧露號密切相關。

保冷箱送到開放甲板時，受移植者已經拍好胸部X光片，也已經注射了免疫抑制劑。團隊為受移植者的皮膚消毒，刮掉肉眼看不見的細微毛髮，完成手術準備。

巧克洛。

在東京都大田區的庇護所被摘出、出貨到川崎港的孩童心臟被如此稱呼。

「巧克洛」——choclo，這是原產於秘魯的一種神祕玉米，以顆粒為一般玉米的兩倍大而聞名，成因則尚不清楚。這種玉米只生長在過去的印加帝國首都庫斯科四周，標高三千公尺級的高地，若在其他土地栽種，只會長成普通的玉米。此外，也無法透過基因改造技術生產。

具備產地限定的稀少性，也無法透過基改獲得的穀物——瓦米洛想到可以用它來為他們販賣的心臟命名。

負責管理庇護所保護之無戶籍兒童的人，是新南龍派遣過來的夏，她指揮包括中國人小兒科醫師在內的多名工作人員，宇野矢鈴也是其中之一。庇護所裡，有些人知道事業的真相，也有人不知情，矢鈴屬於蒙在鼓裡的那一類。像矢鈴這種不知道真相的人，也都基於「保護孩童免受暴力父母傷害」的使命感，不會把庇護所透露給外人知道。

祕密得到保護，住在庇護所的孩童們「出發前往非營利組織為他們找到的外國收養家庭」，再也不會回來。

不是貧民窟的貧童心臟，而是品質保證的日本產孩童心臟。

在展開新事業的時候，末永前往大田區的庇護所和「灰」見面。

Nextli——「灰」，是瓦米洛為夏取的納瓦特爾語綽號。

末永對著庇護所的管理負責人「灰」，彷彿術前會議般做了一番縝密的說明。

我要妳讓孩子們寫「日記」。沒錯，「日記」。從「抹消一切證據」的觀點來看，或許妳會覺得難以理解，但我希望住在庇護所的孩子，每個人每天都寫下一天當中快樂的事。

我在雅加達的時候，讀了一本以器官移植為主題的人類學家的著作，就是萊斯利・夏普的《奇妙的收穫》*。作者透過調查發現，器官移植的受贈者及其家人，都渴望更了解捐贈者。透過器官移植延續生命，並非尋常單純的經驗。它會激發出複雜且深刻的情感。

捐贈器官給我的人，是什麼樣的人？受贈者和其家人渴望了解捐贈者，就彷彿尋找被拆散的父母般熱切。但醫療機關卻阻止雙方接觸。這是為了避免多餘的麻煩。尤其心臟移植的情況，捐贈者百分之百已經死了，難保不會招來死者家屬無端的怨恨。在日本，狀況也是一樣的。雙方絕對不可能交流。

執行過多次心臟移植的我，也不曾認真思考過「如果捐贈者和受贈者在同一個時間、同一個地點相會，會是什麼情形」？

實際看過這種聚會的夏普說：「團聚的人們迸發出喜悅與祝福之情。」書中所寫的人們的反應，老實說讓我很驚訝。我原本想像氣氛會更加陰暗，實際上卻不是。

對我這種人來說顯得匪夷所思的這種和解、憑藉和他人之間的共鳴而成立的力量，夏普稱為「生物感傷」。

器官並非單純的零件，而是象徵了一個人整體的存在。那是在他人體內存續下去的另一個靈魂。所以才會萌發出感傷的情緒。如果被移植的是心臟，這樣的情緒會更為強烈。

聽好了，這可以說是讓我們的「巧克洛」事業成功的第一個關鍵。除了第二個關鍵的「產地品牌化」，這是絕對不能排除的第一個銷售重點。

我們要向顧客揭示：「庇護所裡的孩子們雖然過去遭到父母虐待，但我們伸出援手拯救了他們。」這將成為這項事業最吸引人的亮點。原本遭到社會遺棄，因為殘酷的父母而只能步上悲慘結局的孩童——這樣的孩童受到保護，過著養尊處優的每一天，恢復到完美的健康狀態，帶著美好的回憶就此長眠。這些孩子的靈魂，會在新

---

* Sharp, L. (2006). *Strange Harvest: Organ Transplants, Denatured Bodies, and the Transformed Self*. Berkeley: University of California Press.

的肉體內永遠活下去。

我們要提供「材料」，讓為子女購買心臟的有錢人能夠歷歷在目地想像這樣的故事。

我們的顧客懷抱的生物感傷，會因為我們提供的資訊而得到滿足，他們會感到罪愆獲得恕宥，甚至流淚。這樣的感動，會灌注到買下「巧克洛」而續命的子女身上。每個人都希望自己是個好人，尤其是那些為非作歹的有錢人。

交給顧客的「日記」，簡而言之就是著眼於人類心理的嶄新日本式售後服務。那必須是孩童親手寫下的文字、笨拙的手寫原文才行。即使不懂日文，光是看到那筆跡，就會令人熱淚盈眶吧。當然，我們會附上譯文。英文、中文、阿拉伯文、印尼文，我們可以為地球上任何語言圈的顧客提供服務。

所以妳要準備日記本和鉛筆。買蠟筆讓他們畫畫也可以。灰，這部分就由妳視現場狀況決定吧。

不是大人，而是瞄準兒童的嶄新心臟移植事業。自印尼出港的巨大遊輪的極機密情報，就宛如地震的波動擴散一般，傳遍了全世界的富裕階層。

在鮮血資本主義激烈的競爭當中，「巧克洛」成為獨一無二的品牌，獨占了「兒童心臟買賣」市場。

他們根據新南龍送來的訂單，從庇護所當中挑選體重與受移植者相同的孩童。為了讓心臟的尺寸吻合，比起性別或年齡，更優先考慮體重。

預先通過配對檢測的孩童，會被通知「有外國家庭要收養你了」，和朋友們道別，毫不存疑地跟著大人離開。但他們不會踏出庇護所半步。他們將經過走廊，在庇護所的祕密手術臺上結束短暫的一生。

依言躺到床上，讓野村進行麻醉，失去意識，然後末永實施胸骨正中切開術，取出新鮮的心臟。這裡不存在嚴格的腦死判定過程，不僅如此，孩童甚至沒有腦死，而是在活生生的狀態下睡著，就這樣死去。

摘除心臟的末永和野村，接著陸續取出可以做為商品的其他部位：肺、角膜、腎臟、肌腱等。

「這麼說來，上次大廚說了有趣的事，」末永取出供工房製作訂製刀柄材的大腿骨，對野村說道，「他說我們是『Corazóntraficante』（心臟私梟）。」

「Corazóntraficante？」野村把切下來的肌纖維擺到不鏽鋼盤上，想了一下說：「從Narcotraficante（毒品私梟）來的？」

末永默默回以微笑。

兩人額頭冒汗，繼續進行脫離解剖的解體工作。鮮血資本主義。手術室裡傳出鋸斷關節的電鋸聲。

41 ömpöhualli-huan-cë

Familia——家人。闖入在工房上班的小霜日常的新男人們，廢鐵、猛獁象、頭盔。小霜在汽車拆解廠和他們反覆進行射擊訓練。就像鍛鍊製刀技術、將工具的性能發揮到極致般，小霜將梭魚操縱自如，聞著無煙火藥的氣味，用 00 Buckshot 的散彈將標靶的致命區射成粉碎。小霜被接納，受到讚賞，接受指導，吸收做為殺手的技術。男人們教導沒有汽機車駕照的小霜騎三輪重機。三輪重機就類似 Buggy 越野車，車身貼地，輪胎比速克達粗壯許多，騎上公路時不用戴安全帽。

有時候會有狂人付錢買的女人們過來汽車拆解廠的車庫。她們濃妝豔抹，散發香水味，除了錢，還有古柯鹼可以吸，所以心情很好，但有時也會被廢鐵辱罵，自尊心受損而不開心。

有個女人本來要回去，卻又把穿上的衣服在小霜面前脫下來，吸著古柯鹼說：「那個死胖子搞什麼啊？」

來自玻利維亞、說西班牙話的妓女把那些粉稱為「金粉」。小霜默默地看著裸女吸食在手腕上倒成一條白線的粉。

「你不吸嗎？」女人摟住小霜問。

小霜不知道金粉和冰有什麼不一樣。母親的身影在眼前浮現又消失。

早飯及午飯在工房和帕布洛一起吃，晚飯則和殺手們同桌共食。小霜從來沒付過錢。他大部分都吃牛排，每晚可以吃光四十八到六十四盎司的牛肉。他長得更高，體重也更重了。由於攝取大量蛋白質，肌肉量也增加了。他現在十八歲，二〇六公分，一一八公斤。

看到布滿猛獁象手臂的刺青，小霜也想要刺點什麼。他問了刺青師的連絡方式，邊吃牛排邊想圖案。喝水、吃牛排、喝湯，再吃牛排。男人們不喝酒。小霜只有一次看到廢鐵喝酒，就是電鑽被殺的那個晚上。自從那個夜晚後，再也沒有人喝酒。大家都遵守大廚的交代。大廚這麼說：

最近我就會派你們去狩獵。要準備好隨時可以出動。

「欸，絞刑臺——」吃完牛排的廢鐵把香草冰淇淋的盤子拉到手邊說，「就算是少年院裡的壞傢伙，也有讓他們覺得害怕的東西對吧？監獄裡面也有，尖叫什麼『有蜘蛛！』『有毛蟲！』大驚小怪的傢伙。我一直嘲笑那種人，但現在想法不同了。我認為，在世上有『害怕的東西』是件好事。只要有『害怕的東西』，就會去想它對吧？天不怕地不怕，其實真的很無聊。有『害怕的東西』比較好。過去我從來沒有害怕過任何東西。可是啊，現在我真的很怕大廚，怕你父親。所以我再也不無聊了。」

男人們都知道，他們的老大對小霜另眼相待，但不光是因為小霜會說西班牙話的關係。只有大廚不是用綽號「絞刑臺」叫小霜，而是叫他「El Chavo」（孩子），並且要小霜叫他「Padre」（父親）。家人當中的家人。大廚應該要是每個人的父親，卻露骨地只把小霜一個人當成親兒子看待。

但就算小霜是大廚的寵兒，男人們也不會嫉妒。他們對大廚效忠，同時也萬分畏懼。這是他們自身也無法言說的畏懼。他們不願意像小霜那樣被叫去二樓辦公室，在黑暗中單獨兩個人說話。

「你看得到鬼嗎？」廢鐵吃著香草冰淇淋，唐突地問小霜，「有時候我會看到我殺的人的鬼魂。大概就那道牆那麼遠的距離，穿著衣服呆站著。我一點都不怕。他們就只是站著而已。畢竟是死在我手裡的人嘛，他們還比較怕我哩。死了以後還繼續怕我，真是可憐的窩廢。可是啊，你父親身上跟了個鬼魂，層次完全不同。我很怕那個鬼魂。附在你父親身上那東西到底是什麼？漆黑裡面還有更漆黑的洞穴，那傢伙就躲在那黑穴裡。就算是我，也不可能打得過那傢伙吧。只要一想到那玩意兒，看，我就會像這樣冒雞皮疙瘩。你父親不是老把你叫過去嗎？你看得到那玩意兒嗎？都沒有感覺嗎？」

小霜沒有回答。就算是對家人，也不能隨便回答。但是，小霜也是一樣的，他會覺得看到看不見的東西、摸到摸不到的東西。他覺得廢鐵很了不起，殺掉好幾個人，或許就會擁有特別的能力。廢鐵說的大概不是鬼魂，而是神。阿茲特克可怕的神祇。Padre 服侍的神。有時被稱為「奴役我們的這一位」，有時被稱為「夜與風」，有時被稱為「雙方之敵」，偉大的神。

小霜在心中呼喊甚至超越戰爭之神的那位神祇祕密的真名：

特斯卡特利波卡，吐煙鏡。

彌漫的香煙、祭品的心臟，全都是獻給祂的。電鑽的心臟被獻給祂了。就像廢鐵說的，祂住在漆黑深處，宛如黑暗根源的洞穴裡。那個洞穴其實不是洞，而是鏡子。黑曜石的鏡子。在人類無從知曉的世界深底、比死神居住的冥界更幽深之處，從世界起始便一直在那裡的、漆黑的阿茲特克鏡子。

每星期一次，小霜會被瓦米洛叫去，前往「帕帕榭卡」二樓的辦公室。黑暗中，瓦米洛焚燒柯巴脂，點燃香菸或雪茄，有時也抽大麻。但瓦米洛不吸古柯鹼。毒梟只要能嘗得出金粉的品質優劣就夠了。就像一流的侍酒師不會變成廚房酒鬼，真正的毒梟，也不會變成毒蟲。

小霜的眼睛熟悉黑暗後，瓦米洛便會點亮油燈。瓦米洛靠著手肘的桌子上，擺著一顆骷髏頭，上面鋪滿了緻密馬賽克狀的黑曜石及綠松石。閃爍的黑與帶綠的天藍色實在是太閃耀奪目了，看起來像假的，但那是如假包換的人類頭骨。是獻給偉大神祇的電鑽的頭骨，瓦米洛指示帕布洛加工製成。

「祭品」的心臟被挖出來的那一晚，小霜看見瓦米洛更進一步割下電鑽的頭。割下頭顱的帕布洛，接著剝下顏面的皮。他的每一個動作都有理由，每一個行為都和宇宙背後的神祇力量相結合。

油燈橘黃的火焰光圈、閃耀的骷髏頭、搖曳的柯巴脂煙氤氳——每回小霜過來，瓦米洛都會告訴他阿茲特克王國的事。他會摘下平時覆蓋口鼻的頭巾，對小霜展露素顏。

在小霜的人生當中，從來沒有人只為他一個人講述這麼多事情的經驗。工房的帕布洛是教他製刀的師傅，但瓦米洛談論的是更壯闊的世界與神祇，他傳授毀滅的原住民文明藝術與儀式，每一樣都強烈地撼動了小霜的思考和感覺。小霜心醉神迷地聆聽著。

瓦米洛為小霜找來阿茲特克的資料，讓他看書中收錄的圖片。那模樣就宛如考古學家在教導溺愛的兒子歷史的浪漫，但瓦米洛傳授給孩子的不是歷史，也不是浪漫，而是阿茲特克的精神。

看到納瓦特爾語和西班牙文並列的資料，小霜興奮到甚至忘了肚子餓。他覺得可以看上好幾個小時都不厭倦。

盛放祭品心臟的綠岩鉢上精巧地雕刻著老鷹和美洲豹圖案，挖出心臟的燧石刀上則刻有玉米和箭矢。卓越的雕刻搭配貝殼與寶石裝飾，阿茲特克的工匠把所有的一切都妝點得美輪美奐。反覆出現的主題，牢牢地吸住了小霜的目光。花、鳥、玉米、箭、龍舌蘭的刺、仙人掌的刺、骷髏頭、各種動物。就連戰士的裝備都美極了。覆蓋著魁札爾鳥綠色羽毛的圓盾，其華麗無以形容，看起來就像燃燒的星星般閃耀著。

有一次，小霜和瓦米洛提到時間。

小霜向來感覺，不是各種事物從時間這個容器溜走，而是時間本身具備萬種形貌、萬種表情。

「我這樣覺得，」小霜用西班牙話說，「所以這個房間的柯巴脂的煙，也是時間變成柯巴脂的煙在流動。」

聽完小霜的話，瓦米洛沒有像法務教官或帕布洛那樣訂正他的文法。

「你的感覺是對的，」帕布洛說，「我的祖母也是這樣。去遠方的時候，她經常說『要花一頂帽子』或『兩頂帽子』。因為在她看來，時間就是帽子的形狀。編一頂帽子的時間，就是寄宿在帽子上的神。帽子的形狀原本存在於神居住的世界，透過人的手工而出現在這個世界。帽子裡也有神。這就是阿茲特克的時間。物品並非單純的材料組成，其中也有諸神的秩序。然後——」

然後，所有的神祇都是吃人的血和心臟而活。如果人沒有獻上血和心臟，太陽和月亮也會停止閃耀。

瓦米洛徐緩地打開抽屜，從裡面取出一張人的臉皮，端詳起來。那是電鑽的臉皮。

被阿根廷杜高犬咬破的部位，由末永精巧地縫合回去了。被利爪撕開的頭頂，附著缺損且乾縮的雙耳的側頭部。

看到經過修補的臉，小霜想起以前看過的墨西哥摔角選手戴的面具。包住整顆頭的閃亮亮的布。死掉的電鑽的臉皮做成了很像那個面具的東西。小霜想，這張臉也應該像那樣加上各種漂亮的裝飾嗎？

瓦米洛吹上去的香菸煙霧，穿過了眼、鼻、嘴巴的黑洞。

「孩子，戴上去看看。」看著臉皮的瓦米洛忽然對小霜說。

「戴這個？」

「對，戴上他的臉。」

小霜接過剝下來的臉皮，指頭感受著冰涼柔軟的質感，依然想起了摔角選手。然後他試著把死人面具從頭套上去。

「不行，padre，」小霜說，「太小了。」

若是再進一步拉扯，活著的時候就被狗咬破的電鑽的臉，會在死後再次被撕裂。

「太小嗎？你是個巨人嘛。好吧，拿來。」瓦米洛說，從小霜的手上取回臉皮。「原本我想辦個小型的『Tlacaxipehualiztli』，很久沒辦了。雖然沒辦法像真正的祭典那樣盛大。」

「特拉——卡佩希——」

「特拉卡希佩瓦利斯特利，這是禮讚我們被剝皮的主人——希佩托特克的慶典。希佩托特克雖然被剝皮，但他並非裸露著紅通通的肉，而是隨時都披著人類死屍的皮。希佩托特克的眼睛總是閉著，帶給人類各種疾病，尤其是眼病。患有眼疾的人，必須獻祭給希佩托特克才行。孩子，你的眼睛健康嗎？」

「我看得很清楚。」

「那就沒問題了，」瓦米洛說，聳了聳肩，「在談到偉大的夜與風之前，我先告訴你特拉卡希佩瓦利斯特利的事吧。每年一次，阿茲特克太陽曆的二月，人們會為希佩托特克舉行剝人皮的慶典。祭品被帶到熊熊燃燒的火焰前，拔掉頭頂的頭髮。慶典持續的二十天期間，這些頭髮會被鄭重保管。祭品的心臟在神廟頂端被挖出來後，屍體推下階梯，落下的屍體被仔細地剝皮。不只是臉而已，是剝下全身的皮。挖出心臟是祭司的職責，但剝皮是工匠的工作。他們用黑曜石刀，靈巧地剝下幾十名祭品的皮。

「這時，為了慶典而挑選出來的年輕人聚集過來，各自披上屍皮。當然是鞣製之前的生皮。穿上屍皮的人，是身手矯捷且強壯的男人，雖然不及最精銳的豹戰士團或血氣方剛的鷹戰士團，但奔跑一整天也不會疲累。這群人化身希佩托特克的分身，追趕群眾。害怕的人會獻出食物或飾品給分身，請求神祇息怒。然後許多身患疾病的人前來留下供品，以安撫造成疾病的神祇。有時希佩托特克的分身會上演激烈的打鬥。許多人圍上來觀看打鬥，但不知不覺間，腐臭的血和脂肪從分身的口鼻洞穴、破皮的手肘和膝蓋流淌下來。這是當然的。就像我剛才說的，他們穿的是沒有鞣過的人皮。

「太陽曆一個月是二十天，這二十天之間，希佩托特克的分身要一直穿著屍皮，直到將死者的皮奉獻給神廟的那天，絕對不能脫下來，也不能洗浴，必須一直穿著沾滿血和脂肪、黏膩且日漸腐敗的皮。那完全就是希佩托特克的模樣。這就是特拉卡希佩瓦利斯特利祭典。」

小霜想都沒有想過，披上死人皮的人會變成神。聽完瓦米洛的話，電鑽的臉皮突然變得好特別，讓他無論如何都想戴上去看看。他想從死人的臉內側窺看世界。究竟會看到什麼樣的景色？

「不行，」瓦米洛對伸手過來的小霜說，「你的頭太大了。我來戴。」

瓦米洛左右撐開電鑽的臉皮，從頭整個罩上。小霜看到的瓦米洛，臉上失去了表情，變成彷彿在黏土上挖出洞孔的容貌。

瓦米洛叼著菸，用手機前鏡頭看自己的臉，搖晃肩膀笑了起來。電鑽的臉皮幾乎快被撐破了。「這個特拉卡希佩瓦利斯特利太好笑了。」瓦米洛說。

瓦米洛笑個不停，小霜也跟著好笑起來，露出微笑。瓦米洛想脫下電鑽的臉皮，卻勾到鼻子脫不下來，又惹得兩人笑起來。

小霜在油燈的光線中注視著瓦米洛努力脫下臉皮的樣子。這是小霜第一次和別人一起笑。小霜經歷了過去從不存在的時光。那是和父親一起歡笑的時光。時間和 padre 一起笑著。所有的一切都像美夢。

42

ömpöhualli-huan-öme

照顧崔岩寺庇護所保護的無戶籍兒童，讓他們寫日記，檢查健康狀況，記錄好個別的資料後，矢鈴把業務交給其他工作人員，離開庇護所。

離開時和進入時一樣，必須通過三重生物認證：面部、指紋、虹膜。庇護所的安全防護滴水不漏，連一隻老鼠都無法侵入。這樣的森嚴戒備，是為了「讓虐待孩子的父母絕對無法靠近」。和矢鈴一起工作的灰——連絡時夏使用的綽號——這麼告訴矢鈴，矢鈴也深信不疑。

從未把庇護所的事告訴任何人的矢鈴，原本在私生活中就沒有聊天的對象。每天在地上和地下往返，一接到指令，就前往保護無戶籍兒童，這些構成了她現在全部的人生。她不為人知地救助兒童、不為人知地吸食古柯鹼。照顧人數愈來愈多的孩童並不輕鬆，但她靠著使命感和古柯鹼的力量撐過來。

那個她前往更生保護機構進行面試、成為製刀學徒的少年，似乎也沒有發生問題，繼續在小田榮的工房工作。

黑暗之中，也會射入光明。矢鈴這麼想，對現狀感到自豪。那名少年，還有離開庇護所展開新生活的孩子們，我的努力照亮了他們每一個人的未來。

矢鈴經過階梯走到地上，乘上停在寺院停車場的租車。今天領到的車子是豐田 Aqua，顏色是黑的。矢鈴繫好安全帶，發動引擎，打到 D 檔，聽著輪胎輾過碎石的聲音，打亮車燈。

每天開不同的租車，也是為了保護兒童。應該已經放棄孩子的怪獸父母有可能後悔，追上來討回孩子。夏說不管把地點藏得再隱密，通勤時都開同樣車號的車子並不安全。

矢鈴開的租車，由支持「光輝兒童之家」活動的租車業者每天提供。矢鈴一直想要親自表達感謝，但從未見過業者。她總是透過夏領取車鑰匙，開車上路。

回到在世田谷區租的公寓，矢鈴泡澡洗頭髮。離開浴室，披上浴衣，吹乾頭髮。打開冰箱取出罐裝啤酒，坐在沙發上，把十二・九英寸的 iPad 放到桌上。支架上傾斜的黑色螢幕倒映出她的臉。這臺平板只用來看網飛的影片，沒有其他用途。矢鈴本來就很少上網買東西，也不玩社群網站。

打開啤酒罐，看起漫威電影。主角們為了拯救世界而戰。

矢鈴看著火花四射的飛車追逐場面，眼前忽然浮現日記內容有問題的庇護所孩子的臉。那是矢鈴帶回來保護的無戶籍兒童，是個男孩。

矢鈴想起男孩在日記上只寫了一行字：

大家都會被殺死。

男孩在庇護所過著平靜的生活，也沒有被其他孩子欺負。矢鈴心想，或許他到現在仍籠罩在父母的陰影中，但男孩從未見過父親，母親也已經死了。來到庇護所以前，男孩被母親的女性朋友收養照顧。那個阿姨對他雖然很冷漠，幾乎是忽視，但沒有直接施加暴力的傾向。

那孩子想要表達大家會被「誰」殺死？或者只是寫好玩的？

矢鈴想了一下，但毫無頭緒。如果他再寫那種日記，夏遲早會對他進行心理輔導吧。她想起戴著無框眼鏡的夏的臉。脂粉未施，就像個漂亮的小學老師。

矢鈴停止思考，喝了啤酒。然後把空罐倒放，將古柯鹼的白粉倒在銀色鋁罐底。把鼻子湊上去吸了幾下，再次沉迷於劇情中。

❖

在「帕帕榭卡」的二樓辦公室，把那位神祇的名字告訴小霜的時候，瓦米洛和平時夜晚的他不同。過去瓦米洛總是對著小霜，有時語帶歡笑地述說殘忍但有些荒誕不經的阿茲特克諸神。但那天晚上的他完全沒有笑，就像個肅穆的一神教徒，而不是寬容大度的多神教徒。瓦米洛為了偉大的神祇焚燒柯巴脂的煙，用進口的墨西哥產龍舌蘭的刺扎破耳垂，把血灑在煙上。他命令小霜也跟著他這麼做。

小霜感覺到，每當他把耳垂的血灑在煙上，可怕的氣息便在他身處的房間擴散一分。就是冷酷的廢鐵對小霜坦承讓他「害怕」的某物。

提特拉卡萬——奴役我們的這一位，瓦米洛以納瓦特爾語細語道。川崎的秘魯餐廳二樓黑暗的辦公室，與墨西哥、卡薩索拉兄弟集團的記憶、兄弟聚在一起的維拉克魯斯的祖母臥室，連結在一起。

對瓦米洛而言，在這個極東之地，出現於自己面前的年輕人，是祖母送給他的禮物，是神祇的意志本身。只消看上一眼，瓦米洛就明白了：這名少年小霜就是豹戰士。當小霜獲得夜與風的力量時，自己在極東之地培育的殺手團就完成了。

但是要談論那位神祇並非易事。不可能像說故事那樣，一時興起便娓娓道來。

柯巴脂煙霧氤氳的瓦米洛桌上，有他命令帕布洛製作的直徑十二公分的黑曜石鏡子，以及要小霜做的美洲豹木雕。瓦米洛把黑曜石鏡放在桌子左側，美洲豹木雕放在右側，中間擺了一枚盤子，上面放著公雞的心臟。他以柯巴脂的煙燻著小小的心臟，祈禱神明允許他接下來用自己的口舌談論祂的名。如果我的話中有任何虛假，願神明詛咒我，瓦米洛喃喃道。

「Jaguar y espejo, ocelotl tezcatl.（美洲豹和鏡子。）」瓦米洛用西班牙話和納瓦特爾語說道，「這兩者毫無相似之處，顏色和形狀也不同，然而卻是同一位神祇的分身。你知道為什麼嗎？孩子，不要被外表所迷惑了。顏色外形都不同，但兩者依然是相同的，都是我們的至高神的分身。我們的神，也被稱為『奴役我們的這一位』。這是什麼意思？這代表**人們對神祇表達服從的呼告**，就這樣成了神的名字，祂就是如此可怕。我們的神也被稱為『夜與風』。這是什麼意思？夜晚黑暗，風沒有形體，也就是『看不見，摸不著』的意思。這就是吐煙鏡——特斯卡特利波卡的偉大之處。」

「特斯卡——特利波卡——」

瓦米洛翻開西班牙文版的《波吉亞手抄本》，向小霜展示上面描繪的特斯卡特利波卡的異樣形姿。不是人類也不是動物，透過原住民之手描繪的、想像中宛如機械般的神祇形貌映入小霜的眼簾。那是可怕、充滿戰鬥性的外形。雖然有臉也有手腳，但看起來不像生物。特斯卡特利波卡身上擁有用來指日的全部二十種日符。鱷魚、風、房屋、蜥蜴、蛇、死亡、鹿、兔、水、狗、猴、草、蘆葦、美洲豹、老鷹、禿鷲、搖晃、燧石刀、雨、花——無名原住民的藝術家們藉由這些圖案，傳達出特斯卡特利波卡是曆數背後的「超越時間者」。

「阿茲特克王國最強大的動物是美洲豹。美洲豹在森林中奔馳，在水中泅泳，甚至會捕食蛇和鱷魚，」瓦米洛說，「美洲豹所向無敵。孩子，你知道美洲豹的下巴多麼有力嗎？就算是你殺死的杜高犬，還是野生的美洲獅，都敵不過美洲豹。美洲豹的下顎，力量是非洲獅的兩倍以上。牠會用下顎咬碎獵物的頭蓋骨，拖入黑暗當中。森林中最強大的野獸成了特斯卡特利波卡的分身。然後天上有老鷹。在天空翱翔的動物裡，沒有比老鷹更強的。所以這種鳥成了『戰爭之神』維齊洛波奇特利的分身。但維齊洛波奇特利本身並不是老鷹。維齊洛波奇特利這個名字的意思是『左方之蜂鳥』。

「阿茲特克最強的戰士會加入豹戰士團，而渴望鮮血但尚不成熟的年輕人則加入鷹戰士團。聽好了，孩子。我的祖先在阿茲特克王國，率領著豹戰士團。我是很久以前聽說這件事的。當時我還是個孩子，但現在還記得第一次聽到的時候浮現的疑問。我這麼納悶——『豹戰士團比鷹戰士團還要強。也就是說，吐煙鏡比戰爭之神還要強。怎麼會這樣？』

「要理解個中理由，就必須了解為何特斯卡特利波卡會被視為特洛克納瓦克——至高神。

「聽好了，孩子。就像我之前也告訴過你的，阿茲特克的首都特諾奇提特蘭有一座巨大的階梯金字塔，現在稱為大神廟。它的正面朝向西方。走上長長的階梯，頂上有兩座神廟，南邊祭祀著戰爭之神維齊洛波奇特利，北邊祭祀著雨神特拉洛克。戰爭之神的神廟底下，有陳列著祭品骷髏頭的『頭骨架』，雨神的神廟底下，躺著人像『查克穆爾』，他抱著用來盛放血和心臟的缽。戰爭之神和雨神，阿茲特克人在大神廟分別祭祀著這兩位神祇，持續獻上祭品。

「無法在敵人發動的戰爭中得勝，國家就會滅亡。沒有降雨，人民會死於饑荒與旱災。戰爭和雨，這兩者都很重要。但鏡子卻是比它們更重要的存在。懂嗎？孩子。你要打開心中的耳朵仔細聽好。這其中隱藏著世界深奧的祕密。重要的是，在贏得戰爭之前、在接受雨水滋潤之前，比什麼都更要緊的是，**國家必須是國家**。**國家為了是一個國家，自己人不能自相殘殺**。也就是說，我們是一家人。如果自相殘殺，那麼在與敵國發生戰爭之前、在雨水讓大地萌芽之前，人民會先全部死光，一個不剩。人類就是一盤散沙。一個人被殺，就會殺掉另一個人報復，冤冤相報無了期，就像推骨牌一樣。**在群體裡面，暴力會傳染開來**。所以如果不能壓制憤怒與憎惡的連鎖，盡力團結失控的群體，就無法贏得戰爭，雨水的滋潤也會白費。

「這種時候，就會準備特別的祭品，血和心臟被獻給一枚黑色的鏡子。我們如同破碎四散的鏡片般的心眼，會被合而為一。不是祈求戰爭勝利，也不是祈求雨水滋潤。

「一切都受到特斯卡特利波卡的支配——是為了憶起這件事而祈禱。奴役我們的這一位、夜與風、雙方之敵。特斯卡特利波卡居無定所，自由往來天上和地底。就連冥界之神，都要聽祂的吩咐。鏡子比戰爭之神更偉大，所以比老鷹更強的美洲豹被視為祂的分身，也是當然。

「聽好了，孩子。一群人要活下去，就只能向神明獻祭。現代人連這點道理都不懂，卻擺出一副無所不知的嘴臉，說什麼『阿茲特克是血腥野蠻的文明』。真是群無可救藥的蠢貨。仔細看看這個世界就知道了。群眾總是在渴求祭品。因為這正是神祇想要的東西。如果人類停止獻祭給黑色鏡子，從那天開始，暴力立刻就會傳染開來。同伴之間立刻就會互相殘殺起來。**再也沒有所謂的同伴**。祭品的血不是單純的血，心臟也不是單純的心臟。這一切都與諸神的祕密相連在一起。阿茲特克人比任何人都更深知這件事。」

小霜聆聽著瓦米洛的話，表情彷彿誤闖了沒有出口的夢境。不管怎麼思考都迷迷糊糊。小霜想起瓦米洛以前說的特拉卡希佩瓦利斯特利，被剝皮的我們的主人——希佩托特克的祭典。那時候聽到祭典的內容，覺得好像了解希佩托特克了。如果一樣聽到祭典的事，或許也可以稍微理解特斯卡特利波卡了。

「Padre，」小霜說，「夜與風——特斯卡特利波卡有祭典嗎？」

「我正準備要說呢，孩子。」瓦米洛回答。

43 ōmpōhualli-huan-ēyi

「聽好了，孩子，」瓦米洛說，「**托希卡托**——這是太陽曆十八個月之中，第五個月的名字，是為特斯卡特利波卡舉行的慶典的名字。托希卡托的意思是『乾涸』。時期和現在的五月差不多。阿茲特克的五月是乾季的尾聲，在一年當中最為炎熱。太陽熾烈燃燒，入夜後仍吹著乾燥的風，大地乾涸，草木枯萎。

「除了五十二年一次的『時間竭盡的夜晚』以外，托希卡托是阿茲特克最大的慶典。不管是征服者還是受詛咒的基督教徒，看到托希卡托慶典的規模，都在紀錄中形容『足可匹敵復活節』。

「慶典耗時一整年準備。這一年的太陽曆五月一結束，便著手準備下一年的慶典，下一年的慶典結束後，就著手準備再下一年。

「為了托希卡托，必須挑選出一名少年。必須是健康的少年，不能是耳朵被割掉的奴隸，也不能是在戰鬥中受傷的敵國戰俘。毫髮無傷的少年一旦被選中，不管出身再怎麼貧窮，都會穿戴上最高級的衣裳和寶飾，搬進和宮殿一樣豪華的住所。他可以享用豐盛的大餐，睡在舒適的床上，由祭司教導如同特拉托阿尼——『發言者』般高貴的遣詞用句。所謂的發言者，孩子，就是阿茲特克的君王。

「少年從此再也不剪頭髮。照顧他起居的侍從會每天照料他的頭髮。留至腰部的長髮，就像黑曜石鏡子般漆黑發亮。少年由王國知名的歌手教導歌唱，由知名的音樂家教導吹笛。少年外出的時候，本身就宛如慶典般轟動。少年搖晃著頭上的羽毛飾品，抱著庭園栽種的鮮豔花朵，率引眾多的僕從前進。即使街上正在舉辦太陽曆的其他慶典，也不以為意。只有他是特別的。看到少年的人全都要五體投地瞻仰他。不論是貴族或首長都一樣。豹戰士團前來，跪在少年跟前，戰士團長雙手伏地。孩子，這是因為少年就是特斯卡特利波卡的分身。其他的神明，穿著特定服裝的戰士和舞者可以成為祂們的分身；但特斯卡特利波卡一年就只有一名少年能夠成為祂的分身。

「不過這樣就有了巨大的矛盾。孩子，你也可以仔細想想看。這位神祇是**夜與風**。我應該對你說過，夜晚漆黑，風沒有形體，『看不見，摸不著』。但這樣一位神祇，如何能呈現人形？

「這個矛盾，會在一年後以驚人的方式解決。是和希佩托特克這些神祇的慶典截然不同的收場。關於這個結局，孩子，只要聽我說到最後你就懂了。

「少年並非只是極盡奢靡地過日子，運動也很重要。特斯卡特利波卡永遠年輕健壯，身為祂的分身，萬一吃太多而變成廢鐵那種體型就糟了。少年會在廣場和侍從玩『烏拉馬』揮汗，這是一種把球弄進石製輪環裡的遊戲。不能用手碰球這一點很像足球，但並不是用腳踢，而是用紮著粗帶子的腰去擊球，就像從旁邊去撞人那樣。

「很快地到了五月，爍石流金的酷熱籠罩城市。距離托希卡托慶典巔峰之日剩下二十天的時候，四名少女會被送到少年身邊。這四名少女是為了少年而培育，每一個都妝扮得絕美動人。

「四名少女送到的那一天，少年換成更神聖的服裝。然後從未剪過的一頭長髮，理成了像豹戰士團團長那種勇猛的髮型。一整年最精美的飲食、睡眠和運動，讓年幼的少年肉體蛻變為年輕的戰士。少年會和四名少女交媾，直到慶典結束的這二十天之間，和少女們共度，片刻也不分離。

「托希卡托結束的五天前，少年和四名少女帶著侍從現身人群。這時會舉辦盛大的宴會。燃起火堆，招待釀造酒和薄餅，吹笛打鼓。奴隸們用一條繩子綁起來圍成一圈，在柱子旁不停地舞蹈。王族不用說，特諾奇提特蘭裡的頭面人物全都會來參加這場盛宴。

「儀式當天，少年被帶到『吹笛處』，向陪伴他二十天的四名少女道別。在這裡，時隔一年，少年終於再次一個人獨處，他吹奏著學會的笛子，演奏出他在這世界最後的樂聲。

「接著少年前往稱為『箭屋』的聖域，那裡也是神廟。少年走上階梯。他帶著一只袋子，裡面裝著直到今天他吹奏過的每一支笛子。每走上一階，便取出一支笛子踩斷。一階一支，當笛子全部踩斷時，少年也剛好走到了『箭屋』的頂層。

「五名祭司正在那裡等待。少年主動躺到獻祭的石臺上。四名祭司按住他的手腳，剩下一名最高位的祭司隨即以黑曜石刀挖出他的心臟。

「孩子，你知道這代表了什麼嗎？少年是特斯卡特利波卡的分身。他做為分身度過一年，隨時受人膜拜。但神祇的真實身分應該是夜與風，『看不見，摸不著』。所以神必須結束這暫時的時光，再次回歸夜與風。

「特斯卡特利波卡把自身的血和心臟獻給了自身。

「孩子，這就是托希卡托令人驚訝的收場。它是最美麗的阿茲特克慶典。被挖出心臟的祭品亡骸，一般都是隨手推下階梯金字塔，但托希卡托慶典時不這麼做。祭司們會莊嚴地抬著屍身送下神廟。抵達地面後，砍下頭顱，移到『頭骨架』，串在那裡。

「從這一刻起，下一年的托希卡托已經開始著手準備了。又有一名少年被選出，成為偉大神祇的分身。」

44 ōmpōhualli-huan-nāhui

小霜在裁切兩種硬木材。

紅木裁成七十六乘十九公分，可可波羅木裁成九十乘二十公分，兩邊都是厚兩公分。

個別並排在地上，吹氣拂去木屑後，小霜探頭望向工作臺上攤開的設計圖。上面以實際尺寸畫著接下來要製作的武器。

阿茲特克戰士使用的黑曜石鋸劍「Macuahuitl」。「Ma」是納瓦特爾語中「手」的意思，「Cuahuitl」則是「木頭」的意思。這是像開山刀一樣揮下來斬擊的武器，但小霜聽瓦米洛的描述畫出來的形狀，比起開山刀，更像是丟在工房外面的獨木舟划槳。

神情陰沉地看著小霜的帕布洛，看見徒弟畫的設計圖和板球球拍一模一樣，還以為他真的要做板球球拍。但材質不同。小霜挑選的紅木和可可波羅木，堅硬度完全不是板球球拍使用的喀什米爾柳木或英國柳木可以比較的。

帕布洛沒有阻止小霜去做怪東西。他沒有這種權限。絞刑臺是大廚的寵兒，現在已是汽車拆解廠可怕的惡徒其中一員了。小霜沉迷於製作殺人工具。那應該是「阿茲特克」的某些東西。每次被大廚叫去，小霜的腦袋裡就被灌滿毀滅王國的惡夢之後回來。

沿著根據設計圖繪製的線裁下木板，黑曜石鋸劍的輪廓便出現了。紅木板長度為五十七公分，剩餘的十九公分是呈細棒狀的劍柄。可可波羅木板長度為六十七．五公分，柄長二十二．五公分。

整體仔細打磨後，小霜在板子中央分成四排，在上面雕刻司掌十三日的二十種日符：

鱷魚　風　房屋　蜥蜴　蛇
死亡　鹿　兔　水　狗
猴　草　蘆葦　美洲豹　老鷹
禿鷲　搖晃　燧石刀　雨　花

持有雕刻著所有日符的黑曜石鋸劍，是侍奉特斯卡特利波卡的最強戰士團的特權。

完成技術幾乎超越帕布洛的雕刻後，小霜在厚兩公分的板子兩側用線鋸割出細溝，吹掉木屑，確定溝的深度。接著著手製作黑曜石刀片。

也精通石刀製作的帕布洛教給小霜的，是稱為「劈」的加工法。以天然玻璃質火山岩的黑曜石製作薄刀片時，不同於製作鏡子或裝飾品，不使用研磨機。先準備做為材料核心的大型黑曜石塊，確定自然形成的線條方向後，垂直打入楔子。阿茲特克人會使用鹿角或銅器，但小霜效法帕布洛，利用鋼鐵工具。打入楔子後，黑曜石的核便會出現龜裂，碎片從邊緣剝落。這些裂開的黑色玻璃碎片就可以當成切割人肉、獸肉以及剝皮的刀子。小霜一次又一次劈開石核。做為石核的黑曜石是從伊豆諸島的恩馳島採來的。

在紅木板的兩側溝槽個別黏上五片長十公分的黑曜石刀片，可可波羅木板則各黏上八片。在溝裡塗滿天然接著劑「奇庫爾*」樹膠，阿茲特克人除了松脂以外也會使用奇庫爾，牢牢地固定住玻璃質火山岩。剩餘的奇庫爾，小霜丟進嘴裡嚼食。以墨西哥產的常綠樹「人心果樹」的樹液熬煮而成的奇庫爾，是現代製作口香糖不可或缺的知名原料。

看見上完最後的清漆、小霜花了四天完成的原住民武器，帕布洛只有滿心的恐懼。不是刀子，也不是斧頭，做出這種東西，到底是要做什麼？帕布洛完全不想知道。所以他什麼也沒問小霜。

帕布洛眼中的小霜實在是太純粹、太孤獨、太可憐了。而只是坐視旁觀小霜日漸染上罪惡的自己，是比任何人都無可救藥的懦夫。

帕布洛的眼眶泛起了一層淚，再次注視那武器。原本就硬得足以敲破人類頭蓋骨的硬木上，像山羊齒般並排著漆黑的玻璃刀片。小霜在板子上雕刻的神祕象徵單純的美，賦予了那些武器無法言說的不祥。

小霜乘著猛獁象開的 Tundra 抵達汽車拆解廠，從波士頓包取出在現代復活的兩把黑曜石鋸劍。正在保養梭魚的男人們看見那氛圍詭異的武器，笑了出來。不是侮蔑，而是讚賞小霜的瘋狂。

「這傢伙帥呆了。」廢鐵看著木板上一整排黑色刀片說。

「要是有人抓著這玩意兒殺過來，根本就是恐怖電影，」猛獁象說，「這叫什麼？」

「黑曜石鋸劍，」小霜說，「紅木的給 padre，我用可可波羅木的。」

「用？你——」拿起重量超乎預期的可可波羅木武器，頭盔這個前飆車族老大滿臉傻眼，「你真的要拿這玩意兒打人？天哪。金屬棒我在跟人幹架的時候看到都爛了，可是這傢伙——」

「你想要，我可以做給你。」小霜說。

舉起黑曜石鋸劍的頭盔一語不發地搖搖頭。黑曜石刀片在車庫裡反射著光芒。

日落之後，狂人來到汽車拆解廠，把男人們使用的 iPhone 全部收走，分發辦了新門號的人頭手機。

「安裝 HideLamb。」狂人說。

男子們操作新拿到的安卓系統中國手機，照吩咐安裝了 HideLamb。HideLamb——正式名稱是 HideLamb 2.0，是印尼開發的加密通訊應用程式，由於具備極高的隱密性，在亞洲黑社會裡極受歡迎。伺服器位在雅加達，日本警方無法追查或分析資料。

---

* Chicle，一種樹膠，提煉自鐵線子屬（Manilkara）的幾種中美洲樹木。語源來自納瓦特爾語 tzictli，阿茲特克人會嚼食其做為口香糖。

「你們在這裡等連絡。」狂人留下這話，帶著回收的 iPhone 準備離開。打了個哈欠的廢鐵叫住狂人。「會等到睡著耶。留個幾包再走吧。」

狂人目不轉睛地注視廢鐵，接著沉聲說：「你以為我都放在口袋裡？想要就過去車子那裡拿。」

「開玩笑的啦，」廢鐵笑道，「就算沒有古柯鹼，只要有工作上門，天然腎上腺素就會立刻叫醒我啦。」

45

ömpöhualli-huan-mäcuïlli

參與世界規模心臟走私移植事業的日本黑道，在談判中不改其強勢作風。

印尼船籍的巨型遊輪已經三度入港川崎港，「巧克洛」獲得了超過七十億元的收益，但指定暴力團甲林會旗下的仙賀組要求其中的二五％要歸他們。

這天，擔任非營利組織「光輝兒童之家」代表理事的仙賀組事務局長增山禮一，來到在川崎市幸區大宮町的飯店會議室，在第二次的談判桌上朗讀預備好的文件，提出和上次相同的要求，重申：

「我們提供東京都大田區崔岩寺的地下空間，並提供情報，讓商品集中到那個地點。沒有我們的協助，『巧克洛』事業本身根本無法成立——」

縱橫東南亞的中國黑幫新南龍，以及伊斯蘭極端組織伊斯蘭之雷。增山理解這兩者的勢力有多龐大，卻也看出即便是他們，也無法輕易調查出日本國內的無戶籍兒童所在。他們必須依靠仙賀組的情報網，增山在談判中再三強調這個事實。如果新南龍和伊斯蘭之雷打算在這個國家從頭打造出鋪天蓋地的情報網，需要耗費莫大的時間。若不想浪費時間，無論如何都需要當地的協助者。

「沒有仙賀組，就沒有心臟的供應。」增山近乎恫嚇地怒吼說。他們要求抽成二五％，應該一點都不算過分。

第三次的談判桌上，上次沒有出席的仙賀組組長仙賀忠明、若頭*谷村勝也露臉了。仙賀忠明的表情始終很難看，不停地抽著電子菸。撇開談判觸礁的事實，光是對方派出來的人選，就讓他無法接受。

增山提議休息二十分鐘，看不到妥協點的漫長討論暫時中斷，雙方離開會議室，前往其他房間。

與上級組織甲林會的幹部簡短談完電話後，仙賀忠明把正在重讀談判文件的增山叫過去，以憤怒得顫抖的聲音問：「你都跟『那種小毛頭』談？」

增山無從回答。他們的談判對象，是野村健二、叫末永的男人，以及叫夏的中國女人。野村只是在黑道底下做生意的川崎密醫，末永也是同行。末永長得一副正派人士嘴臉，就像可以派去白手套公司任職的菁英黑道分子。三十多歲的夏是新南龍與伊斯蘭之雷的代理人，但只是個溫順的黃毛丫頭，和這個場子格格不入。新南龍幹部的郝沒有出席，甚至沒聽說他要來日本。看這狀況，對方根本瞧不起賭上組織存亡前來談判的他們。

野村判斷第三次談判也會決裂，一進入其他房間，立刻打電話給大廚。

若仙賀組執意要求「巧克洛」利潤的二五％，不肯妥協，該如何應對，他們早已決定好了。也就是另給仙賀組存續下去的機會。他們要仙賀組答應降低「巧克洛」的利潤分成，但會支援他們從其他途徑賺錢。

「Hielo」、「plaza」，這兩樣是關鍵。

大廚說的這兩個單字並非英語。野村已經從末永那裡聽說了，hielo 就是冰毒，指的是安非他命；plaza 則是地盤，指毒販的勢力範圍。

仙賀組的主要資金來源是冰毒走私。但近年來這項生意是每況愈下，慘不忍睹。原因是收益最大的地盤——東京都的城南地區和根據地川崎的顧客，被新的競爭對手搶走了。冰毒收益劇減的仙賀組必須填補損失，因此在「巧克洛」的談判上面一步也無法退讓了。

大廚的答案是這樣：

「幫他們幹掉在他們地盤賣冰毒的競爭對手就行了。」

大廚說的沒錯，野村想。只要冰毒的收益恢復，仙賀組應該立刻就會停止要求「巧克洛」事業四分之一利潤的愚行了。

為了這個目的，他們要把連黑道都處理不了的競爭對手一掃而空。

野村感受到前所未有的緊張。釋放出大廚培育出來的怪物、展現拉丁美洲式暴力的時候到了。那夥人的凶狠完全超出規格。接下來將會發生什麼事，野村完全無法想像。

如同預料，接到狂人報告「第三次談判也決裂了」，瓦米洛打電話給在汽車拆解廠待命

* 若頭為日本黑道組織中僅次於組長的地位，為統率眾手下（若眾）的職位。

的廢鐵，淡淡地宣告狩獵行動開始。

「西卜斯」——Zebubs——這個犯罪組織雖然據點在川崎，卻跨越多摩川北上，在東京擴張勢力。它被分類為不屬於指定暴力團的「灰色集團」，實際狀況並未被警方或公安委員會掌握，大肆活躍。

他們的強項在於越南人擁有的東南亞黑社會人脈，以及在多元化的日本人灰色分子中也格外暴力的成員——成員大半都是前地下格鬥技選手。

二〇一五年七月，主要由越裔日本人及越南人構成的川崎市竊盜集團「RKG」為了擴大銷贓管道，和非法經營地下格鬥技團體的日本人聯手，形成了西卜斯的原形。

現在的首腦，是同時為RKG主要成員的二十七歲越南裔日本人，他以綽號「塔姆華」為人所知。塔姆華——Thảm họa，這是越南話「災禍」的意思。

就和取自舊蘇聯製反坦克手榴彈的「RKG」之名一樣，「西卜斯」也是塔姆華所命名，來自於母親的故鄉越南在二〇一一年發現的新種蝙蝠「別西卜蝙蝠*」——這可不是俗稱，而是正式學名。別西卜不用說，就是「魔王」。

由越裔日本人、越南人、日本人所組成的混合部隊西卜斯，以暴力擊潰在當地長年敵對的韓國人街頭混混後，開始擴張勢力。

不是靠竊盜或舉行地下格鬥賽，西卜斯選擇了以毒梟出人頭地的途徑。他們靠著人脈，向搭上線的河內及胡志明市的藥頭進貨，在川崎市內及世田谷區販賣高純度的安非他命、搖頭丸、吸食笑氣——一氧化二氮的小銀瓶。尤其是越南生產的安非他命，品質口碑載道。為它的宣傳做出貢獻的，是一名旅行中的法國背包客。後來在菲律賓遭到警方逮捕的這名男子，在暗網用英文貼文說「東京買得到的結晶甲安裡面，就屬 zeb 的最讚」。此後，首先是外國顧客增加，接著大量的日本人客戶也流向西卜斯旗下的毒販。

步上軌道的西卜斯也打進世田谷區以外的地方，將商品流入大田區、品川區、目黑區和港區。統稱為城南地區的此地，過去都由仙賀組獨占安非他命市場。西卜斯和仙賀組已經在川崎市內發生過多次衝突，但這次的越界，導致雙方正式開戰。

仙賀組賣的北韓製安非他命乏人問津，生意遭到毀滅性的打擊，那落魄的情狀，甚至引發毒販和嘲笑品質低劣的顧客互相爭吵，在街頭遭到警方逮捕的糗事。

搶先黑道攻擊西卜斯的，是搖頭丸市場被侵占而暴怒的伊朗走私集團。他們綁架西卜斯的毒販、動用私刑，卻反遭武裝的西卜斯反擊，兩人被殺。西卜斯的武器不是日本小混混隨身攜帶的金屬球棒或手指虎，而是能發射九公釐子彈的衝鋒槍。他們還有突擊步槍，甚至是軍用防彈背心。這些全是從越南走私來的。遭到壓倒性戰力擊潰的伊朗人退出城南地區，就此銷聲匿跡。

* 英文為 Beelzebub bat，也稱魔王蝙蝠。

西卜斯的年輕人精通最新通訊技術，並結合複雜的暗號進行連絡，因此警方和黑道都無法查出他們的所在。就算不巧在鬧區和仙賀組成員狹路相逢，地下格鬥技出身的西卜斯成員反倒會為了有徒手揍人的機會而開心。也有人平日就隨身攜帶護齒套，以便隨時開幹。對於年輕氣盛、渴望鮮血的灰色分子來說，沒在健身保養的黑道根本就只是嗓門大的人體沙包。他們把對方打到鼻骨骨折、門牙斷裂，逼對方脫光衣服下跪。

察覺到危險的仙賀組幹部裡面，甚至有人付錢從大阪和名古屋請來地下格鬥經驗者當保鏢。得知這件事，塔姆華他們笑到抱肚子流眼淚，駭入黑道成員的ＬＩＮＥ帳號，傳訊息說：「應徵保鏢，薪水可議。」然後又笑得前仰後合。

西卜斯靠著走私越南產安非他命獲得資金，維持掠奪的市場，同時開始研究加密貨幣的投資事業。就像地下格鬥技的選手目標是與主流團體簽約，灰色的犯罪組織遲早也必須走上檯面。從黑色到灰色，再步入白色的領域。加密貨幣的投資，就在這個過程之中。

他們請來越南人投資家指導投資，結果同伴森本中秋沒有現身，讓他們起了疑心，發現完全連絡不上森本時，眾人臉色大變。

森本中秋是二十六歲的日本人，是地位僅次於塔姆華的通訊指揮塔，統整整個組織，然而他卻毫無前兆地消失了。

46 ómpöhualli-huan-chicuacé

森本中秋比任何人都要小心謹慎，不是那種會捅下婁子、被敵對勢力擄走的人。塔姆華會任命他擔任通訊指揮塔，也是相中他謹小慎微的個性。西卜斯成員全力搜索消失的森本，卻毫無線索。

森本失蹤四天後，他們得知他已經死亡的事實。

一名成員的住家前面被人放了一個沒寫收件資訊的紙箱，打開來一看，一條切斷的人類左臂和乾冰塞在一起。左臂上有森本的骷髏頭刺青——骷髏頭上戴著荊棘冠，小指上的狼頭戒指也是森本的。左臂旁擺了一罐未開罐的「胡椒博士」。這是森本愛喝的汽水，同伴總是看他津津有味地喝著這種飲料。

西卜斯的據點有十二處，幹部級成員全被召集到其中一處。

塔姆華揮趕因腐臭味聚過來的小蒼蠅，注視左臂的斷面。那完全不是利刃造成的切口，骨肉糊成一片，就像被車胎輾碎一般。變色的皮膚有類似燒燙傷的痕跡。不是死後砍斷，而是遭到拷問，活生生被砍下來的——應該這麼判斷才對。

是誰幹的？塔姆華尋思。

八成不是仙賀組。刻意和左臂一起送來的未開罐胡椒博士——森本愛喝的飲料。這種黑色幽默，不是黑道想得出來的。唯一可以確定的，只有出現未知的敵人了。

在不清楚敵方底細的狀況下，塔姆華決定率領八名精銳部下，帶著裝滿武器和通訊機器的硬鋁箱，前往代號「4C」的川崎市川崎區工業地帶的大川町，暫避風頭。「4C」意味著四條運河：京濱運河、白石運河、境運河、田邊運河，這些運河包圍了大川町的四方。町內有他們用人頭向醬油工廠買來的倉庫。

凌晨兩點多，塔姆華和部下躲在偽裝成物流公司車輛的四噸卡車貨廂裡，在幻影黑的日產ELGRAND 350 Highway Star前導下，前往「4C」倉庫。

就在兩輛車駛過駐日美國海軍的油槽區西邊，經過白石運河，看見預定躲藏的倉庫時，貨廂裡載著西卜斯首腦的四噸卡車遭到槍擊。

廢鐵手中的梭魚射出的00 Buckshot散彈，貫穿四噸卡車的擋風玻璃。駕駛當場死亡。前導的ELGRAND 350 Highway Star緊急煞車，這時一輛三輪重機突然加速朝它衝去。寬幅的三輪車胎全都冒出摩擦製造出來的黑煙。三輪重機是從追趕西卜斯而來的Tundra的貨斗騎下來的，騎在上面的是無照的小霜。小霜一頭留長的頭髮在風中飛揚，催油門衝刺，放下三輪重機的Tundra則迴轉靠近四噸卡車。

小霜在ELGRAND 350 Highway Star的正面跳下三輪重機，像一頭美洲豹般奔上車頭，以左手的黑曜石鋸劍砸破擋風玻璃。玻璃質火山岩刀片擊破透明的人工玻璃，碎片在照亮工業地區的月光下閃閃發亮。小霜把右手的梭魚槍口插進擋風玻璃上的洞，射擊身體壓低、想要逃出車門的駕駛側腦。在極近距離發射的 00 Buckshot 威力驚人，駕駛的頭整顆不見了。

由於駕駛一瞬間就被殺了，後車座的五人只能當場下車。電動滑門一打開，他們同時抱著衝鋒槍跳下車，卻暴露在廢鐵連射的梭魚散彈之中。千鈞一髮爬進車底而倖存的一人迅速滾到另一側，一爬出車底下便立刻起身，眼前卻堵著巨人小霜。男子手中的衝鋒槍被踢走，他捨身攻擊巨人。男子是前地下格鬥技團體次中量級冠軍，對左直拳自信十足，然而儘管他全力毆擊面部，巨人卻一動不動。

小霜伸出右手扶住男子的背，彷彿在慰勞對方。雖然很像墨西哥式單手擁抱，但不同之處在於他左手鉗住了男子的額頭。以扶在背部的右手為支點，把男子的頭往正後方一推，頸椎斷了。男子的臉面對正上方。失去光采的眼睛仰望了工廠地區的夜空數秒後，淌下唾液，宛如斷線的懸絲人偶般頹倒。

停下來的四噸卡車貨廂後車門前方，猛獁象舉起梭魚瞄準。彈殼裡裝的不是散彈，而是攻堅用的單發彈。猛獁象射掉門閂的下一秒，車門打開，貨廂深處的黑暗炸出火焰。是塔姆華和部下展開反擊了。他們連射從河內進貨的 AK-47，但子彈前方沒有半個人。頭盔抓緊彈雨中斷的瞬間，擲入閃光彈。轟聲和閃光在貨廂裡炸開來，戴著夜視鏡的猛獁象用手槍射擊視力與聽力嚴重受損的三名護衛的頭部和胸口。對於殺死西卜斯的人，他毫不猶豫，只覺得可惜。他變得就像個密醫，會惋惜那些可以賣出高價的新鮮血液和內臟。

頭盔用手槍射擊首腦塔姆華的左肩，而沒有殺死他。避免一槍斃命的壓制，比一槍斃命要困難許多。這需要專注力與判斷力。頭盔的手槍裡裝的是會在體內擴大槍傷的中空彈，被這種子彈擊中，塔姆華的左肩像熟爛的果實般炸開來。

廢鐵進入殘留著閃光彈、白煙瀰漫的四噸卡車貨廂裡面，一腳踹向左肩中槍仍想舉起AK-47的塔姆華的臉。他撿起掉落的衝鋒槍，接著抓起倒地的塔姆華的左手，把肩膀已經中槍的那隻手扭轉到超越關節活動範圍的極限，折斷手腕。

發動襲擊時，殺手會留意不射破對方車輛的車胎，因此只要坐上駕駛座，移動車子不費吹灰之力。但駕駛座裡倒著礙事的屍體，方向盤和車座也濺滿了鮮血和玻璃碎片。

當過消防員、熟悉大型車輛操作的猛瑪象駕駛四噸卡車，廢鐵則開走載上屍體的ELGRAND 350 Highway Star。頭盔坐上Tundra，小霜跨上三輪重機。他們進入西卜斯首腦原本預定要藏身的倉庫，從屋內拉下鐵門。

觀看突襲全程的瓦米洛已經進入倉庫等待了。他拍手讚揚四人的表現。旋風般的突襲、下手時的冷血無情，這是一場接近完美的任務。

廢鐵從四噸卡車貨廂拖出西卜斯的首腦，就像扔垃圾袋那樣丟在混凝土地上。槍傷和骨折的劇痛讓塔姆華表情扭曲，吐出帶血的唾液。「你們是誰？」他用日語問。

「義工的市民巡守隊啦，幹！」廢鐵說，接著用口哨吹起〈我愛川崎，愛的城市〉的旋律，一旁的猛瑪象聽了笑出來。

「殺了我，」塔姆華說，「怎樣？快點動手啊。」

聽到這話，廢鐵輕敲塔姆華的頭，彎起拇指指著背後的小霜說：「噯，別急著浪費生命。跟他決鬥，贏了就放你走，如何？」

塔姆華掙扎了老半天從地上站起來，仰望小霜。小霜脫下T恤，正在抖落沾在布料上的無數玻璃碎片。

感覺到有人在看，小霜回望渾身是血的塔姆華。西卜斯的首領理了顆大平頭，膚色黝黑，兩耳戴著鑽石耳釘。左肩整個裂開，左手腕朝奇妙的方向彎折。

「動手，孩子。」小霜聽到瓦米洛的聲音。瓦米洛接著說：

這是繁花戰爭。

繁花戰爭——Xochiyaoyotl，這是阿茲特克戰士取得祭品的模擬戰爭。阿茲特克的歷代君王刻意不征服周邊國家，像是特拉斯卡拉等國，維持敵對狀態，每當遇到洪水、乾旱、太陽曆的大祭等需要大量祭品的時候，就派遣戰士到外地獵取活人。這是具有競爭元素、做為娛樂的戰爭，是國家規模的狩獵活人行動，也是讓不成熟的戰士累積經驗的絕佳實戰機會。

半裸的小霜丟開沾滿碎玻璃的T恤，拿起可可波羅木製的黑曜石鋸劍。小霜的左右手布滿了嶄新的刺青。是他請猛獁象介紹的刺青師刺的，全是阿茲特克時代的圖案。前臂刺上二十種日符，寬闊的胸膛正在刺階梯金字塔的神廟。小霜覺得完成前的刺青很像畫在金屬和木材上的描線。

一頭長髮、身高超過兩公尺的巨人、手臂上神祕的圖案、以及手中的板狀武器，這一切看在塔姆華眼中，就宛如無底的惡夢深淵。詭譎過了頭，他幾乎都快笑出來了。

瓦米洛扔了一把大馬士革刀片的布伊刀到塔姆華面前。塔姆華盯著在腳邊像陀螺般旋轉的刀子，待它停止轉動後，用右手撿起來。表面覆蓋著漩渦紋樣的刀身超過二十公分長，但他不認為能夠憑這把刀和眼前的怪物較勁。

失血和劇痛讓他好幾次快要昏厥過去，但塔姆華還是準備挺身對抗。不管對方再怎麼可怕，他的自尊心也不允許他連滾帶爬地逃走。

他努力深呼吸，擠出全副力氣撲向小霜，卻反遭黑曜石鋸劍一擊，自由的右手前臂斷裂了。雖然情急之下護住了被瞄準的頭部，但右手再也抬不起來了。接著塔姆華的右肩被砍、左右側腹被刺、鎖骨和肋骨被擊碎。塔姆華承受著一次又一次駭人的撞擊，卻仍維持著意識。腦中浮現死在自己手中的那些人。他以朦朧的腦袋想著：我絕對不要像他們那樣乞求饒命。可是，為什麼我還活著？巨人沒有盡全力嗎？我想也是。

小霜突然深蹲而下，在靠近地板的位置水平揮砍黑曜石鋸劍。塔姆華的雙腳被劘斷，殘忍的一擊一口氣破壞了構成小腿的小腿三頭肌。

雙腳被劘斷的塔姆華浮上半空中，以背部落向混凝土地面，捲起煙塵。他拚命扭動身體，趴地爬行，拖出血跡，掙扎著想要站起來。透過原本屬於醬油廠商的倉庫窗戶，可以看見運河對岸的東扇島火力發電廠。遠方浮現在照明中的建築物影子，和伸手可及之處，飄浮幽光中的閃爍灰塵，都在塔姆華的視野中如夢似幻地重疊在一起。

小霜茫茫然地看著沾滿血糊的可可波羅木製黑曜石鋸劍。他好幾次全力揮砍，對方卻還沒有死。我搞砸了，他想。是我做錯了嗎？這種刀沒辦法當戰士的武器。

鮮血從用奇庫爾黏貼的黑曜石刀片滴落，摻雜著些許脂肪的光澤。並排的每一片刀片都倒映出小霜的臉。

「這樣就對了，」瓦米洛踩住趴在地上的塔姆華的頭，對沮喪的小霜說，「黑曜石鋸劍有劍和槍沒有的角色。這種武器的目的不光是殺人——雖然因為你的臂力，這傢伙已經快沒命了。黑曜石鋸劍這種武器，是用來傷害敵人，俘虜之後帶去阿茲特克神廟的。如果在繁花戰爭中把敵人給殺了，就沒有祭品可以獻神了。屍體的心臟不會跳動，對吧？聽著，孩子，祭品的心臟必須還在跳動才行。享用心臟的是我們的神，不是我們。」

塔姆華的視野被鮮血染紅，看不清四周了。他勉強分辨出有人的手朝他伸來，閉上了眼睛。他已經做好準備，接受致命的一擊。然而不管再怎麼等，那一擊都沒有到來。等待著他的，是更駭人聽聞的死法。

男子們把攝影機固定在三腳架上，按下錄影鍵。除了步向死亡的祭品，不會拍到任何人的臉。殺手按住塔姆華的手腳，瓦米洛用黑曜石刀刺入胸膛，挖出心臟。慘叫、泉湧噴濺的鮮血，塔姆華在駭懼中雙眼暴睜斃命，接著小霜使盡渾身之力，用黑曜石鋸劍砍向他的脖子。第二次的斬擊讓身首異處，黑曜石刀片砍在混凝土地面，敲出聲音缺損了。

男子們暫停錄影，開始組裝從汽車拆解廠搬上 Tundra 貨斗的零件。

長三公尺的鐵柱前端，裝上白色 PC 耐力板和圓環。環的直徑為四十五公分，再裝上開了洞的網子。將鐵柱垂直立起，就完成了一座籃球框。

錄影再次開始，小霜在瓦米洛命令下，將砍下的塔姆華的頭朝籃框扔去。頭穿過網子落下，換廢鐵撿起來，再次投籃。

瓦米洛抽著大麻，看著錄影機的液晶螢幕。

憑他們自己的力量，連人都埋伏不到的西卜斯狡滑的首腦，被活生生地挖出心臟、砍頭，頭顱被當成籃球，讓一群以頭巾覆臉的男人們丟著玩。

看見血淋淋的淒慘影片，仙賀組所有的人都說不出話來了。

影片的拷貝光碟寄送到組長和每一名幹部的住家。寄到增山禮一自家的小包裡，還裝著瓦米洛特別贈送的塔姆華的雙耳。耳垂上仍戴著鑽石耳釘。

取回城南地區安非他命市場的仙賀組得到提議：「關於『巧克洛』事業的利潤分成，**七%怎麼樣？**」

已經不是能夠拒絕這個提議，要求第四次談判的狀況了。摧毀西卜斯中樞的到底是新南龍還是伊斯蘭之雷？仙賀組在沒有得到任何說明的情況下，輕易讓人把殺戮影片寄到每一名幹部的住家，事態嚴重性讓他們魂飛魄散。

這是警告。殺死塔姆華的人，透過徹底瘋狂的處刑影像告訴他們：

只要我們想，隨時都可以像這樣宰了你們。

47 ompohualli-huan-chicome

心臟私梟對仙賀組展現實力半個月後，杜妮雅．碧露號第四度靠岸川崎港。

二〇二一年的世界，狀況與印尼的巨型遊輪第一次入港的兩年前，二〇一九年當時大相逕庭了。當時杜妮雅．碧露號以「亞洲進步的象徵」、「移動的夢幻水上都市」等宣傳詞句受到各家媒體矚目，國會議員和市議員登船視察，每次入港都受到大批群眾歡迎圍觀，然而如今她卻成了一大爭議，有時存在本身便遭到否定，甚至引來唾罵。理由並非在這艘船內上演的殘忍「巧克洛」事業曝光，而是引爆全球大流行的病毒。

SARS-CoV-2——新型冠狀病毒。二〇二〇年初停泊在橫濱港的英國船籍遊輪上，此種病毒造成的COVID-19蔓延肆虐。困在港口動彈不得的船隻身影連日登上媒體版面，甚至連船籍所在的英國，以及航運公司所在的美國都捲入其中，在日本人的心中留下了陰影。

做為全世界第五艘重新啟航的巨型遊輪，杜妮雅．碧露號採取了一切所能想到的防疫措施，只載了最大載客數五分之一的乘客，自雅加達的丹戎不碌港出發，卻仍然無法平息批判聲浪。

在過去，每逢入夜，就有許多人開車經過海底隧道來到東扇島，只為了從港口一睹打上大量青色LED燈——被命名為「藍色世界」的遊輪代表色——呈現一片幻想景致的開放甲板風采，但是在二〇二一年的世界，來到這座人工島的卻只有抗議活動的參加者，以及聽到示威活動而趕來的媒體人員。維持社交距離遊行的群眾，疾呼：「反對遊輪入港！」「立刻離開！」

聚集的群眾能夠靠近的地方，只到杜妮雅·碧露號停泊的物流碼頭五百公尺外的地點。那裡拉起了封鎖線，戴了口罩和面罩的神奈川縣警機動隊員和海上保安廳職員一字排開。

「我們不歡迎貨櫃船以外的船！」「日本政府又要犧牲人命拚經濟嗎！」「叫官房長官*出來！」抗議聲四起。「不要大呼小叫！」有人大聲制止，結果有人吹起求生哨取代大喊。

三名活動分子混進示威隊伍，將橡皮小艇放下碼頭乘上去，計畫在停泊的遊輪旁邊點燃信號彈。三人如同計畫，成功噴射出燦爛的粉紅色煙霧，但立刻就被乘船追來的機動隊員逮捕，在上空盤旋的直升機上，電視臺攝影師從頭到尾拍下這一幕。

殘留在浪間的粉紅色煙霧，升至啼叫飛舞的海鷗群高度，很快就被風吹散了。

❖

夏播放庇護所內設置的每一臺監視器畫面，查看某個有問題孩童的行動。無戶籍的九歲男童。矢鈴把他帶來後，庇護所內有三名孩童進行了心臟摘除手術。

臥室、餐廳、走廊、浴室、遊戲室、學習室，以及被人工太陽照明燈照亮的室內庭院草地和沙地。孩子們開著在草皮上低速移動的小車子歡鬧著。四臺車子裡面，外型模仿蝙蝠車的那臺最為搶手，連女孩都想開那臺漆黑的小車。

光看監視器畫面，沒有任何可疑之處。男童不像看到了什麼不該看的東西。說起來，他不可能去到蜘蛛和狂人使用的手術室。男童絕對不可能知道這裡發生了什麼事。

既然如此，為什麼——

夏打開男童的「日記」。

寫下今天快樂的事！

【名字：順太】

大家　都會被殺死。

夏直盯著那一頁，摘下無框圓眼鏡，喝了咖啡。前一天和再前一天，都寫了一樣的內容。矢鈴擔心男童的心理狀況，問夏：「沒問題嗎？」但是對夏來說，有人提出這種問題本身就是值得憂心的狀況。庇護所的管理體制萬無一失，情報不可能洩漏出去。但人只要一擔心，就會開始擅自調查起來。會插手多餘的事，不小心看到不該看的東西。

令她憂心的不只是矢鈴這種工作人員。負面情感具有強大的感染力，萬一有其他孩子開

＊日本的內閣官房長官，相當於政府的秘書長職位。

始模仿這類內容，會對「巧克洛」的日式售後服務「日記」造成重大影響。蜘蛛一定會勃然大怒。夏可以想像他的聲音：

妳在搞什麼？為了撫平顧客的生物感傷，小孩必須直到最後一刻都是幸福的。

夏吸了口電子菸。這名男童——順太的「日記」怎麼做都沒有改善。既然出現這樣的錯誤，也只能向蜘蛛報告了。

抽完電子菸後，夏靜靜地喝完咖啡，闔上「日記」，收進檔案盒裡。重新戴上眼鏡，開始保養庇護所裡常備的槍隻。突擊步槍 H&K-G36，還有碳鋼製的特殊警棍，這些是她從事警職時就十分熟悉的工具。

仙賀組的男人們認定只是個「黃毛丫頭」的夏，在加入黑幫以前，是香港警察。她在少年犯罪的現場累積經驗，通過競爭極為激烈的考試，成為心心念念的特別任務連的一員。

夏的父母都是小學老師，一直深信在研究所取得兒童心理學博士學位的女兒也會和他們一樣走上教育之路，卻沒想到她進入警界，選擇了加入特殊部隊的道路。

攻堅進入港獨運動人士的據點時，夏射殺了兩名拒捕的男子。兩人附近就放著鐵棒和斧頭，但他們並沒有拿起那些武器，完全可以在不開槍的情況下逮捕。

死者家屬提出控訴，說這是國家權力濫殺無辜。夏在法庭上主張開槍的正當性，但每一個狀況和證據都證明了她的違法濫權。可是她無論如何都不願意進監獄。

對於走投無路的她，是黑幫新南龍伸出援手，在背後運作。由於組織的暗中活躍，夏贏得了無罪判決，如願免去牢獄之災，悄悄辭去了警職。她去做了整形手術，改名換姓，成為新南龍的見習生。她在雅加達得到的第一個任務，是護衛幹部郝景亮。她拿到人民解放軍使用的03式自動步槍，用這把突擊步槍殺死了約五名敵方組織成員，做為殺手的能力獲得肯定，並被允許刺上科摩多龍的刺青。在成為警察以前，她就發現自己內在隱藏的殺人衝動了。成為黑幫分子，才符合她的天性。

夏把拆解的 **H&K-G36** 重新組裝好，前往執行庇護所的夜間巡視工作。雖然不會佩槍，但身上帶著碳鋼特殊警棍和折疊式戰術刀。夏經過孩子們入睡後的庇護所長廊，用當警察時愛用的同款手電筒照亮著黑暗，聽著自己的腳步聲。

❖

諸神降臨小霜深沉的睡夢裡。毀滅的原住民王國、巨大的神廟、深埋在墨西哥城地底的水上都市。君王和祭司都害怕地跪地平伏。

諸神陸續現身，索求在繁花戰爭中捕獲的祭品鮮血和心臟。

維齊洛波奇特利，戰爭之神，祂戴著傘鳥羽毛耳飾，圍著染上晴天藍的腰布，背上掛著火蛇面具，腳踝環上的鈴鐺作響，悠然行走——

特拉洛克，雨神，頭戴蒼鷺羽冠，身佩綠寶石首飾，以煤灰塗黑的臉上，是用莧菜籽粉畫的點狀圖案，身披迷霧披風，腳踩水泡露趾鞋，帶著以蘆葦編成的綠色與白色旗幟——

米克特蘭特庫特利，冥府之神，地底世界米克特蘭之王，祂有著以血滴彩繪的骷髏臉，佩戴貓頭鷹羽飾、以祭品眼珠串成的首飾、骨頭削成的耳飾，帶著地獄之犬，有時以蝙蝠的形姿在空中飛舞，有時化身蜘蛛在地面爬行——

魁札爾科亞特爾，羽蛇神，佩戴綠松石馬賽克耳飾，頭戴畫著呼風貝的綠色頭巾，戴著串起祭品肋骨的首飾——

希佩托特克，剝皮之主，祂穿著死人皮，戴著羽毛假髮，臉部繪著鵪鶉般的黃褐色縱斑紋樣，戴黃金耳飾，圍著人心果葉腰布，手持繪有紅圈的盾，散發腐臭，流淌鮮血——

接著女神們降臨了。她們陸續現身來到鮮血和心臟旁邊。

特蒂奧．因南，諸神之母，生產、占卜及蒸房的女神，祂穿著鑲滿光彩貝殼的裙子、以老鷹羽毛裝飾的貫頭衣，一手抓著火雞的腳，另一手拿著掃把——

西瓦科亞特爾，蛇女，以不祥的聲音啜泣，在夜裡徘徊的女神，祂戴著黑曜石耳飾，拿著鑲綠松石馬賽克的紡織棒，祂能預知戰爭的前兆——

查爾奇烏特利奎，穿翡翠裙者，支配水，讓人類溺死的女神，祂有著青色的嘴唇，臉是向日葵般的黃色，頭戴魁札爾鳥的羽毛冠，身穿別著金盤的貫頭衣，拿著畫有一朵睡蓮的盾和霧的樂器——

希瓦皮皮爾婷，高貴的女子，形貌相同的五人，五人為一人，女神特拉索爾特奧特爾的分身，祂蒼白的面容嘲笑著人類，身穿畫有黑曜石劍鋒的紙製貫頭衣，腳踩點綴金剛鸚鵡羽毛的露趾鞋，被祂們盯上的人要倒大楣，嘴和嘴巴會不由自主地扭曲——

特拉索爾特奧特爾，罪惡與情欲的女神，祂全裸而有著一張可怕的臉，透過巫師聆聽人們隱藏的祕密，聆聽無法向任何人傾訴的忌諱罪愆——

科亞特利庫埃，穿蛇裙者，產下戰爭之神的母神，由相對的兩對大蛇的頭部，宛如錯視畫般構成一張臉，容貌比兒子維齊洛波奇特利更巨大駭人——

神祇繼續現身。阿茲特克，眼花繚亂的多神教。

不久，所有的神祇皆離去之後——

奴役我們的這一位，王說。

夜與風，祭司說。

雙方之敵，巫師說。

寂靜突然造訪，只剩下小霜一個人。熱鬧的原住民鼓聲、笛聲也變得闃寂無聲。神廟消失。乾燥之風吹拂的夜晚沙漠，只剩下小霜一個人。

那裡飄浮著一面黑鏡。呈巨大圓狀的黑曜石鏡子。

吐煙鏡。

小霜感到不可思議。就只有一面鏡子。沒有任何呈人形的神祇。沒有羽毛飾物，沒有頭冠，也沒有露趾鞋。不是《波吉亞手抄本》上畫的永遠不老的戰士形貌，就只有一面沉默的鏡子。所有的一切都奇妙極了。

說起來，「吐煙鏡」到底是指什麼？小霜到現在依然不是很明白。Padre什麼都會告訴他，卻只有這個最重要的神，他依然無法理解。

吐煙鏡。鏡子吐出煙霧。這是什麼意思？

小霜正在思考，這時漆黑的鏡面倒映出祭品的臉，求救的一雙眼睛看著小霜。這時，小霜感到一陣彷彿胸口被刀刺中的劇痛，忍不住驚叫一聲，坐了起來。

漆黑的房間。我在哪裡？不是少年院的獨房。他不是躺在日式床墊，而是睡在西式床鋪上。小霜在黑暗中呆呆地瞪著超出床腳的自己修長的雙腿。吐出一口氣，發現自己整個人大汗淋漓。

❖

就算閉上眼睛躺著，也完全睡不著。

帕布洛無奈起身，打開臥室窗戶。意外強勁的風掀起窗簾，房間裡有東西掉下來了。帕布洛在黑暗中站了半晌，接著轉向桌子，在椅子坐下來，開始看起存在手機裡的照片。

沖繩的妻子傳給他的，好幾十張的女兒照片。

在微光中滑照片的指頭，還殘留著白天加工的C骨的觸感。他用這指頭觸摸著女兒的笑容。帕布洛感到一股駭絕的恐懼。惡魔的手指在玷汙我的女兒。住手！他想大喊，但那是自己的手指。

帕布洛丟開手機，雙手摀住了臉。他就這樣良久沒有動彈。點亮桌上的讀書燈，望向眼前的小架子。上面並排著從沖繩帶來的少數私人物品。

十九歲的時候，第一次獨力完成的訂製刀、現在完全沒有再打開來的製刀筆記本、生日時女兒畫給他的爸爸畫像、妻子買給他的仙人掌頭娃娃，這些東西後面放著一本書。

西文版的《聖經》。這本書歷經的歲月，比帕布洛第一次製作的刀子更長，行旅的距離也更遙遠。鹿皮封面彎折，變得破爛。帕布洛從來沒有讀過它，也毫無信仰。把《聖經》的鹿皮封面讀到都變成古董的不是帕布洛，而是他的父親。

出生在秘魯利馬的父親。來到日本賺錢、拚命工作勞苦死去的父親。一輩子都在窮困中度過、連顆足球都沒買給他的父親。他是在秘魯遭到迫害的非裔移民的子孫。

帕布洛一直不想變成父親那樣，一心為了脫離貧窮而拚命工作，然而最近每天卻會想起父親好幾次。他甚至好想見父親。

確實，自己的收入是父親的好幾倍，想要買什麼給家人都可以。再過一陣子，蓋自己的透天厝也不是夢。但帕布洛知道自己在做什麼，知道自己是怎麼賺到這些分外的收入。

每次從工房回來，帕布洛的目光總是不自覺間停留在架子深處蒙塵的《聖經》上。帕布洛注意到自己的變化。過去毫無興趣、除了父親的遺物之外什麼都不是的這本書、只是儀式性地放在房間裡的這本書、從來不想打開來讀的這本書，現在卻成了倒映出他罪孽的鏡子，在獨處的房間裡回視著他。

帕布洛從書桌站起來，輕輕伸手拿起父親的遺物。拂去灰塵，在讀書燈的光圈中打開來。泛黃的紙頁印著黑色的指紋。是在港口當工人的父親用沾上油汙的手指翻閱的痕跡。帕布洛沒有讀紙上的文字，只是靜靜地翻頁。一頁，又一頁。

翻到那一頁時，一張紙幣當成書籤夾在那裡。應該是秘魯已經不再通行的兩百元新索爾幣，上面印刷著利馬的聖羅莎肖像。

帕布洛像考古學家般小心翼翼地捏起那枚皺巴巴的紙鈔，相隔幾十年輕聲呼喚。就像小霜叫大廚那樣：**Padre**。

帕布洛感受到父親的呼吸。眼前浮現為了微薄的薪資汗流浹背的他，在午休時離開其他工人，在港口角落啃著麵包、喝著水，神情莊嚴地研讀《聖經》的模樣。

夾著兩百元新索爾幣的那一頁，是《新約聖經》的章節。馬太福音第九章。帕布洛讀了上面的內容。然後再讀一次，再讀了一次，重新再讀。帕布洛不斷地反覆重讀那一頁，直到窗外逐漸亮起，宛如精磨刀片般的藍盈滿了天空。

48 ōmpōhualli-huan-chicuēyi

把孩子們的衣物抱去送洗的矢鈴，在走廊上和迎面而來的末永擦身而過。這是她第三次在崔岩寺偌大的庇護所看到這個人了。

矢鈴不知道末永的名字，連他的綽號「蜘蛛」都不知道。夏只告訴矢鈴他和狂人一樣是「醫生」。說是來為孩童們看診的優秀醫生。

每次看到末永，矢鈴就會想。既然和狂人——野村一樣，表示他也是因為某些原因而無法光明正大開業的密醫。可是那個「醫生」看起來完全不像密醫。

看在矢鈴眼裡，那個「醫生」沒有絲毫黑暗的氛圍。空著手經過走廊的身姿，彷彿穿著實際上並沒有的白袍。黑框眼鏡、側面往上推的七三分髮型、自信十足的表情，他面露沉穩的笑，筆直看著前方走路，完全沒有和擦身而過的矢鈴對上眼。

有如視察農場般，親眼確認庇護所現況的末永，經過三歲兒童的保育室和醫務室，打開東側走廊盡頭的門。這裡的安全裝置，只有夏和少數幾個人能夠解除。門後是管理兒童個人資訊的辦公室，再進去是摘除心臟的手術室。

無人的辦公室桌上，擺著引發問題的兒童的「日記」。末永在椅子坐下，先開啟電腦，確認要告知顧客的兒童資料。

名字／順太（JUNTA） 性別／男 年齡／九歲 血型／O 無慢性疾病

這名兒童的母親是單親媽媽，原本住在千葉縣千葉市，因為安非他命上癮，長期對無戶籍的獨生子疏於照顧。她把錢都拿去買毒，用光生活費，遭到斷電，在某個炎熱的夏天於室內脫水死亡。母親的姓氏是「尾野垣」，但姓氏不會傳達給顧客，只會報告「順太」這個名字。順太的血型是O型，因此心臟可以賣給ABO型全部的受移植者。

末永等待夏來到辦公室，翻閱順太的「日記」。就像報告中說的，上面以九歲孩童笨拙的字跡，寫滿了絕望與詛咒。

寫下今天快樂的事！

【名字：順太】
大家　都會被殺死。
他們　好笨。
這裡是　鬼地方。

經過走廊的夏，發現正把衣物拿出來放進烘衣機的矢鈴，問她有沒有看到「醫生」。

「他去那邊了。」矢鈴望向庇護所東側。

「好，」夏說，「謝謝。」

「那個『醫生』，」矢鈴說，「很像凱瑞．喬吉．福永呢。」

「誰？」

「一個電影導演，是日裔美國人——」矢鈴的聲音變小了。

「是嗎？」

「對。呃——對不起，完全沒關係呢。」

「有什麼好道歉的？對了，今天要檢查『庭院』的照明。」

「對。這邊弄完我立刻過去。」

「庭院」指的是讓孩童遊玩的室內庭院，每週一開始，矢鈴都會用機器檢測孩童在那裡照射的人工太陽照明燈的光度是否適當。

夏快步經過走廊，解除盡頭房門的安全裝置，進入辦公室。

末永正在讀「順太」的「日記」。

「就像你看到的，」夏對末永說，「我還查不出他怎麼會寫出這種內容。監視器的畫面我也全部調查過了——」

「就算問他，也不清楚這些內容是不是在說庇護所吧？」

「是的。」

「那就沒辦法了，」末永苦笑，「這裡不是兒童心理學的研究機構。如果『順太』能預知自己的命運，那就是第六感、超心理學的領域了，不是我們外科醫師能處理的。灰，妳以前待的香港警察，有這類專家嗎？預知和透視那些，感覺中華人民共和國的警察裡會有。」

「不，」夏面無表情地回答，「沒有。」

「開玩笑的，」末永笑道，「不過，『順太』的血型很方便。O型的話，可以移植給全部血型的人。」

夏默默點頭。必須準備好隨時可以摘除「順太」的心臟。不只是「順太」，這裡的每一個「巧克洛」，都必須準備好隨時用無人機運送到杜妮雅・碧露號。這是末永的指示，新南龍的老大郝也交代「這邊的事業，全聽末永的」。

目前出問題的就只有順太的「日記」，「順太」本人的健康管理很順利。

只要沒有這份「日記」，一切都完美無缺了，夏心想。

末永從口袋取出線來，繞在指頭上，玩翻花繩般開始交叉。繞在手指上的，是他親自挑選的新的手術縫線。他想事先確定要用在下次心臟摘出手術時進行吻合的單纖維線觸感。3-0、4-0、5-0，用所有必要規格的線打出「平結」、「假結」和「外科結」。這是外科實習醫師每天都要練習的基本打結法。

末永把三個結並排在桌上說：「售後服務要徹底。這孩子的『日記』，讓別人來寫。」

「讓其他孩子寫嗎？」夏問。

「不，大人來寫。」

夏雖然沒有表現出來，但內心困惑極了。模仿未接受初等教育的九歲兒童的筆跡，對任何工作人員來說都不是易事。錯漏字一定會有，有時甚至還有左右顛倒的字。就算隨便偽造，若是有疑心病重的顧客拿去做筆跡鑑定，就會被識破是大人寫的。如果被發現偽造「日記」，會重創「巧克洛」品牌建立起來的信譽。

「沒有人說要讓庇護所的工作人員寫，」末永看出夏的困惑，對她笑道，「有個剛好的人選。字寫得很糟，完全不會寫漢字。讓他來代筆再適合不過。不過他應該會說沒辦法寫出沒見過面的人的『日記』吧。他應該會來看『順太』一兩次。我會先跟大廚討論看看。」

驚訝在原本面無表情的夏臉上擴散開來。這個方法她想都沒有想過。

——要讓那個殺手年輕人代筆嗎？

夏回去工作，末永則離開辦公室，通過更加森嚴的安全防護，進入手術室。環顧無人的手術室，深深吸入以完美的換氣系統淨化過的空氣。設置於地下的手術室，除了一般手術時的「正壓」、防止病毒等流出室外的「負壓」環境之外，還能夠提高排氣風量，降低氧分壓，形成「真空減壓艙」狀態。這裡設計成一個精密的密閉空間，足以媲美實驗病理學的研究室。

末永靠到手術臺邊，把古柯鹼在手腕上倒出一條線。接著回想起自己還是有執照的心臟血管外科醫師，在醫院工作那時候。

——成功完成十一歲女童心臟移植手術的末永，在術後的複診中，聽到女童提起她的心臟捐贈者的十歲男童的事。那是應該只會發生在電影或小說當中、無法解釋的狀況。男童是遇到車禍而陷入腦死、車禍當天的情形等，女童都能正確描述。

和母親走在一起的男童，被衝上人行道的迷你廂型車撞到。地點是二樓透天厝住家附近的公園前面。男童左手拿著掌上遊戲機，穿著有黑色條紋的橘色愛迪達運動鞋……

術後住院的受贈者，不可能得知有關腦死的捐贈者的任何資訊，更不可能聽說車禍詳情。

女童描述的內容實在太精確，眾人懷疑可能是移植手術相關人員洩漏資訊，院內發起內部調查，連首席執刀醫師的末永都被叫去。被問話的末永只能苦笑。除了捐贈者的年齡、性別、血型，以及他腦死的事實以外，末永一無所知。心臟移植手術的首席執刀醫師，根本沒空去得知多餘的資訊。

末永回想起當時，在庇護所的手術室吸著古柯鹼，心裡想著，有某種人類未知的力量。所謂的生物感傷，或許也暗示了這種力量的可能性。心臟顧名思義，是心的臟器，如果心臟會發出某些訊號，感受性特別敏銳的孩子，或許會以聲音或幻影的形式接收到這些訊號。

那麼，寫下那些「日記」內容的九歲男童「順太」，也有可能依靠直覺，感知到在這裡進行的心臟摘除手術嗎？

末永慢慢地躺倒在手術臺上，就彷彿在自家床鋪躺下來。他仰望關上的無影燈，回想起讓他留下印象的「順太」的名字拼音。ＪＵＮＴＡ這個拼音表記，隱藏著巧合帶來的諷刺。

小霜也就罷了，大廚應該懂。JUNTA這個名詞，指的是政變奪權的「軍政府」。

政變嗎？末永正嘲笑著這個諷刺，關閉的無影燈閃爍了起來。古柯鹼開始循環全身了。讚，末永心想。是頂級貨。

末永躺在流下孩子們的血、摘出活生生心臟的手術臺上，沉浸在自己的身體逐漸飄上天際的至福。

❖

「孩子，」瓦米洛說，「你寫過『日記』嗎？」

聽到這個問題，小霜問是用西班牙文還是日文寫，在繚繞的柯巴脂煙霧中，他聽到「日文」這個回答。

日文的話有，小霜說。在少年院，晚飯之後有「日記時間」，法務教官要他們每天寫日記。

「這樣啊，」瓦米洛點點頭，「就像那時候那樣，再寫一次吧。不過不是你的『日記』，是庇護所小男孩的『日記』。他不太會寫每天發生的事，不知道該怎麼辦，你去幫幫他吧。」

成為家人之一的小霜，自認為理解自己被賦予的工作。

庇護所是多摩川另一頭的東京都大田區的現代神廟，那裡住著被選為參加現代的**托希卡**

托的一群孩子。每個人都在那裡過得很幸福，預備把心臟獻給奴役我們的這一位，又名夜與風，又名雙方之敵——至高神特斯卡特利波卡。保護阿茲特克的慶典，保護padre和神廟，是自己的使命。這是比在工房工作更重要的事。

可是，聽到要寫不認識的小孩的日記，小霜完全不懂該怎麼做才好。感覺比製作訂製刀或黑曜石鋸劍、用梭魚開槍射死人還要難。

「我安排你們見面，」瓦米洛吐出帶有重量的濃煙說，「但是，你絕對不可以提到**托希卡托**，知道嗎？只有準備慶典的祭司才有資格把**托希卡托**的事告訴祭品。即使是豹戰士，也不能這麼做。祭司還沒有去拜訪那個男孩。你去庇護所，聽那個男孩說話，寫下『日記』。簡單的事情就行了。像是幾點洗澡、晚飯吃了什麼，這些就行了。不用編造內容，也不要畫圖。你的畫和字不一樣，太精巧了，不是小孩子畫得出來的。」

離開辦公室時，瓦米洛告訴小霜那個男孩「九歲」。小霜走下陰暗的階梯，心想：啊，忘記問名字了。

49 ōm-pōhualli-huan-chiucnāhui

二〇二一年八月四日星期六，是小霜從瓦米洛那裡學到的阿茲特克十三日的房屋週，「六兔」日。瓦米洛還教了他太陽曆的月分名稱那些，但小霜記不住。

「六兔」日一早，就有一臺本田電動車前來小田榮的工房接他，小霜彎身低頭上了車。安靜地驅動馬達前進的車子，在第一京濱公路往北行，經六鄉橋過了多摩川，從川崎市進入大田區。小霜從小就看著對岸的景色長大，但這天是他這輩子第一次過河踏進東京。他從來沒有跨過徒步也能經鬆走過的六鄉橋，也從來沒有過橋的念頭。

小霜望向默默操縱方向盤的女人側臉。女人很安靜，戴著無框眼鏡。他在汽車拆解廠看過她幾次，她也是家人之一，大家都叫她「灰」。

車流不斷地朝都心北上，但兩人乘坐的電動車左彎，沿著多摩川往西行。

和川崎一樣，小霜心想，隔著灑下陽光的擋風玻璃仰望天空。一片晴朗，延伸至無垠彼方的廣大蔚藍之中，飛往羽田機場的客機慢慢地橫越而過。

小霜跟著夏走過崔岩寺境內。就如同他從未來過東京，他也從未踏進過寺院的土地。鋪碎石的停車場、石板道、莊嚴的瓦頂本堂、放置長柄勺和水桶的地方、販賣供佛蠟燭的自動販賣機。有塊地方有許多雕刻著漢字的四方形石頭，還有寫著梵字的長條木板，那裡是「墓地」，這個小霜也知道。小霜喃喃：佛教的墓。

他走近散發光澤的墓碑撫摸。墓碑以堅硬的花崗岩打造，石頭前面插著線香。小霜撫摸刻在側面的法名，推測應該是用機器刻的。他正看著墓碑，這時蟬鳴聲中，背後的本堂傳來納瓦特爾語般的咒文聲。小霜靜靜地豎耳聆聽。

「唵．訶訶訶．尾娑摩曳．娑婆訶，唵．訶訶訶．尾娑摩曳．娑婆訶——」

是崔岩寺的年輕僧侶在唱誦地藏菩薩的真言。

托希卡托的孩子們生活的現代神殿，蓋在傳來真言的寺院地下。正確地說，是在信徒墓地的正下方。孩童一旦進入裡面，就再也不會被帶出地上，出來的時候，就是變成「巧克洛」出貨的時候。

小霜彎腰駝背，免得頭撞到天花板，走下通往地下的階梯。燈光幽微，通道狹窄，空氣陰冷。明明正值盛夏，他卻覺得在前方等待著他的，是彷彿正下著雪的酷寒之地。

如果自己正走下死人沉眠的墓地更下方，表示接下來要去的地方，是比死亡更深邃的地底。小霜一面走下階梯，一面想起支配著地底世界米克特蘭的阿茲特克神祇——米克特蘭特庫特利。看見祂形貌駭人的圖畫與塑像的基督教徒征服者，在其中看到了惡魔和死神。這位神祇異名「宗提莫克」，意為「從頭掉下來的人」，所以小霜留意不要踩空階梯跌下去。想到「從頭掉下來的人」，又從「頭」聯想到「頭骨架」，也就是排列著祭品骷髏頭的牆面。

它就位在特諾奇提特蘭的戰爭之神維齊洛波奇特利的神廟正下方。

很快地，許多疑問接連浮上小霜的腦海。也就是比起 padre 崇拜的偉大神祇，感覺米克特蘭特庫特利或維齊洛波奇特利更強大許多。出現在小霜夢中的特斯卡特利波卡，總是呈現一片黑曜石圓鏡的模樣。他怎麼樣都不認為，一片黑鏡子會比骷髏臉的地底世界冥王、頭戴尖銳鷹爪和羽飾的戰爭之神還要強。**雖然好像有點可怕，但看起來不像最強的。**但小霜還是沒有把縈繞在腦中的這個疑問直接向瓦米洛提出。對父親的罪惡感，讓小霜猶豫著不敢說出口。小霜告訴自己：

不可以，你要尊敬 padre 的神。我們是一家人。

夏和小霜走完階梯，來到地下門前。

小霜的臉、虹膜和指紋已經預先登記在裡面了。安全裝置解除，門打了開來。小霜在陰暗的消毒室用清潔劑洗手，踩過黏貼墊，徹底清除靴底的泥土與灰塵。從頭到腳經過強烈的噴氣洗刷，吹走附著在頭髮和衣物上的微粒子。

小霜在進入崖岩寺的庇護所之前，已經預先用野村從中國弄來的檢查儀器進行過新冠病毒的 PCR 檢測。為了降低偽陰性的機率，總共檢查了四次，小霜全都是陰性。

雙重門開啟，出現充斥著白光的走廊。小霜眼前，夜晚切換成白晝，原以為會是個酷寒之地的猜想完全落空，那裡有溫度宜人的微風徐拂。空氣宛如黎明的河岸般清澈，絲毫不見讓人聯想到冥府米克特蘭的黑暗與汙濁。

走廊左右並排著房門。有一處天花板上掛著像電車吊環的遊樂器材，其中幾個靠近地面，供嬌小的孩子遊玩。

小霜長年生活的少年院也打掃得很乾淨，但遠遠不及這裡。庇護所沒有任何老舊的地方，洋溢著舒適的風與光，小霜忘了這裡是陽光照不到的地底下。

他聽見小孩吵鬧的聲音。聲音都很尖銳，很像尖叫，但其實是歡樂開心的叫喊。是在室內庭院沐浴著人工太陽照明燈玩耍的孩子們的聲音。

會面場地的醫務室裡，穿著黃色T恤的順太已經先在那裡等小霜了。

九歲，身高一三一公分，二十六．七公斤。矢鈴把他帶來庇護所時，體重只有二十三公斤，比九歲兒童的平均體重瘦了約七公斤。順太和母親一起生活時，大半都是一天一餐。母親過世，被母親的女性朋友收養後，待遇也幾乎沒變。一樣沒有戶籍，沒有上學，也吃不到營養午餐。

順太是那種不管發生任何事都面無表情的孩子，打針的時候也不會哭。但是一看到被夏領進門的小霜，他的眼中浮現了懼色。

十九歲的小霜身高二〇八公分，體重超過一三〇公斤。狂人為他測量的體脂肪是八．八％，換句話說，小霜幾乎全身都是肌肉。一頭黑髮長及鎖骨，穿著黑色T恤，露出袖口的手臂又粗又長，從上臂到手腕全被阿茲特克象徵的刺青所覆蓋。

隱約散發著藥品味的醫務室桌子中央，放著防飛沫壓克力隔板。小霜坐到椅子上，隔著透明隔板和順太面對面。

夏猶豫了一下要不要在場，最後決定依照預定離開，在隔壁房間透過監視器畫面監督。對於自己，順太什麼都不會吐露，這件事已經很清楚了。但她也不認為末永指示的這個法子會管用。要是眼前坐了這樣一個巨人，夏心想，就算是我也會嚇破膽，更別說小孩子了，實在——

即使在從警職到加入黑幫的這段時間、閱歷過無數罪犯的夏眼中，十九歲的絞刑臺散發出來的震懾力也超乎尋常。

順太一語不發，小霜也沒有開口。雙方都沒有開口，十五分鐘就這樣過去了。就彷彿在禁止交談的房間裡，耐心等待有誰來叫他們。

小霜仰望天花板的監視器。他盯著倒映在覆蓋鏡頭的半球狀護罩上，男孩和自己小小的身影，大概三十秒後，把目光移回男孩身上。男孩眼神空洞，那張臉就像木雕面具，沒有任何表情。這就是為了托希卡托慶典挑選出來的祭品嗎？小霜覺得奇妙。男孩沒有穿著翡翠裝飾的華麗衣裳，頭髮也沒有留長。沒有戴黑曜石耳環，也沒有拿著笛子。

他真的過著奢侈的生活嗎？跟 padre 告訴我的祭品的樣子差好多。

「我知道你叫什麼。」小霜率先打破寂靜。他說出夏告訴他的名字。「你叫順太吧？」

順太沒有回話。沉默的時間再次籠罩。

在隔壁房間看著螢幕的夏嘆了口氣，忍不住看時鐘，想起父親喜愛的圍棋漫長的對局。

小霜打了個哈欠，慢慢地打開夏遞給他的空白筆記本，開始畫圖。瓦米洛提醒他「不要畫圖」，他並不是忘了交代。他覺得只要別畫在自己代筆的「日記」上面應該就沒問題，把畫過的那一頁撕掉就好了。

他想要畫戰爭之神的母親，外貌宛如怪獸的科亞特利庫埃，或大地的怪物特拉爾特庫特利，但不能為了好玩而喚醒可怕的諸神。所以小霜決定來畫日符。今天是房屋週，「六兔」日，所以他畫了房屋和兔子，在兔子旁邊畫「・━」。他撕下那一頁，從壓克力隔板上面遞給順太。但順太不接，小霜沒辦法，只好把長長的手伸得更長，把畫放在男孩面前。

「你知道這是畫什麼嗎？」小霜說。

順太好半晌沒反應，突然伸手拿起紙，盯著奇妙記號般的圖畫。

「兔子。」順太說。

「對。」

「這個──」

「是房屋。有屋頂對吧？我的手上也有一樣的。」

小霜指著刺在左手前臂上的兩個日符。房屋和兔子。

順太看刺青，接著仰望小霜。他把拿到的圖畫上下顛倒，很快又轉正。接著再次仰望小霜，小小聲說了什麼。聲音實在太細微了，就連聽力敏銳的小霜都聽不出來。

小霜探出身體，把耳朵湊近隔板。結果順太再次開口，重複了一樣的話：

你是來殺我的嗎？

九歲男孩確實這麼說了。小霜驚訝地注視他。他知道托希卡托的事嗎？不可能。能夠把托希卡托的事告訴祭品的，只有準備慶典的祭司而已。Padre 是這麼說的。**Padre** 還說，祭司還沒有拜訪男孩。

小霜忍不住問順太：「為什麼你這麼覺得？」

沒有回應。漫長的沉默。室內只有空調運作聲，隱約飄散著藥品味。順太盯著圖畫，小霜就只是坐著。

時間一點一滴過去，小霜毫無預警地站了起來，順太驚訝地仰望他。

「跟我說，」小霜說，「順太，你昨天幾點洗澡？」

小霜離開醫務室，被帶到位於防護森嚴區域的辦公室。夏這樣安排，是為了避免巨人遇到其他小孩。

小霜在那裡拿到新的筆記本，代筆寫下順太的「日記」。小霜在會面這一天日期的前一天，八月三日的那一頁，以如同末永希望的拙劣字跡寫下：

寫下今天快樂的事！

【名字：順太】

~~昨~~ ~~天~~今天六點洗澡

50 ōmpōhualli-huan-mahtlactli

只要讓小霜在庇護所和順太見面一兩次，接下來就可以憑想像寫出來吧——這完全是大人們的一廂情願。

如果不和順太見面，小霜連一行「日記」都寫不出來。不聽到本人的聲音，再短的句子也記不下來。小霜做得到的，是名符其實的代筆，夏向末永報告狀況，每天早上都去工房接小霜。

小霜在庇護所的醫務室桌子和順太面對面。還是一樣幾乎沒有對話，但兩人之間建立起一個習慣了。

除了代筆的「日記」，小霜另外準備了一本自己的筆記本，在上面畫下當天的日符，撕下來遞給順太。房屋的十三日，「七水」日這天，小霜畫下房屋、水和「··▬」，「八犬」日則畫下房屋、狗和「···▬」，「九猿」日畫下房屋、猿猴和「····▬」，「十草」日畫下房屋、草和「▬▬」。

順太珍惜地收藏小霜的畫，每次和小霜見面，都一定會帶來。矢鈴和夏送遊戲機給男孩，男孩也漠不關心，卻對小霜畫的神祕阿茲特克日符好奇萬分。有時他也會模仿收到的畫，自己動手畫。

「十三鷲」日這天，房屋的十三日結束，開始禿鷲的新的一週十三日，小霜畫了第一天的禿鷹和「・」。這天是格里曆二〇二一年八月十二日星期四。

收到奇妙的圖畫，順太的眼神萌生出明確的表情來。原本對任何人都緊閉心房的孩子，不知不覺間接納了絞刑臺。這對夏來說，只能說是意料之外。

和九歲男童會面的殺手會在道別的時候提出簡短的問題，像是昨晚洗澡的時間、晚飯吃什麼。然後九歲男童簡短回答，殺手離開醫務室，用醜得可怕的字跡寫在「日記」裡。

每天早上觀察兩人的夏，覺得自己彷彿在參與隱藏著其他目標的心理學實驗。當然，會面的目的完全只是為了代筆寫「日記」。蜘蛛指名絞刑臺，以結果來說，的確是最適合的人選。「巧克洛」出貨前，「日記」的頁數逐步累積著。

禿鷲的十三日，「二兔」日，小霜就像平常那樣遞出圖畫，提出簡短的問題，準備離開，卻在門前突然停下腳步，回頭看順太。

「順太，」小霜說，「以前你在日記寫說『大家都會被殺死』？為什麼？」

隔壁房間的夏豎起耳朵盯著螢幕。醫務室桌子底下的麥克風收到聲音。小霜提出的這個問題，過去不管她提出多少次，都得不到明確的回答。

「有血的味道。」順太簡單地回答了。

「血的味道？」小霜反問。血腥味他再熟悉不過了。他立刻抽動鼻子嗅聞，但醫務室裡只有細微的藥品味。

順太目不轉睛地看著在房間裡到處嗅聞的小霜。

一會兒後，小霜問：「我也有血的味道嗎？」

被小霜這麼問，順太默默點頭。

小霜把鼻子湊近自己的手臂和T恤布料。有今天一大早在工房削切的橡木香味。身上的木屑在庇護所入口的噴氣除塵區吹掉了，但樹木的香氣還殘留著。

「是木頭的味道嗎？」小霜問順太。

順太搖頭：「是血的味道。」

小霜在聞自己的體味時，夏也一樣捏起身上的高領上衣聞了聞。「血的味道。」順太這話她是第一次聽到。上衣只有柔軟精的香味。在徹底清潔消毒、並有完善空調設備的這處庇護所，不可能有血腥味。手術室在重重門禁後方，人類的嗅覺不可能感知得到。而孩童們隨時都徹底與那裡隔絕開來。

夏很想追查男孩的直覺力，但隨即想起末永的話：

「這裡不是兒童心理學的研究機關。」

二〇二一年八月十四日星期六，禿鷹的十三日，「三燧石刀」日。

這天早上，小霜揉著睏倦的眼皮，比平常提早許多來到工房。凌晨四點。太陽尚未升起。工房窗戶透出燈光。他知道帕布洛已經先來了。小霜開門，聞到剛沖好的咖啡香，香味稍微驅散了腦中的迷霧。

是帕布洛在凌晨四點把小霜叫去的。帕布洛花了三天修理工房前任老闆丟下的獨木舟，清除汙泥，重新上漆。老舊的划槳也重新補強過了。帕布洛想要讓小霜乘坐這艘獨木舟。

大清早的話，就可以避開八月的豔陽。最重要的是，最近小霜每到早上八點就要出門，必須在那之前結束划船回來才行。小霜沒有告訴帕布洛他每天早上都去哪裡，但是看到開車來接的女人，帕布洛可以輕易猜出目的地。雖然不知道去做什麼，但小霜是去大田區的庇護所。去那個地獄深淵。

帕布洛讓依約現身的小霜穿上救生衣。尺寸果然完全不合。兩人走出工房，抬起長四公尺七十二公分、重三十八公斤的雙人獨木舟，翻倒過來，放上雪鐵龍 Berlingo 的車頂行李架。用繩索固定，兩支划槳丟進行李廂，關上車門。

漂浮在黎明前的多摩川的獨木舟，無聲無息地朝下游滑去。小霜比帕布洛重上太多，但帕布洛划過小舟，因此坐在後面划槳。

第一次乘坐獨木舟，美好的經驗讓小霜在黑夜裡眼睛閃閃發亮。感覺就好像在夢中飛天一樣。微調方向時，坐在後面的帕布洛會敲打左右其中一邊的船舷，以划槳指示划行方向。

木槳刺進水面的細微水聲悅耳極了。

來到寬闊河面的中央，乘上平緩的水流。幾乎沒必要動手划了。河水運送著兩人。仰望著東方天際一點一點地亮起，氣溫隨著日出上升，河上開始漫起河霧。

這是與從岸上看到的多摩川景色截然不同的另一個世界。

小霜想像起興建在特斯科科湖上的阿茲特克大都市。特諾奇提特蘭。水路星羅棋布，人們就像自己現在這樣划著獨木舟，運送貨物，從城鎮移動到另一個城鎮，有時外出打仗。

靠近多摩川上的丸子橋時，獨木舟從底下穿過。橋梁與橋墩的倒影看起來就像聳立的神殿。

四下靜謐無聲，只有水花濺起的聲音偶爾響起。漸漸靠近的小漩渦中心，一隻超過二十公分的鱸魚屍體緩慢地打著轉。肚子被咬破，泡爛的肉裡露出骨頭。

帕布洛定定地看著像某種標誌般轉個不停的魚屍，接著對小霜的背影開口：「我說小霜，你是去庇護所對吧？每天早上都去東京那裡的——」

小霜沒有應聲。在庇護所看到的，就是在神廟裡看到的事，是只屬於家人的祕密。不知為何，汽車拆解廠的男人們都說帕布洛——陶器——「不算家人」。

Padre 也這麼說：「聽好了，孩子。他只是個工匠。手藝超群的工匠，但沒辦法成為我們的家人。」

「你不用回答沒關係，別在意，」帕布洛對沉默不語的小霜說，「對了，你知道那個庇護所是做什麼的地方嗎？」

對於這個問題，小霜也沒有回答。他當然可以回答。托希卡托。獻上祭品的地方。

帕布洛取出兩個裝咖啡的保溫瓶，一個遞給小霜。「伸手接，不要回頭，」他說，「突然回頭，獨木舟會翻掉。」

兩人在河霧中被運往東方，在依然涼爽的河中喝著溫咖啡。

逐漸盈滿天空的陽光，看起來就像揭露罪惡的審判之光。

快樂的時光，根本只是錯覺，帕布洛想。我們乘坐的小舟，正被推向駭人的罪孽、推向地獄。

「你一定——」帕布洛自言自語地喃喃道，「我向你保密的事，你一定都已經知道了吧。」

我特地修理獨木舟，叫小霜一起坐船，不是為了說這些，帕布洛想。儘管這麼想，卻也覺得他們坐上這艘船，一定就是為了說這些。與其說是我們，應該說是他自己。在工房裡，帕布洛沒有勇氣主動開口。

好想逃避。好想閉上眼睛不去看。對於和汽車拆解廠那夥人一起殺人、並目睹可憐的電鑽慘遭處刑的小霜，事到如今不管說什麼或許都太遲了。況且自己根本沒有資格說什麼。

但帕布洛還是想：我非說不可。

小霜現在開始出入那間庇護所、那個地獄深淵，我無論如何都必須把我珍視的信念告訴他。否則小霜，我這輩子第一個製刀徒弟，將會以怪物的形貌結束這一生。在血腥與黑暗之中。

「我說小霜——」帕布洛關上保溫瓶的蓋子說，魚屍因河流的速度遠離而去，「我應該要早點告訴你**C骨**是什麼，也知道應該要這麼做。但我實在太害怕了。而且我太懦弱了。我不想讓你知道，我是靠加工庇護所送來的小孩子的骨頭——Children Bone在賺錢。明明在乎自己的感受也毫無意義。在我避而不談的時候，你的狀況愈來愈糟。他們發現你，把你變成了他們的家人。但我還是不敢告訴你，什麼也沒告訴你。

「小霜，C骨是死去孩子的腳的骨頭，大腿骨。這個世界上，有人相信用小孩的骨頭做成的東西有魔力。因為很難得到，所以收藏家都想要。所以用C骨做成刀柄的訂製刀，可以賣到棘紋骨或水鹿角刀柄十倍以上的高價。我就是在做這種生意。簡直不是人，對吧？這太可怕了。可是大廚，你的父親——」

沾染了更可怕的罪行——帕布洛沒有把這話說出來。他想告訴小霜的是別的事。

「你仔細聽著，」帕布洛說，「古時候有一個叫耶穌的人。」

「我討厭基督教，」小霜對著前方說，「基督教的人毀滅原住民的國家。他們燒掉神廟，殺死所有的人。他們是壞人。」

「是啊，」帕布洛說，「那群邪惡的傢伙應該要下地獄。我父親出生的秘魯，古時候也有一個叫印加帝國的原住民大帝國，一樣被西班牙征服者毀滅了，就跟阿茲特克一樣。」

「印加——」

「可是小霜，耶穌這個人，從來沒有叫人為了他毀掉原住民的國家。《新約聖經》上面，一個字也沒有叫人搶奪黃金、奴役別人、插上西班牙王國的旗幟。《聖經》上是這麼寫的。我現在就告訴你。如果你願意繼續當我的徒弟，可以把這句話放在心上嗎？只要這句話就好——」

帕布洛注視著小霜龐大的背影，說出死去的父親夾著兩百元新索爾幣那一頁的文字，馬太福音第九章第十三節：

「我喜愛憐恤，不喜愛祭祀。」這句話的意思，你們且去揣摩。

雙眼紅腫的帕布洛嗚咽起來，涕泗縱橫，一再重複這句話。他抓著划槳，就像無法行走的人緊抓住拐杖那樣，划過依然陰暗的水面。

聽到帕布洛的啜泣聲，小霜慢慢地——免得獨木舟翻覆——轉身看向背後。

51 ōmpōhualli-huan-mahtlactli-huan-cē

背叛來自何處？敵方？還是自己人？當然是自己人。否則就不叫背叛了。

瓦米洛在漆黑的房間裡喝著梅斯卡爾酒，嗅著彌漫的柯巴脂香煙思考。

那麼，叛徒是誰？那個人也是家人嗎？沒錯。他也是家人。所以才會背叛。

瓦米洛察覺異狀的契機，是與「巧克洛」事業並行的骷髏頭走私生意。

被摘出心臟後的孩童，頭骨送到帕布洛的工房，進行藝術加工，出貨到世界各地。西卜斯的塔姆華，他的骷髏頭雖然不是兒童頭骨，但也已經被訂走了。銷售給一般人的加工裝飾骷髏頭的利潤，如今已遠遠超越以前主要由南亞宗教團體購買的無裝飾骷髏頭收益。

以黑曜石及綠松石馬賽克覆滿骷髏頭的構思，來自於白人從阿茲特克王國帶走、現在仍收藏在倫敦大英博物館的特斯卡特利波卡的裝飾品。用不著說，那也是真人的骷髏頭。外側覆以褐煤及綠松石，內側貼著以龍舌蘭纖維和鹿皮織成的布。黏貼使用松脂。眼窩嵌著打磨的黃鐵礦，綻放精光，襯著紅牡蠣殼的鼻腔，讓觀者聯想到在骷髏頭內部奔流的淋漓鮮血。

雖然和大英博物館收藏的裝飾品不同，但是在川崎的工房加工的現代骷髏頭美術品極受歡迎，甚至還有上海實業家從非法象牙收藏家搖身一變，成為骷髏頭收藏家。她也是C骨刀柄的訂製刀愛好家，深信它們是能帶來強大運氣的幸運符，除了和象牙一樣禁止交易的「西伯利亞虎牙」，還正大光明地把C骨刀擺飾在辦公室裡。想要骷髏頭的就是這種人，只要是他們想要的東西，絕不手軟。

忙碌的瓦米洛把透過暗網銷售的骷髏頭走私生意交給末永負責，自己只會檢查帕布洛加工裝飾的成品，再來頂多偶爾看看出貨紀錄。他不會像調查「巧克洛」的顧客那樣細心檢查紀錄，也沒這個必要。但他還是注意到一些紀錄：這三個月來，有同一名顧客連續購入骷髏頭。顧客回購喜愛的商品，這並沒有問題。也有些狂熱者幾乎每個月都買C骨刀柄的訂製刀。但有點不太對勁。如果瓦米洛並非曾在墨西哥叱吒風雲的古柯鹼毒梟，可能會就此放過，就是如此微小的異變徵兆。瓦米洛延後伊斯蘭之雷送來的俄製潛艇的規格確認作業，仔細尋思他所感覺到的異樣。骷髏頭的價格比C骨更昂貴，訂單還必須預約排隊。雖然只有三個月，但這些骷髏頭實質上等於被買斷了。換句話說，有賣家**特別優先的客戶**。

瓦米洛首先把野村叫到辦公室。

「最近蜘蛛都把骷髏頭賣給同一名顧客，狂人——你有沒有聽說什麼？」

「沒有，」野村蹙眉搖頭，「我不知道這件事。」

瓦米洛注視著前麻醉科醫師的表情。他默默地瞪著對方，回想起哥哥伯納德的口頭禪：

謊言會搶先子彈射過來。如果無法識破謊言，就等著變成蜂窩上西天。

野村沒有撒謊。

瓦米洛總算解除凌厲的視線，野村鬆了一口氣。瓦米洛命令他僱用駭客，調查蜘蛛的通訊紀錄。

住在澳洲南部都市阿得雷德的一對兄弟，連續向末永購入骷髏頭。達倫・麥克布萊德、布蘭登・麥克布萊德，兩人都沒有前科，職業是電影製作人，共同持有辦公室，哥哥單身，弟弟已婚。兩人並沒有特別開高價購買商品，因此末永優先賣給他們的理由，對瓦米洛來說是個謎。

末永和麥克布萊德兄弟連繫的訊息和檔案透過「PGP」加密，野村僱用的駭客也無法破解。但基於商品的性質，把一切連絡加密並不奇怪。

再進一步調查，發現除了商品的費用，麥克布萊德兄弟還支付電子貨幣給末永。兄弟分次匯款給末永，總額合計超過日幣一千萬元。

這筆錢是做什麼用的？瓦米洛和野村都不明白。

發現麥克布萊德兄弟經營的兒童色情網站，是駭客的一大功勞。

兄弟共用的管理員網名是「bolz_ob」，會員制網站的名稱為「血腥眼界 Blood Shot Eyes Wide」——以縮寫BSEW為人所知。

利用暗網的兒童色情社群遍布全世界，以徹底匿名的方式經營，每分每秒都在和努力追緝的司法機關玩捉迷藏。這部分和毒梟開設的販毒網站很像，但鮮少有金錢收受。不同於毒品，兒童色情影片和照片點一下就可以複製。雖然也會像被詛咒的收藏卡那樣交換檔案，但如果有過於危險而無法交換的資料，就只能循著線索去觀看「原版」。

極少數的一群、但散布於世界各地的特殊用戶，不斷地在尋找能滿足自我危險願望的桃源鄉，終於找到了ＢＳＥＷ的網站。

新登場的這個網站，魅力在於會定期上傳極致「原創」的照片。向世人隱瞞自己怪物的本性、低調生活的網站會員，貪婪地觀賞「bolz_ob」提供的照片。

戀童屍癖者。

ＢＳＥＷ這個網站，是不僅戀童、還同時戀童屍的麥克布萊德兄弟，為自己的同道中人打造出來的理想鄉。

對於只能對真實的兒童屍體感覺到性興奮的會員而言，經營網站的「bolz_ob」宛如上帝。只要去到ＢＳＥＷ的網站，就可以看到被解剖的兒童全裸屍體，以及用該童的頭蓋骨加工而成的裝飾品。可以不用親自殺人，盡情欣賞這兩者。

瓦米洛看到的網站上，上傳了帕布洛加工的骷髏頭，以及崔岩寺庇護所的手術室照片。上面一清二楚地拍到心臟被摘掉的兒童長相和身體。

麥克布萊德兄弟向末永購買的照片。

來自手術室監視器錄影的屍體照片，和變成裝飾品的本人骷髏頭成對放在一起。

末永的背叛，不光是洩漏照片而已。他把從麥克布萊德兄弟那裡收到的款項，直接匯到越南胡志明市。收錢的是一個叫阮明的男子。

阮明這個名字，瓦米洛記得很清楚。在拷問他們擄來的西卜斯副手、通訊司令官的森本中秋時，他就招出了這個名字。阮明是供應高純度冰毒給西卜斯的胡志明市毒販，打算將來自己也蓋一間生產工廠，正在籌措資金。

末永把錢匯給這樣一個人，目的不是買冰毒，而是投資。末永利用從麥克布萊德兄弟那裡得到的錢，準備成為越南新毒梟的資助者。

用不著把本人叫來解釋。金流已經說明了一切。

太遺憾了，蜘蛛。

結束調查的瓦米洛用刀子切下雪茄的吸口，用火柴點燃前端喃喃道。他盯著黑暗的天花板吞雲吐霧，打電話給雅加達的郝景亮。

「送一個能摘除心臟的外科醫生過來，」他說，「原本的『醫生』不能用了。」

再次越海而來的杜妮雅．碧露號已經進入川崎港，新的「巧克洛」出貨日快到了。在那之前，必須讓末永繼續活命。

蜘蛛，那傢伙不能小看，瓦米洛心想。那傢伙現在充滿了宛如冥界之王的自信，冷血無情。他也有可能反過來抓住我們的漏洞，逃出生天。

若要確實殺掉他，就是在「巧克洛」出貨當天晚上，讓四名殺手在庇護所了結他。殺手們要護衛運輸車前往東扇島的碼頭，所以讓他們在商品的出發地點待命，順理成章。只要在末永動完手術時當場收拾他，就能依照預定，把「巧克洛」送上遊輪。這邊只要再找一個能於遊輪下次入港前在庇護所動手術的醫生就行了。

瓦米洛吐出煙來，打電話給廢鐵。

❖

順太從小霜手中接過圖畫，失望地說：「兔子？上次就畫過了。」

撕下來的紙頁畫著禿鷹和兔子，旁邊畫著意味著十三的「⋯═」。禿鷲週，「十三兔」日。八月二十四日星期二。

聽到順太說上次畫過，小霜這才發現他在庇護所畫的二十種日符，今天剛好輪過一遍了。這是曆法，會重複是沒辦法的事。但把少年院時的自己重疊上來一看，他覺得可以理解順太的心情。無法離開庇護所的男童，每天都期待看到新的圖畫。順太自己一個人的時候，似乎也隨身帶著那些畫了圖案的紙，片刻不離身。

看著彷彿沒抽到獎而失落的順太，小霜也跟著神情黯然。他想畫其他的圖給他，但也不能任意發明曆法上沒有的日符。

小霜不知所措地沉思，順太垂頭喪氣。又出現了在隔壁監看螢幕的夏所熟悉的漫長沉默。

二十分鐘過去，小霜雙手在後腦交握，靠在椅背上仰身，臉對著天花板閉上眼睛，就這樣一動不動。

順太把昨天以前小霜畫給他的畫全部從口袋裡拿出來，用小小的指頭撫平摺痕，一張張在桌上鋪排開來。安靜地排列二十種日符的模樣，就像個小小的占卜師。

這段期間小霜也沒有睜眼，靜靜不動。

是睡著了嗎？夏輕咂了一下舌頭，摘下眼鏡，把眼睛湊近螢幕。她允許小霜沉默，但打瞌睡就無法容忍了。夏正準備打小霜的手機時，小霜張開眼睛了。

「順太，」小霜慢慢地說，「我不畫圖，也不燒柯巴脂，也不能告訴你名字。可是，我可以把我知道的神，特別只告訴你一個人一點點。是最強的神。最強的神，就是最強的鏡子。」

「——鏡子？」

「嗯。」

「——鏡子最強？」

「比戰爭的神、蛇頭的女神、骷髏頭的死神，都還要強。真的很奇怪呢。」

「你說鏡子，是怎樣的鏡子？」

「用黑色的石頭做成的，是圓形的。順太，你喝過咖啡嗎？探頭看黑色的咖啡，臉就會照在上面對不對？就像那樣，黑色的鏡子也會照出臉。」

順太聽著小霜的描述，拿起鉛筆，從排在桌上的日符中隨便挑了一張，在空白的地方塗鴉起來。用黑色的石頭做成的圓鏡。

「那個鏡子不是普通的鏡子，」小霜說，「會吐出煙來。所以才特別。」

「不是吐火，是吐煙嗎？」

「對，吐煙。很奇怪對吧？一般來說，鏡子不會吐煙吧。」

小霜看著利用日符的紙張空白處認真畫圖的順太。隨便亂畫偉大的神祇是不好的行為，但小霜覺得不是自己畫的，應該沒關係。Padre 應該也會允許。

順太放下鉛筆。塗黑的圓形外側，加上了表示煙霧的淡線。這樣就完成了。從小霜的描述，也無法畫出更多了。

「我知道這個，」順太說，「我看過。」

這意外的話讓小霜臉色大變。他目不轉睛地看著順太，接著問：「在哪裡看到的？」

「這是太陽。」順太提到二〇一七年八月二十一日橫越北美大陸的天體奇觀。他是在電視節目上看到紀錄影片的。

太陽？小霜思忖。他是在說托納蒂烏嗎？

「托納蒂烏」——光輝者，是阿茲特克曆法中心的太陽神。運行時會垂下長長的舌頭，渴求祭品的血。但光輝者並非吐煙鏡。祂不是支配黑暗的夜與風，而是支配明亮白晝的神祇。

小霜覺得順太搞錯了，但男孩充滿自信的模樣讓他退縮。順太看起來也不像在撒謊。

「給我看那張畫。」

小霜突然探出身體。敏捷的動作宛如彈簧射出一般，看在鄰室監看螢幕的夏的眼中，就彷彿安分的猛獸突然對孩童發動攻擊。她忍不住伸手抓起戰術小刀要站起來，但發現什麼事都沒發生，舒了一口氣。然後繼續聆聽麥克風收到的孩童間無意義的對話。

「太陽會變成黑色的，」順太說，「太陽和月亮疊在一起，白天也會變成一片黑漆漆的。那個時候，太陽看起來就像這樣。周圍就像噴出煙霧一樣亮亮的——」

拿到順太畫的圖，小霜震驚得無法呼吸。他瞪大眼睛凝視著那幅畫。自從目睹電鑽處刑那晚以後，他從未感受過這樣的震驚。

可怕的是，順太選擇在空白處畫圖的日符，是美洲豹那一張。他在小霜畫下的美洲豹正上方畫了「那個圖案」。

小霜整個人呆了。天旋地轉。圖案躍出紙面，撲進他的胸口深處。就好像被刀刺中一般，無法呼吸，小霜刨抓自己的胸口。

為什麼在順太說出來以前，我都沒有想到？Padre 沒有告訴我。難道，padre 也沒有想到嗎？是因為 padre 什麼都不知道嗎？Padre 不知道的事，托希卡托的祭品居然知道，會有這種事嗎？

帶著太陽象徵的男孩就坐在眼前。男孩就宛如阿茲特克的祭司。就宛如為了宣諭真實，把小霜叫到神廟的偉大神祇代理人。

小霜想起在少年院和其他人一起看到的電視新聞。接著想起在隔天的學科指導課上，法務教官給大家看的照片。他記得一清二楚。那和黑曜石做成的圓鏡一模一樣。那就是吐煙鏡。將白晝化為黑夜、征服太陽神，連戰爭之神居住的神殿，都用黑暗整個籠罩。

小霜迷失了自己置身何處、身在什麼時代。順太的聲音、夏的聲音都聽不見了。

激烈敲打的鼓聲。和慘叫聲一模一樣的笛聲。驚懼顫抖的原住民拚命獻上祈禱。奴役我們的這一位、夜與風、雙方之敵。

吐煙鏡。天上掛著一枚黑鏡。

日全蝕——

離開庇護所後，小霜也沒有像平常那樣回去工房工作。他不是能夠用研磨機正確削磨刀片、用拋光機精密打磨的狀態。他回到公寓，在窗簾緊閉的房間倒向床鋪。雙腳超出床尾。

小霜不停地睡，不停地睡，不停地被夢魘驚擾。對小霜的感覺來說，**是時間在沉睡，夢一直夢見自己**——

諸神陸續現身又離去。

暗下來的天空上浮著一面黑曜石鏡。在它底下，人們正在獻祭。有padre、有廢鐵、有猛獁象、有頭盔。電鑽和塔姆華變成乾掉的木乃伊，倒在乾燥的風中。

沒有人看著天空。

Padre，小霜說。那是我們的神，是特斯卡特利波卡。

不管再怎麼呼喚，父親都沒有回頭。父親只看著祭品。不知不覺間，小霜和男人們一起按著祭品的身體。祭品是順太。他仰望著天空。

住手。小霜虛弱地說。Padre，你是不是不知道？不知道吐煙鏡是什麼。然而卻要舉行托希卡托嗎？Padre，你到底在**把祭品獻給誰**？

父親高舉黑曜石刀。

住手！小霜大叫。Padre 是騙子！

玻璃質火山岩的尖端刺進胸膛，順太的身體彈跳起來。殷紅的鮮血湧出眼、鼻、口、耳。全身痙攣。肋骨被敲斷，胸骨被割斷。鮮血噴濺而出。順太的慘叫聲響徹四下。從他的喉嚨，甚至傳出電鑽和塔姆華的慘叫聲。有人在小霜的耳邊細語。那聲音在說：

我喜愛憐恤，不喜愛祭祀——

我喜愛憐恤，不喜愛祭祀——

這句話的意思，你們且去揣摩。

小霜尖叫著醒來。他坐起來，伸手撫胸。胸上有著美麗的神殿刺青。他定期去刺青師那裡刺青，總算才剛完成而已。以紋身機的針一次又一次扎刺完成的階梯金字塔的石階上，小霜的汗水如瀑布般流下。他覺得那不是汗，而是血。有血腥味。房間一片黑暗，他完全不知道自己睡了多久。

黑暗中，手機螢幕亮了起來。

「你剛睡醒？」廢鐵說，「現在要去殺『醫生』，快點準備。」

「醫生——」小霜反問。

「蜘蛛啦。」

殺害應該是家人的末永的計畫，一直到執行當天夜晚，都只有瓦米洛和廢鐵知道。

「那傢伙很瘋，我不討厭他的說。」廢鐵說，掛了電話。

52 ōmpōhualli-huan-mahtlactli-huan-ōme

自從卡薩索拉兄弟集團崩壞以後，和瓦米洛．卡薩索拉相處時間最久的人，就是末永充嗣。

在雅加達的芒加貝薩爾大道的攤車邂逅那一天，瓦米洛只是個眼鏡蛇沙嗲攤的老闆，而末永只不過是底層的器官走私協調師。

後來過了五年兩個月。

毒梟與醫師。少了任何一邊，「巧克洛」的事業都無法實現。兩人刷新了器官走私的概念，成為象徵全新鮮血資本主義的心臟私梟。儘管如此，兩人從未共享過彼此真正的目的。

岡薩洛．賈西亞、勞爾．阿札莫拉——使用各種假名的瓦米洛，他所隱藏的真正目的是獲得資金與戰力，回歸墨西哥，殲滅杜高犬集團，奪回地盤。

而末永則在思考遲早要登上杜妮雅．碧露號。不是在崔岩寺的地下摘除心臟，而是在巨大遊輪上的最新祕密醫療設備中，率領印尼人團隊，主導心臟移植。不是單純的密醫，而是成為支配「巧克洛」整個事業的首席執刀醫師。

到時候他會住在船上，但他一旦離開陸地，東京和川崎的體制，恐怕會被改造成大廚想要的樣子。這是個問題。

末永認為，「巧克洛」事業需要大廚的時期早已過去了。

對心臟這個器官懷抱著迷信執著、自稱秘魯人的這個人，從一開始就是個異端分子。以日本為「產地」的事業需要的，是適應現代鮮血資本主義的合理性，而絕對不是過度的武裝、邪教式的處刑、拉丁美洲式的家族主義。每次聽到大廚養的那群殺手說出「我們是一家人」，末永就一陣噁心。

末永會決定割捨大廚，最大的理由是對西卜斯的處理方式。為了向仙賀組展現力量，大廚派出底下的殺手，虐殺了首腦塔姆華，但這顯然是錯誤的選擇。西卜斯才是適應了現代鮮血資本主義的「聰明組織」，應該要拉攏他們，而不是殲滅。西卜斯比只知道大肆破壞的汽車拆解廠那夥人更講求合理，更適合「巧克洛」的事業。

比起擴大生意，大廚更著迷於培育準軍事組織。他流水般揮霍鉅資購買武器和彈藥，甚至考慮購買俄製潛艇、飛彈，根本已經瘋了。

如果把這樣一個人留在陸地上，自己登上杜妮雅·碧露號擔任心臟血管外科醫師，結果不言可喻。**事業會被他奪走**。

末永私下僱用的駭客，是十六歲的日本人和十七歲的越南人，兩個都是被瓦米洛挖出心臟的塔姆華的部下。末永說服害怕遭到處刑的兩人，要他們去探大廚的底，已經相當正確地掌握了自己的處境。

兩名年輕駭客如此報告末永：

大廚準備利用殺手，趁你剛完成心臟摘除手術，在無處可逃的手術室殺了你。

不出所料。應該被排除的異物，正反過來逐步排除他。就算向新南龍或伊斯蘭之雷求救，他們也不可能立刻伸出援手。那兩個組織反倒認為在精神方面與他們相近的大廚對他們才有用。

遲早也得超越那兩個組織才行。所以不能乖乖送命。既然大廚打算派殺手除掉他，那麼就來個將計就計。從某個意義來說，這也是改善事業走向的絕佳機會。

待我一口氣排除異物之後，再摘除兒童的心臟，派工作人員送到川崎港。護衛有灰就夠了。

但是在進行摘出手術時，手術室裡的野村應該也已經死了。換句話說，自己必須一個人動刀。從常識來看，要獨力進行心臟摘除手術太困難了。不過這完全是以常識而言。

末永想像等待著自己的未知苦難，泛起笑容。

這才是做心臟血管外科醫師的樂趣。

八月二十六日星期四，晚上九點多，孩童們入睡後的庇護所走廊上，響起了幾名男人的腳步聲。

每個人都扛著高爾夫球袋。裡面裝著梭魚——加裝了滅音器 Salvo 12 的雷明頓 M870。只有廢鐵的梭魚，彈殼裡裝的不是散彈，而是獵鹿用的單發子彈。十二鉛徑的獨頭彈。選擇獨頭彈，而非破壞部位呈面狀擴散的散彈，理由是為了儘量避免破壞手術室。其餘三人的彈殼裡裝的是 00 Buckshot。

除了梭魚，男人們還準備了副兵器。廢鐵帶了和瓦米洛的手槍同型的華瑟 Q4，猛獁象帶了克拉克 17 手槍，頭盔帶了俄製 MP443。小霜沒有帶手槍，而是把阿茲特克的武器——全長九十公分的黑曜石鋸劍和梭魚一起裝在高爾夫球袋裡。

四人全副武裝，是依照瓦米洛的指示。接下來要護送「巧克洛」，必須防範各種狀況，如果他們手無寸鐵地現身，反而會引起末永的戒心。

彷彿灰牆裂開來一般，緊閉的自動門打開來，完全不遜於大學醫院的寬闊明亮手術室出現在背著高爾夫球袋的四人面前。戴著手術口罩的末永站在裡面。他戴著青色帽子，穿著手術衣。

「真期待，」廢鐵說，「我一直很想參觀一下專家摘除心臟的手術。」

「我也對大廚說過，」末永語氣欣快地歡迎首次踏進手術室的男人們，「反正你們就是嗜血吧？」

參觀心臟摘除手術的四人戴上手術口罩。不是「耳掛式」，而是「綁帶式」口罩。覆住口鼻後，在頭部和脖子後方打結。

廢鐵假裝興奮，望向已經在手術室裡的狂人。知道即將發生什麼事的另一名密醫無視廢鐵，淡淡地將排列著摘除手術器械的推車推過來。

猛瑪象和頭盔也很自然地和末永交談，但小霜默默無語。

四人身後，自動門關上了。幾乎無聲無息。關門的同時，感應器關閉，任何人站到門前都不會有反應。這若是真正的醫院，這時「手術中」的紅燈就會亮起來。

托希卡托，小霜喃喃道。神祇的祭品。

他覺得自己還在夢中徬徨。持續驚擾著他的夢魘不快感如蜥蜴般在他的體內爬來爬去。

大喊「Padre 是騙子」的夢。

那場夢正目不轉睛地夢見我。

手術臺上，一名男孩戴上瑞典製的充電式呼吸器，正以點滴施打麻醉。

小霜看見浮現在無影燈下的男孩側臉。

順太。

他小聲呼喚男孩的名字。順太陷入已死般的深沉睡眠。小霜感到太陽穴在作痛，上一秒才覺得愈來愈痛，下一秒便被從未體驗過的劇烈頭痛所襲捲。宛如被電鑽鑽頭般的劇痛。眩暈、耳鳴、噁心，心臟跳得飛快，喘不過氣來，視野愈來愈黑。小霜一陣踉蹌，靠到牆上，這時他看見自己以外的家人都倒在純白的手術室地上。到底出了什麼事？廢鐵倒地、猛獁象倒地、頭盔在抽搐。倒在牆邊的狂人撓抓著喉嚨，踹倒推車。不鏽鋼器械和填充了液體的針筒嘩啦啦掉到白色的地上。

只有末永一個人直挺挺地站著。

看見末永不知何時摘下了手術口罩，換上厚厚的透明面罩，小霜在矇矓中認為他們吸入了毒氣。他不知道「缺氧症狀」。他不可能想得到，密閉的手術室突然減壓，末永降低了氧分壓。

末永利用接上小鋼瓶的塑膠氧氣面罩呼吸，滿不在乎地俯視從呼吸困難的階段更進一步接近死亡、出現發紺而痛苦掙扎的野村，接著望向氧氣監測儀器螢幕的數值。從上面的氧分壓推測，在場的人體動脈血氧濃度不僅低於危險值的九〇%，甚至應該已經低於六〇%了。末陷入生命危險的，只有末永和配戴全身麻醉用的充電式呼吸器、失去意識的順太而已。

如果蜘蛛在室內放了毒氣，必須把門打開才行。小霜想要用梭魚擊破房門。他用顫抖的指頭拚命捏住高爾夫球袋提把的金屬零件，試圖用使不上力的手打開拉鍊。

發現絞刑臺還在動，末永露出驚訝的表情，急忙拿起鋒利的德製手術刀。他打算割斷絞刑臺的頸動脈，火速了結他。他跨出一步，瞬間左腳被抓住了。

是廢鐵爬過來，用右手鉗住了他的腳踝。末永再次看向氧氣監測儀器螢幕。氧分壓確實在下降。小霜和廢鐵以外的人，都昏厥並一頭栽進死亡深淵裡了。

末永目瞪口呆地搖了搖頭。在這樣的低氧環境中，居然還有兩個人在活動。他們的生命力比實驗動物還要強。

末永用手術刀割斷廢鐵的右手肌腱，左腳重獲自由，同時右腳燒了起來。一顆子彈射穿了他的膝蓋。

末永痛得大叫，撲倒在地上。

「怪物！」末永啐道，彷彿自己也陷入缺氧似地爬行逃離。這根本是一場夢魘。在體內的動脈血氧濃度低於六〇%的狀況下，居然還能做出開槍這種複合行為，這根本違背了醫學常理。

廢鐵手中的華瑟Q4再次噴火。完全沒瞄準，偏離的子彈射破了引流袋，裡面的心臟保存液呈放射狀噴灑出來。

末永趴在一動不動的野村身上回頭，再次懷疑自己眼花了。廢鐵居然試圖站起來。看到那模樣，末永發出近似低吼的慘叫。廢鐵把槍口對準末永前進，卻忽然像個下巴中拳的拳擊手般往前栽倒，就這樣撲倒在末永身上。手槍掉落了，但他空下來的左手掐住了末永的喉嚨。末永呻吟，抓起從野村剛才推來的推車上掉落的針筒，插進廢鐵的脖子裡，把應該要注入順太的大動脈根部的心肌保護液送入怪物的血管。

末永和廢鐵互相殘殺期間，小霜終於打開高爾夫球袋，成功抓出了梭魚。梭魚感覺比兩百公斤的槓鈴還要沉重。氧分壓更進一步下降了。小霜絞盡所有的力氣，拉動前握把，扣下扳機。一次。他最多只能扣下一次了。

00 Buckshot 散彈破壞了緊閉的門。內外氣壓落差引發爆炸，整道門就像被車撞上一樣，整個扭曲，新鮮的空氣一口氣灌流進來。

小霜茫茫然地看見一個人影，就像猿猴般輕巧，無聲無息地跳上手術臺邊緣。人影看起來像小孩，也像是大人。那人目不轉睛地注視著沉睡的順太。人影頭上戴著閃耀綠色的華麗羽飾，臉上塗成黃色與黑色，腰上圍了條美洲豹皮，手持覆以蛇皮的盾，腳蹬以漆成紅色的鹿皮編織的露趾鞋。

蹲在手術臺邊緣的那人突然抬頭，對著小霜的那雙眼睛不是人類。那是暗火般熊熊燃燒的兩顆黑曜石光輝。

神祇注視著小霜。接著像魁札爾鳥般靈活地左右歪頭。

睜開眼睛的小霜倒在地上，仰望著手術室的天花板。他突然劇烈嗆咳起來，接著像即將溺死前被拖上岸的人那樣喘氣，渴求著空氣。腦袋和手腳都像被人狠狠地踐踏過一般沉重。

他慢慢地站起來，往前走去。踉蹌了一下，雙手撐在手術臺上。輕輕把手掌放在順太胸上。指頭感受到小小的心臟跳動。

他想要家人告訴他能不能取下睡著的順太的呼吸器。但張望手術室裡面，還活著的只剩下已不再是家人的男子。

斃命的廢鐵超過一百五十公斤、宛如大木桶般的軀體壓在身上，未永無法掙脫。他拚命伸手想要抓住從廢鐵手中掉落的華瑟 Q4。

「把這個拿掉，就不能呼吸了嗎？」小霜指著覆蓋順太臉部的氧氣面罩問末永。

末永點點頭。全身麻醉期間無法自主呼吸。如果現在取下呼吸器，孩童將會死亡，無法出貨心臟。

小霜檢查點滴軟管前端，發現點滴液已經空了。「這個可以拿掉嗎？」小霜問。

末永沒有回答。小霜把梭魚槍口對準他，他便默默點頭。

小霜把固定注射針的膠帶從順太的手臂撕下來，拔掉注射針。

他把放梭魚的高爾夫球袋背上左肩，接著把順太和充電式呼吸器一起用右手抱起來，準備離開手術室，卻突然停下腳步。他還是害怕神祇。但這裡不是神殿，也不是在舉行托希卡托的慶典。一定是這樣的。

可是，如果這真的就是托希卡托，那我就等於是偷走了特斯卡特利波卡的祭品。

為了安撫至高神的憤怒，最起碼還是得準備個祭品才行。小霜把順太和充電式呼吸器放到地上，打開高爾夫球袋，取出黑曜石鋸劍。

看見步步近逼的小霜，末永打開氧氣面罩底下的嘴巴，發出慘叫。他在怎麼樣都推不開的廢鐵屍體底下掙扎，劇烈地左右搖頭。小霜俯視末永。

「等一下！」末永說。聲音悶在氧氣罩裡，模模糊糊。「沒了我，誰要來取出那孩子的心臟？這樣就沒辦法把心臟獻給你的神了。要是這樣，你心愛的父親也會觸怒神祇的！」

小霜想了一下。接著說：「那你說，那個神叫什麼？」

末永答不出來。

小霜望著趴壓在末永身上、一動不動的廢鐵厚實的背部，接著看狂人，再看看猛獁象和頭盔。露出面龐的三人都睜著眼睛斃命了。

小霜舉起黑曜石鋸劍，末永用西班牙話拚命呼喊：「¡No lo hagas! ¡Somos familia!（住手！我們是一家人啊！）」

末永的表情憎恨扭曲。

「已經不是了。」小霜用日語說。

死兔崽子！

這是末永最後一句話。

累壞了的小霜砍了四下黑曜石鋸劍，總算砍斷了末永的頭。

正要把盛裝心臟的保冷箱送去手術室的夏，聽見走廊遙遠的前方傳來爆炸聲，停下腳步。被一層又一層的安全門擋住，聲音聽不清楚，但確實是什麼東西爆炸的聲音。她把保冷箱放到地上，豎起耳朵。

她擰著眉頭再次經過走廊，冷不妨碰到了小霜。小霜連同充電式呼吸器抱著小孩，另一手提著戴氧氣面罩的蜘蛛的腦袋。

夏眼睛緊盯著小霜，手伸向腰帶上的戰術刀。她身上還帶了碳鋼特殊警棍。

小霜感覺到擋在前方的灰的周圍擴散出漆黑的殺意，煩躁地說：「走開。」他想快點離開這個地下。

「你先解釋，否則我不會讓你過去。那孩子——」夏假裝問話，冷不防衝向小霜，在撞上他前一刻閃向右邊，向前翻滾。擦身而過的瞬間，用戰術刀刺進小霜的左腳拔出。夏依靠擔任警職時的近身格鬥訓練攻擊巨人的腳，並立刻抽出碳鋼製特殊警棍，欲發動下一波攻擊，這時她的臉卻被什麼東西砸中了。

是小霜使勁全力甩過去的末永的腦袋。死者的臉與生者的臉撞成了一團。那足以讓末永的頭蓋骨碎裂的驚人力道，撞飛了夏的無框眼鏡，擊碎了她的眼窩和顴骨。夏就像被車撞到似地，整個人滾到了走廊另一頭。不只是腦震盪而已，頸骨也折斷了。

小霜撿起掉在走廊的夏的戰術刀。在查看自己的傷口前，他先把刀拿近眼前，檢查刀片和刀柄。刀片是鎢鋼製的大馬士革鋼，塗成沙黃色的刀柄有稱為拇指孔的洞。不是他們工房做的刀。

小霜抱起順太和呼吸器，拎起末永的腦袋和裝武器的高爾夫球袋，拐著被刺傷的左腳往前走。他尋找通往地上的階梯，卻不知道在哪裡。他在走廊上來來回回，周折了幾次，這時傳來小孩的尖叫聲。

小霜回頭看去，宇野矢鈴站在那裡。

「馬利娜——」小霜張大眼睛說，「矢鈴——？」

帶著六歲女童從廁所出來的矢鈴，被突然冒出眼前的駭人景象嚇呆了。

恐怖的巨人提著一顆戴著氧氣面罩、被砍斷的人頭。那張血淋淋的死相她有印象。雖然沒戴眼鏡，但確實是「醫生」的臉。然後倒在走廊前方的人看起來是夏。

矢鈴仰望巨人。她發不出聲音。是在小田榮的工房工作的那個年輕人。矢鈴在內心尖叫：他怎麼會在這裡？他在做什麼？他手上那孩子——

順太？

被夏指派值夜班的矢鈴，在半夜醒來的六歲女童央求下，陪她一起去廁所，正要回去臥室。聽到女童尖叫，矢鈴回過神來，拉著她的手往前衝，卻立刻被小霜長長的手揪住頭髮拽倒。矢鈴放開女童，對著她小小的背影大喊：

快逃！進房間鎖上門！

如果年輕人追殺那孩子，就算會被殺，矢鈴捨命也要阻止。這個決定來得之快，連她自己都感到驚訝。但是被小霜居高臨下地俯視著，她立刻被那股氣勢給壓倒了。年輕人看起來比最後一次看到的時候更巨大了。想要保護孩子的心願，和想要逃跑的恐懼，兩種對立的感情撕裂了矢鈴的心，她淚如泉湧，全身不住地發抖。

莫名其妙。為什麼小霜會在這裡，提著「醫生」的頭，**最重要的是，順太怎麼會在這

裡？順太決定由一對澳洲的老夫妻收養，昨晚已經離開庇護所了，現在卻還在這裡。明明沒生病，卻戴著像呼吸器的東西。看起來是昏迷的。莫名其妙。整個莫名其妙。還是必須保護他才行。但矢鈴手邊沒有任何武器。

「我想離開這裡，」小霜把夏的戰術刀對準了矢鈴，掩飾地說，「幫我開車。」

小霜手上的戰術刀，看在矢鈴的眼裡就像奶油刀一樣迷你。

這天，崔岩寺的停車場為矢鈴準備的租車，就和她第一次把小霜載去工房那時候一樣，是白色的豐田Alphard。車號雖然不同，但矢鈴覺得這個巧合就宛如自己衰運的濃縮。矢鈴握著方向盤，吸著鼻涕，嚥下唾液，發動引擎。她的眼睛都充血了。「要去哪裡？」

被砍斷的人頭——而且是活著的時候認識的人的頭——被隨手丟在坐上副駕駛座的小霜腳邊。小霜一副滿不在乎的樣子。他的腿上擺著一把從未看過的大槍。他瘋了，矢鈴想。後車座躺著戴上呼吸器沉睡的順太。

小霜說出目的地。

既然托希卡托已經無法相信，能去的地方只剩下小田榮的工房。車子開出崔岩寺境內，小霜在車子裡打電話給帕布洛。已經回家的帕布洛接了電話，小霜簡短地告訴他：

「我把庇護所的小孩帶出來了。Padre一定會生氣。我現在過去工房。」

櫻本的辦公室桌子前，瓦米洛抽了一根雪茄。這段期間，他一直注視著牆上的月曆。格里曆二〇二一年八月二十六日星期四。「九家」年，第十月，水的十三日，「二犬」日。

在預定中，O型九歲男童的心臟摘除手術應該結束了，廢鐵卻還沒有連絡，狂人也沒有回報。

吞雲吐霧了一陣後，瓦米洛點開手機，首先檢查廢鐵的定位資訊。東京都大田區崔岩寺。記號顯示在座標上，狂人也一樣，猛獁象和頭盔也在庇護所，連末永都在那裡。到了心臟出貨的時間，仍沒有半個人移動。

除了一個人。

只有小霜的座標回到川崎了。

黑暗中，瓦米洛甚至屏住了呼吸，尋思起來，就彷彿變成了一尊石像。

孩子，你在做什麼？

在工房等待的帕布洛急忙聆聽小霜說明。看到血淋淋的末永的人頭，他也沒有逼問小霜，也沒有要報警的意思。

這對矢鈴來說太震撼了。這間工房的這兩個人到底在搞什麼？他們都是心理變態、是殺人魔嗎？

「妳都知道？」帕布洛寒著臉問矢鈴。

「——知道什麼？」矢鈴完全不懂對方為什麼這麼問。想問的人是她才對。

「沒時間了，回答我，」帕布洛說，「妳對這生意知道多少？」

帕布洛告訴她的內容，矢鈴實在不可能相信。那是規模簡直無法想像的犯罪情節。但就算是為了包庇犯下殺人重罪的徒弟，一般人會撒這種離譜的謊嗎？在矢鈴看來，帕布洛的表情中有種幾乎是懇求的拚命。

摘除心臟、載著超級富豪子女受移植者的遊輪——這一切都超出她的想像。同時，如果接受帕布洛的說法，那麼過去自己一個個帶進庇護所、陪他們玩耍、幫他們洗澡、哄他們睡覺、送他們前往收養家庭的孩子們——

騙人。不可能。矢鈴閉上眼睛。這個刀匠和小霜都是殺人魔。他們在唬我，尋我開心。他們看到死人頭居然可以滿不在乎，所以他們一定是在騙——

只保護無戶籍兒童、高額酬金、每天變換車種的租車、應該已經出國的順太還在庇護所、穿著手術衣被麻醉——來到庇護所的醫師，他們是密醫，把新鮮的心臟——

順太在小霜鋪了毯子的工作臺上熟睡著。

「把『那東西』拿走！不要靠近那孩子！」矢鈴大喊。

被吼的小霜把原本擱在順太旁邊的末永的頭放到地上。

矢鈴表情扭曲，對帕布洛說：「如果你說的是真的，為什麼不立刻報警？」

「叫警車來這裡嗎？」帕布洛說。

矢鈴默默地以哭腫的眼睛看著帕布洛。

「小霜，」帕布洛說，他心急如焚，但努力要自己保持冷靜，「如果你父親在這裡和警察發生槍戰，會死多少人？」

被這麼詢問的小霜，剛好幫左腳的刺傷消毒止血完畢。他把空下來的右手放在工作臺上，屈指數了起來。他想像梭魚噴火，掃射警察的場面。從拇指開始，一路彎到小指。他停了一會兒，接著從小指依序伸指計算。

帕布洛見狀，雙手覆臉，就這樣好半晌不動。他不希望再有人死了。片刻後他放下雙手，仰望天花板的照明，重重地嘆了一口氣，接著望向睡在工作臺上的男孩。他想起了大廚的眼睛、那些C骨、那些骷髏頭。

「求求妳，救救這孩子，」帕布洛走近矢鈴說，「妳開車盡快去川崎署。大概兩公里遠而已，十分鐘就到了。妳抱著這孩子去署裡，叫警方保護你們兩個。聽到了嗎？川崎署，派出所不可以。」

「我也去。」小霜說。

「小霜，要是你去警署——」

滿臉哀傷的帕布洛想要說什麼，矢鈴也心知肚明。這種感覺非常不可思議。小霜明明是個殺人凶手，從他身上卻完全感受不到任何扭曲的惡意。所以反而更為駭人也說不定。

帕布洛在自己的工作臺上打開地圖，用自動鉛筆圈起西方兩公里處的川崎署，向矢鈴說明路線。經過南武線的高架橋下，前往京町大道。經過京町大道，再跨過第一京濱公路。

「一口氣衝進警署停車場，」帕布洛說，「儘量快，懂了嗎？」

這時傳來聲響，三人回頭望去。是躺在小霜的工作臺上的順太動了。眼睛還閉著，但眼皮底下的眼球已經微微動了起來，小手伸向氧氣面罩，無意識地想要扯下來。

矢鈴跑近逐漸從全身麻醉中醒來的順太，帕布洛走到工房角落，搬開擺放他和小霜共同使用的砂帶機的臺子，露出積滿木屑的地板。帕布洛吹掉木屑，拆下地板，從凹處取出手機和現金。紙鈔分成日幣和美金，個別用鈔票夾夾住。

帕布洛招手叫小霜過去。

「確定他們進入川崎署後，小霜，你帶著這些自己逃走。」

帕布洛把從地板下取出來的手機和現金塞進小霜手裡，抓起一張紙，抄下電話號碼。是定期停靠川崎港的貨櫃船船員的連絡方式。是他為了總有一天金盆洗手而預先準備的逃亡手段。總有一天？帕布洛閉上眼睛。我不會有這一天，永遠不會有了。這樣就好了。

「打電話給這個人，坐上巴拿馬船籍的貨櫃船，」帕布洛指著紙上的號碼說，「你會說西班牙話，總有辦法過下去的。」

「帕布洛，你呢？」

帕布洛仰望龐大的小霜微笑。他很想緊緊擁抱唯一的徒弟，但現在沒這個閒工夫了。

「好了，快走吧。」

在距離工房十五公尺處減速，熄掉車頭燈觀察。沒看見人影。窗戶透出燈光。

前進到七公尺的距離，瓦米洛熄掉吉普 Wrangler 的引擎。抓著梭魚走下 Wrangler，敲了敲工房的門，離開門前，移動到窗邊窺看屋內。沒有人活動，室內播著音樂。曲子結束，同時女聲開始說話。是廣播。

瓦米洛回到工房門前，抓住門把。沒鎖。他把梭魚槍口傾斜四十五度進門。

穿著紅黑格紋法蘭絨襯衫的帕布洛正在工作臺邊喝著剛沖好的咖啡。工房裡瀰漫著咖啡香氣。

瓦米洛把梭魚的槍口對準帕布洛。「關掉收音機。」他用西班牙話說。

帕布洛沒有關掉收音機，而是調小音量。接著望向對準自己的槍口。長方形的滅音器。除了照準器和槍燈，和小霜的散彈槍一模一樣。

「已經完了，大廚，」帕布洛說，「遭報應的時候到了。」

瓦米洛打了好幾次都沒人接的小霜的手機，就放在帕布洛的工作臺上。

「小霜在哪裡？」瓦米洛問。

「不知道。」帕布洛說。

「他做了什麼？」

「這個問題就怪了，大廚，」帕布洛聳聳肩，「我只教他怎麼做刀子，教他殺人的是你啊。」

瓦米洛在工房裡走動，堅硬的靴底把地板踩得嘎吱作響。很快地，他發現掉在地上的末永的頭顱。抓起頭髮提起來，檢查斷面。被劈開的肉上乾掉的血中，有黑色的小顆粒在發亮。是黑曜石的碎片。

「小霜在哪裡？」瓦米洛問。

帕布洛沒有回答。瓦米洛的指頭扣上梭魚的扳機，帕布洛閉上了眼睛。

拉動梭魚的前握把，排出空彈殼，從地上撿起來收進胸袋。

瓦米洛離開工房，伸手正要打開車門，這時中國人徐操打電話來了。還有其他三個假名的這名男子，是郝底下的灰的部下。他被指派在「巧克洛」出貨時，搶先一步到運輸路線的「橋」前方待命。如果發現有車禍或工程而暫停通行等任何狀況，就連絡指揮殺手的大廚。徐操假裝夜間散步，在「橋」上移動，身上沒有攜帶任何武器，穿著運動服，只帶著 Apple Watch、手機和假身分證。

「剛才我經過『橋』的時候，有一輛從川崎來的迷你廂型車半路停下來，」徐操用英語說，「車子在橋上撞到區隔車道和人行道的柵欄。是白色的豐田 Alphard。車子沒什麼損毀。車號是——」

瓦米洛聽到徐操說出「Wa」的音。在這個國家，以「Wa」開頭的車牌號碼意味著租賃車輛。

是庇護所的人開的車嗎?瓦米洛尋思。或許只是把車子丟在那裡，但值得過去看看。

瓦米洛發動吉普 Wrangler 引擎，仰望擋風玻璃外的夜空。在明亮的月光和閃爍的星光中，找到了夏季大三角。他從以前就特別擅長找到這個星座。

瓦米洛把車子開向「橋」。

第一京濱公路跨越多摩川的橋——座落在大田區與川崎市之間，長四四三・七公尺的六鄉橋。

短短十分鐘不到的車程中，種種記憶湧上矢鈴的腦海。

離職的幼兒園的建築物、說明會上家長痛罵的吼叫聲、飛過來的柳橙汁紙杯、穿著騎士外套拜訪的全國各地、虐待孩子的父母假惺惺的笑容、三餐不繼、連續半個月都穿同一件衣服的無戶籍兒童。

投幣式停車場入口閃爍的綠色LED燈的「空」字向後掠去，路燈靠近又消失。南武線高架沿線的道路上不見人影。

就快到川崎署了。矢鈴心想。不管真相如何，只要投奔警署，這孩子就能得救。刑警一定會對我提出一堆問題。我必須回答才行。必須把我知道的都說出來。

奇妙的冷靜朝矢鈴襲來。不同於在庇護所走廊，試圖從小霜手中保護六歲女童的她，另一個自己慢慢地探出頭來。

如果我真的參與了可怕的犯罪，到時候刑警可能會搜索我住的公寓。不可能不調查。我的房間——

古柯鹼。

這三個字如轟雷掣電一般閃過，矢鈴手中的方向盤猛地切轉。輪胎尖叫，Alphard 劇烈地搖晃。

萬一被抓，就再也拿不到古柯鹼了。不安湧上心頭，矢鈴再也無法思考別的事。她無法想像再也得不到那種白粉的自己。

矢鈴沒有筆直開過十字路口，讓小霜吃了一驚。Alphard 突然加速，從第一京濱公路往北開去，穿過南武線高架底下，更進一步加速。

元木十字路口、川崎消防署、川崎區公所，矢鈴不停地踩油門，連自己都不知道要開去哪裡。

「妳要去哪裡？」小霜問。

車子闖過紅燈，引來汽笛般拉長的喇叭聲，矢鈴只是盯著前方看。

「妳要去哪裡！」小霜大叫，聲音大到把躺在後車座呻吟的順太嚇到完全清醒了。

沒辦法逃離 padre。小霜如此確信。會被他抓到，拿走心臟。

Alphard 以超過限速八十公里的時速來到多摩川上的六鄉橋。車子來到橋的中段左右，矢鈴突然踩下煞車。車胎打滑，發出刺耳的聲響，Alphard 蛇行撞倒紅白條紋的路標。經過東京都、大田區、神奈川縣、川崎市四區正反一體的標誌正下方，撞上區隔車道與人行道的柵欄後，Alphard 停了下來。車頭燈撞破，前保險桿扭曲了。

矢鈴額頭抵在緊握著的方向盤上，哭了起來。

順太緊緊地抓住後車座，看著窗外。

小霜只能默默地看著嗚咽著喃喃自語的矢鈴。該怎麼做才好？不只是跑到川崎署的反方向而已，這個地方太危險了。**這裡是把庇護所出貨的心臟送到港口的路線**。

不會開車的小霜看到經過對向車道的計程車。他考慮在橋上攔計程車，讓兩人上車，但有可能在路上被父親抓到。梭魚的散彈會射穿計程車的車門和車窗，只留下司機的屍體。

忽然間，小霜感覺到父親靠近的氣息。

會被追上。不行。

沒有前往川崎署，就形同逃亡失敗了。

小霜拚命思考。在地下手術室因為缺氧而幾乎要裂開的頭，再次痛到幾乎破裂。他打開Alphard的車門呼吸空氣。柏油路上散落著車頭燈碎片。多摩川陰暗的流水。和帕布洛一起划獨木舟的河。夜與風。

繁花戰爭。

浮現在腦中的這個詞裡有什麼玄機。小霜閉上眼睛，潛入記憶的水底。

第一次使用黑曜石鋸劍，砍殺塔姆華的夜晚，因為怎麼樣都砍不死對方，他以為這把戰士的武器製作失敗了。當時父親說：

「這樣就對了。」

如果在繁花戰爭中把敵人給殺了，就沒有祭品可以獻神了。屍體的心臟不會跳動，對吧？聽著，孩子，祭品的心臟必須還在跳動才行。享用心臟的是我們的神，不是我們。

怎麼樣才能救這兩個人？小霜發現他知道答案。

原來如此。

他點點頭，把自己的想法告訴矢鈴。

把順太一個人留在後車座離開，這對矢鈴來說，比放棄古柯鹼更不可置信。應該留在車子裡的人和離開的人根本反了。把順太留在Alphard，他們離開，觀望情況。矢鈴不可能接受這種計畫。既然有可怕的人在追殺他們，那麼丟下順太，就形同親手殺了那孩子。

小霜打開高爾夫球袋，取出可可波羅木製的黑曜石鋸劍。上面沾滿了蜘蛛的血。雖然應該用梭魚，但接下來要打的是繁花戰爭，子彈不適合。

矢鈴初次目睹的恐怖凶器，顯示出小霜並不是要拋棄順太，而是要挺身對抗。對抗小霜稱為父親的男子、帕布洛稱為大廚的怪物。可是，誰才是怪物？矢鈴看著小霜手上的凶器心想。形似板球球拍的板子兩側並排著漆黑剃刀般的東西。還有血跡。

不管怎麼解釋，矢鈴都拒絕接受，小霜沒辦法，只好硬把她拖出駕駛座。矢鈴反抗，但沒有尖叫求救。沒有投奔警署，本來就是她自己的選擇。

繁花戰爭、托希卡托。瓦米洛的聲音在小霜的耳畔響起。小霜注視獨留車上的男童眼睛，默默點頭，在內心呼喚：

「Padre 沒辦法殺順太。所以他絕對不會開槍。他應該會過來查看車子裡面，確定情況。」

開著吉普 Wrangler 來到六鄉橋的瓦米洛發現浮現在車頭燈中的豐田 Alphard。他放慢車速，靠到左邊，拉開一臺車的距離，停下車子，按下電動窗開關，降下前座車窗，側耳聆聽。

等了約一分鐘後，靜靜地打開車門下車。把放直的梭魚緊貼身體線條前進，如此一來，在夜色中便看不出槍身形狀了。繞到 Alphard 的側面後，舉起槍口朝前。距離近到可以輕易射穿車門。叛徒想要從車子裡面攻擊，已經太遲了。至少自己一手調教出來的殺手，絕對不會允許對手靠得這麼近。

瓦米洛謹慎地探頭看車子裡面。駕駛座是空的，也沒看到小霜。後車座躺著穿手術衣的男童，旁邊掉著充電式呼吸器。

雖然不認識，但一定是「巧克洛」的孩童。瓦米洛沒有立刻打開 Alphard 的車門，環顧橋上。他走到下一道欄杆旁，查看河岸。不斷地注視著黑暗當中。多摩川的流水聲。有人站在川崎那一側的岸邊，人影看起來是女的。

就在這時，他察覺背後有人。

瓦米洛回頭。

吊掛在對向車道欄杆隱身的小霜剛拉起身體現身橋上。左手提著黑曜石鋸劍。小霜慢慢地朝瓦米洛走來。兩人之間有區隔車道的中央分隔島。小霜脫了T恤，上身赤裸，胸上階梯金字塔的刺青在月光下閃閃發亮。

對方是抱著拚死的覺悟而來，或者只是拚命在逞強？過去在毒梟世界立於頂點的「粉末」，可以正確地看穿。但沒必要動用累積的洞察力。小霜的行動沒有任何虛張聲勢的成分，因此他的背叛昭然若揭。

「孩子，」瓦米洛對持續走近中央分隔島的小霜說，「你沒有槍嗎？梭魚呢？」

「沒有。」小霜說。

「手槍給你。」瓦米洛說，接著真的從腰帶間抽出華瑟 Q4，朝小霜拋去。「不要讓我殺了你。撿起那傢伙，自己了斷吧。」

小霜注視掉在腳邊的手槍，沒有撿起來，搖了搖頭。「這是繁花戰爭，padre，」小霜說，「如果射了自己，我的心臟就不會動了。祭品的心臟必須還在跳動才行。吃掉心臟的是神，不是我們。Padre，你是這樣說的。」

瓦米洛沒有回話。他靜靜地把梭魚的槍口瞄準前方。瞬間，小霜一口氣衝過車道，跳過中央分隔島。

高高掄起黑曜石鋸劍，一次也沒有落地就來到了瓦米洛頭上。

驚人的跳躍力。

仰望的瓦米洛彷彿被雷劈中一般，動彈不得。他眼中看到的不是人類。率領著月亮星辰的特斯卡特利波卡甩動長髮，飛躍空中。自己為何被奪走兄弟和家人、被逐出墨西哥，為何漂流到如此遙遠的極東島國，瞬間他理解了一切。這一切不是為了復仇，而是為了邂逅阿茲特克的神祇。是為了將此身奉獻給祂。那超乎常理的凶猛之美攝去了瓦米洛的目光。瓦米洛被恐懼所籠罩，體會著絕望中的歡喜。他扣下梭魚的扳機，槍口噴火。他明白自己沒有勝算。瓦米洛只是想在神祇面前證明自己是個戰士。

他聽見了最愛的祖母沙啞的聲音：

奴役我們的這一位。

小霜砍下黑曜石鋸劍，把父親是否會死於這一擊交付給命運。這是繁花戰爭。祭品必須活到獻神那一刻，但有時也會葬身於此時。

黑曜石鋸劍的刀刃割開瓦米洛的頭髮和頭皮，可可波羅木劈進了頭蓋骨。瓦米洛看見美洲豹璀璨的眼睛，感受到生著獠牙的下巴噴出如同熱煙的呼吸。

激戰的兩人翻越了橋欄杆，墜落夜晚的多摩川。水花四濺，很快又復歸平靜。在河岸看著橋上的矢鈴連忙趕往橋上，跑到車子那裡。她本來要坐上撞到欄杆的 Alphard，又看到停在後面的吉普 Wrangler。探頭看駕駛座，車鑰匙還插在上面。

矢鈴扶著因為麻醉副作用而嘔吐的順太嬌小的身體，乘上吉普 Wrangler，發動引擎。

她沒有回去川崎，就這樣開往東京。

過完橋的時候，矢鈴有種這輩子第一次憑自己的意志完成某些事的感覺。她要保護順太，不擇手段。這是她唯一的願望。為了這個願望——

她握著方向盤，抹去淚水，但淚水還是不停地湧出。到底死了多少人？

矢鈴看著前方踩油門，告訴自己：

我能戒掉古柯鹼。

隔開兩座都市的陰暗河川恍若無事地繼續流過。落橋的兩人，就宛如失落的曆數，沒有任何人看見。

失落的曆數。

儒略曆一五二一年八月十三日，阿茲特克王國覆滅。

格里曆今天的日期——

二〇二一年八月二十六日，換算為儒略曆是二〇二一年八月十三日。

這是連瓦米洛都不知道的巧合。

兩人墜河的這天，是距離阿茲特克王國滅亡剛好第五百年的夏夜。

曆數之外

Nemontemi

座落於地球上最嚴酷的沙漠——墨西哥索諾拉州的監獄裡，收容了一千兩百七十七名重罪犯。幾乎都是毒梟，也有淫樂殺人魔和強盜殺人犯。

建築物全天二十四小時以裝甲車包圍，即使有囚犯奇蹟式地逃獄，此地四面八方放眼所見也全是索諾拉沙漠。沒有齊全的裝備，不可能在沙漠裡倖存下來。

多明哥．埃切貝里亞就快用完監獄餐廳乏善可陳的早餐了。坐在多明哥旁邊的男子綽號「老師」，因殺害三十八名中學男生而服刑。墨西哥已經廢除了死刑。

老師很清楚在他旁邊用餐這名阿根廷移民的細長男子是什麼來頭。囚犯當中，沒有人不認識這個人。

壓倒性地超越自己的殺人狂。挑戰以無與倫比的凶暴為傲的卡薩索拉兄弟集團，並搶奪他們的地盤，將他們趕盡殺絕的男子。

多明哥．埃切貝里亞才是索諾拉監獄之王。

老師透過每次都比多明哥晚一些開動，來表達對王無聲的敬意和服從。

杜高犬集團首腦多明哥．埃切貝里亞在墨西哥海軍特殊部隊發動的掃蕩作戰中落網，已經過了兩年的歲月。

主要幹部亦分別收監在各州監獄，失去司令塔的集團殘黨分裂成三個，過去的夥伴展開廝殺。每一個派系都主張多明哥會回到他們那裡，強調自己的正統。

明亮的陽光從隔絕沙漠熱浪的特殊天窗灑下餐廳。囚犯默默地用著早餐。他們手上的叉子湯匙覆蓋著渾圓的黃色矽膠，就像兒童玩具，被剝奪了一切殺傷力。

多明哥離開餐廳時，走在他旁邊的男子用舌頭彈了三下牙齒。是「有情報」的暗號。

早餐後，囚犯分成小組，進行散步。多明哥的小組沿著貼在體育館地板的膠帶不停地繞圈子。他們只能走在那條線上，四方被手持突擊步槍的武裝獄警包圍監視。這是空有散步名目的運動，眼中看到的只有天花板、牆壁、地板和槍口。

綽號「下巴」的男子若無其事地走近多明哥。下巴以前在極近距離遭到梭魚槍擊，下巴被轟掉了三分之一。

「多明哥，」下巴邊走邊說，「粉末被殺了。」

多明哥難得臉色大變。這許久沒有聽到的名字讓他吃了一驚。原來粉末還活著？

「死在哪裡？」多明哥問。

「日本。日本人向美國人求證身分，緝毒局確認了。是本人沒錯。」

「是誰幹的？」

「不知道。不過中國人說他是被自己的兒子幹掉的。」

多明哥沉默，注視著貼在地上的膠帶。繼續走！獄警警告。多明哥沿著白線跨步走，來到看膩的轉角處，說：「那他兒子呢？」

「沒有情報。」下巴回答。

對話就只有這樣。沿著白線再繞行體育館一圈，獄警宣布早上的散步結束。

❖

在居家賣場買了一堆特價品的母親，和八歲的女兒走在一起。大型購物中心的停車場很大，得走上大老遠的路，才能回到她們的車子。沖繩縣那霸市，星期天。下午三點過後，氣溫更進一步上升，火燙的柏油路面升起蜃影，停車場中並排的汽車輪廓，看起來每一臺都開始融化。

「早知道就停到門口附近了。」母親埋怨道。

「就是啊，」女孩說，「媽每次都停好遠。」

兩人都戴著寬簷帽，母親戴著墨鏡。打開熱到幾乎燙傷人的輕型車後車門，堆進裝滿商品的環保袋。母親正要關門時，手忽然停住了。她再次開門，檢查環保袋裡面。忘記買觀葉植物要更換的泥土了。她嘆了一口氣，仰望天空。天氣太熱，連個鳥影都看不見。只有太陽和些許雲朵無盡刺眼地大放光明。

「妳在這裡等一下，」母親對女孩說，「我去買合歡的泥土。」

母親讓女孩上車，發動引擎開冷氣。冷氣壞過兩次。母親按下電動窗開關，稍微打開副駕駛座的車窗玻璃，免得女兒中暑。

「車門鎖起來了，不管誰來都不可以開門哦。」母親說，脫下帽子，抹去額頭的汗，再次戴上帽子，快步折返居家賣場。

怎麼不把車子開到門口附近嘛？被留下的女孩想。而且我已經不是幼兒園小朋友了，不用幫我開窗，我自己也會開。要是快中暑了，也會自己下車。但如果她反駁，母親就會不知所措，平白浪費時間。媽做事總是這麼不得要領。八歲女孩抓起插在飲料架上的保特瓶，喝著變溫的水。擋風玻璃前方，母親在熱氣中搖晃的背影愈來愈小，消失在居家賣場中。

這時，一輛卡車開進停車場，停在女孩留在裡面的輕型車後方約二十公尺處。女孩從後視鏡觀察卡車。車上有兩個男人，副駕駛座走下一個人。

那個男人非常高，高到把女孩嚇了一跳。是巨人。巨人穿著黑色T恤，雙手都是刺青。因此從手肘到手腕看起來都是紫色的。頭髮長過肩膀，紮成許多條辮子。巨人走路的時候左腳有點跛，褐色的臉看起來不像日本人。

可能是海軍，女孩想。老師嚴厲交代過，絕對不可以靠近一個人在外面遊蕩的美國士兵。可是，他真的是海軍嗎？女孩尋思起來。軍隊裡面應該沒有頭髮那麼長的人。

倒映在後視鏡裡的巨人愈來愈近，女孩不敢呼吸了。她檢查車鎖、車窗。車窗也得關起來才行。正當她要按下副駕駛座電動窗的按鈕時，發現巨人正從那扇車窗探頭看自己。女孩想要尖叫，卻只是張口結舌，發不出聲音。

「妳是帕布洛的女兒嗎？」小霜問。

女孩沒有應話。應該一點都不像的父親的臉瞬間重疊在巨人的臉上，接著又消失。父親死掉，已經過了三年了。

女孩緊緊捏住雙手，抿著嘴巴，定定地回視巨人。她第一次看到這麼透明的眼睛。巨人的眼睛比父親更濃更深，一片清澈，帶有奇妙的光。感覺像是動物的眼睛，又有點不太一樣。

小霜不理會嚇得說不出話來的女孩，逕自遞出裝滿鈔票的信封，開始塞進輕型車門框和玻璃間的縫隙。就像把信塞進郵筒那樣。沉甸甸的信封落在副駕駛座上的女孩腿上。小霜總共塞進了三只信封。

塞完信封後，一條木雕墜鍊慢慢地垂到女孩頭上。是漩渦和線條組合而成的形狀，翡翠和綠寶石顆粒圍繞著鑲嵌在正中央的黑曜石。繫在黃麻繩上的墜子旋轉著，在陽光底下綻放耀眼的光彩。黑色和綠色。小霜放開麻繩，墜子靜靜地躺在女孩的掌心上。

「你──」女孩總算擠出聲音了，「你認識我爸爸？」

小霜沒有回答，而是點點頭。

「我可以跟媽媽說你的事嗎？」

聽到這個問題，小霜再次注視女孩的眼睛。他想了一下，把臉湊近車窗。「夜與風是看不到的，」小霜說，「我們是在做夢吧。」

女孩尋思起來。的確，她也覺得好像沒有看見應該就在車外的巨人。有種置身夢境的感覺。她眨了眨眼，看著手中的木雕墜飾。背面有文字，刻著 Koshimo y Pablo。小霜和帕布洛。在上面看到父親的名字，女孩屏住了呼吸，閉上眼睛。遠方傳來雷鳴。

一陣強風颳過停車場，女孩睜開眼睛。風的呼嘯聲。擋風玻璃前方出現母親的身影。正回到車子的母親被迎面而來的風吹得忍不住停下腳步。帽子被吹走了。她驚慌失措地追趕飛上天際的帽子。往後視鏡一看，跛著左腳的巨人，還有他開來的卡車，不知不覺間都已經消失了。

停在仙人掌上的老鷹吃著蛇。
那裡就是你們繁衍興旺之地。

現在是白人曆法的第幾世紀？莉貝爾姐問四人。

二十世紀，三人回答，慢了一拍，杜利歐也模仿哥哥們說出一樣的答案。

沒錯，莉貝爾姐說。白人的時間和阿茲特克的時間完全不同，但距今約八百年前，十二世紀的時候，阿茲特克人住在湖上的小島上。那裡有水鳥 aztatl —— 鷺，所以叫做 Aztlán —— 鷺之地。住在島上的人，就是 Azteca —— 住在鷺之地的人，也就是阿茲特克人。

某一天，祭司聽見維齊洛波奇特利命令的聲音，因此阿茲特克所有的人都出發前往尋找新的土地。維齊洛波奇特利是特斯卡特利波卡的分身，也是兄弟。

阿茲特克人在荒野徬徨，不斷地流浪。貧窮而一無所有的阿茲特克人，所到之處都招來輕蔑：「來了一群沒人認識的傢伙。」每當他們想要定居下來，建立村莊，就會引來攻伐，再次被驅逐到荒野。

阿茲特克的戰士性情剛烈，比任何部族都要強大，但裝備太古老了。他們只有窮酸的棍棒和盾牌。而且還餓得沒力氣。即使如此，他們還是挺身面對敵人，然後又反遭擊退，只能徒然竄逃。因為敵人有劍和長槍，還有硬木和獸皮重疊製成的盾。

不管漂泊多久，都找不到新的土地，阿茲特克人已經精疲力竭。他們前往繼承了托爾特克王國血統的庫爾瓦坎國王那裡，拚命懇求：「請賜給我們一塊土地。」

好了，孩子們，睡覺時間到了。今晚就說到這兒，明天再繼續吧。

孩子們，聽好。

庫爾瓦坎國王賜給阿茲特克人的，是和他們過往一路漂泊的沒什麼兩樣的荒地，岩石嶙峋，有許多響尾蛇出沒。因為庫爾瓦坎國王想要把阿茲特克人驅逐出去。

不知道懷疑為何物的阿茲特克人，真心感謝庫爾瓦坎王接納他們。他們吃響尾蛇，飲蛇血，吃毒蠍子和仙人掌果實，休養疲憊的身體。

看到在蛇蠍包圍中似乎過得很快樂的阿茲特克人，庫爾瓦坎王漸漸害怕起來了。他決定還是要把阿茲特克人趕走。

不知道國王心思的阿茲特克人，為了國王與他國征戰，展現出驚人的強大戰力。只要有能夠休養身體的場所和食物，戰士們真正是所向披靡。從敵人手中搶來的武器也派上了用場。阿茲特克人把戰利品的黃金和寶石全部送到國王的宮殿，感謝國王接納他們。

某天，宮殿收到了大量的人耳。阿茲特克人把應該要獻神的俘虜耳朵，特別獻給了庫爾瓦坎王。國王厭惡萬分，命令部下立刻把堆積如山的耳朵丟掉。

國王收到俘虜的耳朵很不高興，這件事也傳到住在荒地的阿茲特克人耳中。因此他們再也沒有獻上大量的耳朵。

好啦，孩子們，該上床了。今晚就說到這兒，明天再繼續。

好了，孩子們，好好聽著。

阿茲特克人安分了一段時間，因此庫爾瓦坎王也完全放下心來了。阿茲特克人派使者前來，恭恭敬敬地說：「祭典前晚，我們想要邀請公主務必來當我們的座上賓。」庫爾瓦坎王不經思考，就把女兒送過去了。

祭典當晚，擔任戰爭之神維齊洛波奇特利的新娘舞蹈的阿茲特克女子，身上披的是庫爾瓦坎王的女兒的皮。回歸天上，與神明共舞，這對阿茲特克人來說是無比的榮耀。

但是庫爾瓦坎王怒不可遏。因為在他看來，根本就是女兒被殺，還慘遭剝皮。阿茲特克人被他們信任的國王派兵驅趕，再次失去土地。他們的家人、朋友被殺，不斷地逃亡，終於被逼到特斯科科湖岸。已經無處可去了。結果祭司在夢裡看到一幕景色，聽到預言的聲音：

停在仙人掌上的老鷹吃著蛇。那裡就是你們繁衍興旺之地。

祭司在漂浮於特斯科科湖的島上，發現了和預言一模一樣的景象。一棵格外高聳的仙人掌上停著一頭老鷹，老鷹銳利的嘴喙叼著一條蛇。

阿茲特克人聚集到水邊，瞭望廣大的特斯科科湖。

眾人都想起了神話所描述的世界景象：世界是被水環繞的一片平地，有一根肉眼看不見的柱子，筆直貫穿至「奧梅約坎」二元世界的十三重天，以及以「米克特蘭」地底世界為最底層的九重地下。

那裡就是應許之地。離開「鷺之地」以後，已經過了兩百年。漂泊之旅終於開花結果了。阿茲特克王國的故事，就從漂浮在特斯科科湖上的那座島開始。

獨立紀念日的憲法廣場上、足球場上、拳擊賽場上，都一定會高高飄揚的綠白紅墨西哥國旗上，中央不是畫著一隻老鷹，嘴裡叼著蛇、站在仙人掌上嗎？這就是它的由來。阿茲特克的世界被白人奪走，只留下了預言中的景色。

好啦，孩子們，上床睡覺吧。今晚就說到這兒，明天再繼續吧。

阿茲特克的第一任國王是誰？莉貝爾妲問四人。

阿卡馬皮奇特利，瓦米洛回答。

沒錯。國王的名字是什麼意思呢？

「一把箭」。

瓦米洛，你真是聰明。莉貝爾妲緩緩地吐出菸管裡的煙，摸了摸瓦米洛的頭。被摸的瓦米洛立刻摸了哥哥和弟弟的頭，把祖母給他的力量分給兄弟。這也是戰士的規矩。

特諾奇提特蘭還是個小城鎮的時候——莉貝爾妲娓娓道來——從阿卡馬皮奇特利王的時代，你們的祖先就是了不起的戰士，也非常善於狩獵。到了第五位國王的時候，終於成了豹戰士團裡面最厲害的一個。白人叫第五位國王「蒙特蘇馬一世」，但他的名字其實是蒙特蘇馬・伊爾維卡米納，意思是「憤怒的君主打擊天空」。

阿茲特克的軍隊裡有戰士團，其中地位最高的，是服侍特斯卡特利波卡的豹戰士團。他們比服侍維齊洛波奇特利的年輕鷹戰士們更身經百戰，更強大。不過對你們來說，頭戴羽飾頭盔的鷹戰士，看起來或許才是最英勇的。

豹戰士的臉會塗成黃色與黑色，穿著鋪棉戰袍，魁梧的手腳包覆著美洲豹的皮革。在森林裡，敵人不會發現他們，而且可以迅速移動，最重要的是，鞣過的獸皮可以擋下敵人的箭矢。

你們的祖先率領豹戰士團前往戰場，無數次擊潰敵軍，將大量的戰俘帶回國來。蒙特蘇馬．伊爾維卡米納說，「你們就是夜與風的化身」，這讓你們的祖先不勝感激，當場屈膝，深深低頭，露出了後頸。露出「後頸」，表示他就是如此地感動，即使國王當場砍下他的頭，也無怨無悔。以特斯卡特利波卡來比喻人類，這是無可名狀的光榮。

蒙特蘇馬．伊爾維卡米納對你們的祖先說，「從此以後，你就叫『特斯卡科亞特爾』」。也就是「鏡蛇」的意思。為什麼不是美洲豹，而是蛇？問得好，伯納德。這是因為呢，阿茲特克有位神祇「魁札爾科亞特爾」，也就是「羽蛇神」，這位神祇曾經在別的國家，和特斯卡特利波卡發生過戰爭。所以能夠自稱「鏡」與「蛇」，就像是擁有相反對立之物，比方說白晝與黑夜、光和影、水和火、月亮與太陽，擁有這樣的名字，是非常了不起的事。

今晚就說到這兒，該睡囉。明天再繼續。

你們幾個，功課都寫完了嗎？寫完了就來說故事吧。

特諾奇提特蘭的南邊要興建特斯卡特利波卡的新神殿，工匠開始建築金字塔的基座。為了準備埋在基座的人牲，特斯卡科亞特爾俘虜了外國戰士，帶回了好幾百名戰俘。他和祭司一起取出祭品的心臟，也學會咒文，能夠勝任祭司的工作了。特斯卡科亞特爾之所以能夠這樣做，也是因為他有了王賜予的特別的名字。

特斯卡科亞特爾的兒子也叫特斯卡科亞特爾，兒子的兒子也叫特斯卡科亞特爾。他們代代世襲豹戰士團的領袖之位，兒孫都參與了特斯卡特利波卡的神殿興建。工程一直持續著。積年累月，不斷地堆上石頭，添加裝飾，好不容易逐步完成豪華的神廟。

第八位國王是阿維特索特爾，相較於過去的王，這位國王超乎尋常的可怕、強大。他的名字意思是「水怪」。

阿維特索特爾時代，阿茲特克的領土不斷地擴張，再也沒有任何國家能夠抵擋阿茲特克了。然而就在這時，特諾奇提特蘭遇上了洪水。死了好幾萬人，美麗的城市毀壞，剛造好的特斯卡特利波卡的神殿也沉沒了。祭司們也溺死了。就連強壯的國王阿維特索特爾，都在逃離洪水的途中，頭撞到石頭喪生了。

因此特斯卡科亞特爾不禁思考，為何那麼強大的國王會在洪水中輕易殞命，神聖的都城會遭到破壞？

神話相傳，在過去，**特斯卡特利波卡曾引發洪水，毀滅了世界**。第四太陽紀，稱為「四水」的那個時代，持續了三百一十二年。

很快地，你們祖先發現，因為祭品不夠多，所以特斯卡特利波卡動怒了。為了避免再度迎向「四水」的破滅終局，你們祖先代替死去的祭司執行儀式，同時召集全國工匠，火速興建新的神廟。雖然是座小神廟，但豹戰士團抓來了加倍的戰俘，一整天不停地獻祭。

好了，孩子們，該上床了。今晚就說到這兒，明天再繼續吧。

孩子們，今晚月色很美，等會兒去窗邊看看月亮吧。好了，來說說昨天的後續吧。

第九位國王是阿維特索特爾的姪子，蒙特蘇馬．索科約特辛。征服者稱「蒙特蘇馬」、考古學家稱「蒙特蘇馬二世」的，就是這位國王，意思是「憤怒的年輕君主」。

蒙特蘇馬．索科約特辛把沒能預言到洪水的巫師全部處刑了，這也是懲罰他們害死了上任國王。接著隔年的雨季到來，大雨下個不停，水位持續上升。正當眾人以為都城又要沉沒時，在大雨中不斷執行儀式的特斯卡科亞特爾的祈禱奏效，特斯卡特利波卡平息了狂暴的大水。

因此蒙特蘇馬．索科約特辛任命特斯卡科亞特爾為正式的祭司，也允許他身為戰士，同時司掌祭祀。

前往戰場出征的你們的祖先，就如同他身為戰士又是祭司的身分，穿戴得宛如王族。那身模樣之光彩榮耀，是任何戰士團的領袖戰士都無法模仿的。

他戴著以九頭美洲豹的牙和綠松石馬賽克妝點的美麗面具，戴著翡翠首飾，耳垂上是蝙蝠牙耳飾，手持黑曜石斧頭，還拿著豪華的盾牌。那面盾牌覆蓋著顯示首席戰士地位的綠色魁札爾鳥的羽毛和鱷魚光亮的皮革，如星辰般耀眼光輝，甚至還縫上鏡子，以倒映出敵人內心的恐懼。

宛如王族，幾乎就如同國王。唯一缺少的，就只有國王頭上的羽飾而已。你們的祖先經過陣地，其他的戰士團都要驚駭戰慄、五體投地。

好了，看看月亮，去睡覺吧。你們看到的月亮，就是你們祖先在特諾奇提特蘭看到的同一個月亮哦。

參考文獻

- 《アステカ王国――文明の死と再生》Serge Gruzinski／著；落合一泰／監修；創元社
- 《アステカ・マヤ・インカ文明事典》Elizabeth Baquedano／著；川成洋／監修；あすなろ書房
- 《荒井商店　荒井隆宏のペルー料理》荒井隆宏／著；柴田書店
- 《インディアスの破壊についての簡潔な報告》Bartolomé de las Casas／著；染田秀藤／譯；岩波文庫
- 《インドネシアのことがマンガで3時間でわかる本》中村正英等人／著；鈴木隆宏／監修；明日香出版社
- 《インドネシア夜遊びMAX 2015-2016》ブルーレット奥岳／監修；オークラ出版
- 《価値がわかる　宝石図鑑》諏訪恭一／著；ナツメ社
- 《神々とのたたかいI》Bernardino de Sahagún／著；篠原愛人、染田秀藤／譯；岩波書店
- 《コカイン　ゼロゼロゼロ　世界を支配する凶悪な欲望》Roberto Saviano／著；關口英子、中島知子／譯；河出書房新社
- 《現代メキシコを知るための60章》国本伊代／編著；明石書店
- 《古代マヤ・アステカ不可思議大全》芝崎みゆき／著；草思社
- 《コルテス征略誌》Maurice Collis／著；金森誠也／譯；講談社学術文庫
- 《資本主義リアリズム》Mark Fisher／著；Sebastian Breu、河南瑠莉／譯；堀之内出版

- 《銃器使用マニュアル　第3版》カヅキ・オオツカ／著；データハウス
- 《樹海考》村田らむ／著；晶文社
- 《新・現代詩文庫5　現代メキシコ詩集》Aurelio Asiain／著；鼓直、細野豊／譯；土曜美術社出版販賣
- 《心臓移植》松田暉／監修；布田伸一、福嶌教偉／編；丸善出版
- 《聖書　新共同訳》日本聖書協會
- 《世界のマフィア──越境犯罪組織の現況と見通し》Thierry Cretin／著；上瀬倫子／譯；緑風出版
- 《ダークウェブ・アンダーグラウンド　社会秩序を逸脱するネット暗部の住人たち》木澤佐登志／著；イースト・プレス
- 《テクストとしての都市　メキシコDF》柳原孝敦／著；東京外國語大學出版會
- 《ナイフマガジン　2011年10月号》ワールドフォトプレス
- 《ナイフ・メイキング読本　最古の道具、ナイフを自分の手で作る》ワールドフォトプレス
- 《ナショナルジオグラフィック　日本版　2010年11月号》日經國家地理社
- 《ナワ（ナウワ）語辞典》戸部實之／著；泰流社
- 《ニック・ランドと新反動主義　現代世界を覆う〈ダーク〉な思想》木澤佐登志／著；星海社新書
- 《はじめての心臓外科看護　カラービジュアルで見てわかる！》公益財團法人心臓血管研究所附屬病ICU／編著；メディカ出版
- 《バスケットボールサミット　Bリーグ　川崎ブレイブサンダース》バスケットボールサミット編輯部；カンゼン
- 《ビッグイシュー日本版　第311号》BIG ISSUE日本版

- 《ひとつむぎの手》知念實希人／著．；新潮社
- 《標的　麻薬王エル・チャポ》Andrew Hogan‧Douglas Century／著．；棚橋志行／譯．；HarperCollins Japan
- 《ヘイトデモをとめた街——川崎・桜本の人びと》神奈川新聞「時代の正体」取材班／編．；現代思潮新社
- 《マヤ・アステカの神話》Irene Nicholson／著．；松田幸雄譯．；青土社
- 《無戸籍の日本人》井戸まさえ／著．；集英社
- 《メガロマニア》恩田陸／著．；角川文庫
- 《メキシコ征服記一　大航海時代叢書エクストラ・シリーズⅢ》Bernal Díaz del Castillo／著．；小林一宏／譯．；岩波書店
- 《メキシコ征服記二　大航海時代叢書エクストラ・シリーズⅣ》Bernal Díaz del Castillo／著．；小林一宏／譯．；岩波書店
- 《メキシコ麻薬戦争アメリカ大陸を引き裂く「犯罪者」たちの叛乱》Ioan Grillo／著．；山本昭代／譯．；現代企畫室
- 《メキシコの夢》Jean-Marie Gustave Le Clézio／著．；望月芳郎／譯．；新潮社
- 《ルポ川崎》磯部涼／著．；サイゾー
- 《レッドマーケット　人体部品産業の真実》Scott Carney／著．；二宮千壽子／譯．；講談社
- 《野生の探偵たち　上》Roberto Bolaño Ávalos／著．；柳原孝敦、松本健二／譯．；白水社
- 《山登りＡＢＣ　ボルダリング入門》佐川史佳／著．；山與溪谷社
- 《有罪者　無神学大全》Georges Bataille／著．；江澤健一郎／譯．；河出文庫
- 《世の初めから隠されていること》René Girard／著．；小池健男／譯．；法政大學出版局

• 《An Illustrated Dictionary of the Gods and Symbols of Ancient Mexico and the Maya》Mary Miller、Karl Taube／著；Thames & Hudson
• 《CIRCULATION Up-to-Date Books 1 心臓外科医が描いた正しい心臓解剖図》末次文祥／著；池田隆徳／監修；メディカ出版
• 《GONZALESIN NEW YORK》丸山ゴンザレス／著；イースト・プレス
• 《The Codex Borgia: A Full-Color Restoration of the Ancient Mexican Manusicript》Gisele Diaz、Alan Rodgers／著；Dover Publications

電影

• 《墨西哥萬歲》（¡Que viva México!）Sergei Eisenstein／導演

※本書中的西班牙文文法及發音，承蒙日本學術振興會特別研究員棚瀬あずさ女士審定，特此鳴謝。
此外，關於作品中墨西哥使用的俚語黑話，為作者自行調查，若有誤謬，由作者負責。

文字森林系列 030

命運操弄者

特斯卡特利波卡

テスカトリポカ

作　　　　者　佐藤究
譯　　　　者　王華懋
封 面 設 計　鄭婷之
內 文 排 版　黃雅芬
主　　　　編　陳如翎
行 銷 企 劃　陳豫萱・陳可錞
出版二部總編輯　林俊安

出　版　者　采實文化事業股份有限公司
業 務 發 行　張世明・林踏欣・林坤蓉・王貞玉
國 際 版 權　鄒欣穎・施維真
印 務 採 購　曾玉霞
會 計 行 政　李韶婉・簡佩鈺・許俽瑀・謝素琴
法 律 顧 問　第一國際法律事務所　余淑杏律師
電 子 信 箱　acme@acmebook.com.tw
采 實 官 網　www.acmebook.com.tw
采 實 臉 書　www.facebook.com/acmebook01

I S B N　978-626-349-006-2
定　　價　520 元
初 版 一 刷　2022 年 10 月
劃 撥 帳 號　50148859
劃 撥 戶 名　采實文化事業股份有限公司
104 臺北市中山區南京東路二段 95 號 9 樓
電話：(02)2511-9798　傳真：(02)2571-3298

國家圖書館出版品預行編目資料

命運操弄者：特斯卡特利波卡 / 佐藤究著；王華懋譯 . -- 初版 . -- 臺北市：采實文化事業股份有限公司，2022.10
528 面；14.8×21 公分 . --（文字森林系列；30）
譯自：テスカトリポカ
ISBN 978-626-349-006-2（平裝）
861.57　　111014203